朝圣的足迹

——外国文学论文集

刘新民 著

图书在版编目(CIP)数据

朝圣的足迹：外国文学论文集 / 刘新民著. — 杭州：浙江工商大学出版社，2016.4
ISBN 978-7-5178-1611-9

Ⅰ. ①朝… Ⅱ. ①刘… Ⅲ. ①外国文学—文学研究—文集 Ⅳ. ①I106—53

中国版本图书馆 CIP 数据核字(2016)第 070451 号

朝圣的足迹
——外国文学论文集
刘新民 著

责任编辑	钟仲南
责任校对	袁金麟
封面设计	林朦朦
责任印制	包建辉
出版发行	浙江工商大学出版社 (杭州市教工路 198 号 邮政编码 310012) (E-mail:zjgsupress@163.com) (网址:http://www.zjgsupress.com) 电话:0571-88904980,88831806(传真)
排　　版	杭州朝曦图文设计有限公司
印　　刷	杭州恒力通印务有限公司
开　　本	710mm×1000mm 1/16
印　　张	16.75
字　　数	292 千
版 印 次	2016 年 4 月第 1 版 2016 年 4 月第 1 次印刷
书　　号	ISBN 978-7-5178-1611-9
定　　价	42.00 元

浙江工商大学出版社营销部邮购电话 0571-88904970

前　言

本书是我历年所写文学和翻译类论文的结集。大多数文章曾在各期刊发表，未发表的也都在学术会议上做过交流。这次出书，只个别篇章文字略有改动，其余悉依原貌。因文章内容较广泛，编排时大致分为三辑："莎学""诗品"和"译艺"。现就各辑主要文章的写作背景和过程做些说明。

第一辑十篇，有三篇写于1994年至1996年，其余皆成于2006年后。我涉足莎学，起步很晚。记得是1993年，应某出版社之约，开始校订朱生豪译莎士比亚悲剧，从此踏入这神奇的领域。1994年有幸参加第二届上海国际莎士比亚戏剧节，归后为戏剧节论文集补写了《〈罗密欧与朱丽叶〉中的双关语》。翌年，出版社约译莎翁长诗，细读张谷若、梁实秋两先生的译文后，感觉张译过腻，梁译偏淡，于是写了《〈维纳斯与阿多尼斯〉的翻译》。那几年，对照河滨版莎翁全集，读了多种译本，很想写一本《朱生豪翻译艺术论》。谈朱生豪翻译观的文章，便作为专著开篇的章节。1997年北京翻译研讨会期间，曾将该文送《译林》的朋友，后来被摘要刊于该社的《译林书评》。写朱译专著的设想，始终未实现，主要原因是1999年我不幸罹患青光眼，此后五年动了四次手术。其间除译出《哈代诗选》外，一切著译全停顿了。2006年视力趋稳，以后参加了几次莎学会议，陆续写了些文章。因宋清如生前是我校教师，她辞世时我曾赴嘉兴，代表校方致悼词，对于朱生豪、宋清如的生平事迹比较熟悉，因此围绕朱生豪和莎剧汉译撰文，似较省力。当时我不管授何课程，每年世界读书日(4月23日)前后，都用几节课专讲莎士比亚、朱生豪、宋清如，学生反响很好。后又在校内做了两次讲座，还先后在校报上刊文，介绍朱宋伉俪的不平凡人生。我的这些文字，学术性不强，却是独立思考的产物。其中谈朱生豪译莎的语言准备，莎翁朱生相似论，浙商大版《莎士比亚全集》与人文版、译林版的比较，以及对莎翁十四行诗三种汉译本的评议，等等，都自有创见，算得一家之言。当然，由于莎学是全世界几百年来长新长热的显学，文献资料汗牛充栋，我的这些文字，实在微不足道。标以莎学，心下时感忐忑，深恐拙文的粗浅，亵渎了这神圣的名号，唯有祈求读者谅解我的心有余而学力、才力、视力均不足，致使拙文之实，远不副此辑之名。

第二辑的文章谈英语诗歌，兼及中英诗比较。大多数写于 1993 年和 1994 年。最早的试笔是 1988 年初，在澳大利亚所译的《〈尼尔逊诗选〉序》，连同尼尔逊诗八首近两百行，托人带回国，没想到竟在《外国文学》发表了。归国后写了介绍佩特森及其《来自雪河的人》的文章，该刊很快又采用。当时很受鼓舞，于是连写了多篇。这辑中有三篇，即《A. B. 佩特森和他的〈来自雪河的人〉》《别意与之谁短长——中英赠别诗比较》和《英诗随笔——读〈英国诗选〉》，撰写时和发表后，都曾酝酿各写三四续篇，以形成系列，而且都拟出了题目。如介绍澳大利亚诗人的《斯莱塞和他的〈五阵钟声〉》《尼尔逊和他的〈橘子树〉》《斯图尔特和他的〈蚕〉》等等。做中英诗比较有悼亡诗、山水诗、叙事诗、打油或谐趣诗等等。英诗随笔系列着眼于中英诗的差异，想多介绍英诗之长。首篇泛泛论及文化背景、爱情主题、哲理内涵、自然情思，可写的尚有不少。可惜 1995 年后，译事太多，应接不暇，后又因眼疾辍笔无力顾及。至今念及，不无遗憾。本辑中有篇《星空下的大海啊——谈〈诗篇中的诗人〉》，颇为独特。很显然，这是篇抒情散文，而不是学术论文。这是为笔者和大学同窗沈培锠君自 1983 年起合作编译的《诗篇中的诗人》所写的前言。此编虽得余光中、飞白、钱春绮等众多名家的推许，却始终无处出版。于是我便做了一次自夸瓜甜的王婆。由于所收皆名家评、怀、悼、颂名诗人的名篇，前言若取论文体，总嫌严肃，散文体似更相宜。文章立意构思纯受一幅世界名画启发：一位少女坐在海滨岩石上，凝望星空下的大海。文章第一部分写世界文明起源与诗歌的关系，勾勒世界诗史轮廓；第二部分是对诗人群体的讴歌颂赞；第三部分简述此书内容。这是笔者全部文章中，最重文采、最具诗质的一篇，发表后获得熟识或不相识的笔友或业界人士夸赞。同样引来赞许的还有《中英诗歌语言比较》和《意象派与中国新诗》及《哈代诗歌的情、理、艺》，这里就不再细述了。

第三辑文字也大多与诗有关。有两篇发在《中国翻译》，产生一定影响。另两篇《质疑"兼顾顿数和字数"》和《耕耘在英国文学的源头——记古英语文学翻译家陈才宇》稍长，也曾投寄该刊，却杳无回音，后来发表在四川的刊物上。"质疑"一文系读黄杲炘先生的专著及《中国翻译》上某人赞扬黄译的长文后，有感而发。文中颇多笔者自己的译诗见解，对黄杲炘先生的译诗及主张的批评，也有理有据，至少比某人的长文，更令人信服。"耕耘"一文介绍本省翻译家陈才宇先生。陈的勤奋、学识和成就在黄之上，却远未为世所识，笔者先知，做此推举，义不容辞。《译诗百年(提纲)》与第二辑附录的《缪斯的一对痴情弟子——狄金森与尼尔逊的比较》一样，原是论文提要，写得稍详，以便日后扩写。遗憾的是稍一搁置，后都难以为继。写《小杜丽》的一篇，是笔者译出狄更斯这部重要作品后写的译序。第二辑中论哈代和艾米莉·勃朗特诗的文章，也是译序。笔者在1995年后的几年里，译了小说、诗歌共约八部，有的获奖，大多重版，也算是人生幸事，上天所给的补偿吧。

本书书名定为《朝圣的足迹》。沈从文先生说过，对文学感兴趣是远远不够的，应当有信仰，"对文学有信仰，需要的是一点宗教情绪"。终生热爱文学，犹如人生确立信仰，矢志不渝努力，则如虔诚的信徒，跋涉在朝圣之路。莎士比亚正如高耸入云的圣山，我的辛劳，只是在云雾缭绕的山麓边缘所做的徒劳探索。但尽管徒劳，却乐在其中。英语诗歌，乃至古今中外诗歌，也恰如蕴藏无数宝物的圣殿。众多名篇，皆如雪莱之云雀，俱为无价之宝。而文学翻译，其过程亦如朝圣之途，若无虔诚之心，便难尽艺术之美，出译品之精。因此，人生事业的追求，正如朝圣，留下的文字，便为足迹。

笔者是如何踏上这条朝圣之路的？这里简略回顾我的人生历程。记得中学时代，一次作文比赛，笔者无意中获得全地区第一名，受到校方表彰，从此萌发人生的文学梦。从中学到大学，我都是校刊主笔。"文革"前夕甚至写过万言长文，就《海瑞罢官》批驳姚文元。大学毕业后在浙东山区某中学任教，算是当地小有名气的业余作者。"文革"后又被调到县委宣传部和广播站做编辑，成为地方政府的笔杆子。十多年里写了许多诗、散文、小说甚至剧本，却始终仅是才气不足的文学青年。1979年调入高校成为英语教师，几年里收束旧梦，苦补业务，以求站稳大学讲坛。后来用力攻读外国文学，偏重英美诗歌，并试笔翻译。20世纪80年代的苦读积累（谈不上厚积），到90年代始有薄发。其实，八九十年代是我教学任务最重、管理工作最忙的时期。我曾先后负责支部、教研室和系部的工作，负责全校大学英语课的管理和统考达十年之久，不仅自己教学必须突出，还要努力使全校统考成绩在省内位居上游。我全力以赴，敬业尽责，总算较完满达到这些目标。所在集体还多次评为省、校先进，自己也成为省优秀教师和校教书育人模范。现在回想当年，也颇感惊奇，难以相信在那么繁重的工作压力下，竟然会留下这些著译的"足迹"。

有信仰的人是幸运的。我很庆幸自己在少年时代，便有了对文学的热爱和信仰，庆幸自己走上这条朝圣之路，并始终没有停止脚步。或许，我的这些"足迹"很不起眼，在时间的沙滩上很快会湮没，但正如朗费罗的《人生颂》所咏的：Footprints, that perhaps another, /Sailing o'er life's solemn main, /A forlorn and shipwrecked brother, /Seeing, shall take heart again. 任何人，不论处顺境或逆境，如果见此足迹，受到鼓舞和启发而奋发前行；我的努力便并非"徒劳"，人生的朝圣也更有意义，我会为此感到莫大欣慰。

2016年1月17日

目　录

莎　学

诗　品

译 艺

莎　　学

别人都受我们质疑。你却无忧无虑。
　　我们问了又问——你微笑而无言，
　　耸立在知识之巅。最高的山峦
向星空展示着他的雄伟壮丽，
把脚跟扎在海底坚定不移，
　　而把九重天作为他的家园，
　　只留下云雾笼罩的山麓的边缘
让凡人去徒劳地探索不已……

——阿诺德《莎士比亚》

《罗密欧与朱丽叶》中的双关语

莎士比亚戏剧永恒的魅力，部分源于其出神入化的语言艺术。莎士比亚使用词汇之多（据现代电子计算机统计，达 29066 个），可以说前无古人，后无来者。而且，他“几乎每用一个词儿，都要考虑到各种不同含义上的细微差别”[①]，最大限度地发挥语言词汇各个层次含义的作用。双关语，就是莎士比亚最爱使用的修辞手法之一。只要有语出双关的机会，他从不轻易放过。对此，塞缪尔・约翰逊曾有过一个绝妙的比喻：“对莎士比亚来说，双关语就好似那个克莉奥佩特拉，为了她可以倾城倾国并且心甘情愿。”[②]

莎士比亚剧作中的双关语几乎比比皆是。这些不同形式、机智、巧妙、情趣无穷的双关语，对于渲染烘托气氛，增强舞台效果，推动剧情发展，塑造人物性格，起到了相当大的作用，绝不是可有可无的文字游戏。本文拟对莎士比亚的悲剧《罗密欧与朱丽叶》中的双关语做简要的介绍和分析，以展示莎翁瑰丽多姿、丰富多彩的语言魅力。

一

莎士比亚运用双关语，到了得心应手、左右逢源的地步，几乎信手拈来，便是妙趣横生的一串。它们与剧情发展、人物性格，又妥帖吻合得天衣无缝，令人不由不钦佩莎翁驾驭语言的才能。

《罗密欧与朱丽叶》全剧一开始，便是凯普莱特家的两位仆人山普孙和葛莱古里的一段对白。这段仅仅 32 行的对白里，有一连串环环相扣、行行相连的双关语，并全凭这 10 多个双关词语贯穿疏通了全段台词。我们不妨先来看前四句。

---

① 顾绶昌：《关于莎士比亚的语言问题》，《莎士比亚研究》创刊号，浙江人民出版社 1983 年版，第 326 页。

② Samuel Sohnson（1709—1784）：*The Plays of Willaims Shakespeare*（1765）*Preface*.

Sam　Gregory, on my word, we'll not carry coals.
Gre　No, for then we should be colliers.
Sam　I mean, and we be in choler, we'll draw.
Gre　Ay, while you live, draw your neck out of collar.[①]

这起始的四句全赖其中三个谐音词和 draw 的双关语使句意贯通：

1. colliers，矿工；choler，暴怒；collar，衣领。
2. draw，拔剑，伸脖。

紧接着的第 6—11 行中，每行都用了一个 move：

Sam　A dog of the house of Montague moves me.
Gre　To move is to stir, and to be valiant is to stand; therefore, if thou art mov'd, thou run'st away.

3. 第一个 move 意为惹人生气，发怒；第二个既指生气，发怒，也指行动，逃跑；第三个意为逃跑。葛莱古里玩弄词义游戏，揶揄起伙伴来。

4. wall 一词出现于紧接着的两句对白中：

Sam　A dog of that house shall move me to stand!
I will take the wall of any man or maid of Montague's.
Gre　That shows thee a weak slave, for the weakest goes to the wall.

take the wall of somebody 意为占某人上风。因为靠墙的路面比较洁净，让地位高的人沿墙走，以示谦恭礼貌，是当时习俗。这短语的另一义相当于 go to the wall，意思是被逼入绝境，走投无路，因此才引出葛莱古里揶揄他软弱无能的话。山普孙接着说：I will push Montague's men from the wall, and thrust his maids to the wall（Ⅰ，i，17—18），也是分别取了此短语的上述两种意义。

后面的对白中还有以下双关语：

5. the heads of the maids, or their maiden-heads（她们的童贞）。

6. stand，挺立，站立，（Ⅰ，i，10—11，28）。第 28 行出现的 stand 意

① 本文所引莎剧原文，均依据 *The Riverside Shakespeare*。

指看见蒙太古家的娘儿们，便会 stand，让她们尝到厉害，语义双关，意涉猥亵。

7. flesh，一条硬肉；fish，鱼肉。

8. tool，刀剑，武器；naked weapon，随身武器。

以上词语除字面义外，都有着与性相涉的粗俗、猥亵的双关义。

顺便需要说明的是，莎翁的双关语，常涉猥亵，多不雅驯，这是当时的市井习气、风俗世情使然。须知伊丽莎白时代的剧场观众，大多是市井平民，而当时的平民又极爱开爱听这类猥亵的玩笑。因而莎翁好用此类双关语不足为奇。由此也可见莎士比亚戏剧在当时确是雅俗共赏的。

从以上对开场对白的分析中可以看出，莎士比亚的双关语，主要可分为两大类：第一，一词多义，或词形相近意义不同(2—6,8)，第二，发音相同或相近(谐音)，但词形和意义不同(1,7)。这样的双关语，同时诉诸视觉听觉，无论用于插科打诨、戏谑逗趣或嘲讽讥刺，都能收到奇特的舞台效果。莎剧中的这两类双关语举不胜举。下面不妨再看一个谐音双关语的例子。

第一幕第四场中，茂丘西奥力邀罗密欧参加假面舞会，罗密欧这样回答：

> Not I, believe me. You have dancing shoes with nimble soles, I have a soul of lead, So stakes me to the ground I cannot move.

sole 与 soul 的谐音，使 a soul of lead 听起来意义双关：铅一般沉重的鞋，铅一般沉重的灵魂。这是多么恰如其分，妙不可言，对比又多么鲜明而机巧、工整！

更妙的是两类合一，既谐音又多义的双关语，读来令人拍案叫绝。如那位脾气暴躁又傲慢强悍的提伯尔特，上台伊始的第一句话便是：What, art thou drawn among these heartless hinds？(怎么！你跟这些不中用的奴才吵架吗?)这儿的 hinds 意指管家，仆人，另义是红色雌鹿。而 heartless 意为怯懦的，但与其谐音的 hartless，也正是红色雌鹿的意思。提伯尔特乍一亮相，便以此绝妙的双关语淋漓尽致地显露出狂放傲慢的性格。

该剧中双关语极多，仅第一幕便有 50 余处(重复不计)，但读来并不感到单调呆板或牵强。这是因为莎士比亚的双关语运用得非常灵活巧妙，不拘一格。

有的巧用谐音，从谚语中化解而出。如第一幕第四场第 37—41 行，便暗含了三条谚语[1]：

Rom For I am proverb'd with a grandsire phrase，I'll be a candle-holder and look on：The game was ne'er so fair，and I am done.

Mer Tut，dun's the mouse，the constable's own word，If thou art Dun，We'll draw thee from the mire.

有的颇有反讽意味。如 Queen Mab（Ⅰ iv,53）。queen 与 quean（轻佻女人）同音，mab 则是荡妇或懒婆娘的俗称。[2]

有的竟与法语词的读音相谐。如茂丘西奥在讥讽那些一心只追求法国风尚的时髦青年时所说的：who stand so much on the new form，that they cannot sit at ease on the old bench？O，their bones，their bones！（Ⅱ，iv，35）趋新好异的时髦人坐一条旧板凳也会浑身不舒服。bones 意为骨头，其读音恰与法语词 bons（意为"好"，good）相谐。这该是多么惟妙惟肖、入木三分的讽刺！

有的在短语中暗含双关义。如茂丘西奥与罗密欧开的玩笑：Without his roe，like a dried herring，O flesh，flesh，how art thou fishified！（Ⅱ，iv，37）既指罗密欧因害相思而形容消瘦，像条风干的咸鱼，又调侃其神魂颠倒，连自己的姓氏也记不起，简直迷失了自我。这就表现出茂丘西奥的诙谐风趣。

有的从外国文学作品中拈来典故，却用得天衣无缝、不露痕迹，又极幽默，平添了不少趣味。如第二幕第四场中，班伏里奥问起提伯尔特是何许人，茂丘西奥回答说：More than Prince of Cats.（Ⅱ，iv，19）原来在法国中世纪的讽刺诗《列那狐的故事》中，有位猫王子名叫 Tibalt，和提伯尔特 Tybalt 正好谐音。于是在第三幕第一场，茂丘西奥遇到提伯尔特寻衅时，便呼他为"you rat-catcher"（捉耗子的猫儿）和"Good king of cats"（猫精）。这儿的双关语，既从谐音来，又出自典故，幽默而风趣。可见莎翁运用双关语，是何等机巧奇妙、出神入化！

---

① 三条谚语 proverb 分别为：

1. A good candle-holder proves a good gamester.
2. He is wise who gives over when the game is fairest.
3. dun's the mouse 源于谚语，意为"be silent and unseen"。

最后一句源自当时一种圣诞游戏"Dun is in the mire"。

② 根据 The Riverside Shakespeare 注释。

二

莎士比亚虽然偏爱使用双关语，却并没有沉湎到像安东尼那样，为了克莉奥佩特拉可以抛却江山事业和性命，置一切于不顾。莎士比亚运用双关语是为了刻画人物，展示剧情，增强效果，表达主题。综观《罗密欧与朱丽叶》全剧，我们可以清楚地看到，莎士比亚笔下大量的双关语，完全服从于人物、剧情、效果、主题的需要。

卡西尔说过："每一个莎士比亚笔下的角色都说着他自己的独一无二的不会弄错的语言。"[①]该剧中虽然人物众多，几乎人人都用双关语，但不同人物的用语是不同的，完全与各自的地位、身份、教养、性格相吻合。最明显的一个例子在第一幕第三场。在劝说朱丽叶接受帕里斯的求婚时，凯普莱特夫人、乳媪和朱丽叶有如下的对话：

La. Cap　This precious book of love, this unbound lover,
　　To beautify him, only lacks a cover. ……
　　By having him, making yourself no less.
Nurse　No less! nay, bigger: women grow by men.
La. Cap　Speak briefly, can you like of Paris' love?
Jul　I'll look to like, if looking liking move.

三人的话中各有一双关语。凯普莱特夫人用的 cover 一词，一义是将女人比喻为书（男人）的封面，另一义却是谐音的法语词 femme couvert（法律用语，意为婚配女人），这就非常切合夫人的身份教养。乳媪的双关语粗俗直露，意思是"使怀孕"。而朱丽叶用的 look 一词，既指希望（expect）能喜欢他，又指须得亲眼看见（see）后才能决定。这就表现出朱丽叶十分聪明机灵，很有主见。显然三个人的双关语，其旨趣是大不一样的。

充满青春热情的罗密欧，爱和朋友说笑玩乐，但他的谈吐比较文雅。"A word ill urg'd to one that is so ill"（Ⅰ，i，203）；"The game was ne'er so fair, and I am done"（Ⅰ，iv，39）；"You have dancing shoes/with nimble soles, I have a soul of lead……"（Ⅰ，iv，15）也许是莎士比亚十分钟爱他的男女主人公，因此不愿让污言秽语损害他们的形象。当然，主要的原因在于

① 卡西尔：《人论》，上海译文出版社 1985 年版，第 287 页。

人物的性格和身份教养决定了他们使用的语言。

值得一提的还有乳媪和茂丘西奥，因为这两人特别爱说双关语。乳媪的唠叨中常有些粗俗的双关语。如她首次出场时那段长篇唠叨中几次重复的 fall backward（Ⅰ，iii），以及 I tell you, he that can lay hold of her/Shall have the chinks（Ⅰ，v，127），等等，几乎会让女孩子耳热脸红。茂丘西奥热情、乐观，爱开玩笑。上文提到的不少巧用的双关语，便出自他的口。会利用法语词 bons 和列那狐故事来说笑，说明他很有文化素养。但有时用双关语和罗密欧开玩笑又全没遮拦，十分放肆（Ⅱ，i，24；Ⅲ，i，93—97），暗示出他率直的个性以及和罗密欧亲密无间的友情。这两个人物各作为男女主人公的陪衬，既使剧中人物性格更鲜明突出、栩栩如生，也增强了全剧的生活气息和乐观气氛。

《罗密欧与朱丽叶》是出悲剧，却有着浓厚的喜剧成分。除了乳媪和茂丘西奥这两个使全剧增色的喜剧人物之外，喜剧成分还体现在语言的运用上，其中就包括大量亦庄亦谐、妙趣横生的双关语。若没有那数以百计让人忍俊不禁的双关语，若罗朱两人身边没有了茂丘西奥和乳媪及他们轻松的玩笑和滑稽的唠叨，将会减却多少喜剧的气氛？因此，大量双关语的运用，不仅造成一种欢快戏谑的气氛，激发观众的兴趣，增强演出效果，同时也给全剧增添不少喜剧色彩，并可大大缓解观众心头因主人公悲剧命运而生的沉重。

该剧的剧情发展，前缓后急。第一、二幕罗朱的爱情发展比较顺利，第三幕两个家族直接冲突造成茂丘西奥和提伯尔特死亡之后，形势急转直下，第四、五幕各场都很短，罗朱的悲剧命运已不可避免。在这样的情节节奏中，莎翁为什么还要在前四幕不少场次里穿插一些用双关语调侃戏谑的场面和内容？尤其是在第四幕最后一场，在朱丽叶服药假死后，为什么还要让彼得和乐工们斗嘴取闹一番？

莎士比亚作为独步千古的戏剧大师，深谙戏剧冲突缓急张弛之道。事物发展必然充满曲折，矛盾冲突不会直线上升。观众需要轻松紧张交替，故事也应有悬念的空间。因此，第一场街头斗殴前便有山普孙和葛莱古里的揶揄调侃。罗密欧相识朱丽叶之前，会沉迷在自己臆造的对罗瑟琳的相思之中。在罗朱一见钟情并迅速缔结良缘前后，有乳媪和茂丘西奥与他们的种种打趣。而随着人物性格的逐渐明朗及形象的逐步丰满，剧情也自然发展，趋向高潮。一些看似插科打诨的双关语调笑，正是刻画人物、推动剧情、平衡冲突所需要的。朱丽叶在罗密欧走后为离别伤情时，还和她母亲有一段真真假假、意思双关的对话，但这是罗朱别离和下面朱与其父激烈冲突两场情感高潮戏之间的一段必不可少的缓冲，而且这段对话也使朱丽叶的形象更显丰满。至于第四幕结束前彼得与乐工间一长段语多双关的斗嘴，其实是全剧高潮前的片刻宁静。其作用正如同《麦克白》一剧中麦克白刺杀邓肯王后，守门人的大段独白一样，缓解悲剧气氛，目的却是更突出悲剧的结局。彼得和乐工们虽然都是些小人物，心地却十分善良。他们的话语里其实充满悲怆，他们的心“在那里唱着《我心里充满了忧伤》”。这不是在渲染气氛，强化主题么？因此可以说，莎士比亚运用双关语，目的正是刻画人物，推动剧情，表达主题。

三

莎士比亚好用双关语，对于伊丽莎白时代的戏剧观众和数百年来爱好莎剧的英语国家人民来说，当然是件赏心乐事，可对于非英语国家的翻译家们，却是莫大的难题。因为那比比皆是、语义双关的绝妙好辞，构成了翻译中难于逾越的重重障碍。要将谐音多义的双关语一一译出，传达给中国的读者观众，谈何容易！翻译既无法两全其美，便只能两者择一，还很难曲尽其妙。就以国内影响最大、读者面最广的朱生豪译本来看，莎翁的许多双关语，不是暂付阙如，便是做了意译的简化处理，使莎剧的妙处减却不少。仍以全剧开幕时那段对白为例。原文 10 多个双关词语使 32 行对白紧凑连贯，一气呵成，然而一读译文，却感觉两人的对白牵强生硬，很不自然。因为中国读者读到“动性子”“生气”“逃跑”，是绝想不到在原文中竟是同一个词 move。又如 wall 一词引出的双关义，原文中妥帖传神、一目了然，译成中文而未加注释，便十分生硬费解：

> **山普孙**　蒙太古家里任何男女碰到了我，就像是碰到墙壁一样。（这一句误译。原意应为：我要走在墙边，占尽他们上风。）
>
> **葛莱古里**　这正说明你是个软弱无能的奴才，只有最没出息的家伙，才去墙底下躲难。

又如谈及“与他们家女人有什么相干”时，两人话中的双关语是十分粗鄙猥亵的，英语读者可以心领神会，光读中文便难以体会了。莎士比亚俗得出奇（但是俗而可耐，俗得可爱）的特色在翻译中失色不少。

朱译莎剧对不少双关语做了简化处理。如前引从三条谚语化出而又借助谐音的几句，原文中极丰富的双关含义已被精减略去：

罗密欧　我对于这种玩意儿实在敬谢不敏，还是做个壁上旁观的人吧。

茂丘里奥　胡说！要是你已经没头没脑深陷在恋爱的泥沼里——恕我说这样的话——那么我们一定要拉你出来。

在说及提伯尔特时，将原文 More than Prince of Cats 译为“他不是个平常的阿猫阿狗”，后面两处译为“捉耗子的猫儿”和“猫精”，都很贴切传神。但由于没有注明出处，读者便不清楚为什么将提伯尔特和猫相提并论，也就失去了一次领略莎翁奇妙的语言魅力的机会。

译文的失色，不妨再看前文所引的例子。凯普莱特夫人、乳媪和朱丽叶的对话中接连三个双关语，乳媪的话虽然粗鄙，却形象最为生动、风趣，译文却大大逊色。试比较如下：

Nurse　No less! nay, bigger: Women grow by men.

乳媪　何止如此！我们女人有了男人就富足了。

原文仅仅几个词，便给我们一个个性极其鲜明，简直呼之欲出的乳媪形象，译文却平平淡淡，毫无特色，人物失去光彩，读者想象不出那是个怎样性格的乳媪。莎翁神奇的语言艺术被大大打了折扣。

本文限于篇幅，不拟深入探讨莎剧中译的得失。但从上述数例不难看出，要全面认识、正确理解、深入研究莎士比亚，仅仅读莎士比亚的中译本是远远不够的。不仅莎学研究有待深入，莎士比亚作品的翻译，也有待一代代专家、译者精益求精，更上一层楼。

莎士比亚作品中的双关语，是莎翁精湛非凡的语言艺术的一个组成部分，也是莎剧的显著语言特色之一。本文仅从《罗密欧与朱丽叶》一剧中选取一小部分双关语，加以介绍分析，远不能反映莎翁语言艺术魅力于万一。但仅从这些例子中，我们也可以看出，莎士比亚对语言的运用，真正到了登峰造极、出神入化的地步。莎士比亚之所以能成为至今巍然屹立、雄视百代的文艺复兴巨人，他的作品能成为世界文学史上永放光彩的艺术宝库，是与他掌握和运用语言的才能分不开的。

（原刊 1994 年《上海国际莎士比亚戏剧节论文集》）

《维纳斯与阿多尼斯》的翻译

《维纳斯与阿多尼斯》是莎士比亚正式登记署名出版的“第一部作品”[①]。在诗前的献词中，莎士比亚也把它称为自己“创作之最初成果”[②]。长诗出版后受到读者的热烈欢迎，在短短10年里便重印了7次，[③]并为莎士比亚赢得了最初的声誉。当然，与他第二部长诗《鲁克丽丝受辱记》及154首十四行诗相比，尤其与他日后成熟的诗剧相比，这“最初成果”未免略显稚嫩，并不足以代表莎翁的艺术成就。但该诗亦绝非“少年习作”，此中实已显示了莎翁作为大诗人大作家的文字功力和创造才华。它在当时即引起轰动，颇获重视和好评，至今仍不减艺术魅力并受到人们喜爱，绝不是偶然的。

国内多年来较为通行的此诗的中译本主要有两种[④]，即张谷若先生的《维纳斯与阿都尼》及近年引入的梁实秋先生的《维诺斯与阿都尼斯》(以下称张译、梁译)。张、梁两位先生是我国现代著名的大翻译家，他们均具有极深厚的中英文修养，对原诗的理解深入透彻，译笔也各具特色，因而，忠实地传达了原作的思想内容，较好地体现了原诗的精神和风格。但两译相比，仍瑕瑜互见、各有得失。本文拟从格律形式、语言风格及误译几方面比较两译本，并就译诗实践谈一些粗浅意见。

一

《维纳斯与阿多尼斯》共1194行，每6行构成一诗节，韵式为a b a b c c，每行抑扬格五音步。这在当时是比较流行的一种诗体，斯宾塞(Edmund Spenser，1552—1599)、劳契(Thomas Lodge，1558—1625)和马洛(Christopher

---

① 裘克安:《莎士比亚年谱》，商务印书馆1988年版，第133页。

② 《莎士比亚诗全集》，浙江文艺出版社1996年版，第3页。

③ 《莎士比亚全集》，梁实秋译，内蒙古文化出版社1995年版，第872页。

④ 张译，收入《莎士比亚全集》第11卷，人民文学出版社1978年版；梁译，收入《莎士比亚全集》第12卷，台湾远东图书公司1967年版，内蒙古文化出版社1995年引进。另有拙译，《维纳斯与阿多尼斯》，收入《莎士比亚诗全集》，浙江文艺出版社1996年版。

Marlowe,1564—1593)都用这种形式写过诗。[1] 此诗虽是莎士比亚"第一部作品",但其格律的严整、语言的优美清新和纯熟,却丝毫不比别人逊色。全诗语言流利顺畅,节奏明快自然,读起来轻松活泼,和诗歌的主题、情调十分切合。相比之下,张、梁两种译文在整体的语言格律的严谨整齐和朗读语感上,似比原作稍逊。不妨先读几句:

1. He burns with bashful shame, she with her tears,
Doth quench the maiden burning of his cheeks;
Then with her windy sighs and golden hairs,
To fan and blow them dry again she seeks. [2]

张译:他又烦躁、又害臊,闹得两腮似火烧。
她就用泪往他处女一般热的脸上浇。
接着又叹息像轻风袅,金发像日色耀,
把污在他脸上泪痕,给他吹干拂掉。

梁译:他羞得面红耳赤,她眼泪扑簌,
浇灭了他脸上处女般的火焰;
然后用风似的叹息和金色的头发,
又把那些泪痕吹干。

对比原文,张译诗行比较整齐,缺点是每行多达十五六字,六至七顿,显得冗长拖沓,节奏不够顺畅自然,失却了原诗的轻快。梁译则诗行长短不一,稍欠严整,与原诗格律不甚相合。综观全诗,可以说这是两译在形式上的主要差别和缺陷。下面再看两例:

2. And now she seeps, and now she fain would speak,
And now her sobs do her intendments break.

张译:她一会嗫嚅欲开口,一会又涕泗流满面,
另一会就哽噎得要说的话打断难接连。

梁译:她时而哭泣,时而又要诉愿,
时而抽噎,又把她的话语打断。

---

① 张泗洋:《爱神的悲剧——读〈维纳斯与阿都尼〉札记》,收入《莎士比亚的三重戏剧》,东北师范大学出版社 1988 年版,第 160 页;梁实秋译,《莎士比亚全集》,内蒙古文化出版社 1995 年版,第 873 页。

② 引自《河滨版莎士比亚全集》。*The Riverside Shakespeare*, *Houghton Mifflin Company*, 1974 年。以下引文同。

3. But when the heart's attorney once is mute,
The client breaks, as desperate in his suit.
张译:但是如果一旦"爱"的辩护士都一声不响,
那案中人除了伤心而亡,还有什么希望?
梁译:内心的辩护人一旦噤不作声,
当事人就要崩溃,官司必是输定。

两例中,张译时有读来不顺畅之处,且"伤心而亡"与原意不合;梁译除个别用词不当外,似较流畅。

朗读原诗,可以体会到语言简洁、句子节奏明快的特点,这与抑扬格五音步的格律有很大关系。总体说来,梁译句短,语言朴直,表达显豁,比较连贯流畅,因而切近原作。张译句长,赘词较多,读来时感拗口,似乎未能充分体现原诗的语感特点。这里的关键,可以说与诗行的字数、顿数有关。莎士比亚的诗作,包括非戏剧诗和戏剧中的有韵诗或无韵素体诗,绝大多数为抑扬格五音步,这种格律在莎翁手中可说已臻炉火纯青的至境。这五音步十音节的诗行,汉译究竟以多长为宜?笔者曾广泛比较国内迄今所出各种莎剧、莎诗及各类英诗译本,结论是以五顿11—13字最为适宜。这是因为诗的用语本身讲求精练,而汉语的表现力并不比英语差,每行11—13字已足以传达原文的内容。如莎翁十四行诗的译者梁宗岱、屠岸、卞之琳、孙梁、杨熙龄、吕千飞、曹明伦、马海甸、黄杲炘、辜正坤等,其译作各有千秋,每行多控制在12字之内。诗译莎剧的孙大雨、方平、卞之琳等大家译无韵素体诗,每行亦多为此数。字多语必芜杂,张谷若先生的译文每行达15—17字,便显得不够简洁,语气较拖沓,增饰词多,与原文不甚切合。梁实秋先生的译文不强求每行字数顿数的统一,只求内容忠实、语言简练,结果多数诗行为五顿11—13字,节奏反倒接近原诗。

有关诗歌格律的另一问题是韵式。梁译全部遵循原诗每节a b a b c c的韵式,遣词组句比较自然,语言少雕琢痕迹。张译每节六句一韵到底,虽然音韵和谐,却难免因韵害义,有硬凑韵脚之嫌。例如以下一节:

4. Thus he that overrul'd I overswayed,
Leading him prisoner in a red rose chain;
Strong-temper'd steel his stronger strength boeyed,
Yet was he servile to my coy disdain.

O, be not proud, nor brag not of thy might.
For mast'ring her that foil'd the god of fight.
张译：这样，以威势服人的还得服我的威势。
一根红玫瑰链子，就拴得他匍匐在地。
多么硬的钢铁，在他手里都成了烂泥。
然而我对他鄙夷，他却只有奴颜婢膝。
你现在能使制伏了战神的我低声下气，
请不必骄傲夸耀，回答我的爱才是正理。

在短短一节中，最后半句纯为押韵而添加，前五句中的韵脚词语也大多为原文所无，似离原文稍远。这样为顾全押韵而添词增义或用词不当（范牢、吻杀、狂易、复阴、爱力、本怀等等）的情况，张译中较多，令人有改变原诗韵式、得不偿失之感。

二

莎士比亚戏剧素体诗的语言，往往依据剧中人物的不同身份，或高雅或俚俗，呈现不同的风格。莎翁的非戏剧诗，语言风格相对比较稳定，趋于文雅，庄重华美。然而它们也并非为宫廷贵族、文人雅士独赏的阳春白雪。从诗集广受欢迎、相当畅销的情况看，其语言应是比较贴近普通读者并为其喜闻乐见的。[①] 与同时代诗人相比，莎翁的诗歌语言优美丰富又清新自然。诗的题材虽然古老，然而在莎翁手中，仿佛有一支点石成金、化腐朽为神奇的妙笔。在那一系列的描写叙述、抒情论辩中，在大量的比喻象征、拟人对比里，人物鲜活得呼之欲出，景物逼真得如身临其境，思想也深刻而富时代感。这一切全赖莎翁创造性运用语言的天才。

张谷若、梁实秋两先生都具有相当深的语言造诣，但两人笔下的译文风格却大不相同。张译总体来说语言典雅富丽，讲求辞藻的铺陈华美，而梁译不事雕琢，比较简朴，贴切自然。也可以说，张译重意译，求文辞之美；梁译重直译，图内容“存真”。因此皆有所本而各有所长。但两译也各有不足。以下分别援例说明。

张译的语言比之原文，不少地方辞藻过于浓艳华丽，因而不若原诗清新。莎士比亚毕竟不是大学才子和书斋学究，他来自乡村民间，熟悉下层平

---

① 《莎士比亚的三重戏剧》，东北师范大学出版社 1988 年版，第 165 页。

民的生活和语言,因此其语言新鲜活泼,富于生活气息。张译之失,便在于绮丽句太多。如以下句子:

5. Torches are made to light, jewels to wear,
Dainties to taste, fresh beauty for the use.
张译:蜡炬点起光明来,珠翠盛饰增仪态,
珍馐美味为适口,绮年玉貌宜欢爱。

相比之下,梁译的语言又过于朴素平淡:

梁译:火炬是为点燃,珠宝是为佩戴,
美味是为品尝,漂亮的必是有用的。

又如:

6. For from the stillitory of thy face excelling,
Comes breath perfun'd, that breedeth love by smelling.
张译:因你的脸发秀挺英,霞蔚云蒸,华生精腾,
有芬芳气息喷涌,叫人嗅着,爱情油然生。
梁译:因为你俊美绝伦的脸上的蒸馏器中
喷出一股香气,靠嗅觉就产生爱情。

张译有的词语过于陈旧,显然与莎翁的风格相悖。例如:

7. Now is she in the very lists of love,
Her champion mounted for the hot encounter.
张译:她现在才算真正来到风月寨,花柳阵。
主将已经跨上了坐骑,要酣战把命拼。

诸如"风月寨""花柳阵"之类比较陈旧的词语,张译中出现较多,例如"浃洽""厮养""焚如""玉醴""喽喋涵泳""秀美的好皮囊""鼠蹊"等等。有的陈词明显不当。如第81行"说她决不离开他那柔软温暖的酥胸",将阿多尼斯的胸膛称为"酥胸",显然是不妥的。

莎士比亚的诗歌语言既不过分绮丽,也绝不粗俗,风格始终如一,这正

是大诗人的本色。而张译的语言有时又显得浅俗，给人风格不甚协调之感。例如：

8. She feedeth on the steam, as on a frey.

张译：她把这气吸，像强者吃弱者的肉那样。

这就与维纳斯向阿多尼斯大献殷勤、极力讨好奉承的情调不相协调了。本句似可译成："她吸入这气息，像吃美味一样。"又如：

9. Still is he sullen, still he low'rs and frets.

张译：但是他却老闹脾气，老皱眉头，老不耐。

一句中连用三个"老"字，使全句诗味尽失。"老"字此用，毕竟不是诗语，可惜在后面又频频出现。如"她老满眼含情"(第 356 行)、"她老用眼传情，他就老用眼鄙视这情"(第 358 行)、"而我对你却老害臊"(第 524 行)、"老大呼杀敌杀敌"(第 657 行)等等。其他用词过于口语化的句子，如"太阳晒到了我脸上来了，我得活动活动"(第 186 行。此句中的 remove 是挪动位置之意，而不是活动活动)，又如"一面大骂这匹不受拘管的畜生混账"(第 326 行)、"这真是要我的命！"(第 1134 行)等等。

梁译语言上的最大缺憾在于相当多的句子散文化，失却了诗句的自然节奏美。虽然张译中这种情况也有，如"我要你把猎野猪看作是可恨的事情"(第 711 行)、"你这是又要把无聊的老话搬了又搬"(第 770 行)，但在梁实秋先生的译文中句式散文化几乎贯穿全译。其中最明显的两点是：第一，诗句中"的"字太多。每个诗节中比较普遍地达六七个"的"字，多的达到九个十个。诸如"她的眼光盯着他的无须的脸"(第 487 行)、"用她的后腿踢拒他的亲昵的抱拥"(第 312 行)之类句子比比皆是，这就未免诗味大减了。第二，以"的"字结尾的诗行多达 24 句，以"了"字结尾的也有 16 句之多。而这两字结尾正是典型的散文句式，如"除了嗅觉之外没留下任何别的"(第 441 行)、"通往危险的路途是平坦的"(第 788 行)、"她走上一条路，又走回来了"(第 908 行)、"他是本想吻他，竟那样把他杀害了"(第 1110 行)。除此之外，梁译的部分句子过于直白，纯粹大白话，如"也可以这么说"(第 337 行)、"她看他的唇，唇是白的/她握他的手，手冰冷"(第 1123—1124 行)，这也大大减损了莎诗原有的韵味。总之，在语言风格的把握上，张、梁两译似乎稍偏于雅俗两端，张译辞藻过雅，而梁译句式偏俗。

三

翻译莎士比亚的诗，不是件容易事。莎翁是举世公认的语言大师，《维纳斯与阿多尼斯》虽是他的“第一部作品”，其诗艺已令世人叹羡，再说时隔数百年之久，语言变化较大，误译在所难免。但由于张、梁两先生中英文学素养甚深，译风又相当严谨，因此误译较少。笔者拜读两译，获益匪浅。下面些许错译之处，拙见或有不妥，尚祈方家指正。

梁译之误，较明显的几处是：

> 10. Backward she push'd him, as she would be thrust.
> 梁译：他向她撞过来，她推得他向后转。
> 张译：她像愿意人家对她那样，推他仰卧在地。

这句张译正确，梁译理解有误，主要是句中 would 一词，梁译成事实，其实此词表达维纳斯的愿望：像她本人非常乐意被人推得仰卧在地一样。

> 11. Making it subject to the tyranny
> Of mad mischances and much misery.
> 张译：使这凡人无法摆脱
> 　　意外的折磨和许多的灾祸。

此句中的 subject 译成“凡人”，显然错了。这儿的 subject 应当是形容词，与后面的 to 相连，意为“遭受到”。“it”指上文所指的“美”。因此可译成：

> 让“美”遭受到厄运，被残酷虐待
> 备受重重苦难，历尽种种灾害。

> 12. Pure lips, sweet seals in my soft lips imprinted
> What bargains may I make, still to be sealing?
> 梁译：纯洁的唇，盖在我嘴上的甜印，
> 　　这样盖个不停，究竟这是什么字据？

第二句似有误，不如译成：“如能印个不停，订任何契约都行。”

张谷若先生译文中明显的错处也不多,以下是两例:

13. Thus stands she in a trembling ecstasy,
Till cheering up her senses all dismay'd.
张译:她这样身发抖,眼发直,兴奋得不自主,
接着又把惊惶失措的感官鼓励安抚。

这两句写维纳斯听到群犬恐怖的吠叫,猜想所猎必定是猛兽时心中极其惊恐的感受。因此 ecstasy 译成"兴奋",明显与情境不符。其实 ecstasy 在这儿指的是无法控制的强烈情绪。因此这一句不妨译为:"她站着直颤抖,极度惊慌焦虑。"

14. O, had thy mother boree so hard a mind,
She had not brought forth thee, but died unkind.
张译:哎哟,如果你妈也会像你这样冥顽无情,
那她到死都要孤零,你就没有机会下生。

此句中的"unkind"译为"孤零",总觉不妥,似可译成:

哎哟,如果你母亲是这般无情,
她会狠心死去,你就不会降生。

两种译文中类似的错误还有一些,不再罗列。总的说来,张译用词不当或增饰成分较多,有不少与用韵有关。梁译除以上数处,明显的错误较少。

有些句子虽均未误译,却不甚妥帖。如以下两例:

15. Poor queen of love, in thine own law forlorn,
To love a cheek that smiles at thee in scorn!
张译:可怜你,爱神,作法自毙,掉进自掘的陷阱,
一死地迷上了对你只表示鄙夷的面孔。
梁译:可怜爱情的女神,困在你自己的部门,
爱上了一个耻笑你的男人!

爱神居然在爱情上失意,正是 in thine own law forlorm 的含义,两人分别译

为"陷阱""部门",总嫌不贴切。不如译为:

可怜的爱神,居然也魂断情场,
爱上一个耻笑自己的少年郎!

又如:

16. Before I know myself, seek not to know me,
张译:我还未通人道,所以别想和我通人道,
梁译:且慢和我攀交,我尚无自知之明,

两译均未译出确切原意,张译虽已含其义,却觉费解。这儿 know myself 应是"情窦初开",而 know me 则是教唆以促其开通之意,因此不妨译为:

我尚不通风情,请勿硬缠死磨。

这方面例子尚多,限于篇幅不做赘述。

以上从三个方面比较张谷若、梁实秋两位先生的译文,泛泛而谈,或许俱是皮相之见。张、梁两位前辈译《维纳斯与阿多尼斯》,毕竟均是数十年前的事了,应当说,两译都达到了相当高的水准。它们被收入大陆与台湾所出的不同《莎士比亚全集》,同为中国读者认识莎士比亚著作的全貌做出了不小贡献。笔者写此文,其实是学习前辈佳译所做的功课,只求对译莎有所裨益,而绝无自诩之心。即使拙文言之有理,拙译有可取之处,也是学习前辈佳译的结果,笔者相信,这也是对译界前辈最好的纪念和继承。

(原刊《语言与文学研究》2004 年第 5 期)

从《哈姆莱特》看纽马克译论与朱生豪译莎实践

翻译《哈姆莱特》,对于任何译者,都是一种真正的考验。他不仅需充分理解、领悟莎士比亚出神入化、精妙绝伦的戏剧语言,具有与之相当的非凡的驾驭运用译语的能力,还得对译事有精辟的见解,并能操持高超的翻译方法。在翻译文学史上公认的大家极品时,译者的功力、见识和译法常常是决定译品高下的关键。

在迄今已有的众多《哈姆莱特》汉译中,朱生豪的译本出类拔萃,既深得专家好评,又广受大众欢迎。这主要归因于朱生豪罕见的语言天赋和卓越的译学见识。彼得·纽马克是当今杰出的翻译理论家,他的译学思想与朱生豪的翻译观颇多相通之处。本文拟就此做些分析,并依据纽马克语义翻译、交际翻译的理论,从词义、节奏、修辞等方面,探讨朱译的成功,也指出朱译的一些不足。

一

纽马克对翻译理论的主要贡献,在于他提出了语义翻译与交际翻译的概念。这一思想基于他对语言本质的认识和文本类型的分析,是他在总结前人研究成果基础上提出的。在纽马克看来,语言的主要功用在于思维。文本依其功能可分为表情型(expressive)、信息型(informative)和祈使型(vocative)三类,不同的文本宜采用不同的翻译方法。[1]文学作品以表情功能为主,尤其那些以表达作者的思想为主的作品,应当侧重于语义翻译,而信息型、祈使型文本,则可侧重交际翻译。[2]语义翻译要求在译入语语义和句法结构允许的条件下,尽可能准确地再现原作的上下文意义,交际翻译则要求译作对译文读者产生的效果尽量等同于原作对原文读者产生的效果。[1]语义翻译重在呈现思维过程,交际翻译则多与言语交际有关。语义翻译的目的,是求真存美:为了保存文学作品中永恒的艺术价值美,译者首先考虑的不是读者,而是原文的意义和作者的意图。翻译中应在词汇、短语和句子层次上力求精准，并尽量保留语言形式和声音效果。[1]但语义翻译和交际翻译是相辅相成、互为补充的，在实际翻译中往往交替使用，只是侧重点不同而已。

朱生豪的翻译观，主要见于他的《〈莎士比亚戏剧全集〉译者自序》[3]。在论及翻译的宗旨和方法时，朱生豪写道：

> 余译此书之宗旨，第一在求于最大可能之范围内，保持原作之神韵，必不得已而求其次，亦必以明白晓畅之字句，忠实传达原文之意趣；而于逐字逐句对照式之硬译，则未敢赞同。凡遇原文中与中国语法不合之处，往往再四咀嚼，不惜全部更易原文之结构，务使作者之命意豁然呈露，不为晦涩之字句所掩蔽。每译一段竟，必先自拟为读者，察阅译文中有无暧昧不明之处。又必自拟为舞台上之演员，审辨语调之是否顺口，音节之是否调和。一字一句之未惬，往往苦思累日。

“保持原作之神韵”，恰恰正是语义翻译的目的。“神韵”者，其实就是该序言中提到的莎翁“作品中具有永久性与普遍性”“原作神味”“原作精神”“原作之意趣”和“作者之命意”。“神韵”还应包括原作的艺术价值和艺术风格。朱生豪在分析莎翁四大悲剧时说：“关于这四剧的艺术的价值，几乎是难分高下的，《哈姆莱特》因为内心观照的深微而取得首屈一指的地位。”[4]显然，保存原作永恒的艺术价值、精神、风格、意趣和命意，是朱生豪翻译中的第一追求。“余笃嗜莎剧，尝首尾研诵全集至十余遍，于原作精神，自觉颇有会心”，“务使作者之命意豁然呈露”，这正是语义翻译所要求的以原文意义、原作者意图为依归。而“更易原文之结构”“自拟为读者”“自拟为舞台上之演员”，则显然是交际翻译的做法，目的在于让读者和观众更好地理解和听懂剧情，使译作产生的效果力求接近原作，使内容和语言都能为读者观众接受。可以说，朱译莎剧，正是语义翻译与交际翻译恰到好处自然结合的结果。

纽马克在论述文本类型和翻译方法的关系时，特别提到了戏剧大师莎士比亚和契诃夫的作品。一般的戏剧，其对白均为角色间的言语交际，自然适用交际翻译。而莎士比亚和契诃夫的剧本，常常有大段对白或独白，看似角色的内心流露，其实往往是作者自己思想的表现。这些重要思想，与其说是角色说给自己或观众听的，不如说是剧作家在向所有的人甚至子孙后代宣讲的。因此，这些词汇精练、含义丰富深刻的长篇对白或独白，语义等值比交际等值更重要，宜用语义翻译。纽马克还举了德国施莱格尔翻译的《哈姆莱特》为例，阐述了一般对白和重要对白独白宜分别采用交际翻译和语义翻译。[1]而朱生豪在翻译中正是遵循了这样的原则。

二

《哈姆莱特》是朱生豪后期的译作，此时其译艺已相当纯熟，精彩译文随处可见。以下从语义翻译和交际翻译的角度，概括数点略做介绍。

（一）词义精准

语义翻译要求：准确再现原作的上下文意义。翻译应精确到以词为单位，力求按作者的意图，将其意义准确地转达。众所周知，莎士比亚是首屈一指的语言大师，其作品词汇量高达 29066 个，可谓前无古人，后无来者。莎翁用词仿佛点石成金，富于创造，他“创造了英语的想象力，把这种语言发挥到了表达力的极致”[5]。译者若无与之匹配的语言能力，必难成事。朱生豪译本的最大特点便是：译词精准、典雅、丰富。莎翁汪洋浩博的词汇，在朱生豪的笔下，大都能得体曲达而出。以《哈姆莱特》第二幕第二场哈姆莱特对人的颂扬一段为例：

> 1. What a piece of work is a man! How noble in reason! How infinite in faculties! In form and moving how express and admirable! In action how like an angel! In apprehension how like a god! The beauty of the world! The paragon of animals![6]（Ⅱ，ⅱ，303—307）
>
> 人类是一件多么了不得的杰作！多么高贵的理性！多么伟大的力量！多么优美的仪表！多么文雅的举动！在行为上多么像一个天使！在智慧上多么像一个天神！宇宙的精华！万物的灵长！[7]

细细品味译文，其词义选择，无不恰到好处，尤其是句中思想内涵相当丰富的实词，可谓字字精准，句句逼似，与上下文的意蕴、角色哈姆莱特的精神和作者莎士比亚的思想完全一致。无论以纽马克的“准确、简洁”，严复的“信达雅”，或什么“信、达、切/贴/妥/似/美/化……”的标准衡量，这都堪称名作名译的范例。[8]例 1 原文为散文，下面再看无韵诗两例：

2. For who would bear the whips and scorns of time,/The oppressor's wrong, the proud man's' contumely,/The pangs of disprized love, the law's delay,/The insolence of office, and the spurns/That patient merit of the unworthy takes,/When he himself might his quietus make/With a bare bodkin?[6] (Ⅲ,i,69—75)

谁愿意忍受人世的鞭挞和讥嘲,压迫者的凌辱,傲慢者的冷眼,被轻蔑的爱情的惨痛,法律的迁延,官吏的横暴和费尽辛勤所换来的小人的鄙视,要是他只要用一柄小小的刀子,就可以清算他自己的一生?[7]

3. O, what a noble mind is here o'erthrown! /The courtier's, soldier's, scholar's, eye, tongue, sword,/The expectancy and rose of the fair state,/The glass of fashion and the mould of form,/The observed of all observers, quite, quite down![6] (Ⅲ,i,150—154)

啊,一颗多么高贵的心是这样陨落了!朝臣的眼睛、学者的辩舌、军人的利剑、国家所瞩望的一朵娇花;时流的明镜、人伦的雅范、举世瞩目的中心,这样无可挽回地陨落了![7]

以上三小节原文,用词精练,音韵和谐,极具思想深度,又极富表现力感染力,既充分体现莎翁的人文主义思想,也完全展示了其戏剧语言的艺术魅力。朱的译文毫不逊色,词义准确精当,典雅优美,再现了原作的神韵和意趣。

朱译不仅词义准确,词汇的语体风格也前后一致,十分恰当,符合语境和人物性格。读朱译,不会有词语风格不协调的突兀之感。角色间的对白,会依情节、场合、人物而有各色口语;抒情议论思考时的独白对白,语言或热烈或庄重或深刻;嬉笑怒骂式的对白,则又辛辣激烈愤怒,其间用词均极相宜。戏中戏的韵诗,格律严谨,又是一副笔墨。这些都体现了语义翻译的特点。

(二)节奏流畅、语气连贯

"语义翻译更多注重保留原作的审美价值,即优美自然的声音效果。"[2]莎剧语言,无论散文、无韵诗、格律诗,不仅词语精美凝练,含义丰富深刻,还富于节奏,朗朗可诵。莎翁本人是演员,他的剧本都是为演出而写,且演出效果极佳,深受观众欢迎。莎剧译本,应当能诵可演,方不失原作本色。朱生豪翻译时，“必自拟为舞台上之演员，审辨语调之是否顺口，音节之是否调和。一字一句之未惬，往往苦思累日”。朱译虽取散文体，其节奏、语气、上下文连贯等等声音效果，实堪称上乘。先看节奏。

4. 我近来不知为了什么缘故，一点兴致都提不起来，什么游乐的事都懒得过问；在这一种抑郁的心境之下，仿佛负载万物的大地，这一座美好的框架，只是一个不毛的荒岬；这个覆盖众生的苍穹，这一顶壮丽的帐幕，这个金黄色的火球点缀着的庄严的屋宇，只是一大堆污浊的瘴气的集合。[7]

5. 啊，乔特鲁德，乔特鲁德！不幸的事情总是接踵而来：第一是她父亲的被杀；然后是你儿子的远别，他闯了这样大祸，不得不亡命异国，也是自取其咎。人民对于善良的波洛涅斯的暴死，已经群疑蜂起，议论纷纷；我这样匆匆忙忙地把他秘密安葬，更加引起了外间的疑窦；可怜的奥菲利娅也因此而伤心得失去了她的正常的理智，我们人类没有了理智，不过是画上的图形，无知的禽兽。[7]

这两段原文，前为散文，后为无韵诗。朱译不仅用词准确，且节奏自然流畅，诵读语感极佳，比几种诗体译文更富韵律节奏，更有诗味。莎翁无韵诗是高度口语化的，这从剧中大量短促对白均用无韵诗体便可看出。莎翁无韵诗最主要的两大特点便是用词精练和富有节奏，这在朱译本中得到充分再现。因此，精湛口语朗朗成诵，是朱译再现莎剧神韵的又一特征。李赋宁先生在谈文学翻译时，特举朱译莎剧为例，并指出：“朱生豪先生的译文虽然没有用诗体来表达莎士比亚原文的无韵诗体（blank verse），但是朱先生的散文译文却能再现无韵诗体的口语节奏。……通过再现莎士比亚无韵诗体的口语节奏，朱生豪先生使自己的译文获得流畅、自然的效果。”[9]苏福忠先生也认为朱译“通俗易懂，文采四溢”“是金子，货真价实”“在研读他的译文时，每每被他译文的口语化程度深深折服”“朱生豪提炼出来的口语化译文，是其最大特色，也与莎剧的文字风格最吻合”。[5]

语气反映说话人的思想感情，是语义的重要构成部分。语气与词序、句序、句子结构密切相关。由于英汉思维习惯和表达方法的差异，改变语序，重组结构，便成了翻译中的一种常用手段。[10]朱生豪在翻译时，“不惜全部更易原文之结构”，就是为了保留原文的语气、气势，“务使作者之命意豁然呈露”。这样做，也使剧中长篇对白独白的语义更加连贯顺畅自然，体现出莎剧的特色。朱生豪翻译时自拟读者、演员，充分考虑上下文语境和读者观众理解的需要，这都与语义翻译和交际翻译的要求不谋而合。因此，朱译在保持原文语气及上下文连贯方面相当成功。正如贺祥麟先生所说："朱译本的最大特点是文句典雅，译笔流畅，好像是高山飞瀑，一泻千里，读之朗朗上口，决无佶屈聱牙之弊。"[11]

（三）修辞、典故、警句自然妥帖

《哈姆莱特》是特别重视语言效果的莎剧，剧中思想内涵和很多娱乐效果，全赖巧妙的语言运用来表达，体裁又变化多端，除无韵诗外，还有大量散文、民谣、古剧体，每种文体又有各种风格，这是对译者翻译技巧和文学修养的重大考验。[12]限于篇幅，本文仅就修辞、典故、警句几方面略做评论。

凡语言大师均为修辞大家。莎翁作品中共有 200 多种修辞式，用得恰当有创意，同期作家没人比得上，且观众也能理解欣赏。[12]这是因为修辞在西方有悠久的传统，一向很受重视。《哈姆莱特》中的修辞手段极为丰富，除用词构句等种种语法破格手段之外，仅修辞格便已异彩纷呈——明喻、暗喻、拟人、象征、夸张、引典、借代、双关、重言、蝉联、跳脱、误用、反讽、模仿、似非而是语等等，可谓琳琅满目，美不胜收。

大多数批评家同意疾病是《哈姆莱特》的主题意象，全剧 74 个疾病意象中，部分是实指（如先王遭毒害之症状），多数为比喻用法。[12]这些比喻，朱译大多忠实译出，保存了原文意象，但有时也按上下文语境而做灵活处理，并收到更好效果。如第四幕第三场克劳狄斯的剧词中："Disease desperate grown/By desperate appliance are relieved."此处 Disease 非实指，而是比喻哈姆莱特无意刺杀波洛涅斯后形势急转直下，气氛极其紧张，克劳狄斯立即差遣（实为押送）哈姆莱特去英国，以借刀杀人。朱译为"应付非常的变故，只有用非常的手段"，透露出形势险恶和克劳狄斯手段的狠毒，合乎上下文，也更利于读者观众的理解。朱译依交际翻译原则，对比喻形象做适当转换，其实无可指摘。这类情况相当多。又如第一幕第三场中奥菲利娅对雷欧提斯说的："你不要像有些坏牧师一样，指点我上天去的险峻的荆棘之途，自己却在花街柳巷流连忘返，忘记了自己的箴言。"原句中的"primrose path"，朱译"花街柳巷"，显然比直译"只顾走莲馨花道路"表意显豁准确，容易理解得多。第一幕第五场先王亡魂向哈姆莱特揭露被害真相，其中一句斥责王后"宁愿搂抱人间的朽骨"，有的译本按原文"prey on garbage"直译为"吃人家垃圾"。因该段剧词前有"a celestial bed"（天床），后有"the royal bed of Denmark"（丹麦的御寝），因此朱译改换比喻形象，是符合上下文语境及交际翻译原则的。而且，将嫁于奸王比喻为"搂抱朽骨"，更贴切，也与中国文化背景相合，因为中国古诗和佛教中颇多“枯骨”的意象。《哈姆莱特》一剧中比喻极多，有时用得相当密集，如前引奥菲利娅以为王子发疯后的哀叹，如果不考虑译入语的文化背景和观众读者的欣赏习惯，而一律按原文直译，往往造成语义语气不连贯，甚至令读者观众不知所云。朱译在这方面处理得自然妥帖，未因语损义。

除比喻外，前述剧中运用的各种修辞手法，如模仿讽刺语、机智语、双关语、似非而是语、反讽语、俗语和夸张语等等[13]，朱译大多译得恰当，甚至传神，效果令人满意。这些修辞语言多数出自哈姆莱特之口。如哈姆莱特对波洛涅斯的讥讽挖苦，对王后的斥责规劝，与奸王及两个昔日同学的周旋和斗争，对奥菲利娅装疯，与掘墓人调侃，都用了大量模仿、反讽、似非而是等充满机智、幽默、嘲讽与取笑的语言，从而生动、准确、鲜明地表现了哈姆莱特的思想和性格，使其形象栩栩如生、格外鲜活。在构句方面，莎翁为了强调人物思想而用的排比句，朱译往往格外精彩，如前述哈姆莱特对人的赞美和独白中对黑暗世事的抨击，以及不少长篇独白对白中大段慷慨激昂的直抒胸臆。在用词方面，莎翁一些极富表现力的造词，如“at a pin's fee”“once again assail your ears”“incestuous sheets”“new-hatched unfledged comrade”等，朱译为“不值一枚针”“再向你絮叨一遍”“乱伦的衾被”“泛泛的新知”，均十分确切。即便是莎翁根据剧情杜撰的词，朱也译得相当巧妙。如第三幕第二场中哈姆莱特对伶人说戏时那句“It out-Herods Herod”。句中动词 out-Herod 就是莎翁自造的新词。朱生豪将这句译成“希律王的凶暴也要对他甘拜下风”，既贴切又精彩。原文赘词重复等修辞手法，朱译未着意模仿，但也有相当体现。就莎翁最爱使用的双关语而言，朱译大多只依上下文译出主要词义，而未着力经营。双关语大多义涉猥亵，于全剧展开情节、表现主题无多补，中国戏剧也没有以猥亵双关语制造舞台效果的传统，在差异太大的语言文化背景中，译双关语传猥亵义既极难亦无多益，因此朱据上下文仅译出词义，实在无可厚非。

《哈姆莱特》剧中的典故，主要源自《圣经》和古希腊古罗马神话传说或文学作品。其中前者不下 39 次，后者 36 处。[12]这些典故大多出自哈姆莱特之口，显出他满腹经纶、慎思明辨，不愧为人文主义思想的代表。而典故所传达的思想和代表的形象，对揭示主题表现人物相当重要。如第一幕第二场哈姆莱特首次出场后的首次独白，便接连用了 2 个《圣经》典故和 4 个神话人物，表现出哈姆莱特鲜明的道德观和强烈的正义感。哈姆莱特将父亲和叔父比为 Hyperion 和 Satyr，爱憎是何等分明。先父死时王后哭得像Niobe一样，可不出一个月她就“迫不及待钻进了乱伦的衾被”，对比反差又是何等强烈！由于中国观众多不熟悉西方文化典故，朱生豪因之义译，将以上三词，分别译为“天神”“丑怪”和“像泪人儿一样”，效果要比音译好得多。在此后的伶人排演和戏中戏中，人名大多音译，因其名难以意译，且多已约定俗成。因此朱译典故，以有利于观众读者理解为原则。剧中《圣经》典故，原文多是莎翁据《圣经》改写，朱译准确译出句意，但一般读者不一定清楚其意源出《圣经》。因此，朱译典故虽不碍理解，注释不足却仍是一缺憾。

《哈姆莱特》剧中为人传诵的名言警句，远比其他莎剧多。这些名言警句，使剧本很富思想性且具深度。此剧也是评论界最关注的文本，据说平均每 12 天便有评论该剧的文字问世。英国文学中的角色，没有一个像哈姆莱特那样获如此多的评论。[12] 朱生豪也认为“《哈姆莱特》因为内心观照的深微而取得首屈一指的地位”。可见《哈姆莱特》远不是一部简单的复仇剧，而具有丰富的思想内涵、深刻的社会意义、广阔的生活内容、高度完美的艺术水平。这些体现在剧中大量寓意深刻、语言精巧、表达完美的警句中。译好名言警句，对于再现原作的思想精神和艺术魅力，至关重要。在迄今已有的译本中，朱译于此最见功力。下面略举数例：

(1)简洁是智慧的灵魂，冗长是肤浅的藻饰。

(2)人们往往用至诚的外表和虔敬的行动，掩饰一颗魔鬼般的内心，这样的例子是太多了。

(3)失财势的伟人举目无亲，走时运的穷酸仇敌逢迎。

(4)罪恶是这样充满了疑猜，越小心越容易流露鬼胎。

(5)忧愁、痛苦、悲哀和地狱中的磨难，在她身上都变成了可怜可爱。

(6)庄稼汉的脚指头已经挨近朝廷贵人的脚后跟，可以磨破那上面的冻疮了。[7]

三

朱译《哈姆莱特》十分成功，但也存在不足。依据纽马克语义翻译和交际翻译的标准，朱译的缺陷可归为以下三点：

(一) 未取无韵诗体

根据语义翻译，为了保存作品的艺术价值，译者应力求保持原作的语言特色和独特的表达方式。尤其是那些表达形式与内容几乎同样重要的审美性文本，更应尽量保留原作的语言形式。[14] 莎剧中的无韵诗体，是文学史上相当重要的艺术形式，莎翁戏剧语言的艺术创造，很大程度上体现于他的无韵诗。将莎剧无韵诗体译成散文，毕竟是审美价值上的大损失。当然，这个问题相当复杂。因为中国文学中没有无韵诗体（唯有余光中先生独辟蹊径，洋为中用，其作颇得无韵诗神韵，可惜曲高和寡，应者寥寥），莎翁的无韵诗，很难移植入中国以白话为载体的剧文中。勉强为之，似亦不合中国读者观众的欣赏口味。但这不应成为改换文体的理由。

（二）删略

朱译本对原文有些删略，数量极少，不超过1%，所删大多是次要角色插科打诨、搬弄字义等。因为无关全剧主旨，游离剧情之外，朱译做了删节和简化。鉴于莎剧的崇高地位，其语言艺术及价值的完整性，任何删略都有违语义翻译原则，并不足取。好在朱译的各种修订本已将所删部分补全，弥补了此一缺陷。

（三）译文不准确或错误

朱译本中有些不够准确甚至误译之处，几种修订本已大有改进。有些误译涉及文化背景知识，有些因语言差异而确实不可译，需增注释，有些则是译者理解有误。但朱生豪在那样艰难的条件下，拼尽毕生精力译莎，以致英年早逝，作为读者，实不宜苛求。至于有论者因朱译删略或有误而贬其“不忠信”，说朱译仅是大众读物，受一般读者欢迎云云，未免偏颇。平心而论，朱译在准确传达原作思想、保留原作的语言艺术和保留上演效果三方面，都是现有译本中最出色的。我国各地上演莎剧，多以朱译为蓝本。朱译经得起时间考验，至今仍广受欢迎，以至数十家出版社竞相出其译本。而且读朱译莎剧的，也远不止一般读者，许多名家都高度评价朱译。如鉴赏眼光绝不比某论者低的许渊冲先生，就将朱译莎剧列为20世纪我国三大传世名译之首[15]；苏福忠先生认为“目前为止仍然没有任何一种译本超过朱生豪的译本，这是不争的事实”[5]；王元化先生则说“朱的译文，不仅优美流畅，而且在韵味、音调、气势、节奏种种行文微妙之处，莫不令人击节赞赏，是我读到莎剧中译得最好的译文，迄今尚无出其右者”[16]。学界译界名家推崇朱译者实大有人在，难于一一列举。

本文以彼得·纽马克的译论，观照对比朱生豪译《哈姆莱特》的实践，目的在于阐明翻译活动中译学见识和正确译法的重要性，外国译论中确有值得我们借鉴学习的内容，前人杰出的翻译实践中，也有不少译学遗产值得今人总结继承。理论和实践均极重要，不可偏废。而只要重视理论的建树和实践的发扬，我们的翻译事业就必然兴旺发达、前程无限。

参考文献

[1] NEWMARK D. 翻译问题探讨[M]. 上海：上海外语教育出版社，2001：57，39，66，59.

[2] NEWMARK D. 翻译教程[M]. 上海：上海外语教育出版社，2001：47.

[3] 朱生豪. 莎士比亚戏剧. 全集译者自序[G]//罗新璋. 翻译论集. 北京：商务印书馆，1984：457.

[4] 吴洁敏，朱宏达. 朱生豪传[M]. 上海：上海外语教育出版社，1990：268.

[5] 苏福忠. 译事余墨[M]. 北京：生活・读书・新知三联书店，2006：220，227.

[6] SHAKESPEARE. The Riverside Shakespeare[M]. Boston: Houghton Mifflin Company, 1974.

[7] 莎士比亚. 莎士比亚全集：第9卷[M]. 朱生豪，译. 北京：人民文学出版社，1978.

[8] 袁锦翔. 神情毕肖　文辞典雅[J]. 中国翻译，1987(2).

[9] 李赋宁. 蜜与蜡：西方文学阅读心得[M]. 北京：北京大学出版社，1995：168.

[10] 连淑能. 英汉对比研究[M]. 北京：高等教育出版社，1993：13.

[11] 贺祥麟. 莎士比亚研究文集[M]. 西安：陕西人民出版社，1982：295.

[12] 周兆祥. 汉译《哈姆莱特》研究[M]. 香港：香港中文大学出版社，1981：12，257，279.

[13] 俞唯洁.《哈姆莱特》中的语言修辞手法剖析[J]. 莎士比亚研究，1994(4)：171

[14] 廖七一，等. 当代英国翻译理论[M]. 武汉：湖北教育出版社，2004：181.

[15] 许渊冲. 文学与翻译[M]. 北京：北京大学出版社，2003：214.

[16] 王元化. 读莎剧时期的回顾[N]. 文汇读书周报，1997-05-03.

（原刊《2006年成都莎士比亚研讨会论文集》）

莎士比亚剧中的荣与耻

一

莎士比亚活跃在十六七世纪之交的二十余年里，他的精神、思想和灵魂却在艺术里得到永生。他确实不属于一个时代而属于所有的世纪。四百年岁月的尘埃丝毫没有掩去他夺目的光辉，相反，他那永恒的艺术魅力倾倒了世界各国各民族一代又一代的人民。“世界是一座舞台。”莎士比亚的这一名句，仿佛也是对自己作品的预言。今天，整个世界都成了这位伟大戏剧家的舞台。全世界各民族都在用自己的语言演出他的杰作。莎学成了“世界学术奥林匹克”。莎剧被改编移植成种种艺术形式持续风靡全球。莎士比亚在全世界影响之广，对人类文化贡献之大，古往今来，绝无仅有。

莎士比亚作品的魅力，主要源于其中蕴含的能净化、美化和完善人灵魂的道德力量。莎士比亚一向把艺术看作是作品的外在形体和躯壳，道德才是内在的本质和灵魂。莎剧中几乎没有一段话一首歌不涉及伦理道德。正如哈姆莱特所说:“自有戏剧以来，它的目的始终是反映自然，显示善恶的本来面目，给他的时代看一看它自己演变发展的模型。”(《莎士比亚全集》第9卷，1978:68)无论写的是善是恶，其目的都是扬善弃恶，使人的灵魂变得纯洁美好。因此，莎士比亚的戏剧不愧是人类灵魂的净化剂，人类精神文明的宝库，一道永不枯竭的真善美的清泉。对于当代中国来说，莎士比亚的作品更具有特殊的意义。

当代中国正经历巨变。但社会转型和经济变革伴随了太多的污浊和罪恶。由于“文革”十年浩劫，传统道德几乎扫荡殆尽，以致拜金主义严重泛滥，坑蒙拐骗、贪假黑冷司空见惯，腐败几乎渗透社会的每个角落。确实，如此世风，再不匡正，国将不国，人将非人!

新荣辱观就是在这样的历史背景下提出来的。这些为人处世最最基本的道德准则，是非善恶美丑极为分明的道德规范，须做如此郑重严肃的强调灌输，正凸显了当代中国道德建设极其重要，极其紧迫。新荣辱观概括了中华民族源远流长的传统美德，反映了热爱祖国、关心集体、尊重人的权利的思想和基本道德规范，又体现了尊重知识、尊重劳动、遵纪守法等人类普遍的基本价值，构成了适合当今形势的新荣辱观的主要内容。倡导实践新荣辱观，对于推动道德建设，提高全民族的道德素质，形成知荣耻、树新风、促和谐的文明风尚，具有重大的现实意义。

知荣辨耻，有益世道人心，促进人的灵魂的净化和提升，是一切优秀文艺和先进文化的特征。莎士比亚的作品，正是这样的优秀文艺与先进文化。莎剧热情赞颂真善美，无情鞭挞假恶丑，其反映社会剖析人性的深度广度，古今中外罕见其匹。作为真善美的统一体，莎士比亚戏剧鲜明的荣辱观、巨大的道德力量、永存的精神营养，是我们道德建设的极好教材。我们的时代正需要莎士比亚。

二

荣辱观是人类道德文明的核心。荣誉和耻辱既是社会的价值认定，也是个体的心理感受，即因真善美的道德表现而获得社会的赞赏敬重和褒奖，或因假恶丑而遭贬斥谴责和唾弃。马克思曾把耻辱称为“内向的愤怒”。中国古代先贤也强调“荣义知耻，德之大端”。因此，树立正确的荣辱观，在道德建设中极为重要。

作为欧洲文艺复兴的杰出代表，莎士比亚在他的作品中表现出十分鲜明的符合人文主义思想的荣辱观。莎士比亚极为重视荣誉，认为荣誉高于一切，甚至重于生命。“我的荣誉就是我的生命，两者互相结为一体；取去我的荣誉，我的生命就不存在。”（《理查二世》）“生命，是每一个人所重视的，可是高贵的人重视荣誉远过于生命。”（《特洛伊罗斯与克瑞西达》）人的道德品行关系着名誉的好坏，因此，“无瑕的名誉，是世间最纯粹的珍宝；失去了名誉，人类不过是一些镀金的粪土，染色的泥块”（《理查二世》），“我们的生命可以终了，我们的名誉却要永垂千古”（《爱的徒劳》）。荣誉是正义的标志：“奸恶既然战胜了正直，哪里还会有荣誉存在呢？”（《奥瑟罗》）荣誉必须靠自己的努力去争取：“最好的光荣应该来自我们自己的行动，而不是倚恃家门。”（《终成眷属》）“要是渴求荣誉也算是一种罪恶，那我就是人们中最罪大恶极的一个了。”（《亨利五世》）像这样标举荣誉的名句在莎剧中可谓比比皆是。

莎士比亚的荣辱观还体现在他对剧中典型人物的强烈褒贬和鲜明爱憎上。综观莎士比亚的全部作品，可以清楚地看到，他对腐朽的封建制度，对剥削阶级的各种罪恶,如嗜杀、骄奢、贪婪、虚伪、欺诈、凶恶、纵欲、金钱至上等假恶丑现象进行了无情的揭露批判。这些恶德败行的代表人物如克劳狄斯、阿伊古、麦克白、高纳里尔、里根、爱德蒙、理查三世等都成了世界文学史上永恒的反面典型。他热烈颂扬、尽情赞美一切真善美的行为和理想人物的公平、正直、节俭、镇定、慷慨、坚毅、仁慈、谦恭、诚敬、宽容、勇敢、刚强等美德。他笔下的哈姆莱特、考狄利亚、苔丝狄蒙娜、罗密欧、朱丽叶、鲍西娅、奥兰多、罗瑟琳、薇奥拉、米兰达、依莎贝拉等正面人物则是真善美在艺术上的生动体现。在这两类人物身上,美与丑、善与恶、是与非、崇高与卑劣,对比鲜明,给观众读者留下荣与耻的强烈反差和深刻印象,从而激发他们扬善弃恶,净化、美化自己的灵魂。

论及道德、荣辱和莎剧典型人物,不能不提到福斯塔夫。福斯塔夫出身没落骑士阶层,沾染了种种恶习,可以说人性的弱点和恶德败行他应有尽有,而骑士该有的荣辱观念,勇敢、忠信等品质,他却一概没有。他贪生怕死、好逸恶劳、花天酒地、耽于女色、吹牛欺骗、游手好闲、寻欢作乐、品行不端,毫无道德约束,纯粹是个流氓无赖、社会渣滓。莎士比亚将他的种种恶行劣迹展示给观众,让他出乖露丑,以观众的嘲笑来做道德的审判,判定其应得的耻辱。因为耻笑往往是更为有力的鞭挞和批判。莎士比亚最终给了福斯塔夫"出汗而死"的结局。马克思经常借福斯塔夫的形象来揭露批判、讽刺挖苦资产阶级达官贵人。这足以说明集种种恶德败行于一身的福斯塔夫尽管是不朽的喜剧典型,却只能是个以之为耻的人物。

三

莎士比亚是位伟大的"人学家"。他的笔触深入人的内心,他对人的思想行为的研究、挖掘和表现,曾使现代最伟大的心理学家、伦理学家、哲学家们叹为观止。莎士比亚作品涉及的道德内涵深刻而广泛,凡属人的道德伦理和人性善恶的种种,几乎无所不包。荣辱观作为最基本的道德人格准则,在莎剧中有着充分的反映。

莎士比亚大部分历史剧写于1590—1600年。当时正值伊丽莎白王朝全盛时期,尤其是1588年英国海军击败西班牙"无敌舰队"后,国威大震,小小英伦三岛成了举世瞩目的强国,民众的爱国主义情绪空前高涨。可以说,爱国主义是莎翁历史剧产生的主要社会背景。且听莎翁的剧中人所倾吐的爱国之情和民族自豪感:

这一个统于一尊的岛屿，这一片庄严的大地，这一个战神的别邸，这一个新的伊甸——地上的天堂……这一个英雄豪杰的诞生之地，这一个小小的世界，这一个镶嵌在银色的海水之中的宝石，这一个幸福的国土，这一个英格兰，这一个保姆……这一个像救世主的圣墓一样的驰名、孕育着这许多伟大的灵魂的国土，这一个声誉传遍世界，亲爱又亲爱的国土。

（《理查二世》，第二幕第一场）

当国土遭到外敌入侵时，英格兰的儿女更表现出同仇敌忾、奋不顾身的精神：

我们的英格兰从来不曾，也永远不会屈服在一个征服者的骄傲的足前……尽管全世界都是我们的敌人，向我们三面进攻，我们也可以击退他们。只要英格兰对它自己尽忠，天大的灾祸都不能震撼我们的心胸。

（《约翰王》，第五幕第七场）

爱国主义不仅体现在莎翁的十部英国历史剧中，在他的四大悲剧和四部古罗马历史悲剧中，也有相当多的反映。显然，将近一半的莎剧都或多或少涉及爱国主义的主题和内容。在这些剧本中，莎翁热情歌颂了热爱祖国的英雄豪杰、仁人志士，严厉谴责了那些危害祖国、认敌为友、卖国求荣的民族败类。只要读过莎翁的这些剧本，就不难体会到莎翁就此表现出的鲜明爱憎。

为民与爱国密不可分，而忠君与爱国则不必统一。莎士比亚从人文主义的立场出发，在他的历史剧中谴责祸国殃民的僭主昏君，颂扬治国安邦的明主贤君，表达了“君为轻，国为重，民为本”，当权者应当服务人民的思想。在《理查二世》和《理查三世》中，莎士比亚揭示了“民心不可违，民意不可欺，失民心者失天下”的客观规律。不管是曾有“贤明”美称的正统君主，还是靠阴谋残杀夺权的暴君，只要他们昏庸无道、祸国殃民，人民就有权利把他们赶下台。而《科利奥兰纳斯》一剧，更清楚向人们昭示了危害祖国、背离人民是人所不齿的。科利奥兰纳斯尽管功勋卓著，可他居功自傲，背离人民，背叛祖国，最终落得身败名裂的下场。倒是他的母亲伏伦妮娅，在儿子和祖国人民之间，毫不犹豫选择了后者，表现出爱祖国、爱人民的凛然大义，成为莎剧中一个令人难忘的形象。

在莎士比亚的时代，科学远不如现在这么发达，受到重视。可莎士比亚凭他过人的睿智，早就深刻认识到文化科学知识对人类的重要意义。他在作品中反复强调智慧的力量、学问的重要，揭示没有文化、愚昧无知，对人对社会的危害。这种对比在《暴风雨》中表现得最为明显。以卡列班为代表的原始人粗鲁野蛮、趣味低下、心术不正，"行为和形状都是天生的下贱恶劣"，污秽不堪。而普洛斯彼罗则是崇尚科学的文明人的代表，"在学问艺术上更是一时无双"。普洛斯彼罗能驱使爱丽儿为他呼风唤雨，战胜敌人，爱丽儿正是科学知识的象征。在《亨利六世》中，文化与愚昧的斗争，成了国家兴亡、成败的决定条件。凯德原是农民起义领袖，可他没有文化教养，素质低下，打进都城后其劣根性便暴露无遗，居然命令"一切念书人、律师……都该处死""今后我的一张嘴就是英国的国会"，甚至无耻地下令"任何女子不准结婚，除非让我在她丈夫之前享受初夜权"，并吩咐"洗城的活儿留到夜晚再动手"。凯德还下令处死文化大臣赛伊，可见无德无能无知的专制者对知识分子何等仇视。同样，麦克白对班柯，克劳狄斯对哈姆莱特也是这种心态，整日提心吊胆、惴惴不安，必欲除之而后快。就因为后者有学问智慧、有胆识才能。惧怕知识，仇视知识分子，显然是专制帝王们的共同心态。在莎剧中，揭示愚昧的可怕可笑可悲，强调知识学问重要的话随处可见。"世间并无黑暗，只有愚昧……愚昧是像地狱一样黑暗。"（《第十二夜》）"人类共同的诅咒——无知和愚蠢。"（《特洛伊罗斯与克瑞西达》）"学问是我们随身携带的财产""生活里没有书籍，就好像大地没有阳光，智慧里没有书籍，就好像鸟儿没有翅膀""上帝谴责愚昧，而学问则是人们借以飞升天堂的翅膀"（《爱的徒劳》）。

劳动创造了人。劳动是人生的要务，美德因之而生，荣誉寓于其中。莎剧的主人公多为王公贵族，但也有不少出身平民，凭辛勤劳动、艰苦奋斗而赢得了地位、财富和幸福，如奥兰多、海丽娜、薇奥拉、奥瑟罗等。处于社会底层的劳动人民，多具有优秀品质和出众智慧，如《冬天的故事》里面抚养潘狄塔长大的牧羊人，《泰尔亲王佩力克里斯》中救助了亲王的渔夫们。莎剧中好逸恶劳的典型莫过于福斯塔夫。如前所述，这个人物已成为千古笑柄。

乐于助人为美德，损人利己为恶行，这是判定善恶的主要标准，也是为人处世最基本的道德准则。这条荣辱准绳，将莎剧中的大半人物，分成了两类：一类体现真善美，其品德、人格、精神高尚高贵；另一类则卑劣、卑鄙。两类人形成鲜明对照。《维洛那二绅士》中的凡伦丁和普洛丢斯，《威尼斯商人》中的安东尼奥和夏洛克，《暴风雨》中的普洛斯彼罗和卡列班，《皆大欢喜》中的奥兰多和奥利弗，《无事生非》中的阿拉贡亲王和唐·约翰，便是两类人物的代表。前者往往宽容、仁慈、团结互助，后者则心胸褊狭、人格低劣。那些十恶不赦的害人者，如克劳狄斯、伊阿古、麦克白、高纳里尔、里根、爱德蒙、理查三世，无一不是极端损人利己者。他们以害人始，以害己终，逃脱不了正义的惩罚，也给世人留下永远的教训。

自古以来，对于利与义的取舍，考验着人们的道德良心。背信弃义、见利忘义，从来就是缺德的行为，为恪守传统道德的人们所不齿。然而，如今由于种种原因，诚实守信缺失，金钱私利至上却几乎成为社会的通病，致使当代中国的种种改革举步维艰，事倍功半，甚至濒临困境。金钱对人性的腐蚀，并非中国独有。莎士比亚对此有着极为深刻的认识和有力的批判。他的《雅典的泰门》便是由此而发，该剧不愧是部崇高的道德批判的杰作，深得马克思的激赏。马克思曾在他的重要著作中，四次引用该剧中有关黄金市场诱惑力的台词，赞扬莎士比亚"将货币的本质，描绘得十分出色"(《马克思恩格斯全集》第 3 卷，第 254—255 页)。莎翁关于黄金足以颠倒黑白的精辟论述，颇具警世醒世功用，值得人们，尤其是人民公仆们一读。

值得一读的，还有《一报还一报》。这个剧本告诉人们，遵纪守法，社会才能和谐，国家才能稳定。官员若违法乱纪，将给社会、给人民带来严重的危害。剧中的摄政安哲鲁，执意要判处克劳狄奥死刑，罪名是这个年轻人使他行将迎娶的恋人未婚先孕了。克劳狄奥的姐姐伊莎贝拉请求安哲鲁宽恕她的弟弟。不料安哲鲁居然要伊莎贝拉献出贞操，满足其兽欲，才能免克劳狄奥一死。而安哲鲁在"得逞"之后，竟下令提前处决克劳狄奥。这个具有"执法严明"美誉的摄政，不仅是个道貌岸然的伪君子，还是个无法无天、心狠手辣的恶棍。莎剧中这样公然违背甚至践踏法律的恶人，或篡权窃国，陷害忠良，或泯灭天良，残杀无辜，或为非作歹，无法无天，结果全落得可耻的下场。

莎士比亚剧中还不乏身处绝境不屈不挠艰苦奋斗的英雄。奥瑟罗无数次出生入死，哈姆莱特处境凶险不忘复仇，李尔王暴风雨中无处栖身，普洛斯彼罗流落荒岛自强不息，泰尔亲王亡命他乡漂泊海上，亨利五世不畏强敌英勇决战，塔尔博父子浴血沙场为国捐躯，泰特斯·安特洛尼格斯受尽迫害侮辱而不屈……这些人物或英勇获胜，或悲壮死去，他们的精神赢得了荣誉，莎士比亚对于这样的英雄，无论成败，从不吝啬他的颂扬。而对一些骄奢淫逸的君主贵族，总是加以讥刺批评。这类人物有理查二世，他贪图享受，淫欲无度，花天酒地，奢侈挥霍，又宠任小人、杀戮忠臣，结果仅十多年便众叛亲离，沦为阶下囚。另一个是亨利八世，在与法国国王会盟时，竟相攀比排场，竞奢豪华，以致此次会盟史称"锦绣田野"。然而和约墨迹未干，法国人便滋事寻衅。该剧中的主教伍尔习，不择手段搜刮了堪称首富的巨额财产，又好奢华排场，常大宴宾客，珍馐满桌，美女如云。可曾几何时，其财产全被没收，荣华富贵如过眼云烟，只落得贫病交加，悲惨而死。另一因骄奢淫逸而致身败国亡的典型，便是安东尼和克莉奥佩特拉。在我们赞叹这对高贵恋人的伟大爱情时，不应忘记其中蕴含的历史教训。

新荣辱观对荣与耻的概括，是人类社会荣辱观的主要而非全部内容。人的道德有无、心灵美丑、人性善恶，从高尚到卑劣的两极之间，还有种种可称为“人类普遍弱点”的典型。莎士比亚的戏剧犹如“人性周期表”，对形形色色的人品德性，都做了充分具体的刻画和表现。比如窃国贼的野心，阴谋家的奸诈，擅权者的骄横，暴君的狠毒，伪君子的狡狯，小人的势利，不孝女的忤逆，多疑者的嫉妒，以及虚伪、刻薄、刁悍、乖戾、卑怯、轻狂、放荡、愚顽、虚荣、鄙陋、猥琐等种种人性的弱点。而许多正面人物所具有的美德，除前述十二条之外，还表现为善良、无私、宽厚、淳朴、耿直、磊落、忠诚、乐观、坚贞、勤奋、热忱、通达、清廉等等。仅那四大悲剧、四大喜剧，就有多少人品性格各异、呼之欲出的典型人物。莎剧中共有七百多个栩栩如生、形象鲜明的人物，仿佛是典型人物、典型性格的大观园，足以让任何观众、读者心灵上受到感动，得到感悟，在艺术享受、潜移默化中受到教育熏陶，提高道德情操，以成为“宇宙的精华，万物的灵长”，真善美完备的大写的人。由此可见莎士比亚的伟大艺术所具有的改造人、改造世界的巨大道德力量。

四

当代中国的道德建设，为什么可以而且应该从四百年前莎士比亚的作品中寻求艺术典型、道德力量和精神资源？这其实毫不奇怪，自有充足的理由。

首先，当代中国在许多方面具有类似英国文艺复兴时期的历史特点。经历过“文革”及种种磨难的人，不难体会莎翁历史剧和悲剧中那些严酷政治环境和专制统治集团争权夺利的残酷斗争。社会主义初级阶段必须重走商品生产、市场经济的竞争和资本原始积累之路。矿难频频、欠薪难追、劳累而死、圈地运动、失地农民进城，这种种社会现象背后有一双双追逐最大利润的黑手，在操纵弱势群体的命运。哈姆莱特最著名的独白，那“生存还是毁灭”、忍受还是反抗命运的问题，仿佛是向着身处逆境的人们而发。因此，莎士比亚剧中的民主主义和人文主义思想，依然富有启迪。

其次，物质文明建设需要学习吸收借鉴世界上一切先进的科学技术，精神文明建设同样需要学习借鉴人类所创造的一切文明成果。况且，莎士比亚是资本主义上升时期凭借文艺复兴的好风之力而诞生的文化巨人，正如恩格斯在论述文艺复兴产生巨人时所说的："给现代资产阶级打下基础的人物，决不受资产阶级的局限。"莎士比亚的作品反映了一个非同寻常的伟大时代的精神，表现了人类从未有过的激情、能力和智慧，具有超越时空的永久价值。马克思在论述古希腊艺术的永久魅力时，认为古希腊人是人类发展早期的"正常儿童"，他们美丽天真的想象就是其艺术魅力的根源。而莎士比亚作品的魅力则在于以人类"青年时期"的激情为基础。莎士比亚不是以一个资产阶级作家的身份出现在历史舞台，而是以思想解放、天赋得到最充分发展的"自然诗人"出现，并以其独到的眼光审视和描写一切。因此，他对人类的赞美、对人生的追求，以及对真善美与假恶丑冲突的富有哲理意蕴的描写，在我们的时代仍有普遍意义和特殊价值。

确实，时至今日，莎士比亚作品依然是人类的精神伴侣。他笔下人物的高尚道德情操与积极进取的人生观，陶冶着人们的心灵。莎剧讴歌真善美、鞭挞假恶丑的审美意蕴有助于美化净化人的灵魂。莎翁不愧是人类文明的代表。今天，在人类的民主进步优秀文化与专制落后腐朽文化的冲突较量中，在社会主义精神文明与形形色色的利己主义、拜金主义、市侩主义、享乐主义甚至封建专制主义的斗争中，莎士比亚无可争议地站在民主进步力量一边。正如马克思独具慧眼指出的那样，莎士比亚的伟大艺术，可以作为改造旧世界、改造人的锐利武器。无怪乎马克思、恩格斯对莎士比亚情有独钟，超过任何其他作家。马恩全集中引用莎士比亚多达三百多处，几乎无处不在。因此，革命导师在构想人类的前景时，显然是把莎士比亚视为新思想的传播者和新社会的建设者。而莎士比亚作品无所不包的思想容量和无比美妙动人的艺术魅力，足以使他无愧地担当起这样的重任。愿莎士比亚艺术的光辉和力量与我们同在，并促使我们的世界变得更加美好。

参考文献

[1] 莎士比亚. 莎士比亚全集[M]. 朱生豪，等译. 北京：人民文学出版社，1978.
[2] 杨周翰. 莎士比亚评论汇编[G]. 北京：中国社会科学出版社，1979.
[3] 朱雯，张君川. 莎士比亚辞典[M]. 合肥：安徽文艺出版社，1992.
[4] 张泗洋，徐斌，张晓阳. 莎士比亚引论[M]. 北京：中国戏剧出版社，1989.
[5] 郑土生，冼宁，李肇星，等. 莎士比亚戏剧故事全集[M]. 北京：中国戏剧出版社，2002.
[6] 莎士比亚. 莎士比亚十四行诗集[M]. 屠岸，译. 上海：上海译文出版社，1988.
[7] 张泗洋. 莎士比亚的道德艺术[M]//孟宪强. 中国莎学年鉴. 长春：东北

师范大学出版社，1995.
[8] 郑土生. 真善美是永恒的主题[G]//孙福良. '94上海国际莎士比亚戏剧节论文集. 上海：上海文艺出版社，1996.
[9] 张泗洋，孟宪强. 莎士比亚在我们的时代[M]. 长春：吉林大学出版社，1991.
[10] 马克思.《政治经济学批判》导言[M]//马克思，恩格斯. 马克思恩格斯选集：第2卷. 北京：人民出版社，1966：144.
[11] 恩格斯.《自然辩证法》导言[M]//马克思，恩格斯. 马克思恩格斯选集：第3卷. 北京：人民出版社，1966.

（2006年在成都莎士比亚研讨会上发言介绍）

莎士比亚翻译评论十议

20世纪自始至终，见证了中国译人翻译莎士比亚的不懈努力。始者有世纪初文言译述的莎剧故事集《澥外奇谭》《吟边燕语》，终者有世纪末方平等大家，成就了诗体新莎士比亚全集的大业。其间几代译人前赴后继矢志不渝，包括朱生豪以身殉业、梁实秋坚忍不拔、孙大雨九死不悔、卞之琳精益求精、方平锲而不舍，等等，为国人奉献了多套莎作全集及多种单译本，使莎士比亚成为汉译最早也最多的西方文学大家。前辈译人的卓绝努力，为我们留下了弥足珍贵的译学遗产。

遗憾的是，中国译界对如此宝贵丰厚的遗产，未予足够重视和认真研究。虽然，对各种莎译本的批评也不时见诸报刊，却鲜有人对翻译家们的经验、观点、成就、得失做系统梳理和探讨，做全面研究和总结。翻译理论家和评论家对莎译批评投入的精力及收获的成果，与前辈译人的付出及成就相比，反差太大，令人赧颜。我们确该定下心来，好好学习研究、分析总结这份遗产，这既是为了莎学的继往开来、译学译艺的更上层楼、文学艺术的推陈出新，也是为了对得起我们那些筚路蓝缕拓荒开路的前辈。

本文不是对莎译文本的具体评论，只是对莎士比亚翻译批评的点滴思考。分十个方面，略陈己见，算是抛砖引玉，以期方家指正、同仁探讨。

一、版本意识

从事莎士比亚翻译批评，必须有清醒的版本意识。由于历史的原因，莎著版本繁多，无论正文文本、序跋附录，还是对莎士比亚时代语言的研究，包括对大量词汇、修辞、典故等的诠释，均有不少差异。同样由于历史的原因，我国众多译者当时选择的版本各不相同，且大多对此不太讲究。朱生豪、梁实秋采用的牛津旧版，在莎学界地位不算很高，其他版本似更等而下之。我国莎学界及莎译批评中，很少有人深入探讨版本问题，这确实是个不小的缺憾。时至今日，似尚无人对我国各种莎译本所依的原版本做一番系统的梳理和比较。尤其是六种莎士比亚全集（梁实秋、方平及朱生豪译本校订本）

及卞之琳、孙大雨等影响较大译家所依据的原版，很有研究比较的必要。从20世纪30年代、80年代至90年代，无论初译、重译、补译、校订，所依据的各种原版本与现在行世的几种权威版本，毕竟多少存有差异，这非常值得研究。评论译本，做翻译批评，就必须将译本与原版本做认真对照，如对译著那样做深入研读；同时应了解该原版本的不足，才能对译本做出客观的评价。国外莎学大量新的研究成果，均体现在最新权威的版本中；而我国几乎所有译本采用的均是较早的版本。因此实在需有人将新旧版本做对比，并据此发现旧译中因当时研究水平局限(原版之误)而生的错讹。这当然是极费力而又无名利可图的工作，却又是莎学界必须从事的基础工程。否则，我们的莎学，就仍将落后于国外莎学的进展。

二、译莎简史

莎士比亚汉译史见证了中国译业的长足发展。然而，我们不能满足于已有的译本而不思进取。无论莎学研究、舞台演出、理论建树、创作借鉴，都需要更完美的译本。这就需要在前辈译莎的基础上更进一步。因之，百年译莎史应当细加盘点总结，认真研究撰写。当然已有孟宪强先生的《中国莎学简史》，但《简史》问世之后，我国的莎士比亚翻译又有重大进展，之前的莎译也有不少新发现、新认识。对百年译莎的收获、成就、不足、经验教训，该总结的内容实在太多。一部译莎史，以下几点至少应有较详细的描述：(1)中国人认识莎士比亚的历史。从晚清士大夫、五四新文人及此后各时期中国文化人对莎士比亚的了解，译莎对中国思想文化界的影响，至今研究成果仍相当欠缺。(2)举凡出版的译本的一切信息、译者概况、译介动机、时代背景、译作发表或出版情况及其影响。(3)对各类译文译本做扼要评论，尤其是对六套全译(朱、梁、方)和影响较大的卞之琳、孙大雨、曹禺、曹未风等译本做出客观公允的评价。(4)深入分析各译本或热销获好评或受冷遇淡出的原因，指出今后译莎的新要求和努力方向。总之，译莎史不仅须总结以往成就与不足，更宜着眼未来。

三、译本比较

译本众多，为译评家提供了足够的园地，可惜耕耘者似乎寥寥。译评文字固然不少，大多只是某剧某诗某段甚至某句剧词几种译文的比较，而少有译本比较的宏观之作。至今堪称大著者有二：周兆祥先生的《汉译〈哈姆雷特〉研究》和奚永吉先生的《莎士比亚翻译比较美学》。前者虽有失公允，过于扬卞抑朱，却是极具学术规范的译评，其对原剧及诸译本涉及主题、文化背景和语言的体裁、风格、修辞、意象等种种方面的抉微探幽，精细分析，至今仍一枝独秀、无人可及。后者看似鉴赏性专著，其实以"趣"挈纲，从美学（尤其是传统诗学）角度，对迄今已有的种种译本，做了极为深入细致的比较分析，其评其论，多真知灼见。凡莎译评者，实不可不读。此两著确为莎译评界的重大成果。另有桂扬清先生的《莎翁作品译文探讨》，虽仅就人文版《莎士比亚全集》指疵挑错，却自有价值。李伟民先生的《莎士比亚批评史》，有专章全面梳理述评五十多年来的莎士比亚翻译与批评，也属必读文献。

译本比较，天地广阔，大有可为。诚如李伟民先生所说："这就是莎士比亚翻译批评现在和未来的用武之地。"既需要桂扬清先生式语言层次的文本校读批评，也需要奚永吉先生式审美层次的译文比较批评，更需要周兆祥先生式文化层次的既宏观入文史又微观有量化的批评。比较的内容从语言、文体、审美，到文化诗学、意识形态，极为丰富；比较的对象更是难以穷尽。可以说那仍是大片待开垦的处女地。比如世界书局版原汁原味的朱译与后来不同时代的五种"校改本"（人文社、时代文艺版、新世纪版、译林版、台湾虞尔昌版）的比较，这五种"校改本"之间的比较；影响较广的朱生豪、梁实秋、方平、卞之琳、孙大雨等译本的比较；另尚有数十种他译另集的批评和比较；等等。此类比较批评又必当依据一定的标准和方法，选取适当的视角，这就须有厚实的理念为依托，无论中国或西方的、传统或现代的译论或文论，运用于翻译批评，必将大大拓展译评的天地。

四、译论实践

理论来自实践，翻译理论亦如此。西方不少翻译理论家本人便是语言学家、翻译家和翻译批评家。他们是在大量翻译和翻译批评的实践基础上提出其理论观点的。中国从古代译佛经，到严复、傅雷、钱锺书，提出精辟译学见解的，都是些翻译大家。缺乏翻译和译评实践的译学家，其理论便未免空泛。正如文艺理论与文艺批评不可分一样，翻译理论亦不可脱离翻译批评。中国译论应当建立在汉外互译及译评实践的基础上。大量的莎士比亚翻译实践和译作成果，为翻译研究和批评提供了极丰富的素材。有志译学者，正可从中总结两种语言转换的规律，归纳抽象出中国的译论，亦可运用古今中外的种种翻译理论，来开展莎译领域的批评，以验证理论，提高翻译水平，推动译业发展。目前，不少莎士比亚译评文字，多运用西方译论，引莎作中译之例以证之。如以勒菲弗尔的操控论分析梁实秋译本及《罗密欧与朱丽叶》诸译本;从本雅明译论或后殖民译论视角观察莎译;从功能目的译论评莎剧诸译本;从纽马克译论析朱译《哈姆莱特》;等等。这种"西论中例"式译评,当然也非常需要,但为什么不能多些"中论中例"式译评呢?毕竟西方译论是在西方各语种翻译实践中产生的,中西翻译实践有相当大的差异。中国译论自古到今尤其近二十余年,已有相当可观成果,西方译论可资译评,亦有不少待开发利用。愿我们的译论家都能争当译评家,能继续开采莎译及译评的丰富资源,推动中国译学的建设和发展。

五、文论语论

现代译论的勃兴,很大程度上得益于文艺批评尤其现代语言学的长足发展。翻译毕竟与语言和文学分不开。因此,在翻译批评中运用现代语言学和文艺批评的理论成果及方法,确实可别开生面,有所开拓。近年来已有不少论者,从文论或语言学理论视角,通过对原文、译文的语言对比分析或历史文化语境比较,来展开译评。如以接受美学观点分析莎士比亚十四行诗的翻译,有从系统功能语言学的人际意义建构来分析《哈姆莱特》及莎诗译文,有从解构主义、互文性、语境对话理论、心理语言学、语料库、阐释学等理论角度探讨莎剧,对比译文,进行批评。这都是相当可喜的现象。尽管这些译评尚不够深入,开拓的却是一片新天地。莎士比亚翻译批评领域,正期待各种理论的交融、学科的渗透、视角的拓宽、方法的创新,从而展示新貌,臻于繁荣。莎士比亚深广的蕴涵和繁复的语言,也亟须新理论和新研究方法的介入。事实上,近几十年的文论及语言学理论,有相当多的新意和新视角、新方法尚未运用于莎译研究。有志译学译评的广大才俊,大可以所学理论武器,来这片领地一试身手。

六、文化对比

翻译不仅是语际转换,更是文化交流。莎士比亚的作品,堪称文化的百科全书,其所涉及的西方文化之广,远超任何其他名著。这些文化内容,在西方几乎家喻户晓,而在所有的汉译本中,却多多少少有所流失。迄今已有的莎士比亚汉译本,几乎都取归化译法,未能尽量保留原作的文化异质。因此英美读者读莎剧、莎诗与中国读者读汉译本,其对作品文化底蕴的感受和反应显然大不对等。探讨莎剧涉及的中外文化差异,探求各译本中文化内涵及意象的流失，寻求弥补之法和移植手段，应是莎士比亚翻译批评的重要内容。在全球文化日趋交融的今天，努力使中国读者更多地了解认识莎剧中的文化内涵，应当不算是什么奢求。这可为研究者提供文化差异的参照，让读者更多地了解西方文化，更好地理解欣赏莎翁作品。因此，莎剧和译评应当依据现今多种权威版本，找出现译本在文化移译方面的不足，提出弥补之法，以求在可能出现的新译本中有所改进。例如在涉及文化异质时尽量采用异化译法，并加必要的注释。在这方面，张谷若先生翻译哈代的做法，可资借鉴。哈代小说中的文化异质，比之莎翁作品，显然少得多，张先生在译哈代时，却极为严谨，每逢有宗教、神话、传说、典故、习俗、熟语、风土人情等异域文化内容，他都细加考证，详做注释，这对读者理解欣赏哈代作品，帮助极大。莎剧汉译中，只有孙大雨、梁实秋做了细致的注释功夫。最为读者喜爱的朱生豪译本，连同后来五种校改本，均未做此弥补，实为憾事。尤其对于晚出的最新最全的译林版来说，更是如此。

七、语言本色

翻译莎士比亚，就须对莎翁的语言本色有深入切实的认识和把握。莎士比亚是举世闻名的伟大语言天才。莎翁的语言不仅极为丰富而且十分精湛，既为宫廷供奉又为平民接受，既体现传统又适应发展，既挥洒自如、富于创造又既成规范，广为流行。其反映社会生活面之深广、刻画描写精神心理之精细，可谓包罗万象无所不及。这样的语言要在译文中铢两悉称地再现，任何译者都难当此任。然而这正是翻译促进文化交流、推动文明发展的意义所在。语言和文化，很大程度上正是通过翻译得以发展和提高的。

就语言层次做分析评论，探讨译本如何再现原著语言本色，应当是莎士比亚翻译批评的重中之重。这类批评文字虽然不少，可惜多零星之作，多印象式的评点，而缺乏较宏观有分量的批评。迄今就此做较深入具体评析的，仍为周兆祥和奚永吉两先生的大著。两著对各莎译本语言的评析，各有侧重。周重意象修辞，并对六译本做了总体评价。奚重趣美，分门别类为别趣、通趣、体趣、语趣、意趣、机趣、奇趣。前二趣评论译者、译本，后五趣所探讨，皆为语言范畴。其分析相当深细，见解独到，论述精辟，颇见功力。可惜全书体例，更似鉴赏类文本，而非译评专著，对各名家译本，缺乏整体的分析评判，是为一憾。

几十年来围绕莎剧语言本色的讨论，涉及较多的是文体，即莎剧素体诗应译为散体还是诗体的问题。诗体译者往往以此自高，而贬抑散体译者。

从翻译当存真求信来说，诗体似乎自占上风。然而现存的诗体译本，就再现原著语言本色和艺术魅力以求传神达意而言，仍有明显不足，甚至不及优秀的散体译本。而迄今围绕"两体"所议，多以原著为素体诗，故应当译为诗体，而未就现有多种两体文本，做较全面的比对分析，引出较令人信服的结论。即使同为诗体的方译、卞译、孙译，和同为散体的朱译、梁译，对于其语言风格的成就与不足，亦有大量译评工作待做，何况围绕莎译语言要研讨批评的内容，还远远不止文体。

比如语体和词汇，亦是莎剧语言两大显著特色。莎剧人物的语言，无不切合各自身份、话语场合和剧情发展，亦即人物的性格化语言，无不神情毕现、逼真可信。各汉译本能否"摹腔铄吻"，使各式人物的语言风格各不相同，而不是千人一面一腔，是衡量译本艺术水准的重要标准。这方面精确深细的评论实不多见。莎翁作品的词汇量更是惊人。西方学者早就通过计算机精确算出其词汇量为29066个，远超过西方任何大作家。莎翁还表现出独特的语言创造能力和善于操纵、发展语汇意义的能力。对于莎翁如此丰富的词汇，汉译各家是如何处理的？各译本的词汇量是多少？莎翁创造性运用和发展词义的大量实例，在各译者笔下译成了怎样的中文，在中文文化语境中是否仍衍生新义具创造性？莎翁对语言的活用对近代英语的发展有明显影响，中译本的语言对现代汉语有何影响？……这些都是很值得研究探讨的翻译批评课题。当然围绕语言的莎译评，还有相当多的内容，此处不做赘述。

八、修辞天地

修辞本属语言艺术，另列再论，是因为莎剧的修辞天地实在广阔。西方语言的修辞源远流长，莎翁又格外喜爱并善用各种修辞。莎剧中有着无数新鲜生动的比喻，无数俏皮滑稽的双关语，大量的俗语、俚语、行话和切口，大量的典故、成语、拟人、排比、反讽、矛盾修辞，等等，这些都使得莎士比亚的语言成为不朽的典范、后人难以企及的艺术高峰，也成为翻译中难以逾越的障碍。

国内外学者研究莎翁修辞艺术的成果不少，但围绕修辞展开的翻译批评却屈指可数。主要成果依然是周兆祥和奚永吉两先生的大著。周先生的专著是《哈姆莱特》汉译研究，奚先生做的则是各译本个例比较。两著均不愧垂范之作，但莎翁修辞之妙，各译多付阙如，就此进行的研究比较评论远未穷尽，因此大有继续探讨的必要。即以比较而言，由于莎士比亚运用比喻不仅广博而且多奇，且大多为其独创，西方文论中遂有“莎士比亚式比喻”的说法。比喻又是修辞中“首要的表达手法”，其作用可谓大矣哉。因此译好莎氏比喻，对于丰富汉语的创造力、表现力大有裨益。而比喻的翻译，在众多修辞手段中似尚属易。可我们至今对此仍无充分的研究。首先是对“莎士比亚式比喻”的详尽介绍，其次对各译本再现莎式比喻的成功和不足似乎仍有待探讨。又如莎氏偏爱使用的双关语，多数行家认为极难或不可译，然而这又不仅仅是“文字游戏”，而是莎剧语言的一大特色。对于莎翁双关语的考察研究及其在各汉译本中的再现，至今也无翔实细致的论文或专著。目前权威的莎著版本，对于其中的双关语，都有详尽的注释，至今却没有中国学者对此下深入扎实的功夫，写出诸如《莎翁双关语及其汉译》的大著。其实对英汉语词汇的谐音，一词多义等双关语，从语言文化层次做一番梳理，并专以莎翁双关的汉译为例，是大可挖掘的研究课题。又如在中国文学作品中不多见而为莎翁喜用的矛盾修辞法，亦大有“拿来”的必要。汉语虽亦是表现力极强的语言，却尚不如英语那么善于融汇吸收其他语言的表现手段。莎士比亚是位语言学习、借鉴和创新大师。他对提高英语表现力的贡献，怎么夸张赞赏都不会过分。翻译莎士比亚倘能曲尽其妙、妙处尽传，必能对提高汉语的融合力、表现力、创造力有所帮助。

九、译家专论

莎译家为莎剧的传播普及做出了重大贡献，而至今对这个群体的研究介绍却难尽如人意。近年随着对译者主体性探讨的深入，译界不少人已在着手对翻译名家的研究专题，但对莎译家的研究似尚不多。最明显的个例便是对于译莎、普及莎剧贡献最大的朱生豪。《朱生豪传》是 1989 年 9 月出版的。在朱生豪为译莎殉业近半个世纪后，世人才对这位译界楷模的生平、志趣和艰苦卓绝的译莎历程有所了解。遗憾的是，整整 20 年过去，我们至今却还没有一部研究探讨朱氏翻译思想、翻译艺术的专著。朱译曾获首届国家图书奖，曾获许多著名学者的赞赏推崇，也受广大读者的喜爱和好评。可是在这翻译理论空前兴旺，翻译事业长足发展，朱译莎剧一版再版的 20 年，居然无人对朱生豪的译艺做译家专论。这样的专论，除介绍译者的背景、修养、才情、气质、译莎过程外，应重点探讨其译学思想，尤其是应对其译著做出客观公允的评价，对其译艺做翔实深入的分析批评。不仅仅朱生豪，至少对梁实秋、方平、卞之琳、孙大雨、曹未风和虞尔昌等译出较多莎剧的大家，均应做专论研究。对于译出一部或几部莎剧的众多译者，也应有相应的研究和评介。译者们的辛勤劳动应当得到尊重；而最好的尊重莫过于认真拜读其译著，总结其经验教训，并推动莎译的发展提高。

除译家专论外，译著专论也是莎译批评大可致力的方向。周兆祥先生的《汉译〈哈姆雷特〉研究》是此领域的典范之作。或许曲高和寡，近30年来竟无人为继。莎剧39部，中外莎学论著汗牛充栋，莎剧汉译亦蔚然可观，然而对莎剧汉译的研究，至今却仅一部有较翔实的分析评论，莎译评界宁无人乎？但愿不久的将来，我们能读到堪与周氏大著比肩的莎氏名剧的汉译研究专著。

十、译介视角

译介学的问世，为翻译批评拓展了新的视角。"翻译者，叛逆者"的古谚也从此被赋予了积极的意义。其实，从译介的角度看，莎士比亚作品的题材，大多源自外来文化。莎士比亚是个天才的改编改写者。正是通过他的"创造性叛逆"，才产生了脍炙人口的不朽杰作。因此莎士比亚作品是文艺复兴时期各国文学文化融汇的产物，而不是英国文化土生土长的成果。目前世界各国都十分重视莎士比亚作品的传播普及。有学者认为莎士比亚是受教育的人的知识行囊的一部分，任何人进出这个世界，都应懂得点莎士比亚。为了更好地普及莎士比亚，我们不仅需要从内容到形式、从语言到细节上都十分忠实的莎剧翻译，也需要根据中国的文化背景而做出某些调整、改写、创造的莎译。翻译批评不必斤斤计较于一词一句的忠实，而应容许一定程度的"创造性叛逆"，使莎士比亚中国化，为中国读者和观众所喜闻乐见、欣赏难忘。据此，朱生豪译本对许多语涉猥亵的双关语的有意删节，大可不必贬之为不忠实，而可看作中国译者对莎的严肃解读和在中国文化语境中颇具责任感的移植。例如《罗密欧与朱丽叶》剧中朱丽叶那句台词，是应依据原文直译为"上床""活守寡到死是处女"，还是可译成"独守空闺的怨女"？朱生豪当然不是误译。翻译批评若只是停留在词语的对应上，文化交流传播就未免拘谨难有作为。因此，莎士比亚翻译批评，也需要从译介视角，从不同文化语境和读者的审美期待，考虑"创造性叛逆"的功用，不必死守着"绝对忠实"的戒律唯信是从。

文学作品的生命在于读者的接受和传播，翻译作品亦如此。莎士比亚是在中国翻译得最多、译著印量最大的西方作家。翻译批评应当关注各译本的读者接受和喜爱的程度，总结近百年来各阶层读者的反应，定期做较全面的读者调查和定量分析，力求译评客观、公正、科学。在全球化的时代，读者的阅读早已超出本国文学的范围，举凡人类优秀的文学遗产，均应成为青年甚至全体公民的精神食粮。翻译文学也应顺理成章地成为文学史的不可缺少的部分。优秀的翻译作品，对于促进本国语言文化的繁荣发展，其作用绝不可低估。翻译批评的视野似可不必囿于词句的正误，而应扩展至语言文化的借鉴、吸收、传承、融汇、创造和发展上，译本在译入语文化中的地位和影响上。对上述译莎七大家的译本在读者中的传播和影响，莎译文本对百年中国思想文化的影响，都应纳入译评的范畴。

改编演出莎剧，是传播普及莎士比亚，促进文化交流的极重要途径。而历来的翻译批评对此却很少关注。早就有学者指出，莎士比亚译本应当有供书斋研究或普通读者欣赏的不同阅读文本，有为以城市知识分子为主的观众、乡村街头观众及用地方语言编写的不同演出本。目前的众多译本均偏适宜阅读而不便演出。不同剧种演出莎剧，均不得不下相当的改编功夫。莎士比亚翻译批评于此应当大有用武之地。如果研究者、翻译者、评论者能和相关的行家通力合作，推出适宜演出、适合不同观众的全套或主要莎剧译本（据称《新莎士比亚全集》是着眼于演出的，可除舞台展示稍详外，其诗体形式和语言实难成为理想的演出脚本），那将是极有意义的文化创举，但在目前情势下，这样的好事似乎不会有人做。然而，对于已有的各剧种演出本，从译介视角做积极中肯的翻译批评，却是莎学界及译评界应当做的事。总之，莎士比亚翻译批评，还有大量的工作待做，我们切不可松懈，唯有加倍努力，方不辜负前辈学人和译者。

（部分原刊《中国莎士比亚研究通讯》2011 年第 1 期）

朱生豪的翻译观及其启示

“夫莎士比亚为世界的诗人，固非一国所可独占；倘因此集之出版，使此大诗人之作品，得以普及中国读者之间，则译者之劳力，庶几不为虚掷矣。知我罪我，惟在读者。”①1944 年 4 月，已经大病不起的朱生豪，在其所译莎剧集的《译者自序》里，留下了这样的文字。

“我唯有希望他这仅有的成绩——使他呕尽了心血的心果，留着深刻的印象，在读者的记忆里，如同他的精神，永生在我的记忆里一样。”②这是 1947 年朱译莎剧首次面世时，朱生豪夫人宋清如女士在《译者介绍》中所写的最后一句。

半个多世纪过去了，中国读者对莎士比亚的了解，读书界对莎翁作品的译介研究，已非当年可比。然而，迄今为止，在众多的莎剧译作中，最为海内外专家学者推崇赞赏，最受广大读者喜爱欢迎的，仍首推朱译。③ 朱氏译莎，孤军奋斗且屡遭变故，贫病交迫而艰辛备尝，乃至最后以身殉业，在所有译者中，可谓境遇最差，然而其译却速度最快、收获最大、成就最高，堪称 20 世纪中国译坛不可多得的精品之一。④ 那么，朱译莎剧，何以能臻此境界，获此成功？我们从中可汲取什么宝贵的启示？探讨朱氏译莎的成功经验，对于我们构建莎学理论大厦，繁荣翻译事业，都是极富启示、极有意义的。

一

朱生豪的翻译观，他所遵循的翻译原则，在其《译者自序》中的一段话里，有着高度的概括：“余译此书之宗旨，第一在求于最大可能之范围内，保持原作之神韵，必不得已而求其次，亦必以明白晓畅之字句，忠实传达原文

---

① 朱生豪：《译者自译》，《莎士比亚戏剧全集》第一辑，世界书局 1947 年版。

② 宋清如：《译者介绍》，余同上。

③ 吴洁敏、朱宏达：《朱生豪传》，上海外语教育出版社 1990 年版，第 130 页。

④ 孟宪强：《中国莎学简史》，东北师范大学出版社 1994 年版，第 23 页。

之意趣；而于逐字逐句对照式之硬译，则未敢赞同。”[①]显然，朱生豪所追求的理想的翻译，有着两个层次。首先是保持原作之神韵，此为翻译艺术的最高境界，唯其难以企及，故“求于最大可能之范围内”。这与傅雷先生推崇的“神似”、钱锺书先生标举的“化境”，自是异曲同工，一脉相承，同为译艺的精妙超凡之境。其次是“以明白晓畅之字句，忠实传达原文之意趣”，此说无疑即为严复所倡“信达雅”，而在朱生豪看来，如此标准，已是降格以求，退而“求其次”了。朱生豪在其十年辛苦不寻常的译莎中，确实实践了自己的原则，达到了所定的标准。这是任何认真研读过朱译莎剧的读者所不难体会的。朱译确实再现了莎剧的风貌气派和神韵，且又译笔自然流畅、文辞典雅华瞻，传达了原文的精神和意趣，从而获得中外译界和广大读者的高度评价。

朱生豪标举“保持原作之神韵”为其译事之鹄的，确实不同凡响、难能可贵，表现出一代译坛大家的真知灼见。“神韵”一说，在中国古代文学艺术史上，可谓源远流长。古人以之统论书画诗文，以为“神韵”两字“放出三昧，直足千古”[②]，集丰致、气象、格调之大成，深得中国艺术精神之真髓。[③]据钱锺书先生考证，外国文论艺论中也早有神韵之说。[④] 以朱生豪对中外文学的修养和悟性，自然深知神韵之妙及保持神韵之难。而他偏将保持神韵立为自己译事的宗旨，“取法乎上”，足见其知难而上的进取精神，而这正是他胜过同时代许多译者的地方。当然，敢于悬出这样的最高标准，也与朱生豪具有非凡的语言天赋和文学修养，极高的鉴赏水准和艺术创造才能分不开。在这方面，朱生豪的天分之高，也确是近百年来众多的译莎者所不及的。

朱生豪为什么将保持神韵列为译莎的首要宗旨？也许，这与当时译坛的倡导不无关系。翻译介绍外国文学作品是五四新文化运动一个极其重要的方面，讨论翻译方法的文章屡见于报刊。其中，郭沫若、茅盾、郑振铎、陈西滢、曾虚白、林语堂等人，都曾提出译文学书当以保留神韵为上的主张。尽管用词不一，如郭沫若提“气韵”，郑振铎强调“精神”“神气”，林语堂点出“字神”，然其主旨一致：唯有神韵，方为上品。[⑤] 20 世纪 30 年代朱生豪供职于世界书局专事编译，此时正是文坛译坛相当活跃的时期（甚至 1934 年和 1935 年被称为“杂志年”和“翻译年”）[⑥]，以朱生豪的勤奋刻苦、广泛涉猎及

---

① 朱生豪：《译者自译》，《莎士比亚戏剧全集》第一辑，世界书局 1947 年版。

②③ 袁行霈、孟二冬、丁放：《中国诗学通论》，安徽教育出版社 1994 年版，第 926、930—940 页。

④ 《钱锺书论学文选》，花城出版社 1990 年版，第二卷，第 120 页，第六卷，第 110 页。

⑤ 茅盾：《译文学书方法的讨论》，罗新璋：《翻译论集》，商务印书馆 1984 年版，第 337 页。

⑥④ 吴洁敏、朱宏达：《朱生豪传》，上海外语教育出版社 1990 年版，第 130、105、113、138、49、120 页。

其对译论的深钻细研，受到神韵说的影响是完全可能的。

无论是古人论书画诗文，或今人论翻译，虽推崇神韵，但对于何谓神韵，却没有提出过明确的概念。力倡神韵的司空图、严羽、王渔洋等，对此亦从无具体的标准。“不著一字，尽得风流”“羚羊挂角，无迹可求”等等古人之论，都是一种艺术的直觉感受，而缺乏严密的界定。[①] 那么，朱生豪心目中以及译莎时所追求的“保持原作之神韵”，具体说来应该体现在哪些方面？从朱生豪所写的《译者自序》，朱译莎剧集的各辑提要，给宋清如的书信，尤其从他的译本中，我们可以概括出保持神韵的具体内涵：神韵应当是有迹可求的，不仅可意会，而且妙处可与君说。简而言之，朱译莎剧保持原作神韵可以概括为以下三个方面：

第一，保持原剧的精神。这正是朱生豪在《译者自序》中所说的：“余笃嗜莎剧，尝首尾研诵全集至十余遍，于原作精神自觉颇有会心。”[②]朱生豪这里所说的“原作精神”，体现在莎剧集各辑提要中，包括各剧的思想内容、艺术价值、气调特色、人物性格等等，甚至包括对时代背景及作者思想的分析，对各剧优劣得失的品评。也就是说，朱生豪将翻译与研究紧密结合，将莎士比亚放在英国文学的大背景中，将各剧放在莎士比亚生平的小背景中考察，对于莎翁创作前、中、后期的不同思想和风格了然于心，以求真切地把握其原作的精神。

第二，保持原剧的风格。朱生豪通过反复研读，对莎翁戏剧的风格，把握得十分恰切精细。如同为喜剧，《威尼斯商人》轻快明朗幽默，《无事烦恼》情调轻松蕴藉，《温莎的风流娘儿们》俏皮活泼风趣，《仲夏夜之梦》则又欢快浪漫奇幻。同为悲剧，《哈姆莱特》内心观照深微，《奥瑟罗》结构完整优美，《李尔王》气势悲壮雄浑，《麦克白》气氛神秘恐怖。此外，《罗密欧与朱丽叶》充满青春热情与诗情画意，《朱利斯·凯撒》庄严雄浑，而《暴风雨》则“有一种老笔浑成的气调”[④]。可以说，莎士比亚戏剧种种不同的风格特色，都在朱生豪笔下得到了生动切实的再现。

第三，保持原剧的语言特色。莎士比亚是位独步千古的语言大师。他的戏剧语言极为丰富，具有很强的表现力。朱生豪的译文语言同样精彩纷呈，在许多方面几乎可与原作媲美。这一点不妨从四个方面加以考察：(1)莎士比亚的戏剧语言，有上中下三格，从高雅庄严到诙谐风趣应有尽有，各以表现不同身份、不同性格的人物及不同场合和不同事件[③]；而朱生豪在译

---

① 袁行霈、孟二冬、丁放：《中国诗学通论》，安徽教育出版社 1994 年版，第 926、930—940 页。

② 朱生豪：《译者自译》，《莎士比亚戏剧全集》第一辑，世界书局 1947 年版。

③ 朱雯、张君川：《莎士比亚辞典》，安徽文艺出版社 1992 年版，第 75 页。

文中，对于原剧的韵文运用了中国古今各种诗体，如仿《诗经》的四言体，仿《楚辞》的长短句式，五言古诗，新诗体，民歌民谣，等等，剧中人物的对白，也有庄有谐，富于变化，从而再现了原作的风格韵味。(2)莎士比亚剧中占主要成分的无韵诗体，语言极为流利灵活，适于上演；朱生豪对此虽以散文翻译，但其译文富有韵律，相当流畅，再现了莎士比亚无韵诗体的口语节奏。(3)莎士比亚善于以诗的语言加强戏剧气氛并刻画人物，诗句和台词充满生动的意象、鲜活的比喻、精辟的警句，十分优美、鲜明、生动形象；朱生豪的译文“于最大可能之范围内”保留了这些十分传神的意象和比喻，尤其是许多警句连篇的精彩段落，可说已脍炙人口。(4)莎士比亚的词汇极为丰富，经测定莎翁作品总词汇量达 29066 个，堪称世界文坛之最；[①]朱生豪译文的词语也极为丰富，虽未经精确统计，但在各种译文中，朱译遣词用语之精当生动和妥帖传神十分突出，词汇量之大同样首屈一指。

二

朱生豪译莎，将“必以明白晓畅之字句，忠实传达原文之意趣”，列为“必不得已而求其次”的宗旨，完全是总结了我国译介莎剧的教训与不足而得出的宝贵经验。正如他指出的那样：“然历观坊间各译本，失之于粗疏草率者尚少，失之于拘泥生硬者实繁有徒。拘泥字句之结果，不仅原作神味，荡焉无存，甚且艰深晦涩，有若天书，令人不能卒读。”[②]因此他才“于逐字逐句对照式之硬译，则未敢赞同”。

细究起来，朱生豪提出的两个层次，其实是互为因果、完整统一、相辅相成的。保持神韵为理想境界，明白晓畅地忠实传达，则为实现理想境界的途径。忠实传达为信，明白晓畅为达，原文之意趣是为雅。信达雅皆备，则神韵必于其间矣。朱生豪译本给予读者的，就是这样一种阅读经验和艺术享受。正如我国著名莎学专家贺祥麟先生所说：“朱译本的最大特点是文句典雅，译笔流畅，好像是高山飞瀑，一泻千里，读之朗朗上口，决无佶屈聱牙之弊。”[③]

朱生豪译莎时对字句的锤炼和意趣的传达，确实煞费苦心，如宋清如所言，是“呕尽了心血”。在他写给宋清如的书信中，就有不少要求宋誊抄时更正用词的记载，有时甚至颠倒区区两字的词序，也不放过。如宋誊抄《暴风

---

① 张泗洋、徐斌、张晓阳：《莎士比亚引论》，中国戏剧出版社 1989 年版，第 242 页。

② 朱生豪：《译者自译》，《莎士比亚戏剧全集》第一辑，世界书局 1947 年版。

③ 贺祥麟：《莎士比亚研究文集》，陕西人民出版社 1982 年版，第 295 页。

雨》第五幕爱丽儿的唱词时，将"快活地快活地我要如今"抄成"……我如今要"，朱即写信说要打她的手心，要她改回来。① 当他翻译《威尼斯商人》，对原文中用词的妙处，苦思冥想出一个比较满意的译法（"赏光"——"赏耳光"）时，就迫不及待地写信给宋，和她分享自己的"得意"。② 从朱生豪书信集中可以看到，有时为了一个句子，他会苦苦斟酌半天，甚至通宵达旦、废寝忘食。这样炼字炼句、精益求精的精神，在朱译莎剧的十年里贯穿始终，况且其译稿因战乱遭遇多次散失，许多剧本都是数度重译，以致不少台词文句均已融会于心，因之臻于词句精美凝练、节奏明快通畅的境界。

朱生豪正是殚精竭虑地贯彻了自己所立的宗旨，其译文才尽可能地保持了莎翁原作的神韵。比较目前已有的莎剧译本，我们不难看出在"忠实传达"和"明白晓畅"以及整体的传神达旨方面，朱译都优于其他译本。曹未风先生追求精练的口语，力求运用舞台语言来感染人，但他的译本语言似嫌粗疏，文句不够明快，缺乏诗味文采。梁实秋先生的译本语言朴素平直，亦步亦趋，忠实可信，但不及朱译词句华美、诗意浓郁、译笔流畅。孙大雨先生的诗体译本严谨、正确、洒脱，其音组对应诗步的诗体译法，对于还原莎剧无韵诗体的形式，具有开拓意义，功不可没；但在用词妥帖、文气贯通、节奏和谐、传神达意诸方面，仍稍逊色，而未尽可能多地保留莎剧原有的诗意诗美。运用诗体译莎翁无韵诗比较成熟的当推卞之琳先生。其译自然流利、明白晓畅，不少地方用词更贴切亦相当传神，但就语言风格的一致及文气通畅而言似亦稍逊。诗体译莎最值得称道的自然是著名翻译家方平先生。由方先生主译的《新莎士比亚全集》，堪称当代译莎的最大成果。方译注重莎士比亚剧作的通俗性，语言贴近时代，口语特色突出，适于普通读者阅读和舞台演出。这对于普及莎剧无疑具有重大意义。但莎剧的素体无韵诗并不完全等同平直的口语，那是相当凝练、生动传神、极富诗味诗意的文字。而莎剧的通俗性主要体现于剧中各式人物语言风趣幽默，插科打诨常常语涉双关的对白。因此，莎剧素体无韵诗倘能以同样优美抒情，富有诗意和流利节奏的诗体译出，当然再好不过。但若两者不能兼得，那么，神韵意趣节奏均佳的朱译散文体，还是难以替代和超越的。因为朱译莎剧虽是散文体，"但译作处处流露出诗情；朱译莎剧的诗意美正好体现了莎翁戏剧无韵诗体的独特

---

① 吴洁敏、朱宏达：《朱生豪传》，上海外语教育出版社 1990 年版，第 130、105、113、138、49、120 页。

② 宋清如：《寄在信封里的灵魂——朱生豪书信集》，东方出版社 1995 年版，第 361、383、377、393 页。

美感”[①]。当然，朱译、方译，各具特色，各有所长，正可互相补充，以适应不同读者和观众的欣赏口味，以便在广大读者和观众的不断品评欣赏和接受中，充分展示莎士比亚戏剧的无穷价值和魅力。

三

无论从保持神韵，曲达原作的意境和神采方面考察，还是以信达雅的标准衡量，朱译莎剧都称得上是翻译文学中的精品。那么，从朱生豪的翻译观及其实践中，我们可以获得什么启示，以对今天的翻译事业有所裨益呢？窃以为有以下三点：

第一，综观今日译界，无论理论或是实践，朱生豪当年“未敢赞同”的“拘泥生硬”“逐字逐句的对照式硬译”，至今仍相当有市场。当然其名不叫硬译，而是将“信”与“达、雅”对立起来，过分强调忠实，以致照搬原文句式结构，力求亦步亦趋的所谓“直译”。因此，朱生豪的翻译观，对于匡正时弊，仍不啻一帖良药。王元化先生在忆及自己做莎剧评论的翻译时，曾极力赞赏朱译：“不仅优美流畅，而且在韵味、音调、气势、节奏种种行文微妙处，莫不令人击节赞赏，是我读到莎剧中译得最好的译文，迄今尚无出其右者。”他还指出：“过去我们的翻译理论强调直译，这在一定时期（或在纠正不负责任随心所欲的意译之风时）是必要的，但如果强调过头，忽略传神达旨的重要，那也成为另一种一偏之见了，朱译在传神达旨上可以说是首屈一指的。”[②]

钱锺书先生在《林纾的翻译》中也说，林译颇值得重读，“而找同一作品后出的——无疑也是比较‘忠实’的——译文来读，就觉得宁可读原文。这是一个颇耐玩味的事实”[③]。两位学者不约而同点出了当今译界的通病：许多译作貌似“忠实”，却失去了原著的魅力。因此，重温朱生豪提出的翻译标准，在翻译文学作品时提倡保持神韵，提倡信达雅三者的统一不可偏废，对于提高文学翻译的质量和水平，仍是相当必要的。

第二，文学翻译中“保持原作之神韵”，是一种艰苦的艺术创造，没有深厚的文学修养和语言功力，是难以胜任的。早在五四时期，茅盾先生就曾精辟地指出：“翻译文学书的人一定要他就是有些创作天才的人。”[④]朱生豪译

---

① 吴洁敏、朱宏达：《朱生豪传》，上海外语教育出版社 1990 年版，第 130、105、113、138、49、120 页。

② 王元化：《读莎剧时期的回顾》，《文汇读书周报》1997 年 5 月 3 日。

③ 钱锺书：《钱锺书论学文选》，花城出版社 1990 年版，第二卷，第 120 页；第六卷，第 110 页。

④ 茅盾：《译文学书方法的讨论》，罗新璋：《翻译论集》，商务印书馆 1984 年版，第 337 页。

莎的成就，是与他的文学天赋、创作才能分不开的。早在大学时代朱生豪就被公认为“之江才子”，其诗词才学曾获得一代名师夏承焘的激赏。[1] 倘若假以天年，朱氏必定是中国文坛上一位一流的诗人。正因为他受过古代诗词的严格训练，方能优游从容地将古诗体各种形式，熔化浇铸于汉译莎剧中而不留痕迹，其译文才如行云流水般自然通畅而又准确充分地传达出原文的意义韵味，这其实便是一种艺术上的创造。反观别的译者，其译作固可形似，却多少减损神味，或许正是因为缺少一份创造的灵感和才气。莎翁朱生，才力相近，精神气质相通，原文译作，方各成珍品。因此，真正的精品，必出之于与原作者才力相当相近的译者手下，且译者须全身心投入，与原作者心灵相通，神魂相交，“与剧中人物一同哭一同笑”[3]，方庶几可成。严复所谓“一名之立，旬月踯躅”，足证佳译亦如灵感，绝非招之即来挥之便去，而是如雪泥鸿爪，可遇不可求又稍纵即逝。因此译事需才，不亚于创作，绝不是人皆可译，书皆可译，读了几年外语，捧本字典便可从事的。

第三，文学翻译是十分艰苦的艺术创造，除了译者须有深厚的文学语言修养及创造才能之外，更需要高度的事业心、责任感和一丝不苟、精益求精的敬业进取精神。这方面朱生豪不愧为译界的一面旗帜！他把译莎看作是为中华民族争气的爱国行动和事业，为此贡献了毕生的精力。“虽贫穷疾病交相煎迫，而埋头伏案握管不辍”[4]，最后为译莎事业呕心沥血，积劳成疾，献出了年轻的生命，其精神真正感人至深！朱生豪对待译事极端认真，艺术追求上永不自足的敬业精神，同样足资楷模。从朱生豪书信集里，我们可以看到，为了译莎，他不知购置阅读了多少书刊资料，也不知观看了多少电影戏剧，他的生活节奏那么急迫，仿佛是在与生命抢时间！为了译莎，他常常废寝忘食、夜以继日地工作，以致“精神疲乏得很”，“巴不得把全部东西一起弄完，好让我透一口气，因为在没完成之前，我是不得不维持像现在一样猪狗般的生活的”。[5] 在翻译中，他“每译一段竟，必先自拟为读者，查阅译文中有无暧昧不明之处。又必自拟为舞台上之演员，审辨语调之是否顺口，音节之是否调和。一字一句之未惬，往往苦思累日”[6]。从这两个“自拟”可看出朱译莎剧付出了多么艰巨的劳动，其成就是多么来之不易！因此朱生豪在极其艰难的环境里，10 年译出莎剧 31 部半，这完全是他毕生心血的结晶，是

---

①③　吴洁敏、朱宏达：《朱生豪传》，上海外语教育出版社 1990 年版，第 130、105、113、138、49、120 页。

④　朱生豪：《译者自译》，《莎士比亚戏剧全集》第一辑，世界书局 1947 年版。

⑤　宋清如：《寄在信封里的灵魂——朱生豪书信集》，东方出版社 1995 年版，第 361、383、377、393 页。

⑥　朱生豪：《译者自译》，《莎士比亚戏剧全集》第一辑，世界书局 1947 年版。

他热血、才能、毅力和精神的升华！今天，我们的条件环境不知比朱生豪好上多少倍，而我们的天赋才华又不知比他逊色多少，怎能不更兢兢业业、认认真真地对待我们的事业呢？

朱译莎剧已经成为我们民族珍贵的艺术瑰宝，成为我们文学宝库中的璀璨明珠，同时也是我们极丰富的译学译艺遗产。愿他标高识卓的译学见解，艰苦卓绝的翻译实践，尤其是崇高的敬业和献身精神，永远给我们以启示和鼓舞，如同他译的莎剧一样，同样普及于广大的译者读者之间，同样永生在我们的记忆里。

（全文曾提交1997年北京国际翻译研讨会。1998年7月15日《译林书评》曾摘要转载，题为《朱译莎剧取神韵》，后全文刊于《语言与文学研究》2004年第3期）

朱生豪译莎的语言准备

朱译莎剧是20世纪中国翻译文学中的精品。朱译的文学成就举世公认，而最令专家学者服膺的是它的语言："文句典雅"[①]、"文采四溢"[②]、"文辞华赡"[③]、"华美详赡的文笔"[④]、"尤其他优美灵动和风格化的语言更是为人称道"[⑤]。莎士比亚是独步千古的语言大师。中国译莎者中不乏著名诗人、作家学者，而朱生豪不过是个默默无闻年仅二十余岁的青年，条件又极端恶劣，却在短短几年中(实际翻译时间)，奉献出令海内外叹服的译品。究竟是怎样的教育，怎样的才情，引发倾动他的文思；怎样的功夫，怎样的修炼，成就了他那支生花妙笔？

许多学者将朱生豪的成功，归因于他的"中国古典文化和古典诗词修养"[⑥]，他的"名家指点的国学基础"[⑦]，他的"诗人素质"[⑧]、"才高于学"[⑨]。这些当然是极重要的，但就译莎所需的语言功夫来说，却还远远不够。朱生豪大学时代虽然擅长诗词，可他毕业后不再沉浸其中。古典文化和诗词的语言与朱译所运用的流畅典雅的现代白话语体相去甚远，似难等同。尽管朱生豪是天生的诗人，具有非凡的诗才，但他并没有采用其弟所建议的元曲体或别的诗体，而用雅俗共赏、口语化程度很高的散文体。因此，朱译的成功，主要并不是凭借其古诗词修养所代表的国学基础，而在于扎实古文功底上对五四后渐趋成熟的白话语言的刻苦学习和修炼。这才是朱生豪译莎主要的语言准备，也是他成功的必要因素。

朱生豪在中学、大学时期受到了良好的教育，打下了坚实的中英文功

---

① 贺祥麟：《莎士比亚研究文集》，陕西人民出版社1982年版，第295页。

② 苏福忠：《译事余墨》，生活·读书·新知三联书店2006年版，第230页。

③ 罗新璋：《翻译论集》，商务印书馆1984年版，第12页。

④ 刘炳善：《译事纵横》，《走近翻译大家》，吉林人民出版社2004年版。

⑤ 李赋宁：《莎士比亚全集》序，译林出版社1998年版。

⑥ 李伟民：《光荣与梦想》，天马图书有限公司2002年版，第312页。

⑦ 黄源：《朱生豪传》序言，上海外语教育出版社1990年版。

⑧ 孟宪强：《朱生豪与莎士比亚》，《走近翻译大家》，吉林人民出版社2004年版。

⑨ 许渊冲：《文学与翻译》，北京大学出版社2003年版，第214页。

底。除此之外，朱生豪译莎的语言准备，还包括极为重要的三个方面，即(1)参与编纂《英汉四用辞典》；(2)与宋清如频繁通信及撰写“小言”的练笔；(3)上海20世纪30年代文化环境的滋养。以下就此三方面略作探讨。

一、编纂辞典做热身

《英汉四用辞典》集求解、作文、文法、辨义于一体，是一部条目完备、例证丰富、颇具特色的辞典。其词项释义准确充分，“作文”项提供了大量例句，均附有简洁贴切的汉译。“辨义”项对常见同义、近义词做比较，也相当实用。辞典于1936年出版后，广获好评，销路不错。后来又多次重印翻印。笔者20世纪80年代就曾购得一部新版厚达2400页的《英汉四用辞典最新增订本》。20多年来不时查阅，受益良多。

朱生豪1933年进世界书局就参与了该辞典的编纂工作。当时共襄其事的有苏兆龙、葛传规、邵鸿香等六七人，可只有朱生豪善始善终，坚持到底，最困难时甚至只剩他一人，连编带校，终于完成这项大工程。[①] 据朱生豪的书信，当时他工作得相当严肃认真：“算是校订过了两遍，校对过了三次的样子，拿到我手里仍然要改得一塌糊涂，其实偷懒些也不妨事，可是我又不肯马马虎虎……”[②]“离放工还有半小时。星期三欠四页，星期四欠一页，今天做了十五页，一起拼命赶完了。”(P284)以朱生豪的语言天分和他的勤奋刻苦，这两三年编纂辞典的功夫，使他对英汉词语的掌握，更趋精熟，对他日后译莎剧，受用不尽。一本《英汉四用辞典》，确也陪伴他译莎，直到以身殉业。朱生豪在生命的最后两年，译莎的进展神速，质量臻于完美，显然与他编纂辞典打下的词语基础有关。我们只要比照朱生豪的译文和原文，查证一下不少词语的翻译，便可知此语不虚。就以《哈姆莱特》中两段著名台词为例：

1. To be or not to be, that is the question:/Whether 'tis nobler in the mind to suffer/The slings and arrows of outrageous fortune,/Or to take arms against a sea of troubles / And by opposing end them. To die-to sleep, / No more and by a sleep to say we end / The heart ache and the thousand natural shocks / That

① 朱尚刚：《诗侣莎魂》，华东师范大学出版社1999年版，第136、110页。

② 宋清如：《寄在信封里的灵魂——朱生豪书信集》，东方出版社1995年版，第358页。(文中标明页码的引文均出自该书，下文不再一一注明)

flesh is heir to 'tis a consummation / Devoutly to be wished.[①]

朱译：生存还是毁灭，这是一个值得考虑的问题；默然忍受命运的暴虐的毒箭，或是挺身反抗人世的无涯的苦难，通过斗争把它们扫清，这两种行为，哪一种更高贵？死了；睡着了；什么都完了；要是在这一种睡眠之中，我们心头的创痛，以及其他无数血肉之躯所不能避免的打击，都可以从此消失，那正是我们求之不得的结局。[②]

莎剧中最著名的这段独白，朱译酣畅淋漓，朗朗可诵，向来颇获好评。引文中画线的 14 个词或短语，除 a sea of 译为“无涯的”，natural“为不可避免的”，devoutly to be wished 为“求之不得”，其余均依《英汉四用辞典》译出。slings 在该辞典上首项释义为“投石器”，朱未译此义，不若卞之琳、孙大雨译为“矢石”，是为白璧微瑕。但从全段来看，朱译准确流畅传神，绝不逊色于任何他译。

2. ……and indeed it goes so heavily with my disposition that this goodly frame the earth, seems to me a sterile promontory, this most excellent canopy, the air, look you, this brave overhanging firmament, this majestical roof fretted with golden fire, why, it appeareth nothing to me but a foul and pestilent congregation of vapours. What a piece of work is a man! How noble in reason! How infinite in faculties! In form and moving how express and admirable! In action how like an angel! In apprehension how like a god! The beauty of the world! The paragon of animals![③]

朱译：……在这一种抑郁的心境之下，仿佛负载万物的大地，这一座美好的框架，只是一个不毛的荒岬；这个覆盖众生的苍穹，这一顶壮丽的帐幕，这个金黄色的火球点缀着的庄严的屋宇，只是一大堆污浊的瘴气的集合。人类是一件多么了不得的杰作！多么高贵的理性！多么伟大的力量！多么优美的仪表！多么文雅的举动！在行为上多么像一个天使！在智慧上多么像一个天神！宇宙的精华！万物的灵长！[④]

---

①③ Shakesper: *The Riverside Shakespeare*, Houghton Mifflin Company, 1974.

②④ 朱生豪等译：《莎士比亚全集》第九卷，人民文学出版社 1978 年版。

这是第二幕第二场哈姆莱特与两旧友对话的片段。这段台词文字庄重典雅，行文自然流畅，历来广为传诵，朱的译文高雅优美，同样脍炙人口，其中许多词语便是直接采用《英汉四用辞典》的释义。如 goodly 美好的，frame 框架，sterile 不毛的，promontory 荒岬，canopy 帐幕，firmament 苍穹，majestical 庄严的，roof 屋宇，golden 金黄色的，congregation 集合，noble 高贵的，reason 理性，action 行为，等等。当然更多的词则根据语境，将辞典释义做适当引申，而译得灵活巧妙，更其贴切。如 heavily 抑郁的，disposition 心境，excellent 壮丽，fretted 点缀，pestilent 与 vapours 瘴气，infinite 伟大的，faculties 力量（这个词似欠妥帖），express 优美，admirable 文雅，apprehension 智慧，beauty 精华，paragon 灵长。这些词的翻译都表现出朱生豪不拘泥辞典释义，能融汇句意化为妙文的高超译艺。尤值得称道的是赞颂人类的几句。只有 noble 和 reason 两词沿用辞典释义，其余均灵活化出，如直抒胸臆，天然妙成，堪称名句佳译，神来之笔，充分展示了译者的诗人本色。

中国翻译史上，从事译业前先编纂过大型辞书的翻译家，朱生豪几乎是绝无仅有，先译后编纂辞典的则有梁实秋、王贤才。两位先生均为翻译大家，成就举世公认。可见，编纂辞典对于翻译，确实是大有裨益。

二、情书“小言”皆练笔

朱生豪留给世人的文学遗产，除《莎士比亚全集》外，还有他写给宋清如的书信（《寄在信封里的灵魂》），在《中美时报》时写的时政随笔“小言”（《朱生豪〈小言〉集》）和劫后残存的数十首诗（收入《秋风和萧萧叶的歌》）。这些原创作品，呈现出一个血肉丰满、爱憎分明的朱生豪，展示了他高尚的人格、博大的胸怀、深厚的文学功底和杰出的才华。这些原创作品也充分证明，朱生豪译莎表现出的精湛语言功夫，源于青少年时期的文学功底，更出于多年刻苦的语言文字的磨砺操练，尤其是书信和“小言”的勤奋练笔，才成就了译莎时如有神助的精彩。

朱生豪与宋清如因诗相识相恋，苦恋十年终成连理，婚后仅仅两年半而天人永隔，之后 50 余年魂梦相牵，这是 20 世纪中国最凄婉动人的爱情童话之一。他们的两地书，也是最美丽的爱情之花。由于炮火，由于浩劫，由于岁月，我们今天已无缘欣赏那全部的瑰丽，可仅凭留存的部分，依然足以领略他们刻骨铭心的人间至爱的纯真完美。现今留存的朱生豪书信 300 余封，已结集出版 236 封，均为 1933 年秋至 1937 年夏所写。考虑到较多散失，尤其是最为珍贵的部分“文革”中已被“付之一炬”[①]，因此，书信的总量是相当大的。因为，朱生豪几乎每“两三天便写一信，还有时一天写两封信”[②]。

朱生豪的书信不仅量多，且极具文采。总的说来，它们有以下鲜明特点：

(1)感情真切。朱生豪的书信，可以说是情书，却又不似情书，“主要是他独特个性的表现，并非执着于异性的追求”，“换句话说，无非是心灵的寄托”。[③]朱生豪是把宋清如当作专趣同好的精神知音，因此完全敞开心扉，无所不谈，并非全然娓娓诉情。所有的信都写得极为随意。思之所至，信笔而书，绝无矫揉造作，从不刻意为之，因此文思如行云流水，舒展顺畅，心迹若清池彩石，一览无余。朱生豪的喜怒哀乐，跃然纸上；那些表达爱意的词句，仿佛心底一泓清泉，连那些古怪有趣的称呼和署名，也尽显浪漫，极为率真。

(2)内容广泛。在对宋清如的倾诉中，朱生豪的笔触几乎包罗万象，有“个人生活的叙写，情绪的抒诉，以及读书的心得、电影的观感、工作的记述”[④]。甚至还有许多描述梦境，无不千姿百态，饶有趣味。

(3)文体具备。情书或书信的写法向无定规，在朱生豪笔下更是异彩纷呈，诸体皆备。如讲述种种电影戏剧故事，记叙梦中奇遇，人生经历，均生动曲折，引人入胜；对电影戏剧及文学作品的评论，对诸如爱情、婚姻、人性、处世等问题的直抒己见，议论风生；对居所布置摆设的详尽介绍和生活环境的描述，细致入微，有条不紊；当然最美最动人的是那些抒情文字，或热烈或幽婉，或坦率或含蓄，充分表现出朱生豪的一往情深、至爱至情。

(4)文采斐然。如前所述，朱生豪的书信不是刻意构思反复斟酌出来的，而是下笔千言一挥而就，其清词丽句妙语天成，最可见朱杰出的文学才华，译莎的文采风格，于此已经崭露。信中如诗佳句比比皆是。如：“我将永远留一个深心的微笑给你。那是一切意望之花，长久的伫候里等待着开放的。”(P12)“天！我愿意烧，愿意热烈，愿意做一把火，一下子把生命烧尽。我不能在地窖里喊忍耐，一切是灰色得难受，灰色得难受。死，也得像天雷砸顶那么似的死，火山轰炸那么似的死，终不成让寂寞寸脔我的灵魂，心一点一点地冻成冰。”(P67)又如《书信》第85—86页，激愤和哀婉从心底奔涌而出，文字极美极妙又极自然，风格酷肖莎剧中人物的独白，许多篇章极富想象，美如童话，如：“偶然抬起头来看见月亮，觉得她并不比那一盏大的白炽灯更可爱一些，大概她老了，又住在上海，很寂寞，甚至于没有糖吃。”

---

①③④ 宋清如：《寄在信封里的灵魂——朱生豪书信集》序言，东方出版社1995年版。

② 朱尚刚：《诗侣莎魂》，华东师范大学出版社1999年版，第136、110页。

(P230)不少书信全以文言写就,如《书信》第136、178页,“世事增人倦惫耳,会当酣睡一千年”,仿佛戏谑,却富雅趣。这些极具文采的两地书,确实堪称珍贵的艺术品。只有读过朱生豪的书信,我们才会恍悟,译莎文字,原来是这样炼成的。

朱生豪“渊默如处子”[①],“每年中估计起来成天不说话的总有一百天,每天说不上十句话的约有二百天。说话最多的日子,大概不至于过三十句”(P282)。那么,他又怎能将莎剧译得那么明白晓畅、通俗易懂而又精湛?答案就在朱生豪两三天一封的书信里。正如宋清如所说:“可以看出他唯有与我作纸上谈时,才闪发出的愉悦和放达。一旦与我直面相处时,他又变得默然缄口,孤独古怪了。”[②]因此,如果说“朱生豪在他血气方刚时选择了莎士比亚,是莎翁的运气,是中国读者的福气”[③],那么,朱生豪与宋清如的相识相恋,也该是这“运气”“福气”不可或缺的部分。毕竟,朱宋的世纪之恋是朱译莎的强大动力,朱的情书是译莎的卓有成效的练笔,毕竟,是宋清如历尽艰难保存出版的译稿,完成了朱的遗愿,更继承、宣传、发扬光大了朱生豪的精神!

朱生豪撰写“小言”,在1939年10月至1941年12月8日之间。这时期由于战争,他中断了与宋清如的通信,也停止了译莎,而专心致志于“小言”的写作。这是朱生豪生命华章中重彩浓墨的一笔。他从书信中显得苦闷无聊的青年,奋然成为向敌伪英勇冲锋陷阵的斗士。在这767天中,他共撰写1141篇39万多字的随笔。[④] 这些“小言”犹如每天掷向侵略者的匕首和投枪,至今犹闻呼啸,如见闪光。为了写作“小言”,朱生豪每天都收集大量中外文信息资料,深夜挑灯细读,直至有感而发,篇篇都凝聚了他的心血才智。“小言”的语言与他译的莎剧一样,瑰丽多彩、气势灵动,庄重而不失幽默、深刻又鲜明活泼。无论是标题和行文,谋篇和遣词,文言词语和典故的运用,还是文体的选择,都文随意转,挥洒自如,显示出大手笔大写家的气派。

朱生豪的前期译稿,大多已毁于炮火,其译著几乎均成于1942年婚后。从1933至1942年,朱生豪除书局工作和继续译莎外,主要文学活动便是写作书信和“小言”,而不是创作诗词。其写作的频度和强度,都超出了人们的想象。正是这样的文字操练,促进了文思构运和词语遣用,为此后的神速完

---

① 夏承焘:《天风阁学词日记》,浙江古籍出版社1984年版。

② 宋清如:《寄在信封里的灵魂——朱生豪书信集》序言,东方出版社1995年版。

③ 苏福忠:《译事余墨》,生活·读书·新知三联书店2006年版,第230页。

④ 范泉:《朱生豪“小言”集》,人民文学出版社2000年版,第268页。

美译莎，做了充分的语言准备。这些原创作品和他的译著一样，表现出非凡的才华和卓然的风格，它们其实是一脉相承，无法截然分开的。

三、文化环境获滋养

朱生豪青少年时期就读于嘉兴、杭州教会学校。两地均是五四新文化运动后得风气之先的所在，学校更是中西文化融汇之处。朱生豪耳濡目染，发奋攻读，因新文化和外国文学而开启心智，颇多受益。毕业后赴上海供职于世界书局。20 世纪 20 年代的上海正是全国文化中心，其文化事业相对整个 20 世纪的中国而言，已算得上相当繁荣，世界书局又是编辑出版的重镇。这样的环境条件，可谓占了天时地利，使朱生豪广获滋养，也给了他极难得的施展才华的机遇。

20 世纪 30 年代的上海，有着以鲁迅为旗手、"左联"为代表的不少进步文学团体，汇聚着大批文学人才、文艺精英，在诗歌、散文、小说、戏剧、电影、音乐和文学翻译等各领域都取得可观的成绩，不少甚至堪称 20 世纪中国文学艺术的精品。如鲁迅先生的杂文，巴金、茅盾的小说，曹禺的话剧，艾青的诗歌，以及如《桃李劫》《风云儿女》等一批现实主义的优秀电影。当时上海的文学艺术团体及出版刊物和书籍之多、质量之高，达到了五四之后的高潮。文学翻译也堪称鼎盛。据有关资料，"左联"时期（1930—1936）翻译的各国文学作品达 700 余种，占 1919 至 1949 年文学翻译书籍的 40%。单是郑振铎主编、上海生活书店出版的《世界文库》，从 1935 至 1936 年便刊行了西方 12 国的 100 余部文学名著。① 因此，对于从小嗜书如命的朱生豪来说，进上海从事编辑出版，真正是"得其所哉"。而且，也只有在当时上海的文化环境中，朱生豪才能在短短几年中，读到大量的世界文学名著，搜集到有关莎士比亚的各种资料近 200 种，观赏到大批世界各国的优秀电影。

朱生豪 1933 年到上海后，"工作时间之外，则忙着看书"（P112）。业余生活中他只有两大嗜好：读书（包括逛书店）和看电影。这些在《朱生豪书信集》里有着十分详尽生动的记录。据笔者粗略统计，已刊行的 236 封信中，有 50 余封谈及购书、读书和书刊评论；涉及的世界著名作家 50 余人，名著 60 余部，朱读过的中外作品 70 余种，评论了 40 种左右；40 余封信谈及观看影剧，提及影剧近 80 部，对其中半数以上有所评论。由此可见，朱生豪对这两项活动的专注和投入。

---

① 陈玉刚：《中国翻译文学史稿》，中国对外翻译出版公司 1989 年版，第 237、284 页。

从书信的记载看来，朱生豪读书有以下特点：(1)快。他往往两三天便读完六七百页或几卷本的著作。如两天工夫读完乔治·艾略特的《织工马南》(P164)，“借来6本弗洛伊德的精神分析引论，一口气读完”(P299)，“用三天工夫读完一本厚小说”(P331)。(2)勤。读书至后半夜，这已成了习惯，甚至“看小说的唯一时间，只在电影院未开放以前的几分钟内”(P392)。(3)杂。阅读材料包括小说、诗歌、散文、戏剧、历史、哲学、传记、艺术、学术专著、多种文学杂志、电影画报等等，甚至包括外国的算命书(P183)。(4)高效。朱生豪不仅读书快，且博闻强记、过目不忘，显示出超人的天赋。许多书过目后，便能写生动梗概，做精彩评论。而且常比较不同作家的风格，不同国别的特色，评论要言不烦，切中肯綮。(5)细。阅读中不仅留意结构、情节、人物、主题，还十分关注语言。如“大华烈士以论语派的文字把它译出，译文也不讨厌”(P52)，“《波华利夫人》译得不好……《十日谈》文笔很有风趣”(P88)，“此翁的文字清淡得很”(P202)，“文笔自然要庸劣多了”(P226)，“很美，有泰戈尔新月集里的调子”(P254)，“这本小说的作风趣味，我觉得都很美国化……文章写得很漂亮干净”(P331)。有的译本，朱生豪甚至会批评过于“拘泥文字”(P265)。这些特点，也体现在看电影上。如他常常会连看两三部电影，各类影片(故事片、纪录片、舞台剧、歌舞片等等)都看，不仅留意故事、编导技巧、表演、场景、摄影，甚至关注演员的对白、台词和音调(P163，262，271，323)。可见朱生豪读书、看电影，绝不是为了消遣，而是一种学习借鉴。这在他开始译莎后更是如此。从1933至1937年，他读过的书，看过的影剧，总量比前述数字大得多。而这正是他21—25岁风华正茂精力最旺盛的年龄，所读所观，也是中国和世上最优秀的作品，语言文字均达到相当高的水准。读书观剧与语言能力的关系是不言而喻的。这时期朱生豪高强度、高密度的读与观，当是一种高效的语言习得，语言准备。朱生豪在《译者自序》中说：“每译一段竟，必先自拟为读者，查阅译文中有无暧昧不明之处。又必自拟为舞台上之演员，审辨语调之是否顺口，音节之是否调和。一字一句之未惬，往往苦思累日。”[①]这两个“自拟为”，恰是朱生豪业余两大嗜好，恰是他多年读书观影剧时所关注的，是他的经验体会。而他所“查阅”的，不是文言，而是“顺口”的现代白话。因此，说朱生豪的读书、观影剧是他译莎前和译莎前期的语言准备、语言修炼，主要在于现代白话语体，应当是恰如其分，符合实际情况的。

---

① 朱生豪：《〈莎士比亚戏剧全集〉译者自序》，吴洁敏、朱宏达：《朱生豪传》，上海外语教育出版社1990年版，第264页。

朱生豪翻译莎士比亚戏剧的成功，是一种机遇，具有许多无法复制的偶然因素。如教会学校奠定的基础，20世纪30年代上海的文化环境，与宋清如的世纪之恋，等等。但我们也可以说，成功是必然的结果。朱生豪与莎士比亚，在立志事业的年龄、文学志趣、语言天赋、所处生活和文化环境、勤奋好学的精神等方面，有着不少惊人的相似。莎士比亚成了举世公认的“千年文化第一人”。以朱生豪的天才、勤奋、毅力和各方面充分的准备，即便不译莎而从事别的，也定能取得卓越的成就。当然，作为读者，我们仍然应当庆幸，朱生豪在他充满诗意、才华、激情的青春年龄段遇上并选择了莎士比亚，从而给我们，给中国的文学宝库留下了值得后人永远珍惜的传世名译。

（原刊2007年《朱生豪故居开放仪式暨莎士比亚研讨会论文集》）

莎翁朱生相似论

在中国，朱生豪的名字，必然与莎士比亚连在一起。朱译莎剧，已成为中国翻译文学宝库中的不朽遗产。大多数中国人，就是通过朱译本，进入并陶醉于莎士比亚的艺术世界。而朱生豪译莎的艰难曲折，如同他的成就，都远超人们的想象。那么，朱生豪是怎么成功的？半个多世纪以来，人们对此已有不少解说。本文拟略析莎翁朱生的种种相似，以探求朱生豪译莎成功的奥秘。在大量的相似中，最关键的是：天赋、勤奋、机遇、青春、爱情、爱国。

一、天　赋

莎士比亚是人类史上最伟大的诗人、文学家。尽管在他只身赴伦敦前的23年里，并未显山露水，可一旦他拈起那支生花妙笔，就有如天授神助，无数华美辞章、动人诗句、奇思妙构便从他的笔端汩汩而出。短短几年，他的剧作便风靡伦敦，甚至招致大学才子格林的羡慕妒忌和恶意攻击。400多年后的今天，莎剧每年都在世界各国上演，无数电影、图书，吸引着数以亿计的观众和读者。他那充满睿智哲理的妙语名句，至今为人们津津乐道，引用于无数的演讲、文章和作品中，为之增色。可以说，莎士比亚的语言天赋，是举世公认、人皆叹服的。

从现存的文稿资料来看，朱生豪同样堪称旷世奇才，具有非凡的语言天赋。他中学时代便中英文极佳，文思敏捷、诗才出众。入大学后，很快被誉为“之江才子”，获得一代词学大师夏承焘的激赏。朱生豪时年不满二十，文学修养，尤其古诗词，已臻相当境界。24岁开始翻译莎剧，译笔典雅华赡、清丽流畅，尤其是莎剧中的韵文，朱译悉依原风格，以各种诗体出之，均妥帖传神，堪称上品。朱译佳处充分表现出汉语言的丰美神妙。当时甚或至今，译坛名家高手的译笔，可谓尚无出其右者。尽管当年胡适点选了五位英才，共襄译莎盛事，可事实证明，朱生豪才是译莎的最佳人选。莎士比亚遭遇朱生豪，这是中国译坛的幸运，也是中国读者的幸运。

如从中英语言文学历史发展的角度观察，莎翁朱生的天赋或可看得更为清楚。莎翁时代及前后，英语正处于从中古向现代的过渡。戏剧、诗歌、散文的繁荣使语言渐为丰富，表现力大为提高。莎剧（包括他的两首长诗）的故事题材大都是已有的，莎翁则是做了点石成金的改写。他的写作前无古人，后无来者。有雄辩、妙语，清词丽句，雅到极致；有插科打诨、怒斥谩骂，俗到顶点。他大大丰富创造了英语的想象力，将语言的表现力发挥到极致。他的语言雅俗共赏，全民喜听爱读，富有创造力、生命力，以至400多年后的今天还鲜活在人们的生活里和各种文字载体中。同样，朱生豪生活的时代，汉语言也处于从文言到白话的转型期。雅俗尚需厮磨，文白有待融合。林纾、严复已成过去，雅致通俗、流畅上口的白话尚待创造。朱生豪的翻译恰于此时应运而生。其译笔明白晓畅，顺口调和，散文体却颇具诗意，口语化却自有韵味。当时许多人的文字，文白夹杂，食古不化，难以流传，已自然淘汰。朱译却历70余年，仍竞相出版，广为流传，并受专家学者和广大读者的赞誉。朱译典雅流畅而又高度口语化的译文，既切合莎剧风格，又顺应汉语的发展，必将如莎剧一样，具有恒久的生命力。

二、勤　奋

莎士比亚与朱生豪，都是极其勤奋的天才。勤奋的动力源泉，在于志存高远。“衣带渐宽终不悔”，是因先“独上高楼，望尽天涯路”。莎士比亚有理想有抱负，才会年纪轻轻，抛妻别子，去做“伦敦漂”。莎剧中人物的豪言壮语，吐露的是他自己的心声。“只要人一息尚存，眼能看清，我的诗就永存，并赐予你生命。”难道仅仅是表达爱意，而不是莎翁志在创造不朽艺术的豪迈宣言？而深受中华传统熏陶的朱生豪，更是自小便有远大志向。他学生时代的诗作，壮志豪情便时有流露。从事译莎，在他看来，是“为中华民族争一口气”，替百年中国翻译界完成一项最艰巨的工程。在写给宋清如的信中，他却又很不甘于满腹才学，只事翻译，表现出很想为中国的文化事业建功立业的思想。因此，朱生豪与莎士比亚早年同怀壮志，难分高下。

莎士比亚的勤奋是不言而喻的。任何人进入莎剧艺术王国，都不由得惊叹其博大精深、瑰丽神奇。谁都无法想象，莎翁为此读过多少书，从人类知识宝库和社会现实生活中汲取了多少营养。莎翁对历史事件开掘之深，对前人成果借鉴之创新，对社会生活观察之细，对人物语言提炼之精，对人性剖析之细，都可谓前无古人。其艺术创造，固然有天赋灵感，但也必然耗费大量精力。一份创作年表，足以证明莎翁长达20余年未曾稍有懈怠的勤奋。

朱生豪的勤奋，不在莎翁之下。在上海的岁月，他始终保持着夜读的习惯，往往一读就到后半夜。当年莎翁在伦敦，亦是如此。可以想象，遥隔时空，上海的亭子间里，伦敦的小阁楼上，两个年龄相仿的年轻人，挑灯夜读，奋笔疾书，是多么相似的一幕！在决意译莎后，朱生豪全身心投入这项“于中国有益、在中国留存”的伟大文化工程。正如他自己所说：“余笃嗜莎剧，尝首尾研诵全集至十余遍，于原作精神，自觉颇有会心。”“虽贫穷疾病，交相煎迫，而埋头伏案，握管不辍。”“毕生精力，殆已尽注于兹矣。”尤为可叹的是，朱多年心血结晶的译稿，先后两度毁于日寇战火。现存31部莎剧译文，几乎全是1942年5月后的两年半时间里重译或赶译出来的。如此心神操劳，强度无以复加，直至以身殉业。这样的精神，已远远超越勤奋之义了。

莎士比亚功成名就后回归家乡，却不出几年便与世长辞，享年仅52岁。论者普遍认为，是长期紧张艰苦的艺术创作损耗了莎翁的健康。朱生豪更是为译莎而英年早逝。他们的人生都充满了搏击与奋斗，以血汗和生命的代价换得不朽的艺术。莎翁与朱生若地下有知，想必会惺惺相惜，互相钦服，而引为知己吧。

三、机　遇

莎士比亚与朱生豪的另一惊人相似是，他们都牢牢抓住了历史提供的机遇。在英国历史上，伊丽莎白时代后期，正是戏剧和演出的鼎盛时期。一时涌现了不少优秀剧作家，全伦敦有数十家剧团和近20座大剧院。上自王公贵族，下至底层民众，都喜爱戏剧，成为热心观众。连女王本人也是戏迷，甚至是莎剧的“粉丝”，常常邀请剧团入宫演出。莎士比亚跟随某剧团赴伦敦闯荡，就是冲着那儿繁荣的戏剧业去的。那儿有可以展现他才华的平台和机会。然而，到莎士比亚的晚年，随着清教徒势力的扩张，英国戏剧已呈衰颓之势。莎翁一生，恰赶上英国戏剧的黄金时期。若是早或晚20年，莎士比亚就生不逢时，难以成就他的辉煌事业了。

朱生豪的情形，也极相似。1933年他大学毕业，有幸进入当时国内最大出版机构之一的世界书局做编辑，可谓得其所哉。20世纪30年代的上海是全国文化中心，会聚着大批人才，在文化各领域都成绩可观，相当繁荣。1935年又是“翻译年”，各种世界名著得以大量翻译出版。朱生豪就是在这样的文化背景下，开始译莎，一发而不可收。从社会环境和时势来看，若是早或晚10年，甚至5年，都不可能有译莎的条件或考虑。

机遇虚无缥缈，却总是青睐有准备的人。莎翁和朱生俱是罕见之才，又极勤奋，方能在机遇到来时，脱颖而出。因此，成功者首先应当是那位意中人，在恰当的时间到达恰当的地点，机遇则犹如“蓦然回首”，方能在历史的无穷雪泥鸿爪中，成就巧遇。

四、青　春

莎士比亚23岁赴伦敦，25岁开始创作，48岁封笔。其中创造力最旺盛的是30—40岁。他最富激情、幻想和浪漫的喜剧，最出色的历史剧，最负盛名的悲剧，以及长诗和大多十四行诗都出自这个时期。莎翁的艺术青春晚于生理青春。30岁之前是艺术功力的积累期，之后则持续喷发高产。莎翁是天才诗人，诗人气质往往浪漫激情，而诗人的才情则往往借青春之翼飞翔。读莎剧，可以明显感觉处处洋溢着青春、热情。莎翁不老，胸中永远跳动着一颗青春的心。

朱生豪22岁到上海，24岁开始译莎。几经挫折磨难，到32岁终于译出莎剧31部半。他生命中最富创造力的年华，献给了译莎事业。莎剧的无穷艺术魅力，给了他至高的愉悦，激发了他全部的潜能才智。他与莎翁一样具有天才诗人的气质才情，而且，他正值青春，正富激情。他与莎翁年龄相仿、志趣投合、心灵默契、神魂相通。他“笃嗜莎剧”，能“首尾研诵全集十余遍”，贫病交加仍握管不辍，译莎条件最恶劣却最为成功，原因即在于此。而不具诗人气质才情的人，缺乏激情与想象力的人，垂暮老成之人，学识再富，条件再好，也是难以译出莎剧神韵的！

五、爱　情

年轻人谁不善钟情？青春必然伴随爱情。爱情是莎翁全部作品的极重要主题，莎翁正是描写爱情的高手。他的四大喜剧和《罗密欧与朱丽叶》《仲夏夜之梦》等，都是世界文学史上歌唱爱情的经典名篇。内中大量的名言、隽语和诗句，历来脍炙人口。显然，莎士比亚堪称世间少有的情种，他对男女之情必然有极深切的体验，才能将爱情的琼浆酿得这般馥郁甘美。获得七项奥斯卡大奖的《莎翁情史》，虽然情节虚构，却也不无依据，甚至合情合理。至少，莎士比亚确是个感情炽烈奔放，深得女性爱慕的人物。

莎士比亚18岁在家乡与26岁的安妮·哈撒韦结婚，婚后两三年便有一子两女降生。他的婚姻生活还是和谐快意的。在伦敦奋斗数年后，他在文化界崭露头角，也有了稳定可观的收入。由于他言辞优美，一表人才，举止温文尔雅，兼有诗人气质，热情奔放，获得上层社会女子的青睐和爱慕，是很自然的。其中有莎翁十四行诗中的“黑肤女郎”和年轻热情、才貌双全的詹妮特·弗洛里奥。莎翁确也陷入情网，难以自拔，虽颇受煎熬，也尽享欢乐。但莎翁绝不是纵欲之徒，他追求的是精神上的知音，心灵契合的知己。爱的滋润，情的满足，不断激发出艺术创造的灵感，也为他的创作注入了源源的活力与动力。文学史上不乏才子钟情而出杰作的佳例。莎翁的数度艳遇，在多大程度上催生了他那些不朽的爱情名作，我们不得而知，但其关联度应当是相当高的。

朱生豪与宋清如的世纪之恋——由诗相交相知，十年苦恋，两年半患难夫妻，其凄美哀婉动人，实不亚于莎翁任何一篇爱情故事。爱情激发出艺术创造的灵感，更是专注事业的强大精神动力，这在朱生豪身上体现得更明显。早在译莎前，朱生豪就对宋清如一往情深。译莎是朱生豪对宋的示爱，译文便是爱的信物。可以想象他在读那些爱情莎剧时，必是神魂激荡，心曲共鸣，译笔也更显酣畅优美。朱生豪译莎之初，便誓言要将译本作为给宋的礼物。朱在最艰难的条件下将莎剧译得那么精彩，谁能说这不是爱情的伟大力量在起作用呢？

说起朱宋爱情和译莎事业，不能不提宋清如的特殊贡献。朱译莎剧能在战乱年代保存下来，朱译手稿能躲过“文革”的浩劫，先后得以问世，全凭宋氏之力。浩劫之后，又是宋清如向全国文化界、读书界介绍了朱生豪的生平和事业，才使这位译界楷模的业绩和精神渐为世人知晓。论及朱氏译莎，怎能不深深缅怀宋清如以及她默默做出的贡献！

六、爱　国

莎士比亚1587年到伦敦，翌年见证了举国上下同仇敌忾迎击西班牙无敌舰队来犯的历史事件。莎翁将热血青年激荡起的爱国热情倾注在历史剧的创作中。许多著名的篇章，都洋溢着对祖国的深情热爱。爱国主义是莎剧重大主题，在几乎所有的悲剧，甚至传奇剧中都有所反映。莎士比亚是伟大的爱国者。他的剧作讴歌爱国主义，将人类这种高贵的思想情操，提升到精神文明的高度，成为人类最基本的道德行为准则。

朱生豪对国破人亡苦难的体验，比莎翁强烈真切得多。他不仅译稿两度被毁，侥幸逃生，还饱尝颠沛流离之苦，生命也时时处于危险之中。他在《中美日报》社撰写时评，767天便写下了1141篇，以笔为武器，直接与侵略者血刃肉搏。夜以继日高强度的奋战，早将生死置之度外。他不顾贫病交迫，拼尽全力译莎，是为中华民族争气，是在文化战线上英勇抗战。爱国之志充分体现于卫国救国之举。朱生豪以身殉业，更是一位伟大的爱国者。他的精神与他的译作遗著，永存于人民的心中，永在文化史上闪光。

莎翁朱生之似，远不止上述六方面，以下不妨再简列数项。

(1)家境相仿。父辈都曾经商，但家道中落，已属贫寒。两人都渴望奋斗，改变命运。

(2)家庭距全国文化中心距离相仿。少年时代都受到新思想、新文化的影响熏陶。如莎翁痴迷戏剧，朱生豪爱读五四时期的诗文。

(3)两个都具文学修养和非凡诗才，都酷爱读书，甚至都上台演过戏。

(4)两人都极具语言天赋，通外语，由此奠定事业基础。

(5)两人人生轨迹相仿。莎翁为：故乡斯特拉福——事业舞台：伦敦——故乡斯特拉福。朱生豪则是：故乡嘉兴——杭州——事业舞台：上海——故乡嘉兴。

(6)两人二十二三岁时到全国文化中心，投身自己酷爱的事业，志与趣，职与业完全吻合。

(7)两国语言正新旧交替，两城文学文化正趋繁荣，两人也正处创造力最旺盛时期。

(8)两人多年独身漂居都市，无家小之累及柴米之虞，得以倾注全部心血、精力和才智。

(9)两人都是逝世后数年，作品得以出版，并由此奠定地位和声名。正是“千秋万岁名，寂寞身后事”。

当然，莎士比亚和朱生豪无法比拟之处也不少。首先，莎翁生前已不寂寞。他的生活境遇和事业环境比朱生豪好得多。莎士比亚的剧团经常进宫为女王演出，他在当时已享有相当的声名。朱生豪却是“冠盖满京华，斯人独憔悴”。其次，莎翁毕竟功成名就，活到 52 岁，人生已无遗憾。而朱生豪则英年早逝，壮志未酬，常令后人唏嘘痛惜！再次，莎士比亚的作品尽管大多为改编，但其艺术创新的含量毕竟高得多。莎士比亚在文学史上的崇高地位，是与其艺术想象和创造分不开的。翻译终究只是语言层面的艺术创造。朱生豪不甘于只事翻译，原因亦在此。如果比较 32 岁时两人的才华和成就，朱生豪未必逊于莎士比亚。可叹可恨天与时不假其年，使一代奇才赍志而没，使中国文化界失却一位未来的大师，也使嘉兴痛失一位标志性的文化巨人。如果朱生豪得享天年，尽展其才，或许嘉兴能如斯特拉福一样成为文化圣地，亦未可知。既然历史不可假设，且让朱生永远陪伴莎翁罢，后者的得意人生正反衬前者的悲剧命运，让人们痛惜之余，更添崇敬。

（原刊 2013 年《朱生豪百年诞辰纪念文集》及《中国莎士比亚研究通讯》2012 年第 1 期）

续朱译风格，还莎剧全璧

——喜读朱译莎剧新校订本

在纪念译界楷模朱生豪百年诞辰前夕，一部装帧典雅、印刷精良的《朱译莎士比亚戏剧31种》已悄然问世。这是浙江工商大学出版社为纪念朱生豪百年诞辰而推出的精装大书。笔者有幸先睹为快，很为莎剧翻译能有这样的新成果而高兴。

《朱译莎士比亚戏剧31种》16开本，约1140页，封面装帧典雅古朴，莎翁肖像生动传神，插图印刷极为精致，用纸十分考究，出版质量堪称一流，完全可与莎翁大名相匹配。这便是浙籍学人陈才宇教授从1994年起不断倾注心血与精力，并于近年全力以赴独力完成校订的全部朱译莎剧。这是近十年来我国莎士比亚翻译的又一重大成果，也是浙籍学人对莎剧翻译研究的一大贡献。

早在1994年，笔者在介绍当年隆重举办的上海国际莎士比亚戏剧节时，曾在一篇小文《浙江，莎翁的中国故乡》（刊于《钱江晚报》1994年11月18日的副刊《晚潮》）中，如数家珍般一一列举华语世界几部莎士比亚全集的译者——朱生豪、梁实秋、虞尔昌，以及译莎成果颇丰的曹未风、孙大雨，俱是浙籍学人。在莎学界享有盛名的浙籍著名学者，有数十人之多，几乎占了莎学界的半壁江山。“长长一串闪光的名字，是浙江的骄傲，也是浙江的光荣。”新时期以来，浙江也为振兴繁荣中华莎学，做出了独特的贡献。不仅发起筹建了中国莎学会，还创办了中国唯一的莎学刊物《莎士比亚研究》。浙籍学人不仅发表了大量莎学论文，出版了《朱生豪传》等在全国有影响的著作，不少中青年学者也时有优秀新著问世。而陈才宇独力校订的《朱译莎士比亚戏剧31种》，则是近30年来浙籍学人在莎学领域获得的最大收获，也是足以令省外及海外莎学同行们刮目相看的重大成果。

在迄今为止的莎剧翻译中，一般公认朱译质量最为上乘。许多著名翻译家都服膺朱的天才，认为朱译属可遇不可求的译界精品。由于朱英年早逝，只译出31部莎剧，且译文对游离于主情节外的插科打诨、俏皮调笑之类台词多有删节，因此我国出版的几种采用朱译的莎士比亚全集，都是由多位专家学者校订并补译而成。其中影响较大的是人民文学出版社 1964 年完成 1978 年出版的全集和译林出版社 1998 年推出的全集增订本。这两种全集都经由多人校订补译，虽然译品各有千秋，但必然伴有重大缺憾，其中最显著的，依笔者愚见，有以下两点。

第一，两套全集都没有通过刊印手段区分朱生豪的原译文字和后人校订的部分。这对于广大读者和所有研究者、批评者，都是莫大的遗憾。因为他们在阅读、鉴赏和批评时，不知道哪些文句源于朱生豪的生花妙笔，哪些出自后人的补译。后人的校补，有些可能是相得益彰的妙译，但也有些可能属画虎不成。莎剧翻译是极高层次的艺术创造和精神产品生产，这样不区分译者的劳动成果，是对译者艰苦劳动的不尊重，也明显反映出当时整个学界（包括出版者）知识产权意识的淡薄。由于时代的局限，人文版莎士比亚全集对朱生豪译本的评价不高，只说朱生豪的译本有一定的特色，因此，个别校订者对朱译进行较多的自以为是的“润色加工”。这种过度的校订，缺乏对原译应有的尊重，似不足取。译林版的全集则依据世界书局版校订，只采用了朱译 27 种剧目，没有收入他的 4 种遗译，也是没有理由的，因为那 4 种遗译一样是精美的译文。缺了这部分文字，至少有损于朱译的完整性。

第二，以朱译为底本的莎翁全集经数人校订，又经数人补译，这在当时是迫不得已的无奈之举。但具有眼光的高明出版家，必当慧眼选择称职的译者，委以重任，独力完成校订与补译。因为任何专家学者，其学识素养、著译才力都各不相同，其遣词行文的风格也绝不可能一致，甚或大相径庭。莎士比亚戏剧和诗歌，是举世公认的艺术瑰宝，朱生豪的译本，是有口皆碑的名著汉译珍品。翻译校订这样的瑰宝珍品，需要极高的语言功力，极精妙的艺术创造力，如由水准与能力参差不齐的多人去合作完成，必然会导致译风的多样化，翻译质量的参差不齐。说不定同样一词，在不同的校订者和译者笔下，会译成不同的词语。作为莎翁语言特色最鲜明而又是翻译最大难题的隐喻或意象，以及在英语世界中最繁复、新奇的种种修辞手段，在不同的笔下，更不知会走样成何面目。因此，专人独力校订朱译，补译莎剧，是十分必要的，也是时代的呼唤，是 21 世纪对中国译界和莎学界的要求。关键就要看有没有学力相当的人物知难而进，勇于担当。

校订者陈才宇教授就是这样一位不畏挑战、勇于担当的人。他从 1994 年起就应某出版社之约开始校订朱译莎剧。后来该项目因故搁浅，他却一发不可收，始终不曾下马。其实，他也曾参与译林版全集的多部莎剧的校订，只是不曾署名，甘作嫁衣而已。多年来，在教学之余，在从事古英语文学翻译的同时，他出于对莎剧的热爱，对朱译的痴迷，会时不时在莎剧和朱译的艺苑里徜徉。在这前后，他译过史诗《贝奥武甫》；译过71万字的《英国早期文学经典文本》；译过标志着中古英语时期终结的67万字《亚瑟王之死》；译过70万字的《失乐园》。他也曾赴剑桥大学进修古英语文学，对于莎士比亚前后百余年间转型期的英语语言，已相当稔熟。几十年的著译笔耕，他的文字功夫，实在不少莎剧校订和补译者之上。因此，他确是独力校订朱译、补译莎剧的不二人选。

更难得的是，陈才宇自有一种“板凳甘坐十年冷”的锲而不舍的精神，他对朱生豪的翻译观也心领神会，十分推崇。朱生豪标举“保持神韵，以明白晓畅字句，忠实传达原文意趣”，陈对此深有同感，并立志在自己的校订补译中贯彻和体现。这本全新的31种朱译莎剧校订本，就是他实践朱生豪的翻译主张的实物。在校订中他力求保持朱译典雅通畅的文字风格，并查漏补缺，忠实传达原文意趣。语言表达上，他还刻意仿效朱生豪的语言习惯。在翻译有韵体文字时，尽量做到朱生豪式的工整有范。这部分文字，如果没有异体字标出，已有“以假乱真”的效果。因此可以说，这是最尊重并保留朱译风格与特色的莎剧校订本。该书书末还新加附录《文言词语汇释》，共10页253条，这为读者阅读理解文本扫除了不少障碍，也为读者欣赏朱译优美丰赡的文字提供了方便。

《朱译莎士比亚戏剧31种》是浙江工商大学出版社为纪念朱生豪一百周年诞辰而推出的。该社选择陈才宇独力校订朱译，显示出不凡的眼光和魅力。2016年，便是莎士比亚这位伟人离世400周年。陈才宇打算以朱生豪译莎的宗旨和风格，译完剩余的莎剧及莎翁诗作。届时该社将推出全新的《莎士比亚全集》。这将是我国首部朱生豪译、陈才宇校订并续完的《莎士比亚全集》。翻译莎士比亚并留传后世，这几乎是每位莎剧译者梦寐以求的夙愿。但对于任何译者来说，朱生豪的翻译已如一座难以企及的高峰。陈才宇能否与之比肩而立，在中国译莎史上留下自己的名字？这将是莫大的考验和挑战。好在莎翁和朱生，都已属过去时，陈才宇则是现在时，他还有时间和精力，以及不懈往上攀登的机会。

以朱译风格，还莎剧全璧，这是个美丽的梦想。新校订本已迈出实现梦想的第一步。中国莎学界和广大读者，都在殷切期待着梦想变成现实的一天。

（原刊《四川外语学院学报》2012年第1期，《耕耘在英国文学的源头》一文的第五部分）

接过朱生豪的译笔

——读浙商大版《莎士比亚全集》

浙江工商大学出版社即将推出朱生豪译、陈才宇校订补译的《莎士比亚全集》。笔者近水楼台，先睹为快，勉力拜读了部分篇章，尤其是陈译的莎剧莎诗。读后甚感欣喜欣慰。这份欣喜欣慰，既是为莎士比亚和朱生豪，也是为我国莎学界和广大读者而感发。莎士比亚确是幸运，能遇上朱生豪这样的东方翻译奇才，从而使他的不朽之作，得以在世界人口最多的中国持续广泛地传播，使他成为在中国影响最大、最受欢迎的外国作家。朱生豪也非常幸运，有贤妻哲嗣保全成果不致湮没，又继承遗业泽被世人，还能遇上陈才宇这样一位学者型译家教授，一位深思好学、志存高远又踏实勤勉的学人，一位莎剧和朱译的超级粉丝、虔诚崇拜者。正是这位当代浙籍学人，恭敬庄重地接过朱生豪的译笔，秉承朱生豪的译学思想，继承译界楷模的精神，以顽强意志和不懈努力，成就了这套最能传达莎士比亚作品神韵，最切合朱生豪翻译风格和特色的《莎士比亚全集》。浙江工商大学出版社版《莎士比亚全集》的出版，是我国莎剧翻译研究的重大成果，是对莎士比亚四百五十周年诞辰、莎翁逝世四百周年和朱生豪一百周年诞辰、逝世七十周年的最好纪念，也是我国广大莎剧爱好者和读者的幸事，确实非常值得庆贺。

一

朱生豪的译笔，可谓举世惊羡，有口皆碑。众多专家学者皆为之折服，并留下由衷赞誉。朱生豪的译作，历七十年淘洗，依然是最受读者喜爱的莎剧，无论在学界或民间，都享有崇高声誉，被公认为文化精品、翻译文学宝库中的不朽遗产。朱生豪译莎的成功，当然与他非凡的语言天赋、崇高志向、惊人毅力和无比勤奋分不开。在朱生豪留下的译品前，任何人要想接续其事业，都难免自惭才薄，而生恐遭世人讥诮为狗尾续貂的惶恐之感。

陈才宇确也是怀着这样的惶恐接过朱生豪的译笔的。是对莎士比亚作品的无比热爱，对朱生豪译品的推崇、痴迷，使他鼓起了从事这项工作的勇气。诚然，陈才宇没有朱生豪那样的天赋和才华，但他与朱生豪一样推崇莎士比亚，一样具有视译莎为天职的使命感，一样甘愿为译莎“衣带渐宽终不悔”。由于陈才宇自少年时代便怀有文学梦，历四十余年不消衰，他的外国文学研究和翻译是从古英语文学起步，三十余年中已有著译六百余万字，曾译过《贝奥武甫》《英国早期文学经典文本》《亚瑟王之死》《艰难时世》《失乐园》《金色笔记》等，又曾赴剑桥大学专修古英语文学，他的朱译校订始于20世纪90年代初，曾参与译林版《莎士比亚全集》的部分审校工作，二十年来始终未放弃研读莎剧和学习揣摩朱译，因此可以说，陈才宇确实是独立校订朱译、补译莎剧的最佳人选。

朱生豪研读莎剧之深，在中国无人可及。因之，朱对莎剧“原作精神，自觉颇有会心”。这份对原作的透彻理解、天才诗人的灵犀感悟和充分自信，使朱生豪将“保持原作之神韵”，立为“译此书之宗旨”，“必不得已而求其次，亦必以明白晓畅之字句，忠实传达原文之意趣”。可以说，朱生豪在翻译中标举“神韵”，超越了严复的“信达雅”和后来傅雷的“形似神似”之说，而与钱锺书先生的“化境”说颇有异曲同工之妙。朱生豪之译，确也实现了自己的目标，再现了莎剧的神韵，这体现在保持原作的精神、风格和语言特色上。朱生豪的翻译观，在中国林林总总的译论中，标新立异，独树一帜，足见朱生豪眼光见识之不同凡响。任何人若对朱生豪的神韵论心存疑惑或抵牾，就不可能完美地接续其未竟之事业。

陈才宇教授本是位严谨踏实、一丝不苟的翻译家。积数十年之经验，他对朱生豪的翻译观心领神会，十分推崇，并立志在自己的校订补译中切实贯彻和实践。也就是说，他要以朱生豪译莎的宗旨和手法来从事校订和补译。为此，在全力以赴投入这项工作之后，他数年如一日地深入研究比较了各版朱译本，从而对1947年世界书局版、1954年作家版、1978年的人文版和1998年的译林版都相当熟悉，尤其对朱生豪的文字特色、行文风格和语言习惯了然于心。可以说，国内很少有人能比他更熟悉朱生豪的译文。2011年，他依据当今国外三种权威的《莎士比亚全集》和1954年作家版朱译本校订的《朱译莎士比亚戏剧31种》，由浙江工商大学出版社出版。这部全新的朱译莎剧校订本，就是他实践朱生豪翻译主张的产物。在校订中，他力求保持朱译典雅通畅的文字风格，忠实传达原文意趣。语言表达上刻意仿效朱生豪的语言习惯。翻译有韵体文字时尽量做到工整有范，保持原作浓郁的韵味。他还秉承尊重原译的原则，改正了后来的校订本对朱译文字的“润色加工”和某些过度校订。紧接着，在抓紧补译莎剧莎诗的同时，他又依据2012年国家图书馆出版社出版的《朱生豪译莎士比亚戏剧手稿》，对刚出版的《朱译莎士比亚戏剧31种》做了文字校订，从而使新版的《莎士比亚全集》充分保持了朱生豪翻译艺术的本真性和权威性。尤其值得称道的是，无论朱译校订本31种，还是新版的《莎士比亚全集》，都以不同字体清楚标示出校订者纠误和补译的部分，从而使读者对朱译原文和陈校订之文字一目了然，这样既尊重朱生豪的原译，又让校订者文责自负，体现了对知识产权的尊重。

二

朱译莎剧的最大特色，在于其词语典雅，文句流畅，而这正是莎翁原剧的风格和本色。唯其词雅，方可供案头欣赏，令读者喜爱，百读不厌；唯其流畅，方宜舞台演出，令观众痴迷，长传不衰。朱译另一令人拍案叫绝之处，是将莎剧中大量的有韵诗，译得出神入化、精妙绝伦。莎士比亚历来被推崇为史上最伟大的诗人，除其两首长诗和154首十四行诗等外，主要基于其戏剧中大量的各种有韵诗和构成剧本主体的无韵诗。朱译莎剧诗，堪称朱译最精彩最出彩的部分，也是朱译远胜其余译本的重要原因。修订补译，就必须在这两方面努力保持朱译之长。

据不完全统计，朱译剧中诗有150余段（一人断续吟唱或数人对吟而内容连贯者视作一段），共4000余行，其中以古体译出约30段。大凡叙事、抒情、议论之重要篇章，朱均已做绝妙翻译，这方面几乎没给补译者多少展示才华的空间。朱所删略，多属插科打诨、逗趣搞笑类打油诗。陈才宇补全部分，约16段（4行以上），计150余行，加上许多两三行的零星片段，共200余行。陈译剧中诗，沿袭朱译风格，讲究语言精辟、节奏和谐，即便是打油诗，也力求情趣韵味，不乏可圈可点之处。不少诗段，两人之译相连，若不是异体字标示，即便颇有修养的读者，也难以区分。陈之补译，较长片段有《一报还一报》中公爵之诗21行（《31种》第378页），《李尔王》中弄人两节各8行与14行（《31种》第800页），《奥瑟罗》中伊阿古的两节各12行与8行（《31种》第746—747、749页），《错误的喜剧》中阿德里安娜的两节各6行（《31种》第7、10页）和露西安娜的一节10行（《31种》第13页），以及《终成眷属》中小丑所唱两节共12行（《31种》第328页）。这些诗庄重体少，打油诗多，陈之译悉依其体，颇得其妙。又如《温莎的风流娘儿们》中福斯塔夫的情诗（《31种》第228页）和《李尔王》中弄人的打油诗（《31种》第791页）都极富机趣和讽刺意味。又如《第十二夜》中两个丑角安德鲁和托比各自吹嘘舞技的对白："我会来几下雀步""我也会来几下燕舞"（《31种》第294页）。人文版和译林版中这两句都译成“我会旱地拔葱”“我会葱爆羊肉”，在语境中显得突兀，又无注释，不免费解。陈译另辟蹊径，译作雀步、燕舞，既切合上下文及原词本义和引申义，又协韵，应当是较上乘的新译。由于陈才宇曾自编英诗教材，在高校开设过专讲英美名诗的选修课，还曾出版过多种英美诗歌译本，包括《贝奥武甫》《失乐园》《英国古代谣曲》和莎翁诗作，译这些剧中诗不过是小试牛刀。

校订朱译时补译剧中诗的篇幅不多，较大的工作量是补译朱生豪有意删略的对白。这些多为剧中次要或下层人物的戏谑之语，内容游离剧情之外，且多不雅驯，常涉性暗示。这类好用双关语的文字游戏，为伊丽莎白时代市民阶层的观众所喜爱，演出时舞台效果不错，因此莎翁爱在剧中大量使用。莎翁的癖好，甚至招致约翰逊博士的批评，说他绝不放过一个使用双关语的机会，其痴迷堪比埃及女王克莉奥佩特拉，为了爱可置江山于不顾。朱生豪受“诗言志”等中国传统诗学观念影响，译莎着力于传达剧中忠君爱国、珍惜名誉、重爱情友谊、讲道德、追求真善美等等的正能量，对于这类未免低级趣味不登大雅之堂的对白，多有删略，本不足为奇。这类文字，颇似现今某些娱记竞相追逐报道演艺圈明星私生活的花絮绯闻，或可博不少读者的眼球，却与正能量难沾上边。尽管如此，这类涉性的逗乐玩笑，也是人类的天性和智慧的反映，又是莎翁作品的有机组成部分，若不依原文悉数译出，则有损莎翁艺术的完整性。在人文版和译林版的《莎士比亚全集》中，前辈译家们做出十分可贵的努力，补全了所删部分。陈译则后来居上，使这些类文字游戏的对白更切合原文，其中的俗趣更显豁易解。陈力求文字洗练生动、口语化，一如朱译风格。有些由同义、近义、谐音词引发的机趣或涉宗教、神话、民俗等文化典故，则加必要注释。如戏谑和双关语较多的《爱的徒劳》《无事烦恼》各有 44 条注释，《仲夏夜之梦》有 46 条注释，《皆大欢喜》有 34 条注释。注释量比人文版和译林版多出数倍，为读者阅读欣赏提供了方便。当然，有许多涉性的双关语原本中外相通，读者不难意会，也就未予注释。如《驯悍记》中彼特鲁乔和凯瑟琳娜的互相抢白斗嘴，就充满机巧风趣的性暗示，活现出一对冤家性格的可爱（《31 种》第 102—103 页）。《无事烦恼》中希罗的侍女玛格丽特与贝特丽丝的戏谑，也是如此，尤其是玛格丽特的俏皮话，锋头简直盖过了机敏伶俐的贝特丽丝（《31 种》第 204—205 页）。又如《罗密欧与朱丽叶》剧首葛莱古里与山普孙的对话，一连串颇涉淫猥的双关语，不难意会，又可言传，并非赤裸裸不堪入目，观众和读者都可享受语言带来的戏谑之趣。值得一提的是，陈才宇君本不乏幽默俏皮的天性。他业余试笔创作的《反省录》和《阿才童话》，就极多俏皮之趣，很受读者喜爱，拥有大量粉丝。这些谐趣试笔，为他译莎剧中的调笑对白，做了很好准备。读陈补译文字，细心的读者定会常有会心一笑的收获。

比补全朱译所删对白难度更大的，是翻译朱生豪未及译出的八部喜剧（六部为当时牛津版中的历史剧，两部为国外莎学界后来确认的莎剧）。人文版和译林版中，这些莎剧分别由不同的几位专家补译（人文版补译 6 种，译林版未收入朱译定稿的 4 种历史剧，由另外几位专家新译共 12 种）。他们对莎剧虽深有研究，但译笔风格各异，与朱译多少存有差距。陈才宇对莎士比亚时代的语言素有研究，又有多年从译的磨砺，译这些莎剧并非难事。难处在于要像朱生豪那样"保持原作之神韵"，难在以朱生豪之译笔，再现莎剧的风格特色。为此，陈才宇在多年学习揣摩朱译之后，整整三年全力以赴，终于补译出所余八部莎剧和全部莎诗。陈译刻意模仿朱译的行文，力求如朱译般用华美的辞采遣词造句，译出原著的富丽生动，译出原文的流利可诵。读陈补译之剧，确也如贺祥麟先生评价朱译时所言："文句典雅，译笔流畅，好像是高山飞瀑，一泻千里，读之朗朗上口，决无佶屈聱牙之弊。"也如李赋宁先生所说的，朱译"再现了莎翁无韵诗体的口语节奏，颇有流畅自然的效果"。读者不妨选读《亨利四世》和《亨利五世》做个比较。这两部历史剧是莎翁 1597 年和 1598 年的创作，其语言风格应当相近。《亨利四世》是朱生豪后期译笔，《亨利五世》则是陈才宇新译。两剧中都有亨利王的长篇大段台词，如《亨利四世》上篇第二幕第三场亨利王对太子的谆谆教诲，《亨利五世》中亨利王许多慷慨激昂的讲话。这些大段台词读起来如高屋建瓴，酣畅淋漓，其滔滔雄辩，如出一辙。前引贺祥麟、李赋宁二老对朱译的赞誉，用以形容陈译，也正适合，并不为过。陈在补译时，还十分注意剧中人物的性格化语言，即剧中人物的身份和性格不同，场合和事件不同，其谈吐语言和语体便不相同，从高雅庄重到诙谐粗俗相应变化。同时，陈才宇还刻意模仿朱生豪的语言习惯，尽量采用朱的词汇和句式，以保持译文风格一致。在这方面，陈之译文确实胜过人文版和译林版，堪称以朱译风格，还莎剧全璧。

三

中国译莎译诗史上的一大憾事，是朱生豪因病英年早逝，未及译出莎翁的十四行诗。五四以降，西诗汉译鲜有能与朱生豪比肩的英才。而莎翁十四行诗又被称为英诗中皇冠上最璀璨的宝珠。倘以朱生豪之才译莎翁十四行诗，无疑会留下珠联璧合的稀世珍品。可惜历史却是"飞将军不遇高皇帝"，长令后人扼腕怅憾。当然，这留下的空白，也引得许多好诗的才子竞试身手，纷纷在其语言的熔炉里锻冶仿制。于是，我们的译诗金库里，便增添了不少闪闪的明珠，看似琳琅满目，可惜其成色多嫌不足，难与那颗真品宝珠媲美。如今，这份历史缺憾或会稍有补偿，因这新锻制的陈氏明珠，成色似增了些许真品宝珠的光彩。笔者并非有所偏袒或私淑，平心而论，陈才宇新译的莎翁十四行诗，确比现有的众多汉译本，更能再现莎翁十四行诗的神韵丰采，亦颇近似朱生豪之译笔。笔者平生爱诗，古今中外皆有涉猎，曾译过英美澳名家多种诗选，亦曾研读比较过八九种莎翁十四行诗的译本，对各家译本的长短得失，皆有所知。今不揣浅陋，择要略做简评，再试析陈译特色，以证所言并非虚妄。

现今坊间流传的莎翁十四行诗汉译本，以梁宗岱、屠岸、辜正坤三种最受推崇。此三种译本，论译义准确、韵式严整、节奏流畅、辞采富丽诸方面，似以梁译为上，屠译、辜译均稍逊色。可以说梁译是迄今数十年中最佳汉译本。其不足之处在于，有时为顾全韵式而委屈句式，致句意和文气不畅。如十四行诗第一首的最后两句："可怜这个世界吧，要不然，贪夫，/就吞噬世界的份，由你和坟墓。"屠岸先生的译文，准确，通顺，节奏感强，韵式也严整。尤其每首诗所附详细译解，颇能指点迷津，足见屠岸先生对原诗理解透彻，功夫很深。屠译的缺点是不少句子语言似显平淡，句式亦平铺直叙，诗味略嫌不足。如第 17 首的首句："将来，谁会相信我诗中的话来着？"和第 138 首第三句："使她相信我是个毛头小伙子。"诸如此类的句子较多，便减却了诗的魅力。辜正坤先生在莎学和诗歌翻译等多个领域有很高造诣，其莎译也独具鲜明特色。辜译最显著的特点是辞藻华丽浓艳，与大白话保持了相当的距离。译文能深入传达莎诗的意蕴，读起来也十分顺畅。辜译另一独特之处，是取归化译法，完全改变了莎体韵式，而取汉语诗歌一韵到底或双行押韵。这就照顾到不谙英诗爱中诗读者的审美习惯，满足了他们对音美的要求。但辜译的缺陷也显而易见：一是韵式之变，使著名的莎士比亚十四行诗体面目全非。二是诗行的字数不一，甚至相当悬殊，这与原诗抑扬格 5 音步大相径庭。三是语言之丽，近乎浓艳，尤其是夹杂其中的大量陈词旧语，如香消玉殒、窃玉偷香、如胶似漆、眠花卧柳、红颜薄命、春梦、秋波、云雨、销魂、榴裙等等，以及许多古词曲句式，使译诗失却了莎诗清新、鲜活、自然的本色。辜译舍弃形似力求神似，殊不知形之不存，神似亦难。但总体说来，辜先生的译本因其与众不同的形式和独特的音意形之美，受到了较多读者的欢迎，自有相当高的审美价值。

与前人的佳译相比，陈才宇新译的莎翁十四行诗，究竟具有哪些特质，而得以在众多译本中后来居上？笔者以为不妨从以下四方面加以考察。

(1)韵式。莎士比亚十四行诗，其稳定形式为抑扬格五音步的诗行和abab cdcd efef gg的韵式。莎翁以此形式创作的154首十四行诗一问世，便风靡全国，开创一代新体。历代诗人竞相效仿，使之成为英国十四行诗的固定诗体。在世界诗坛上，英体十四行诗与作为源起的意大利体十四行诗具有同样崇高的地位，可谓名家辈出，杰作无数。英体十四行诗也称为莎士比亚体，而且迄今以此体创作的十四行诗，仍以莎翁的154首最脍炙人口，无人能够超越。莎体之韵式又与全诗内容结构的起承转合密切关联，内容结构和韵式紧密巧妙地融成一体。尤其最后两行之合，若画龙点睛，往往成为极富哲理情思的警句格言。唯有领略莎诗韵式与内容结构相得益彰之妙，方能充分欣赏莎诗之美。因此，译莎体十四行诗，其韵式实在不可或缺。迄今大多数译者，都是以异化译法，尽力保留其韵式，有的甚至不惜改变句式，颠倒词序，以勉强凑韵。陈译与梁译、屠译一样，保留了莎体严整的韵式，其用韵似比梁译、屠译更熨帖自然，很少牵强之处。偶有用宽韵近韵者，似亦无伤大雅，读者自可明鉴。

(2)节奏。陈译的最大特色，是将莎诗每行的5音步10音节，译为汉语每行11个字，即154首十四行诗，全以11字句译出，既极整饬又极流畅，几乎无任何牵强不顺。阅读朗读、语感节奏均颇近莎诗原文。每行11汉字与英语10音节，甚为贴近合拍。这比每行不定字数，动辄十三四字甚至十六七字的屠译、辜译，显然更形似原诗，比每行12汉字的梁译，也略胜一筹。尽管梁、屠、辜三译，诗行节奏感都不错，但据笔者研读体会，英诗5音步10音节之句，以汉语11字句出之，最为切合妥当。笔者读过海外施颖洲先生每行10字的莎体译文。施译虽不乏佳句，却时有捉襟见肘或削足适履之弊，仿佛频受牵制，不得舒展拳脚，难展汉语之长，尽原诗之妙。笔者亦曾读过台湾陈次云教授的11字句译莎翁商籁诗，颇忠信畅达，流利可诵，确为莎诗汉译之上品。陈才宇或为大陆首位以11字句译莎翁十四行诗的译者，其译形意音皆美，比之毫不逊色。大陆与台湾两位陈教授，不约而同取11字句译莎，译品不相上下，或可称得莎诗汉译史上一则佳话。

(3)语言。莎士比亚的诗歌语言华美丰赡，洗练流畅，常有新颖比喻，生动意象，而又音调铿锵悦耳。这对任何译者都是严峻考验。译诗不能有过于土和俗的大白话，又不能用过于艳而腻的陈词句。粗俗浅白和陈词滥调，都是大忌。陈才宇之译，用词典雅，辞采优美，且全部译文始终保持相当高水准，整体语言风格一致，殊属不易。本文篇幅有限，不多援引，仅举莎诗中历来传诵最广的第18首诗为例，读者从中不难品出陈译之韵味。

我是否可把你与夏天媲美?
你比夏天更可爱亦更温和。
狂风吹落五月艳丽的花蕾,
夏日的赁期总是匆匆而过。
天上的巨眼有时照得太热。
它那金彩的脸庞常被遮挡。
美的事物总不免美颜凋谢,
机缘与自然使美渐次消亡。
但你永恒的夏天永不沉沦,
你拥有的美决不与你分开。
死神不能夸你身陷其阴影,
永恒的诗行使你与时同在。
　　只要人在呼吸,眼睛看得清,
　　这诗便活着,并赋予你生命。

陈译几乎每首都是如此文辞清丽、音调和谐,热爱诗歌的读者不妨细细通读品味,必会收获愉悦心目的无比美感。

(4)达意。陈译另一鲜明特色是诗意显豁,表达明快。诗思的流转明朗顺畅,绝无隐晦迟涩之感。这与陈才宇译诗极讲求文气贯通畅达分不开。由于词义准确,句子简洁,几无赘词,又极流利,原诗浓郁的诗意便汩汩流出,极少丧失。陈在翻译中,也如朱生豪那样,与中国语法不合之处,不惜更易原文之结构,务使作者之命意豁然显露,不为晦涩之字句所掩蔽。也常自拟为读者和演员,查阅译文中有无暧昧不明之处,审辨语调和音节是否顺口调和。因之陈译句式极少倒装或别的欧化句法,遣词构句更合汉语习惯,而诗中丰美的意象、奇诡的构思悉数保留,从而再现了诗美和诗味。

论达意之明快,不能不提原诗语义的复杂性和多义性,此亦莎翁十四行诗的魅力所在,而这正是语言不同形成的翻译瓶颈。译者往往只能出其一义,殊难兼顾,再高明的译家也无能为力。但对于莎翁嗜好的涉性的双关语(莎翁不仅在剧中大玩此类文字游戏,在诗中也不放过任何机会),笔者以为不必过于渲染和强调。读者有所忽略或不曾意会,都无关宏旨,不会减弱莎诗的光彩。在第135、136两首十四行诗中,莎翁还利用自己的名字Will的一词多义,将语言的魔法玩出了极致。诗中Will一词可指主意、意愿、意念、意图、意欲、意志,甚至情欲、思念、心愿等等,任由读者理解或联想,其义皆通。这就只能加以注释,让读者自游莎翁诗艺的迷宫了。当然,有心的读者或许仍难满足其好奇，那么，正如钱锺书先生所言，译文或能起到媒介或媒婆的作用，诱使或促使读者去攻读外语，进而欣赏原文，以便充分领略原作的无穷意趣。

以上从韵式、节奏、语言和达意四方面试析陈才宇的莎翁十四行诗译文。如果将之与朱生豪的莎剧中的诗文相比较，不难看出两者是多么相近甚或一致。如朱译不更改原诗韵式，每行字数统一，语言华美典雅，诗意浓郁，译句流畅，等等。可见陈译很大程度上保持了朱译的风格特色。我们既然无缘读到朱生豪译的莎翁商籁，那么，且读成色仿佛足以乱真的陈译吧。现实的陈译与想象的朱译，两者之间应当会颇多通感，爱诗的读者不妨一试。

浙江工商大学出版社继 2011 年出版《朱译莎士比亚戏剧 31 种》之后，2015 年又推出朱生豪、陈才宇译的《莎士比亚全集》。这是向朱生豪逝世七十周年和莎士比亚四百五十周年诞辰献上的相当厚重的大礼。浙江自古以来便是文化大省，百年来又是中国莎士比亚翻译和研究的重镇。朱生豪、梁实秋、虞尔昌、曹未风、孙大雨及众多著名莎学专家都是浙籍学人。浙江工商大学前身又是朱生豪夫人宋清如工作、生活了数十年的学校，便天生与莎士比亚和朱生豪结下不解之缘。浙江应当有自己的《莎士比亚全集》。浙江工商大学出版社为浙籍学人圆了此梦，为浙江重绘文化大省蓝图添上了浓重一笔。这份努力，当会载入翻译史册。

我和陈才宇教授已相识很久，并有过多次愉快的合作。二十年前浙江某出版社拟重出朱生豪所译莎剧，经专家推荐，曾约请我们参与其事。陈校订全部喜剧，我则负责悲剧。后来虽然此事搁浅，我俩却都一发而不可收，欣然而入莎翁的艺术殿堂，并始终迷醉其中。此后我们也都参与了译林版《莎士比亚全集》的部分审校工作。但后来我因客观条件有限，知难而退，未能参与裘克安先生主持的莎剧注释和别的校订翻译项目，心中常感遗憾。陈才宇却是知难而进，锲而不舍，奋勇攻关，终于有此成就。我由衷为他感到高兴，也为莎士比亚作品翻译的这一重大新成果而极感欣喜，为广大读者能有幸得此全新的朱生豪、陈才宇共译的《莎士比亚全集》而极感欣喜。我相信，这套充分尊重知识产权，又极富莎剧莎诗神韵的《莎士比亚全集》，一定会获得越来越多读者的喜爱和好评，并在中国的莎士比亚翻译史和翻译文学宝库中，占据它应有的一席之地。

参考文献

[1] 莎士比亚. 朱译莎士比亚戏剧 31 种[M]. 朱生豪，译. 陈才宇，校订. 杭州：浙江工商大学出版社，2011.

[2] 吴洁敏,朱宏达. 朱生豪传[M]. 上海:上海外语教育出版社,1990.
[3] 莎士比亚. 莎士比亚全集:1—11[M]. 北京:人民文学出版社,1978.
[4] 莎士比亚. 莎士比亚全集:1—8[M]. 南京:译林出版社,1998.
[5] 莎士比亚. 十四行诗集[M]. 屠岸,译. 上海:上海译文出版社,1981.
[6] 贺祥麟. 莎士比亚研究文集[M]. 西安:陕西人民出版社,1982.
[7] 李赋宁. 蜜与蜡:西方文学阅读心得[M]. 北京:北京大学出版社,1995.
[8] 施颖洲. 莎士比亚十四行诗集[M]. 南京:译林出版社,2011.
[9] 张泗洋,徐斌,张晓阳. 莎士比亚引论:上、下[M]. 北京:中国戏剧出版社,1989.
[10] 刘新民. 耕耘在英国文学的源头——记古英语文学翻译家陈才宇[J]. 四川外语学院学报,2012(1).

(原刊《浙江工商大学学报》2014 年第 6 期,《中国莎士比亚研究通讯》2014 年第 1 期)

附录一

诗咏莎剧和谐主题

1.《错误的喜剧》

满台误会寓悲欢，　骨肉久分识亦难。
还幸人通离合事，　全城同贺大团圆。

2.《驯悍记》

磨合何分谁驯谁？　爱情人性共回归。
家庭幸福全相似，　和谐夫妻形影随。

3.《维洛那二绅士》

爱情自古贵忠贞，　友谊怎容朝暮心。
倘得真诚知忏悔，　两和其美谐如新。

4.《爱的徒劳》

一沐春光爱俱来，　冰封难阻嫩芽开。
自然人性相和谐，　好事多磨亦惬怀。

5.《仲夏夜之梦》

一梦轻幽哲理多，　爱情遂愿世间和。
家邦“帕克”偏多事，乱点鸳鸯尽惹波。

6.《威尼斯商人》

法庭争执刀剜肉，　才女机灵判案来。
莫谓经商唯利是，　慈悲公道自生财。

7.《温莎的风流娘儿们》

小镇温莎故事噱，　大娘设计戏爵爷。
欢声笑语皆惩恶，　挞丑扬真是和谐。

8.《无事生非》

欢喜冤家斗嘴多，　唇枪舌剑爱生波。
机关各设皆成巧，　报应相宜亦谐和。

9.《皆大欢喜》

情诗生树恋纷飞，　世外亚当真善归。
丑恶终究和解化，　人间大喜紧相随。

10.《第十二夜》

一见钟情萌爱心，俊男偏属女儿身。
只因高尚无私美，便引姻缘更动人。

11.《特洛伊罗斯与克瑞西达》

无端征战血空流，美女荣名争不休。
多少人间悲喜剧，刀兵影里化坟丘。

12.《终成眷属》

名医妙手可回春，无奈难医势利心。
眷属虽成情未洽，相和琴瑟几时真？

13.《一报还一报》

尽集神明于一身，仁慈公正总难真。
何如法治民权立，腐恶尽除风气新。

14.《亨利六世》（上篇）

弱主偏逢多事秋，萧墙祸乱几时休。
将士捐躯征战死，权臣内讧血横流。

15.《亨利六世》（中篇）

同胞手足自相残，红白玫瑰三十年。

千里城乡尸骨积，伦敦塔里血斑斑。

16.《亨利六世》（下篇）

莎翁史剧意深长，镜鉴分明切莫忘。
爱国尽忠民有责，君臣和合可兴邦。

17.《理查三世》

权欲熏心不认亲，万千奸恶集一身。
独夫不去患无已，纾难待先除暴君。

18.《约翰王》

王位之争肇祸端，无能误国命归天。
幸得庶子撑危局，爱国精神世代传。

19.《理查二世》

大好江山自毁多，杀忠近佞失人和。
亲离众叛为时晚，对镜悔哀叹奈何。

20.《亨利四世》（上篇）

君王惕厉恒忧国，平叛抚民社会安。
语重心长传储子，邦和拓外保江山。

21.《亨利四世》（下篇）

王储隐身无赖辈，流氓爵士栩如生。
登基方显真人面，执法秉公不徇情。

22.《亨利五世》

一代雄才振国威，出征所向捷纷飞。
折冲樽俎披靡下，得意携得美妇归。

23.《亨利八世》

横征暴敛失人心，富贵荣华过眼云。
廿载婚姻空若梦，君王新拜石榴裙。

24.《爱德华三世》

夫人刚烈洁如冰，王子神勇屡建勋。
更有殷殷王后谏，仁慈宽厚得人心。

25.《泰特斯·安德洛尼克斯》

冤冤相报何时了？杀戮焉将仇恨消？
仁爱宽容为政事，邦基国本不愁摇。

26.《罗密欧与朱丽叶》

一曲悲歌化世仇，人间至爱感千秋。
干戈玉帛和为贵，不朽朱罗传五洲。

27.《朱利斯·凯撒》

公私恩怨讼千年，孤诣苦心谁为传。
谋刺终究非正道，和平为政是长安。

28.《哈姆莱特》

王子复仇天地义，乾坤重整不辞难。
大千小我求融合，生死睿思万口传。

29.《奥瑟罗》

新人何竟致双亡，震撼灵魂尽惜伤。
人性微瑕当自善，酿成巨错悔无方。

30.《李尔王》

暴风雨夜恤民情，历劫成疯反睿明。
识忤辨奸知已晚，谐和灵肉亦新生。

31.《麦克白》

一步沉沦万劫随，野心侵蚀栋梁摧。
倾洋之水手难净，作恶终究心有亏。

32.《安东尼与克莉奥佩特拉》

英雄气短美人殉，但得痴情魂共随。

权势功名流水去，千秋人性放光辉。

33.《科利奥兰纳斯》

莫道英雄功盖世，一朝叛国灭身名。
动人最是慈亲义，慷慨千秋犹有声。

34.《雅典的泰门》

世态炎凉观泰门，人间至恶钱通神。
欲成和谐须先知，真善美人不拜金。

35.《泰尔亲王伯里克里斯》

凶险遭逢海上行，海深何及比悲情。
月圆花好人犹在，恶报善终天自明。

36.《辛白林》

乱离家国事多非，尚幸团圆和谐归。
若论忠贞兼胆识，须眉惭愧对蛾眉。

37.《冬天的故事》

无端偏有忌疑生，霜雪寒人血似凝。
化得坚冰三尺厚，宽容仁爱胜春风。

38.《暴风雨》

新知召得飓风来，一化恩仇和解开。
人世真堪伊甸比，若多博爱在心怀。

39.《两个高贵的亲戚》

骑士弟兄难万分，爱情友谊孰为珍。
人神共决公平断，高贵无私得称心。

（原刊 2008 年广西《北海莎士比亚研讨会论文集》）

附录二

金缕曲

——纪念朱生豪百年诞辰

八斗才高手。才聪颖，名篇读遍，志凌霄九。秦望山风西溪月，才子之江名就。歌毕业，风华正茂。久仰莎翁专志译，更渐宽衣带人消瘦。神韵出，一枝秀。

“小言”夜发投枪骤。笔如椽，赤心报国，斩凶除寇。争气工程莎译事，沥血呕心依旧。稿屡毁，几番精镂。译界楷模高悬帜，叹皇皇大译人离后。传万众，脍人口。

金缕曲

——纪念宋清如百年诞辰

景仰清芬久。结诗盟，萋萋芳草，意深情厚。鱼雁十年思恋苦，万里寻君相就。人称羡，才郎佳偶。历尽艰辛生死别，问苍天人世何曾有。悲似海，怎堪受！

痴心默默魂相守。更重光，译莎巨著，万人惊秀。耕作杏坛栽桃李，名利浮云看透。甘淡泊，绳床草牖。明月清风梅菊似，向世间，一缕幽香授。高品格，耸云岫。

（原刊浙江古籍出版社2013年版《译界楷模　高山仰止——朱生豪百年诞辰纪念文集》）

诗　品

去找到它，仙女们，快去找寻
那小小一撮无价的遗骸，
再带一只珠宝镶嵌黄金制成
并用白银饰边的宝盒来。

我们要万无一失将它存里面，
并永远永远把它奉为神圣，
因为它激发了诗人的灵感，
达于诗歌意韵的神妙绝顶。

——哈代《雪莱的云雀》

英诗随笔

——读《英国诗选》

英国诗歌堪称世界文学中一大精华。英诗不仅源远流长，而且高潮迭起，名家辈出，对世界诗歌屡屡产生巨大影响。英诗品种齐全、题材广泛、内容深刻、形式新颖、想象丰富、风格独特，具有许多中国诗歌并不具备的特质和长处，令人倾心。爱好诗歌的中国读者，必定可从中获得裨益，大大丰富自己的情感和美学经验。

《英国诗选》(上海译文出版社出版，王佐良主编，“外国文学名著丛书”之一)堪称国内迄今所出的最佳英诗选本。理由有三：其一，入选诗人64位，诗315首，均是公认的名家名作，足以反映英诗的全貌和成就。(取其整数，不妨称为英诗三百首，相对于唐诗三百首。)其二，译本序和名家前的“作者和作品简介”，多新意，富文采，要言不烦，切中肯綮，精彩而又精当。其三，译文最大限度地保留了原诗神韵，确实体现了“20世纪80年代中国译诗的新水平”，其诗歌语言，即便与中国五四以来一些名诗相比也并不逊色。读者从该诗选完全可领略原诗风采，得到美的享受。

读诗是一种精神的朝圣。读《英国诗选》，了解几百年来“这个国家里最敏感的人的体验，见闻，思想，情绪，想象力，文才”(该诗选《译本序》)，不禁有种种感想，随笔录之于书页。今且将所感所录略加整理，题为《英诗随笔》，不揣浅陋，示之同好，并求教于方家。

一、文化背景

英国诗歌的起源和发展，处处可见多种文化的影响。无论是诗的主题、形式、语言、手法及诗人的文学修养，都可明显看出其与欧洲文化的关系。可以说英诗是多种文化融汇的产物。

英诗的起源和基督教在英国的传播有密切关系。相传第一位宗教诗人凯特蒙，在睡梦中受到神灵感发而写出“创世之歌”等一系列有关《圣经》故事的诗篇(王佐良《英国诗史》)。最早的史诗《贝奥武甫》虽然讲述的是异教徒的英雄故事，却有着浓厚的基督教成分。史诗在烘托渲染贝奥武甫与怪兽格伦德尔搏斗前的气氛时，45 行诗中有 7 处提到了上帝，便是明显的例子。在其他上古英诗如《航海者》中，我们也读到了“上帝之乐使我开怀/胜过这短促的死一般的生”(《英国诗史》)一类诗句。可见在英诗成形的数百年里，基督教已渗入英国，并为古英语诗歌提供了手段、语言形式、灵感和主题。英诗与宗教文化的关系，在中世纪的两部最著名长诗中体现得更充分。首先是威廉·兰格伦的《农夫皮尔斯之幻象》，其次便是乔叟的《坎特伯雷故事集》。此后，我们可以从赫里克、赫伯特等人的宗教诗中，从莎士比亚剧本中发现近百处源于《圣经》的典故和成语，从密尔顿取材于《圣经》的三大史诗，以及各时期优秀诗人的作品里感受到宗教的影响。确实可以说：“基督教影响是贯穿整个英语诗歌三个时期四种文化的一个精神因素。”(《英国诗史》引言)

如果说英诗的起源与《圣经》所代表的基督教文化关系密切的话，那么，英诗的发展，尤其是文艺复兴和浪漫主义两大高潮，就更多地从古希腊、罗马文化中汲取了养料。早在乔叟笔下，便有了取材于荷马史诗的著名长诗《特罗伊罗斯与克莉塞德》。文艺复兴时期一大批杰出诗人和剧作家，都多多少少受了古希腊文明的影响。其中著名的如斯宾塞的《仙后》，马娄的《希洛与里安德》，大学才子们的作品，以及莎士比亚的剧作和诗歌。而 19 世纪浪漫主义诗人更是倾心于古希腊的神话和艺术。被称为浪漫主义三杰的拜伦、雪莱、济慈都写过咏希腊的名篇，雪莱和济慈都以希腊神话题材写过著名诗剧或长诗。毫无疑问，如果没有古希腊、罗马文明的影响，英诗便会黯然失色，甚至很难想象会是什么样子。

从英国诗歌的诗体形式来考察，欧洲文学传统的影响更是显而易见。乔叟的《坎特伯雷故事集》用的诗体——英雄双韵体，来自法国，由于乔叟的成就而成了英诗的主要诗体之一。文艺复兴时期风靡一时而且艺术成就登峰造极的十四行诗，则是从意大利的彼特拉克那儿“拿来”的。英国诗史上一个有趣的现象是，凡是诗歌充分发展的时期，往往伴随十四行诗的繁荣和大批杰作。英诗的主要诗体直接促成了伊丽莎白时代盛极一时的诗剧无韵诗，虽然并非“舶来品”，却是 16 世纪诗人塞莱(H. H. Surrey)在翻译维吉尔的《伊尼特》时试用的。偶然的“发明”却立即风行，并创造出举世甚至旷古罕见的文学奇迹，本身亦称得上是一种奇迹。

英国诗史上能承前启后、开一代诗风的大诗人，差不多都有深厚的语言和文学修养。乔叟便精通法、意、拉丁语，受到法国和意大利文学的熏陶影响。斯宾塞毕业于剑桥大学，他的《仙后》里有一大堆典故来自希腊、罗马古典作品和法、意诸国的浪漫传奇。莎士比亚少年时代曾学习拉丁语，接触了维吉尔、贺拉斯、奥维德的作品，并阅读了大量英译的古典作品。与莎氏同时代的大学才子，都是些精通拉丁、希腊语的青年学者。密尔顿从小受到良好的教育，曾遍读古典和西欧文哲名著。可以说英国诗人很少没受过欧洲古典作品和文学传统的熏陶和滋润的。英诗从乔叟到莎士比亚，短短200年，便迅速走向成熟并达到辉煌的境界。在其后的300年间又不断创新超越，涌现大批卓有成就的诗人。这确实得益于多种文化的灌溉和滋养，得益于英诗善于博采众长、兼收并蓄的消融及创造能力。

二、爱情主题

爱情是西方文学中永恒的主题。可是若细细考察英诗，爱情诗的滥觞，却是引进十四行诗的结果。意大利彼特拉克的种子，在英国结出了历久长鲜的硕果。而且诗人们不写则已，一写往往是洋洋洒洒一大组。菲力浦·雪尼的《阿斯特罗菲尔与斯特拉》108首；斯宾塞的《爱情小唱》88首；最著名的首推莎士比亚的十四行诗154首（当然莎翁十四行诗的主题不限于爱情），直至19世纪布朗宁夫人的《葡萄牙十四行诗》44首。爱情十四行组诗，算得上英诗中一大奇观。以极为严谨的格律表现极为炽热的爱情，犹如戴着脚镣跳潇洒奔放的迪斯科，似乎难于想象，在英诗中却又顺理成章，似乎十四行诗体是为爱情诗而天造地设的。有人曾将十四行诗比之中国的七律。然而中国的七律抒写爱情的极少，似乎这样严谨的格律不适宜倾诉热烈的情感。《唐诗三百首》中仅元稹的《遣悲怀》三首及李商隐的《无题》诗数首，其风格与英国十四行爱情诗截然不同。英国爱情诗往往直率纯真袒露，热情奔放，而中国情诗则含蓄朦胧，“忆内”类则感情细腻，娓娓低诉，绝无热情洋溢的恋情告白。

英诗想象力丰富的特点，不仅见于神话史诗，在爱情诗中也有充分的表现。恣肆挥洒的十四行组诗是一例。其余诗体的爱情诗亦多极尽想象之能事。如马娄的《希洛与里安德》中的名句：“因为希洛拿走了天地间的至美……从此半个世界笼罩在黑暗之中。”而马韦尔在《致他的娇羞的女友》里，居然把《圣经》里的洪水、辽远的印度、历史上的大帝国都扯了进来，甚至表示愿意“用一百个年头……凝视你的蛾眉，用两百年膜拜你的酥胸，其余部分要用三万个春冬”。——这极度的夸张和想象竟只是一种铺垫，诗人紧接着突出及时行乐的主题，便感叹人生短暂，青春易逝，并劝导女友莫矜持，“尽情行乐莫错过时机”。这就比同样主题的唐诗《金缕衣》更热烈、更有气势。

英国的爱情诗，以文艺复兴时期最为繁荣。浪漫主义时期爱情诗似不多，20 世纪以来更是逐渐减少。个中原因，相当复杂。但抒写吟咏爱情的名诗，几百年来已多若繁星，是不是佳构好诗均已在文艺复兴及浪漫主义时期写完，后人难以为继？“就是这张脸使千帆齐发，把伊利安的巍巍城楼烧成灰的吗？甜蜜的海伦，你一吻就使我永生。”有如此名句在前，谁还能再写海伦之美？19、20 世纪英美诗人写美人、写爱情的诗篇减少，便可能因为好诗已被前人写完。20 世纪现代派兴起，自由诗盛行，也许一个原因是老题材已无法创新，旧传统已形成窠臼，他们不得不另辟蹊径？

三、哲理内涵

说起哲理诗，人们会想到玄学派诗。玄学派诗人即便是抒写爱情，也往往有些惊人之笔。约翰·多恩的那首《别离辞·节哀》就曾把一对情人的离别比喻成圆规的两脚。新鲜奇特的比喻，使此诗成为 17 世纪玄学派的名作。另一位玄学派诗人马韦尔，曾被誉为“花园诗人”。他的《花园》一诗中有两行名句：“把一切凡是造出来的，都化为虚妄，/变成绿荫中的一个绿色的思想。”(Annihilating all that's made/To a green Thought iu a green shade.)这首赞喻花园为理想世界的诗篇，因这两行而极大地丰富了思想内涵，令历代学者批评家为诠释而绞尽脑汁。

哲理入诗，并非玄学派的专利。古典主义、浪漫主义、现代派，甚至莎士比亚等文艺复兴时期诗人的大量作品都富有哲理。可以说，富于哲理是英诗又一特色。无论是爱情诗、自然诗、政治诗，或别的任何题材，英诗在思想哲理上的抉幽探微都比汉诗深入。朱光潜先生在《诗论》中说的“西诗以深刻胜，中诗以微妙胜”，当是指诗中的思辨色彩，哲学和宗教的深广含义和思想的深度。莎士比亚的十四行诗所以独步千古，除了至情至美外，诗中蕴含的至理也构成了诗的张力场的重要一极。莎士比亚的 67 行短诗《凤凰与斑鸠》，极其凝练，高度哲理化，被不少莎学家誉为最伟大的“玄学诗”(《英国诗史》第 115 页)。莎剧中饱含哲理的台词小诗比比皆是。18 世纪古典派的蒲柏，是英国诗史上艺术造诣最高的诗人。他的《论批评》全长 744 行，以诗做文学批评，居然写得名句联翩、文采斐然，使他一举成名。他的哲理长诗《人论》简直是一篇规模宏大的哲学论文。在浪漫主义诗人“强烈情感的自然漫溢”中，我们也听到了不同凡响的哲理思辨。华兹华斯的自然诗里有着情景、情理的交融，正如他自己所说：“一朵极平凡的随风荡漾的花，对于我可以引起不能用泪表现出来的那么深的思想”。最富民主思想和革命激情的浪漫诗人雪莱，堪称哲理诗人。几乎不论什么题材，他都要做哲理性的思考。他的所有诗作，无不闪烁着哲理之光。著名的《西风颂》的结句："冬天来了，春天还会远吗？"便是至理名言。诗歌创作期不过短短六年的济慈，则在美学思想上有精辟的见解："美即是真，真即是美。"以如此简洁诗句写出不朽的艺术法则的，古往今来也唯有济慈一人。英诗富哲理，例子实在是不胜枚举。

当然，中国诗中也有不少包含哲理，尤其是宋诗"以文入诗"，讲求"理趣"，诗中"言理"的成分便格外多些。但相比之下，汉诗多的是自然理趣："不识庐山真面目，只缘身在此山中""不畏浮云遮望眼，只缘身在最高层""问渠那得清如许，为有源头活水来""山重水复疑无路，柳暗花明又一村"等等。由于受诗体局限及传统思想影响，其理趣的表达也委婉微妙，不若英诗中哲理既酣畅深刻，范围亦广大得多：政治、经济、生活、自然、爱情、美学，几乎无所不包。这种差别，追根究底，也许源于两大民族哲学思想、传统文化的差异。

四、自然情思

自觉地将大自然作为独立的审美对象加以歌咏，中国诗人比英国诗人早1300余年。这是将中国东晋的陶渊明、谢灵运与英国的华兹华斯相比较而言。中国诗史上有吟咏自然山水的悠久传统。文人仕途失意，便向往退归林下，与世无争，在大自然的怀抱中寻求解脱。这在很大程度上也是受佛教和老庄思想的影响。因此，中国的山水诗中流露的，常常是一种出世的思想，以求身心融于大自然，超然物外，达到宁静平和的境界。英国山水自然诗的代表人物华兹华斯所以遁入湖区，沉湎山水，也有类似的理想幻灭，精神和生活上遭受挫折的经历。他也是在大自然中寻求精神的慰藉。然而，华氏毕竟是有过比较崇高的政治理想，受过法国大革命熏陶的人物（《序曲》第九章第501—532行，见《英国诗史》第257页）。即便是徜徉于风光秀丽、环境静谧的湖区，他也并非一味寄情山水。他的自然诗中有着对人的命运的思考，折射出法国大革命的光芒。我们可以从其自然诗中听到时代的声音。这是中国封建时代的山水诗中不可能有的思想内容。如《写于早春》一诗，从春日里鸟儿欢跳，嫩枝沐浴清风，"每朵花不论大小，/都能享受它呼吸的空气"（透露出自由平等博爱的思想），联想到"人怎样对待着人"。在歌颂大自然的博大精深的《反其道》一诗中，有这样一节："绿色树林里的一个灵感，/会教给你更多道理，/关于人，关于人的恶和善，/超过所有圣人能说的。”完全将大自然作为陶冶人的情操的老师了。华氏最好的自然诗同样产生于他仍念念不忘时局和民族命运的时期，因此说华兹华斯是密尔顿的真正继承者，并非夸张或过分褒扬(《英国诗史》第250页)。

华兹华斯优秀的自然诗，有着对人生较深刻的思考。如著名的《丁登寺旁》，写出了诗人成长的三个时期中大自然对自己感觉、情感和道德上的影响，最终在大自然中找到自己“整个道德生命的灵魂”。这样的山水自然诗，中国古诗、新诗中均未有过。汉诗咏山水常缺乏思辨和哲理深度。华兹华斯是一位沉思者，一位富于宗教情感者。其抒写大自然的诗篇中有情与思的高度的和谐统一，这使得他的自然诗成为英诗中的精品，前无古人，后无来者。我国有的论者对他的自然诗贬抑过分(见《比较文学三百篇》第631页)，是不妥当也不符合实际情况的。

(原刊《外国文学》1995年第4期)

名诗佳译俱生辉

——读《英国诗选》

译诗难，但并非不可为。只要好自为之，仍可保留原作诗味，甚至臻于两相媲美、神采互辉的理想境界。这是读《英国诗选》所触发的感想。

英国诗歌是世界文学中一大精华，具有许多中国诗歌并不具备的特质和长处，足以令中国读者倾心。感谢翻译家们的辛勤劳动和艺术创造，使我们读到艺术魅力不减、风格神韵仿佛的精彩译诗。《英国诗选》（上海译文出版社 1988 年出版，王佐良主编，"外国文学名著丛书"之一）便是这样一本优秀译本。全书入选诗人 64 位，诗 315 首，绝大部分均为公认的名家名作。译本序和作品简介写得新意迭出，切中肯綮，精彩又精当。而最可贵的是，译文尽可能保留了原诗神韵，重现了原作的风格，体现了"20 世纪 80 年代中国译诗的新水平"。读者从中完全可领略英诗的风采，得到美的享受，真可谓：三岛珍奇成一卷，名诗佳译俱生辉。

一本集中了英国诗歌精华与我国诗坛和译诗界名家高手的优秀译本，无疑会有种种值得称道的特色。本文打算仅仅就再现原诗风格和锤炼译诗语言两方面，略陈笔者读诗的体会。不妥之处，还望专家们不吝赐教。

一

古今中外，大凡优秀诗人，总有自己独特的风格。诗的风格的千姿百态，不亚于百花园里的争奇斗艳。唐末司空图在其《诗品》里，就曾把中国古典诗歌的风格，分为雄浑、冲淡、纤秾、沉着、高古等 24 种。外国诗论中也有粗线条地分为崇高（sublime）、宏伟（grand）、秀美（grace）、优美（beautiful）、纤巧（pretty）五种的。诗歌难译，便难在再现原诗风格。阿诺德评论荷马史诗的英译，就主要从剖析比较考珀、蒲伯、查普曼、纽曼四位译家是否体现了荷马史诗朴实崇高、迅速直截的风格入手。茅盾先生在《译诗的一些意见》中也曾指出，"要有原诗的神韵"，"要合乎原诗的风格；原诗是悲壮的，焉能把它译为清丽"。因此，诗歌翻译要形神兼备，入于化境，就得深入体会感受原作的风格，并努力在译文中体现。倘若风格不合，让手执铁板的关西大汉吟“杨柳岸晓风残月”，十七八女孩儿却唱“大江东去”，那么即使意思上没有出错，实际上也是歪曲了原作。

《英国诗选》作为一本译诗集，其最可赞赏的一点，便在于绝大多数译诗都能恰到好处地传达原作的风格和精神。不同风格的诗人，同一诗人的不同风格，均得到恰如其分的转达，使读译诗得到与原作差不多相同的审美感受。例如，16 世纪末的剧作家克里斯托弗·马娄以“壮丽有力的诗行”(mighty lines，本·琼生语)著称。选自其诗剧《浮士德博士》的咏海伦的一段诗，最能体现其雄迈壮丽有力的风格。请看其诗起始的三行：

Was this the face that launched a thousand ships
And burnt the topless towers of llium?
Sweet Helen, make me immortal with a kiss.

译文具有与原诗相般配的雄迈气势，语言瑰丽，句式强健硬朗，读来铿锵有力，同样不愧是“壮丽有力的诗行”：

就是这张脸使千帆齐发
把伊利安的巍巍城楼烧成灰的吗？
甜蜜的海伦，你一吻就使我永生。

马娄以 mighty lines 取胜，但若论诗的崇高、庄严、典雅，约翰·德莱顿的两首颂歌可以称得上“前无古人，后无来者”(这也是一贯谦虚的德莱顿对自己这两首诗的评价)。我们读之诵之，确实从词语、韵律、内容和节奏上感受到气势非凡。特别是那些重复的合唱部分，更是回环反复、一唱三叹，令人顿生庄严崇高之感。“他把凡人送进天堂，她把天使拉到地上。”语言庄重，气势磅礴，堪称千古绝唱。

有所建树的大诗人总是兼备多种笔墨而不囿于一种风格。弥尔顿的十四行诗，一扫爱情诗的绮靡，而开了豪放派的先河。诗中有对反动统治者暴行的怒斥和控诉，有满怀壮志豪情的抒发，还有耐人思考的警句。如写到自己双目失明，有这样豪放的句子：“是为了捍卫自由，/我才用力过度而永远失去了它们，/我这神圣的使命现已传遍了全欧。”而在他的史诗《失乐园》里，却有着极其清新优美的抒情：“太阳带来愉快/当它刚在这可爱的大地上洒下金光，/照亮了草、树、果子、花朵，/只见一片露水晶莹！潇潇细雨过后，/丰饶的大地喷着香气；甜蜜的黄昏/带着谢意来临……”雄迈与秀美两种风格，充分表现出弥尔顿的非凡诗才。

浪漫主义诗人大多才华横溢。在他们“强烈感情的自然漫溢”中，往往有风格殊异的杰作。华兹华斯和彭斯是两位杰出代表。华兹华斯诗路广，意境高，精辟深刻，不愧是英文诗里三或四个最伟大诗人之一。他的十四行诗有的重振弥尔顿的诗风，豪放雄迈，具有高昂的激情。如《伦敦，一八〇二年》中对弥尔顿的赞颂：

你的灵魂是独立的明星，
你的声音如大海的波涛，
你纯洁如天空，奔放、崇高。

有的极其庄严，颇具雄浑高古之风。如《在西敏寺桥上》描写的“庄严动人的伟大场面”：

这座城市如今把美丽的晨光
当衣服穿上了：宁静又开敞，
教堂，剧场，船舶，穹楼和塔尖
全部袒卧在大地上，面对着苍天，
沐浴在无烟的清气中，灿烂辉煌。

译诗选择使用了最符合原诗情境精神的词语、句式、节奏和韵脚，从而保持了原诗风格。用如此庄重无华的语言表达如此雄浑壮美的意境的短诗，确实是不多见的。

但华兹华斯还有真挚动人的爱情诗，如《露西组诗》，用清新朴素的文字写出高远的意境。他的山水诗，有的极其灵秀。如名句：“我好似一朵孤独的流云。”有的则细致透彻地表达了深刻的思想，具有浓重的思辨色彩，如名诗《丁登寺旁》。他的素体诗写成的长诗《序曲——一个诗人的心的成长》，多种风格水乳交融，语言时见清新，有时又刚健有力、激情洋溢，所有这些，译文都做了妥帖传神的转达。通过读译诗，我们可以充分领略华兹华斯的种种风格，从而理解何以在英国诗坛上这位湖畔诗人会享有那么高的地位。

苏格兰著名诗人罗伯特·彭斯也以诗路广著称。他的抒情小诗，如《一朵红红的玫瑰》，语言鲜明生动，脍炙人口。而表现爱国主义热情的名篇《苏格兰人》，则铿锵有力、慷慨激昂。每节前三句押韵一气呵成，第四句简洁有力，颇似战斗前的动员口号，译文完全保持了原作特色。而那首著名的《不管那一套》，语言通俗流畅洗练，原作和译文的语气口吻，是那么一致，几乎天衣无缝，读起来格外酣畅痛快。彭斯的讽刺诗和叙事诗也极为出色。《威利长老的祷词》语言形象和谐，妙句迭出，刻画长老的丑态惟妙惟肖、入木三分。叙事诗《汤姆·奥桑特》则逼真、生动、活泼。所有这些不同风格的名诗，译文都十分贴切传神。

《英国诗选》中如此完美地体现原作风格的译诗还有不少，可以说大多数译诗都尽可能保留了原诗的原汁原味。看来，风格并不是只可意会不可言传，雪泥鸿爪般缥缈难求。只要下一番切实的功夫，译诗“合乎原诗的风格”，也是可以做到的。

二

诗的风格和语言密不可分。风格鲜明独特的大诗人必然是语言大师。其遣词用字，出神入化，无不精妙妥帖，臻于炉火纯青之境。译诗之难，又难在重现原诗的语言魅力。《英国诗选》所以让人读后印象深刻，原因之一便在于多数译诗几乎已无“译痕”，其意、音、形之美，直追原诗，即使与五四以来最优秀的新诗相比，亦不逊色。

站在近代英国诗发展起点的爱德蒙·斯宾塞，精湛的诗艺赢得了不朽的诗名。入选的《贺新婚曲》，只从那句一再重复的迭唱，便可体会其诗句音韵之谐和，意境之优美。Sweet Thames! run softly, till I end my song. 戴镏龄先生的译文是：可爱的河，轻轻流到歌罢。精巧凝练而又朗朗上口的十字一句，对称原文十音节，诵之流利和美，又意味悠远，余音不绝。全诗 180 行，译文语言清丽优美，是首不可多得的译诗精品。

英诗中一些历代传诵的抒情短章，原作和译文都几乎达到无法增删更易一字的境界。如华兹华斯的《露西组诗》《我好似一朵孤独的流云》《孤独的割麦女》，彭斯的《一朵红红的玫瑰》，拜伦的《想当年我们俩分手》，雪莱的《致——》《悲歌》，丁尼生的《碎了，碎了，碎了》和叶芝的《当你老了》《歌》，等等。雪莱、济慈的一些著名颂歌，译文也已近于完美。现代汉语的表现力在此得到严峻的考验。《西风颂》《云》《致云雀》《夜莺颂》《希腊古瓮颂》《秋颂》等名诗，是英国浪漫主义天才诗人的呕心沥血之作，对于中国译诗家，也算得上是他们译诗艺术的登峰造极。原诗中具足意象的诗眼警句，都译得相当传神。如《西风颂》中：“你把雨和电赶了下来，/只见蓝空上你驰骋之处，/忽有万丈金发披开。”“岁月沉重的铁链压着灵魂，/原本同你一样：高傲，飘逸，不驯。”这样的名句佳译比比皆是。

好诗常常富意象，多隐喻。这是诗的精华所在，译诗应千方百计予以保留。如布莱克的《伦敦》一诗，仅4节16行，却有着极为丰富的意象和隐喻，使该诗对社会不平等现象的揭露控诉，有如杜甫的“朱门酒肉臭，路有冻死骨”般的鲜明深刻。试看下面几句：“每句话，每条禁令，/都响着心灵铸成的镣铐。”“不幸兵士的长叹/化成鲜血流下了宫墙。”“它骇住了初生儿的眼泪，/又带来瘟疫，使婚车变成灵柩。”读到这样的句子，谁不感到心灵的震动！

好诗贵有意境。罗塞蒂的《顿悟》便极有中国古诗词的韵味，其意境正与“落花人独立，微雨燕双飞”不谋而合。译文自然地给予我们这样的联想和美感体验，可以说正是其成功之处。

诗选中现代诗人的佳作也有不少，如绍莱·麦克林的《春潮》。诗不长，但其中新鲜的比喻，动人的形象足以令人过目不忘：

每当我感到沮丧，
总想到年轻时候的你，
于是莫测的海洋涨起了潮，
一千条船张开了帆。

苦难的海岸隐蔽着，
哀伤的暗礁也未露头，
大浪打来，却显得温柔，
丝绸般抚摩着我的脚。

春潮如黄金，鸟爱我更爱，
怎么它就不能永存？
怎么我会失去它的支持，
让它滴滴流走，只剩哀伤？

“一千条船张开了帆”，使人顿时想起马娄咏海伦的名句，于是，过去那“丝绸般”的日子便一下子变得烟波浩渺、壮阔辽远，添了无穷回味。

《英国诗选》中多的是这样的好诗。原诗和译诗的语言都极具诗美。由此，我们完全应当树立足够的自信：汉语的表现力绝不亚于英语。“这个国家里最敏感的人的体验，见闻，思想，情绪，想象力，文才”，汉语都能达意传神、丝丝入扣地移译表现。诗的语言可以优化净化深化民族语言的表现力。试想中国五四时期第一本新诗集，尽管也出自大家手笔，语言却那么幼稚。诞生于五四的现代语体文，70 年间其表现力能达到如此精细微妙的境界，我们完全有理由为祖国的语言感到骄傲，同时也应当铭记诗歌翻译家们为丰富和完美祖国语言所做出的重大贡献。

三

和任何译本一样，《英国诗选》也存在一些不足之处。这又和语言、风格有关。在语言方面，有些诗句的文字还不够精练。有些诗中也偶有用词不当和词不达意之处。如莎士比亚十四行诗第 18 首第 11 句。原文是 Nor shall death brag thou wander'st in his shade，戴镏龄译文为“死神难夸你踏它的幽影”，在上下文里颇感别扭。笔者觉得译为“死神无法罩你入它阴影”，语气和语义与上下文似更连贯些。第 29 首第 8、9 两句，原文为 With what I most enjoy contented least/Yet in these thoughts myself almost despising，吕千飞译文为“而我不稀罕什么偏偏有什么，/即使这埋怨我也能抛开万里”，似有误。不妨译为：“平生最激赏的却最难知足，/可当我正要这样看轻自己。”第 65 首第 7—12 句也可略作修改。第 7，8 两句原文为：When rocks impregnable are not so stout/Nor gates of steel so strong，but Time decays? 译文断句太多，失去了原文的气势。似可改为：“既然坚硬的岩石也会烂光，/坚实的钢门都将被时间蚀空！”第 9、10 两句中的 Time's best jewel 和 Time's chest，按字面直译成“时间的好宝贝”和“时间的万宝箱”，在上下文里显得十分突兀费解。其实 Time's best jewel 指的是青春妙龄之美，亦即诗人心目中的爱人，而 Time's chest 则是 coffin，即灵柩的意思。因此第 9—12 句不妨改为：“可怕的想法呵，唉！韶华的瑰宝/藏在哪儿才能免进光阴的灵柩？/哪只巨手能止住时光的飞跑？/谁又能禁止它把美貌丽质抢走？”

在风格方面，入选的某些诗过于深奥晦涩。它们有的阐述哲学见解，演绎概念；有的堆砌纯西方文化中的典故，或是驰骋诗人的怪诞想象。也许思想深刻，但诗毕竟长于抒情而拙于论理。这样的诗既费解又缺乏美感，虽由名家译出，但读之仍如雾里看花，无法领略其美。看来，因两种文化落差太大，有的诗确实是无法翻译的。或者说虽可翻译，但无法引起译入语读者的美感，原诗的特色长处便难于为读者所接受和认同。如叶芝的《在学童中间》、燕卜荪的《未践的约会》等等便是如此。当然，这也许是笔者的欣赏水平不足的缘故。

尽管略有瑕疵,《英国诗选》毕竟是一部优秀的英诗译本。能够读到这样出色的译诗精品,是颇令人激动并感到欣慰的。由于翻译家们的努力,译诗艺术向着尽善尽美的境界又有了长足进步。对于一切热爱诗歌的读者,对于一切希望丰富自己的美学经验并有志恢复我们古老诗国的诗歌青春的人们,《英国诗选》不可不读。相信他们在欣赏并陶醉于那闪光共辉的名诗佳译的时候,一定会从心底里感激编者为他们提供了这么美好的译本。

(原刊 1995 年《外语教学与研究论文集》)

星空下的大海啊

——谈《诗篇中的诗人》

于是我感到像一个观察天象的人
　　看到一颗新的行星映入他的眼帘；
或者像魁梧的科特斯以鹰的眼睛
　　凝视着太平洋……

——济慈《初读查普曼译的荷马》

大海啊，烟波浩渺一望无际的大海！澄澈明净的蔚蓝铺展到天涯，不息的浪涛翻卷起永恒的雪白，仿佛涵盖了日月星辰，融通了古往今来。在这部读不完咏不尽的经典里，有着多少文明内涵、知识华章、哲理启示、风情文采！

星空，繁星密布，璀璨辉煌的星空啊！银河玉带横卧在深蓝的夜幕，明亮的星座光华四射，熠熠生辉，无垠的宇宙里，明明灭灭着数不清的星系。任凭斗转星移，风起云涌，晴朗的夜空，总是闪烁着亘古不落的星群，永恒不灭的光辉！

星空辉映下的大海，大海映现着的星空，给了人类多少遐想、幻梦，多少启示、智慧，多少诗思、激情！茫茫宇宙中一颗小小行星，茫茫大海中一滴小小水珠。多少亿年的孕育演变，有了人类，有了思维，有了文明，有了诗篇。文明的涓涓细流渐渐汇成波澜壮阔的大海，千万升腾的明星终于亮丽了灿烂的星空。这是一片更令人神往、更迷人、更神奇的大海与星空啊，这就是气象万千的世界诗歌的大海，这便是永远闪耀光芒的诗人的星空……

一

从开天辟地的混沌之初，我们远古的祖先，人类的始祖，含辛茹苦、风尘仆仆地走来了。他们从大海中来，他们从森林中来，他们从沼泽中来，他们从山洞中来，开始了文明史的漫长行程。他们膜拜太阳，赞美月亮，畏惧雷电，躲避风雨，诅咒黑夜。他们向着大海惊叹，围绕篝火跳舞，面对江河祈祷，跪向苍天祭祀。他们注视神秘的太空，观察奇异的自然，认识飞禽走兽、林木花草，踏遍高山大川、荒漠平原。他们狩猎、耕作、生育、死亡；他们歌唱、舞蹈、模仿、思想。他们愉悦悲哀、痛苦欢乐、喜爱厌恶、恐惧勇敢……多少次日出日落月圆月缺，多少回草长草枯花开花谢，他们不停地从远古走来，一步步脱离了愚昧、野蛮、原始。他们跋涉着，语言和文字组成了路标；他们行进着，一路吟着诗的进行曲。与人类的起源一样古老的诗啊，直接发自人类天性的诗啊，作为文明起源的旗帜的诗啊，最古老的文学形式的诗啊，记录了人类进步的足迹，文明渐进的历史：

两河流域的古巴比伦人，在泥板上刻下了他们恣肆浪漫的诗体的创世神话，刻下了神奇壮丽的史诗《吉尔伽美什》。这位历史上实有其人的国王吉尔伽美什，“见过一切的人，跟他学吧！啊，我的国土哟！知道万国的人，让我赞颂你吧”！在史诗中成了为民除害的英雄，崇尚真诚友谊的圣君，百折不挠地探索永生奥秘的先驱。《吉尔伽美什》，世界文学史上最古老的史诗，寄托了古人的理想，显示了远古人类追求友谊、追求光明、追求永恒生命的执着和气概……

尼罗河的子孙们，用芦管在草纸上描画了最早的象形文字。他们颂赞太阳：“天涯出现了您美丽的形象，/您这生活的阿顿神，生命的开始啊！/当您从东方的天际升起/您将您的美丽普施于大地……”他们颂赞尼罗河：“万岁，尼罗河！/您在这大地上出现/平安地到来，给埃及以生命……”他们敬畏着大自然神秘的力量，太阳“沉入黑暗的深沟”，又周而复始跃上“天国的明河”；尼罗河的洪水泛滥，水涨潮落；万物兴衰荣枯，死而复生——“纯洁的莲花”，……“从黑暗的地下，/升上阳光世界/在田野开花”。莫非人生也将轮回，亡灵必经下界劫难，再升上天国重降人间？于是，千百年传唱，无数次创造，他们拥有了《亡灵书》——这部卷帙浩繁、图文并茂的诗歌总集。千千万万的亡灵啊，是诗歌让他们的魂灵升入文明的天堂，不朽地流传到今天……

恒河流域的印度民族，也不约而同地歌唱着各类神祇。《梨俱吠陀》等四部古老而宏大的《吠陀》诗集中留下了他们关于天地自然的一切知识学问（“吠陀”意为知识学问）。请听，他们满怀虔诚讴歌着火，这给原始人类的生活和文明带来巨变的神圣的火：“阿耆尼（火）啊，每天每天对着你/照明黑暗者啊，我们思想上/充满敬意接近你……”在冥冥的黑夜中，还传来人类的始祖阎摩和阎蜜的悄悄话，诉说着东方的亚当和夏娃的情爱。千百年盛传不衰，传统的源远流长的诗的营养，培育出印度人民永远引为自豪的驰名世界的史诗:《摩诃婆罗多》和《罗摩衍那》……

滚滚滔滔的黄河,如一条巨龙东去,孕育了龙的图腾,龙的传人。女娲补天,大禹治水,黄河两岸,流传了多少美丽动人的神话和传说?然而最灿烂壮观的却是诗歌,那些“可以兴、可以观、可以群、可以怨”的美妙诗篇!从“土反其宅,水归其壑”这5000年前第一首祭年的诗歌起到公元前6世纪孔子十删其九后留存的诗三百篇,其间该有多少失传的如“昔我往矣,杨柳依依”“关关雎鸠,在河之洲”一般优美的诗篇啊!即便从删余传世的诗三百篇,亦已足见我华夏诗国源头的辉煌,而这条堪与母亲河黄河媲美的诗的长河,历三千年之悠久而始终滔滔不绝,浩浩荡荡,堪称世界诗史上唯一的奇观……

在地中海东岸、欧亚非三洲交界的一片宗教圣地上,生长出一支历史、宗教、文学三色俱美的奇葩——《圣经》。历尽劫难的古希伯来人,在《圣经》里留下了他们无与伦比的智慧和文明,给世界诗歌的宝库增添了无价的精品。听那受尽严酷煎熬的约伯,悲怆地唱出他无法抑制的绝望和痛苦:“愿我出生的那天受到诅咒!”撼人心魄的悲歌哀号里,蕴含着深刻的思想、幽远的意境和优美的辞章,成为与古希腊悲剧、但丁《神曲》、莎翁戏剧、歌德《浮士德》并列的世界文学最伟大诗篇之一。而情感炽烈奔放、意境飘逸清奇的《雅歌》,又是那么的令人心荡神驰,被冠以“所罗门的歌是歌中之歌”,得以在数千年的抒情诗中独领风骚……

神秘的地中海哟,那些笼罩了神的光环的岛屿,那些吟诵着诗的韵律的碧波,那些凝结了不朽智慧的古希腊古罗马文化的废墟和遗址,就是你们催生并哺育了近代的欧洲文明吗?七个城市争夺他出生地荣光的盲诗人荷马,西方文学中至高无上的诗圣荷马,曾背着竖琴走过了多少村落城邦?在他行吟的一生中,曾吟唱了多少遍《伊利亚特》和《奥德赛》的不朽诗章?那倾城倾国的海伦,因木马计而陷落的名城特洛伊,奥德赛历时十年的海上漂流历险,3000年来吸引了多少双倾慕的眼睛,折服了多少颗天才的心?还有赫西奥德精心描绘的希腊半岛上阳光明媚生机盎然的风光;还有“火热的萨福在这里唱过恋歌”,惹得著名政治家和诗人梭伦但求“能学会萨福的一首歌后离开人世”;还有阿那克瑞翁低吟爱情和美酒,品达罗斯高唱“具有永恒的存在价值”的颂歌;埃斯库罗斯、索福克勒斯和欧里庇德斯竞相创作的悲剧雄浑悲壮,名垂千古;忒奥克里托斯开辟了田园诗的新领域,那些充满牧草芬芳、泥土气息和真挚素朴感情的牧歌,数千年中传人辈出,百世流芳……古希腊诗歌的光辉又岂止是这一些耀眼的星座?不正是因为群星璀璨,难掩光彩,才能在中世纪的千年云遮雾盖之后,又一次照亮了文艺复兴的道路吗！

但古希腊的光芒首先映亮的，却是古罗马的城墙。“奥古斯都”治下的神圣罗马帝国啊，亲眼看见了在它的黄金时代，三位最伟大的罗马诗人，维吉尔、贺拉斯和奥维德是如何把帝国的显赫荣耀、罗马的自豪光荣及其诗歌彪炳千秋的成就，无愧地载入了世界文明的史册。维吉尔模仿荷马，意在和荷马一比高下而创作的史诗《伊尼特》，开了欧洲“文人史诗”的先河，达到了罗马诗歌成就的顶峰，维吉尔也因此被1300多年后的意大利伟大诗人但丁选中，做了他游历地狱、炼狱的向导。被誉为罗马公民导师的贺拉斯，在《纪念碑》一诗中自豪而毫无愧色地宣称：“我建造了一座纪念碑，它比青铜/更坚牢，比王家的金字塔更巍峨/无论是风雨的侵蚀、北风的肆虐/或是光阴的不尽流逝，岁月的/滚滚轮回都不能把它摧毁……”这首诗的立意被许多欧洲诗人模仿。1800年后的俄罗斯伟大诗人普希金便写下了同题的名诗，还引用了贺拉斯的首句作为题句。确实，伟大的艺术作品堪与天地长存，与日月同光，而伟大的诗人也因此获得了永恒的生命。罗马诗人奥维德便是以其鸿篇巨制的叙事长诗《变形记》而声名“千载流传”，正如他在《变形记》的结尾所写：“时光只能销毁我的肉身，但是我的精粹部分却是不朽的，它将与日月同寿，我的声名也将永不磨灭……”

我们的祖先就这样声势日渐壮大地走来，从四面八方、从天南海北汇聚到一起。天地间震响着他们雄壮的步伐，回荡着他们嘹亮的号角。他们在诗的旗帜下与愚昧野蛮落后搏斗着前进，他们擎着诗的火把向着光明和平繁荣前进。诗的滴滴清泉、潺潺细流汇成了磅礴的大潮，在历史的河道里奔涌呼啸，在千重迂回万道曲折后冲决了中世纪的重重阻碍，又汇合了塞纳河的《罗兰之歌》、莱茵河的《尼贝龙根之歌》、伊贝利卜山下的《熙德之歌》、伏尔加河的《伊戈尔远征记》、英伦岛上的《贝奥武甫》……形成了浩瀚宽广的大海。诗的大海啊，有多少层波涛，就有多少种风采；有多少朵浪花，就有多少份瑰丽。你文明的渊薮，你人类的骄傲，你历史的最华美的篇章啊！

二

在人类从远古向今天，从愚昧向文明的进军中，我们看到了诗的火把、号角和旗帜；我们看到了走在队伍前列、被称为“诗人”的那些人，那些在史前的漫漫长夜里吟唱各种宝石般闪亮的歌词谣曲的无名诗人，那些在文明的曙光升起前以超群的才情不断完善了神话史诗的行吟诗人，那些热恋着缪斯，献身于艺术，毕生创作了无数抒情诗、叙事诗、颂歌、牧歌、悲剧和喜剧的诗人们。诗人啊，你们可是天地间的灵气钟秀，特殊的元素构成的精灵？你们果真是受到灵感的神的代言人，不受时间限制的预言者，掌握命运之钥的先知，天生一双慧眼，能从上帝的宇宙里洞察一切超绝的奥秘？你们是如何戴上了令人欣羡的桂冠，被缪斯们引入不朽的艺术宫殿中那万人尊崇、虚席以待的第一排？你们的灵魂又是如何升上天国，在那儿化作了不落的星辰？

啊，那就是你——"世界的震撼者和推动者""人民的启蒙导师""民族的触角""大自然的情人"——诗人吗？悄然行在孤寂的海滩，独自伫立在荒僻的小路，身上惨白的月光闪忽，眉额间铭刻着孤独。你挺立在巨石上，紧蹙双眉，俯视着白浪滔滔，两道警示的目光，一袭忧郁的黑袍，胡须和皓发如流星射向云霄，用巨匠的手，预言家的火，撞击你的竖琴，奏出深沉的烦恼。啊，天地间如许大千世界，唯有你与之梦魂相连！你如同自然一样微妙、细致、敏锐，同时又无所隐晦、无所保留、无所吝啬，单纯得如灿灿的光辉。你有着狂热、豪放、慷慨的气质，自由自在得像一阵风，只听命于自己的内心使命。一旦灵感的闸门开启，你便全神贯注，如醉如痴，不尽的崇高理智和火热情感自由自发地从你的灵魂里奔泻出来，结晶成光芒闪闪的作品。你用非凡的语言，表达人类的天性，说明天地间的神圣规律，昭示表面上千差万别的事物所内蕴的本质上的和谐——那小如匀称的草叶，大至星辰的运动的和谐之美啊。你又如孩童般天真，圣徒般虔诚，情人般敏感，哲学家般深沉。你是可以填满整个宇宙的侏儒，又是可以毫不费力地穿过针眼的巨人。你双手捧着太阳，把它如火炬般传给后人，传给后人高尚的灵魂、不朽的精神，传给后人渊博的学识、丰富的心灵。你是时代的良心，任何痛苦和幸福都深深植根于社会和历史的土壤；你的竖琴的声音，对于人民是轻柔的细语，对于专制暴君却是愤怒的雷霆！你揭开帷幕，展示了世界的真善美，使瞬间的梦幻成为永恒，历史的长廊里传来你天才的回音。你饱满酣畅、淋漓尽致的想象力啊，这可以被称为诗的力或能的想象啊，难道不比牛顿、爱因斯坦的发现更伟大，更具有革命意义，更有力地推动了历史的车轮？哥伦布发现了一个本来存在的新世界，而诗人则在窥探更宏大广阔的心灵意识的领域，并且创造了本不存在的新的天地乾坤。摩西遵从主的旨意，率领以色列人长途跋涉逃出埃及；然而诗人是更伟大的先知，因为正是诗人的天才和智慧，指引人类跳出愚昧无知的苦海，开创了最早的文明。神创造了天地万物这有形的一切，然而诗人却创造了精神的文明这无形的一切。没有精神美的物质世界，该是多么的冷寂、荒凉、阴郁、枯燥乏味、死气沉沉！

诗人啊，你们是自由民主的斗士，和平正义的使者！为着人类的进步，如果诗人不献身，那么谁献身呢？如果竖琴的声音不去平息风暴，那么什么声音会在风暴之上响起？“当埃斯库罗斯和秃鹫争夺普罗米修斯，/当尤维那利斯保卫着罗马不让群虎吞噬，/当但丁将地狱向他所追击的暴君开放”，一切专制魔王不由得簌簌发抖：“诗人太可怕了！”“他们好似古代复仇女神，/他们的形象宛如青铜的蒙面人，披着青灰色的微光”，“他们的思想/在高高昂起又发出嘘声的谋远虑深的头颅上/咬住一时得逞的罪行与阿谀奉承的怪物”，使刽子手们在血红的床上坐卧不宁，暴君从噩梦中惊醒，冷汗淋漓。听吧，弥尔顿虽然双目失明，“他一挥弦，就响起雷声殷殷”，“血腥的皇座和渎神的祭坛摇摇欲坠……”看！那位“为自由所痛悼的”天才拜伦，“抑制不住神圣的激愤”，“像呼啸的风暴疾驰而去”，在希腊的被围困的要塞光荣捐躯！在为自由、为独立、为解放而战的血与火的洗礼中，有多少拜伦式的英雄诗人？俄国的雷列耶夫参加了十二月党人起义失败后被判绞刑，然而，他的名字，却成了年轻一代“指路的明星”。匈牙利的裴多菲高唱战歌，牺牲在民族解放斗争的战场，然而人民不相信诗人会死去。《裴多菲活着！》的诗篇传遍了大地。波兰的密茨凯维奇，在争取民族独立的斗争中鞠躬尽瘁，他“竖琴的声音，总是越来越激昂高亢”！伟大的普希金的“自由的歌声”，传到了西伯利亚十二月党人“服役的洞里”。普希金“永远能为人民敬爱”，是因为“在这残酷的时代，我歌颂过自由”。美国的惠特曼终生都纵情地为自由民主而歌唱，那太平洋排浪一般的歌声“多么清纯，多么自豪，多么广阔，多么迷人”，全世界都听到了这位诗坛男高音激越的歌声。法国的艾吕雅，一曲《自由》之歌，令法西斯们胆战心惊！他的诗集《诗与真理》，由执行特别任务的英国飞机空投到法西斯铁蹄下的法国，那是比任何重磅炸弹都厉害千百倍的武器！诗人们啊，为了正义进步，为了民主自由，你们不仅以心血讴歌，还献出血肉之躯，谱写了人生最壮丽的乐章。你们是诗人，更是无畏的斗士，那光荣的尊贵的席位，怎能不为你们而设？

诗人啊，你们是人类创造力、想象力的代表，你们是一切知识学问的传人！听听先哲们的至理名言吧！诗是一切知识的起源、总结和精华。诗是生命意识的最高点，具有最伟大的生命力和生命的最敏锐感觉。诗的创作应被认为是所有科学中最困难的科学。如果没有诗，没有诗歌所激发出来的想象力和创造力，人类或许至今还匍匐在地面上，蛰居在山洞里，还茹毛饮血，刀耕火种，还愚昧无知，与禽兽无异。人类最初的文明，不都是结晶为诗的形式吗？诗人这个词，在拉丁语希腊语中，不就是意味着先知和创造吗？诗人不就是那些预先领略，能说出别人说不出的东西的人吗？诗人的两只眼睛，其一注视人类，其一注视大自然，前一只眼叫观察，后一只眼称为想象。人类的命运之谜对一般的人毫无关系，诗人却时常把它放在他的想象面前。由想象构成的诗人啊，眼睛灵活地一转，不就从天上看到了地下，精骛八极，心游万仞吗？在诗人眼中，一块失落的手帕，焉知不能成为抬起宇宙的杠杆？从一粒细沙，焉知不能看到大千世界？凭一株苜蓿，焉知不能想象出整个辽阔的草原？即便在盲诗人荷马的诗中，也“处处是光辉，处处是花朵”，“清晨的紫色……泛满了金波的海面”，海中岛屿上那些神祇和人类一起演出了多少美妙神奇的故事？维吉尔“让林中的片片绿叶飘下，就成为神秘的诗行，犹如天上洒下的雨水”。但丁游历地狱、炼狱和天国，“哦，从什么痛心疾首的忧愤/从什么对‘绝望’不屑一顾的狂欢/从什么痛苦灵魂的急切呼吁/从什么悲悯、眼泪、对邪恶的憎恨/涌出了这一部囊括天地的诗篇/这一部中世纪奇迹一般的乐曲”！弥尔顿兼取荷马的高雅和维吉尔的雄浑，为英格兰“增添了夺目的光彩”。而歌德，这位文化巨人，“俄林帕斯山上的宙斯”，他的浮士德博士又是如何几十年如一日，日夜冥思苦想，探索人生的真谛，满腔热情地把精力倾注在知识学问之中！《浮士德》，“西欧自文艺复兴以来三百年历史的总结”，“现代诗歌的皇冠”啊，谁能设想德国及世界文学宝库倘若没有这顶皇冠，将会暗淡多少？还有美国那位足不出户，被誉为萨福以来西方最伟大女诗人的艾米莉·狄金森，“从未见过沼泽，/从未见过大海，却站在想象的顶峰/审视整个世界”。诗人们以他们的旷世才华，给我们留下了多少稀世珍宝啊！没有这些巍峨坚实的精神文化支柱，哪来今日现代文明的大厦？

诗人啊，你们是人间真善美的歌者，你们是一切崇高真诚善良诸美德的化身！诗，可以使世间最善最美的一切永垂不朽。它扩展、提炼、美化我们内心的美好因素，它给一个国家的男人妇女提供了人格的养料。而这，岂不就是诗人的崇高使命？大自然中有多少天造地设的美景？人世间有多少可歌可泣的真情？这一切不都渗透着“真”？“美即是真，真即是美”，还有什么语言比这更透彻地概括了艺术的真谛？古往今来的千千万万缪斯的弟子们，吟唱的不就是真善美的赞歌？“耸立在知识之巅”，“属于所有的世纪的”莎士比亚，“头戴世界献上的桂冠，庄严的眸子里饱盈着永恒的眼泪和微笑”的莎士比亚，在他的十四行诗里向世人宣告：“真善美，就是我全部的主题，/真善美，变化成不同的辞章/我的创造力就用在这种变化里/三题合一，产生瑰丽的景象。”俄国诗人涅克拉索夫如此赞颂德国诗人席勒：“被驱逐的艺术的献身者啊，在你的胸中/才有真理、爱情和美的宝座。”泰戈尔，这位东方诗圣，以他“绝对完美”的诗作，折服了包括叶芝、庞德在内的英美诗坛泰斗们，博得了印度、中国及世界人民的喜爱：“每当我瞩目凝视你/我感到你是至高的永恒美/仿佛是神灵选你做典范/借以体现人能具备真善美。"作为人类精神文明的结晶的真善美啊，不仅仅体现在浮士德终生不倦的进取追求中，回响在布莱克的《天真之歌》《经验之歌》的旋律里，悠扬舒徐在彼特拉克致劳拉、但丁致贝雅特丽齐的情诗、拉马丁的《潮畔吟》、彭斯的《红玫瑰》、布朗宁夫人的《葡萄牙十四行诗》和叶芝的《当你老了》里，盈溢在庄严肃穆曙光初露的《西敏寺桥上》、意境悠远浮想联翩的《丁登寺旁》、湖光林色美不胜收的华尔顿湖畔的小茅屋里和万籁俱寂的伊尔美瑙峰顶的《漫游者夜歌》中，甚至也在饱含痛惜悲愤的《叹息桥》下，荒僻凄凉的《墓畔哀歌》、深沉哀婉的《悼念集》中，甚至也在充满了城市的污秽、丑恶、堕落、冷漠的病态的《恶之花》里。人类一切高尚、纯洁、热诚、善良、真挚的感情，无不蕴含在诗的营养丰富的乳汁里，而诗人们，不愧为人类精神的保姆啊！

啊，诗人——多么崇高的称号，多么荣耀的冠冕，多么令人仰慕的天之骄子！难怪一代代的人们要用如此美好的诗句来颂扬祝福讴歌你们："我看见你已经高升，就在天庭上变成了一座星辰！""你的心灵像一颗遥远的星辰，/你的声音像大海般宏伟无边/你纯净如那自由寥廓的天宇……""你照耀我们，就像消逝的彗星，以自己的光结合永久的光明！"古往今来的诗人们啊！你们确实不愧是天上永放光明的灿烂星座！

三

浩瀚的大海，泛着千重波光；灿烂的星空，撒下万点星光。那充满理解、友谊和深情的波光星光啊，同样照耀着人类文明的进程；那星光波光相辉映，千古诗心相融契的无数佳话，仍如甘霖滋润亿万人干旱饥渴的心。眺望大海，仰望星空，怎能不陶醉在这动人的景象，怎能不迷恋于这动听的绝唱？

"眉额深邃的荷马/作为领地统治的一片广阔的太空"，谁不曾沐浴过他的光辉？当济慈初读查普曼译的荷马史诗，他"感到像一个观察天象的人，/看到一颗新的行星映入眼帘"；裴多菲则看到荷马和峨相"花白的头上的冠冕永远常青"。雨果把维吉尔尊为自己"神圣的老师"，"正是你的思想占有了我的梦想"，一读起维吉尔的《牧歌》，他就仿佛和老师一起走进了"在清凉的幽境里处处是密密浓荫"的诗情画意中；丁尼生则发誓"要唱人类所能唱出的最庄严雄浑的韵律来歌颂你（维吉尔）"。普希金的神思，追随着被放逐的奥维德："仿佛在那新结的冰上，/掠过了你的幽灵，而哀诉的声音/自远方传来，像是别离的郁郁哀吟。"朗费罗远隔大洋，却真切地听到了但丁的《神曲》："山岳、海洋、松林、城市的声音/都在反复吟哦你宏伟的乐章。"歌德在邀请他的“孪生”兄弟——500多年前的波斯诗人哈菲兹，“我要单独跟你一人/进行竞赛”，因为“你的诗歌像星空一样转动”，而当他拜读莎士比亚的剧本时，竟感到“我好像一个生来盲目的人，由于神手一指而突然获见天光”。普希金伫立在大海边，沉浸在对拜伦的天才和献身精神的崇敬里，感到了“有一种强烈的热情把我迷住”。当智利著名诗人聂鲁达逝世，非洲一位青年诗人芒达拉因“一位伟大的旅客离开了我们”而觉得万物都变得肃杀凄凉：“芦苇在哽咽悲泣/低吟的哀歌/从四面八方传来……”看前辈诗人闪耀着何等神奇的光芒，它闪烁在几千年的长河里，它越过国界大洋，照亮世界每片地域。沐浴着诗的星光，不同地域、不同年代的诗人们成了契友至交！

同时代的诗人互相怀着深深敬意，那种纯真友谊，那种关切理解信任和支持，又留下多少动人篇章？最为感人肺腑的，也许要数英国浪漫主义三杰的拜伦、雪莱和济慈了。1821年至1824年，那真是英国诗坛天塌地陷的几年！三颗最耀眼的新星相继陨落，英格兰的诗的星空顿时黯然失色了！当济慈不幸英年早逝，雪莱强忍悲痛，奋笔疾书写下了长篇悼诗《阿童尼》。请读读此诗的《前记》吧，那真是篇字字如火、句句喷着激愤岩浆的声讨那些“极其卑鄙的诽谤家”的战斗檄文！请读读这首字里行间饱含悲愤痛惜的长诗，那真正是泣血哀悼、伤心欲绝的绝唱！长诗的最后一句是：“阿童尼的灵魂，灿烂地/穿射过天庭的内幕，明如星斗/正从那不朽之灵的居处向我招手。”哀伤万分的雪莱仿佛预感到自己的命运。翌年，雪莱果然不幸溺水而亡。当雪莱的遗体在海边火化时，拜伦悲痛欲绝。他猛然脱掉衣服，跃入大海，发疯似的向大海深处游去！充满侠义肝胆的拜伦，莫非欲去向那无情的海洋复仇决斗？……

同样真挚的志同道合的深情，联结着德国文学史上的两位伟大诗人——歌德和席勒。席勒去世十年后，歌德写下了那首激情奔放、思想深刻、黄钟大吕般的《席勒大钟歌跋》，回忆起席勒下葬时，“我听到恐怖的半夜钟声，/沉重而郁闷，使人感到凄凉”。歌德坚信“他的精神有力地迈步向前，/一直走向永远的真善美之境”。歌德还曾将席勒的遗骨带回家中细心保存，并写下了名诗《席勒的遗骨》：“这件宣示神谕的玄秘的圣器！/多么值得我把你捧在手上”，“恭恭敬敬地走向白日的光明，/自由的空气，恢复自由的沉思”，“把精神产物保存得坚定不移”。歌德和席勒心心相印的真诚友谊，不仅在德国，甚至在世界文坛上也堪称永垂的楷模啊！

发生在沙皇俄国专制黑暗统治下的《诗人之死》导致诗人之死，是又一曲响彻云霄、震撼大地的诗人间革命友谊的赞歌。被称为俄罗斯文学之父的普希金，与无耻的沙皇走卒丹特士决斗致死，24岁的莱蒙托夫抑制不住满腔悲愤，为沉浸在巨大哀痛中的人民呐喊出了："你们这簇拥在宝座前的贪婪的一群/扼杀自由、天才和光荣的刽子手们！……你们哪怕流尽全身的污血/也都洗不净诗人正义的血印！"惊恐万状的沙皇为此竟下令逮捕了莱蒙托夫。仅仅四年后，那些对诗人恨之入骨的贵族又密谋策划了另一次决斗——一次预谋的凶杀。罪恶的子弹夺去了又一位伟大诗人的生命。无耻的凶手们早已被钉在历史的耻辱柱上，而《诗人之死》则在诗史上永放光芒！诗人死了，可他们的英灵，他们的精神，他们不朽的作品将永远活着！

诗歌，是强烈情感的自然流露。当感情细腻、想象丰富的诗人自然而然地溢出他们的崇敬、爱恋、悲伤、哀悼、怀念之情，这样的诗篇怎会不扣人心弦？本·琼生，这位在世时名声高出莎士比亚的剧作家和诗人，出于由衷的敬爱，写下了《莎士比亚戏剧集题辞》，慧眼独具地正确评价了莎翁的天才和地位："他不属于一个时代而属于所有的世纪！"这是何等非凡的卓识和豁达的胸襟！诗人的爱又会创造怎样的奇迹？瘫痪卧床二十余年的布朗宁夫人居然很快战胜病魔，恢复青春活力！读读她的十四行诗，谁不服膺爱情神奇的力量，谁不叹服诗人间的真情？当诗人们默默哀悼在他们敬仰的诗人墓前，感情的洪流冲决了生与死之间难以逾越的障碍，古今诗人达成了心灵的默契，又留下了多少感人的诗章？前有古人，后有来者。诗人的灵魂长存，诗人的精神不灭。他们不仅活在自己的光辉诗篇中，他们也活在别的诗人、别国的诗人怀念他们的诗篇中！世上有多少歌咏诗人的诗篇？世上有多少诗篇中的诗人？请仰望星空中有多少闪闪的明星吧！

世界诗歌融汇的时代已经到来。诗歌是最能沟通心灵的金桥。诗歌是人与人、民族与民族理解信任的捷径。诗歌是进入人类社会理想境界的通行证。诗歌没有国界。哪一位伟大诗人没从别国诗人的作品中得到裨益？哪一位伟大诗人没对别国诗人产生影响？哪一位伟大诗人在国界内外没有众多知音？这正如灿烂的星空星光交相辉映，这正如辽阔的大海波浪相接相叠。诗人永远活在诗篇中，诗篇永远赞美着诗人。

迷人的星空下的大海啊！

迷人的大海中映现的星空啊！

（原刊《外国文学》1994 年第 1 期）

中英诗歌语言比较

比较和研究中英诗歌的差异，是个很大的题目。这不仅可从它们的内容、形式、情趣、风格、体裁、诗艺、流派诸方面做横向比较，还可从它们各自的历史文化背景里去纵向地考察这些差异形成的原因。然而，从诗歌本身亦即文本的意义上来说，诗歌语言的比较应当是根本的。因为文学既然是语言的艺术，诗歌又是语言最凝练、最精粹，内涵最丰富的文学体裁，被称为语言的浓缩艺术，那么诗歌语言比较的重要性便不言而喻。而且也只有从语言的角度考察，才能更深入了解以上诸方面差异的成因。

诗歌向来有能不能翻译的争议。英国诗人雪莱有过译诗犹如把一朵紫罗兰投入熔炉，企图由此探索它的色泽和香味的构造原理的著名比喻。[①] 美国诗人弗罗斯特则干脆说："诗就是在翻译中丧失的东西。"(Poetry is what gets lost in translation.)说诗歌不可译，归根结底就是因为语言上的差异。因此翻译诗歌就必然需要深入研究诗歌语言的不同，以便在翻译中将诗的丧失减小到最低限度。译诗的过程，几乎可以说是作者和译者在语言造诣和能力上的一场角逐。功力稍有不逮，译作便难以与原诗媲美。因此诗歌语言的比较、研究、学习和锤炼，对于译诗者，是一种终生须苦练，既是诗内亦可称诗外的功夫。

英汉诗歌语言的差异，不是一篇文章所能穷尽的。本文只能择其要者，稍述笔者窥豹所得，并就英汉诗歌互译，略陈一孔之见，以求教于方家。

一

英、汉语分属印欧和汉藏两种不同语系，这决定了它们之间的种种差异。英汉诗歌语言的不同，简而言之，似乎可从音、词、句三层次上加以考察。

1. 英语是拼音文字，其诗歌最主要的特色是具有鲜明的节奏。英诗节

---

① 雪莱：《为诗辩护》，《十九世纪英国诗人论诗》，人民文学出版社 1984 年版，第 124 页。

奏建立在轻重音节在音步中的有规律配置上，从而形成抑扬、扬抑、抑抑扬、扬抑抑等多种格律。英诗虽也有尾韵、行内韵和头韵等，但其押韵远没有节奏重要。几乎可以说节奏是英诗的灵魂。英诗中有大量行尾不押韵的"素体诗"，如莎士比亚剧本的多数台词，弥尔顿的三大史诗，华兹华斯的《序曲》等，这在汉语里几乎无法想象。汉语的字都是一个音节，由字组成的词也没有绝对的重音。近体诗利用四声建立平仄律，然而汉字的四声并不同于英语的轻重音。汉语诗歌的音乐性主要靠押韵。由于汉语同韵字特别多，诗人们往往能毫不费力地在长达数十韵的古体诗或排律中一韵到底，有时甚至句句押韵，这在英诗中也是几乎没有的。

2. 英汉诗歌在遣词用字上，有较多共同之处，但也表现出程度上的差别。这些共性和差别体现在以下三个方面。

(1)英汉词汇普遍一词多义，造成诗歌语言的多义性。英国诗人威廉·燕卜荪(William Empson)1930 年出版的《七类含混》(*Seven Types of Ambiguity*)，分七种类型分析了为什么对同一首诗的意义会有不同理解。而在中国，诗的多义不是什么新鲜事。古人早就说过"诗无达诂"。袁行霈先生曾就中国古典诗歌的多义，提出了宣示义和启示义两种概念，又将启示义分为双关义、情韵义、象征义、深层义、言外义五种类型。[①] 仅从词语的双关义来说，我们不难从英汉诗歌中找到相当多的例子。莎士比亚便是位偏爱使用双关词(pun)的老手，甚至因此还招致塞缪尔·约翰逊的揶揄。汉语中因为同音、谐音字特别多，一字多义也比英语广泛，这种双关义现象更为普遍。常被引用的有"春蚕到死丝方尽""道是无晴却有晴"等句。又因为诗词传统源远流长，经无数诗人提炼加工创造，诗词语言的含义和给人的联想，也远较英诗繁富。不少词语已带有诗化的韵味，如"南浦"染有离愁别绪，"凭栏"常怀悲愤慷慨，"东篱"象征洁身自好，等等。

(2)英汉诗中的字词，往往可用作不同词类。这在汉语诗歌中尤其突出。英语词的词性常常有形态变化，因此远不如汉字灵活。中国传统诗论中强调"炼字""诗眼"，一个重要方面，便是字词的转类、兼类和活用。例如王维的诗句"日落江湖白，潮来大地青"，其中的"白"和"青"便既可做形容词，亦可做动词(如果译成英语，white 还是 whiten? 便只能两者取一，无法兼顾了)。王维另两句诗"宁问春将夏，谁论西复东"，"夏"与"东"均做动词。有时甚至一字妙用，全诗皆活。如"春风又绿江南岸""银烛秋光冷画屏""病树前头万木春"等等。这样的例子在古诗词中比比皆是，不胜枚举。

---

① 袁行霈：《中国古典诗歌的多义性》，《中国诗歌艺术研究》，北京大学出版社 2009 年版，第 7 页。

(3)英汉词语均有音义相谐的特点。英语中不少的拟声词,不仅模仿自然声音,还可以引起对某些意义的联想。英国语言学家 G. N. Leech 在讨论英诗中此类音义关系时,曾将英语辅音按音色分为柔软辅音(soft consonant)和刚强辅音(hard consonant)。两类辅音在表意寄情上各有妙用。比较突出的例子是柯尔律治在名诗《古舟子咏》中的诗句:

The fair breeze blew, the white foam flew,
The furrow followed free;
We were the first that ever burst
Into the silent sea.

R. 米勒和 I. 居里在《诗的语言》中对此有这样的评论:"一连串以'f'开头的重读音节用来描写风声意象再合适不过了。因为称为'摩擦音'的这个声音是由空气吹过微开的双唇发出的。"因此,"语音的组合不仅是构成诗歌音乐性的一个重要因素,同时也是诗歌表意寄情的一个有效手段"。[①]

然而,"中国字里谐声字在世界中是最丰富的。它是'六书'中最重要最原始的一类。江、河、嘘、啸、呜咽、炸、爆、钟、拍、砍、唧唧、萧萧、破、裂、猫、钉……随手一写,就是一大串的例子。谐声字多,音义调协就容易,所以对于作诗是一种大便利。西方诗人往往苦心搜索,才能找得一个暗示意义的声音。在中文里暗示意义的声音俯拾即是"[②]。可以说,汉字不仅是象形文字,相当程度上还有谐声的特点。汉字的形、音、义之间的暗示默契,常使汉字不仅诉诸视觉,还可诉诸听觉和知觉。如口、刀、日、目、明、哭、笑、飞、水、风、女、山等大量字既象形又谐声,如"'委婉'比'直率'、'清越'比'铿锵'、'柔懦'比'刚强'、'局促'比'豪放'、'沉落'比'飞扬'、'和蔼'比'暴躁'、'舒徐'比'迅速',不但意义相反,即在声音上亦可约略见出差异"[③]。谐声字用在诗歌中,便产生了神奇的作用。"无边落木萧萧下,不尽长江滚滚来","萧萧"可闻西风之烈,"滚滚"更可体会长江波涛起伏、浪涛相叠的气势。"疏影横斜水清浅,暗香浮动月黄昏",所以成为千古咏梅绝唱,除对仗工整外,还由于声韵与意义、情趣的谐和。双声的"清浅"与"黄昏"恰到好处地渲染了"水"与"月"的特点,生成真正的诗的情致和韵味。又如:"寻寻觅觅,冷冷清清,凄凄惨惨戚戚""昵昵儿女语,灯火夜微明。恩怨尔汝来去,弹指泪和声",这类例子在古诗词中同样举不胜举。汉语字词形音义相谐的这个特

---

① 侯维瑞、李建波:《英汉诗歌音韵表意功能比较》,《中国比较文学》1989 年第 2 期。

②③ 朱光潜:《诗论》,北京出版社 2005 年版,第 206 页。

点，形成其诗歌的多重形象美感，这是英语远远无法比拟的。在译成英诗时，这种音义相谐的诗味妙处往往难以曲尽而致“丧失”。

3.英汉语言在诗歌中表现得更为突出的差异，在于其句法功能。中国文字是以形为主的表意文字，没有时态、语态、性、数的词形变化。古汉语更有其独特的句法，诗中往往没有连词、代词、介词，没有主语，甚至没有谓语，可以不拘人称，词语倒置、词性活用，没有语法关系的严格限制。而英语既是拼音文字，必须分辨词性和语法关系，有人称、数、时态、语态变化，还少不了大量的代词、介词、连词、冠词。这使英诗句子语法上严谨、绵密，但因多了大量分析性、描述性的词语（冠、介、连、副词），句法过于琐细，不可能如汉语诗歌那样语言浓缩、意象稠密、言简意赅、辞约义丰。我们不妨随便拈出几首广为传诵、千古流传的唐诗绝句，如王之涣《登鹳雀楼》、李白《静夜思》、孟浩然《春晓》、李商隐《登乐游原》，便可见汉诗常常省却主语，没有时态语态等等特点。试读“白日依山尽，黄河入海流。欲穷千里目，更上一层楼”，视野何等开阔，气象何等宏大。省却主语，从而将诗人个人一时一地的体验变成了普遍恒常的经验，在时空观念上扩展到无限广阔的境界，使读者仿佛置身其间，亲临其境，产生了超乎时空的美感魅力。像这样的体验，在诵读古诗词时几乎人人皆有。

中国古诗的这种句法上高度灵活简练造成的语义含蓄、关系模棱，往往使译诗者捉襟见肘，颇费踌躇。美国的詹姆斯·邓恩在谈到中诗英译时说：“也许把中国诗译成英文诗的最重要问题是目标语言不能像原始版本那样容纳那么多的歧义以及由此而产生的那么多语意的浓缩。这种藏而不露的表达使许多东西变得模糊不清。”他举了王维的诗《酬张少府》作为例子，该诗第五、六句为：“松风吹解带，山月照弹琴。”有人译成：“Pine winds blow, loosening my belt. /The mountain moon shines as I plock my zither.”然而，由于对这两句诗句法上理解的深入，译者又提供了三种译文：①Pine winds blow; I loosen my belt. /The mountain moon shines, I plock my zither. ②The pine winds blow and loosen my belt. /The mountain moon shines and plocks my zither. ③Pine winds blow on my loosened belt. /The mountain moon shines on my plocked zither. 可以说这几种译文都保存了原文的意义。[①] 英国的格雷厄姆在《中国诗的翻译》一文中，也曾举过一个典型的例子。那是杜甫《秋兴八首》中的两句：“丛菊两开他日泪，孤舟一系故园心。”艾米·洛威尔的译文为：“The myriad chrysanthemums have bloomed

① 詹姆斯·邓恩：《翻译与影响：汉语向英语的转换》，《中国比较文学》1990年第1期。

twice, Days to come—tears. /The solitary little boat is moored, but my heart is in the old-time garden. "另一位译者则译为："The sight of chrysanthemums again loosen the tears of past memories; /To a lonely detained boat, I vainly attach my hope of going home. "显然两位译者取了不同的理解。格雷厄姆由此分析原句可能的含义：是花开还是泪流，系着的是舟还是诗人的心，他日指过去还是未来的一天，泪是眼泪，还是花上露珠……一口气竟提了十二个问题，而两句原文竟可包含所有这些理解。格雷厄姆不禁感慨汉语是"含义达到最复杂丰富程度的语言"[①]。

英汉诗歌语言的差异，远远不止音韵、字词、句法三层。在各类词用法，在修辞（包括对仗隐喻）方面，在语序省略、诗行构建等方面，尚有相当多的不同。总的来说，汉语（特别是古汉语）的特点，使其诗歌凝练含蓄、简隽空灵，具有朦胧美，更擅长于抒情；而英语的特点使得英诗严密、精细、深刻，具有明晰酣畅之美，更擅长叙事、议论。甚至可以说，汉语是诗化的语言，英语是散文化的语言。

二

汉语在字、词、音、句诸方面诗化的特点，使得中国诗歌保持了几千年的传统，诗人灿若繁星，诗作浩如烟海。汉语另一个显著特点是它的稳定性。这使得今天的读者，也可欣赏阅读2000多年前的《诗经》《楚辞》，更不用说远为通俗的唐诗宋词。中国成了世界上绝无仅有的诗之薪火长传不熄的泱泱诗国。诗歌语言也更加丰富灿烂，洋洋大观。这使得用汉语来移植和翻译世界上任何语言任何形式的诗歌都更为从容，更为便利。

汉语宜诗。因此，英诗中译，往往能保持更多的诗味，在翻译中丧失得少。而中诗英译，则诗味失去较多。试举英诗中格律最为谨严的十四行诗为例。莎士比亚的十四行诗是英诗中的精品，在世界抒情诗宝库中享有崇高的地位。莎氏十四行诗已有中译本数种，基本上保持了原诗语言格律的特色，足可使中国读者领略其形音意三美的风采。英语中格律甚严的名篇如雪莱的《西风颂》、济慈几首著名的颂歌等，中译均是颇能美形、达意、传神的佳译。可以说，汉译英诗，只要译者功力相当，差不多可以保持原诗的三美。相反，中国古诗译成英文，便往往失去原作的诗味。杜甫的律诗，无论出自哪位名家的译笔，虽可约略保持韵式意义的切近，却总难重现沉郁顿挫

---

① A. C. 格雷厄姆：《中国诗的翻译》，《比较文学译文集》，北京大学出版社1982年版。

的风格韵味。被称为千古绝唱、一大文学奇迹的李白词《忆秦娥》，短短46字，句句自然，字字锤炼，掷地金石，读来回肠荡气，顿生一种历史的悲壮苍凉崇高感。其艺术力量，在于回环跌宕的长短句式，在于一连串用去声的音义俱谐的脚韵字：咽、月、色、别、节、绝、阙。译成英文，其悲壮苍凉崇高不复存矣。英译韵式可依，词意可传，但那声声紧扣音义俱谐的七字所造成的气氛和格调，万难移译。国内名家最佳译作其对称用韵词为：tune，moon，grieve，leave，day，way，falls，walls，皆重长元音，舒徐松缓，原词去声传达的情绪便丧失大半。原词三、四、七言短句，英译成八至十二音节的长句，也造成损害。[①] 可见中诗英译，常常“增词减意”。诗句拖长，原来含蓄朦胧的多重意义，却被约束简化为一种明晰的意义，于是，诗便在翻译的过程中丧失了。这并非是译者的功力不济，实是两种语言的差异所致。

汉语宜诗的另一佐证，见于诗歌形式的移植。英诗中格律最严的十四行诗传入中国后，仿作者不乏其人，且卓有成效颇多建树，留下足以流传后世的精品。一本《中国十四行诗选》[②]，向世界诗坛证明，十四行诗已在中国开花结果，用汉语完全可依照严谨的格律进行十四行诗体的创作。反观中国古典诗歌的形式，无论绝句、律诗还是词曲，英语都无法模仿创作。庞德的《诗章》不过是运用了中国诗浓缩意象以求得蒙太奇效果的技巧，而绝非移植诗歌形式。21世纪初美国掀起的译介模仿中国诗的热潮，只是取去中国诗中的意象元件，而绝非形式的移植。汉语的特点使得中国诗词成为世界诗歌宝库中无法仿制赝品的珍奇瑰宝。

由于汉语的特点而使中国诗词难译甚至不可译的又一重要方面，是中国诗词中大量存在的对仗。汉语文字讲求对称美，据统计，大半汉字呈左右或上下对称的结构。中国人的传统思想无论儒道墨诸家都讲求“天人合一”“中庸”“和谐”“平衡”。体现在诗歌艺术上就有从《诗经》《楚辞》起便存在而到近体诗中登峰造极的排偶对仗。《诗经》中便有了“昔我往矣，杨柳依依；今我来思，雨雪霏霏”等比较工整的排偶。自从唐人确定了律诗中讲求音（平仄）类（词类）义对仗的诗律后，1000多年来便沿用至今。在继起的词中也有许多要求对仗的对句。可以说对仗是中国诗歌的一大特色。排偶对仗充分反映出英汉两种语言入诗的差异。汉字单音，易于整齐划一；英语音节参差不齐，无法对称。中文句法自由，可对得工整；英文文法严密，便无法整齐。因此朱光潜先生说：“单就文法论，中文比西文较宜于诗，因为它比较容

---

① 许渊冲：《唐宋词一百首》，《一百丛书》，中国对外翻译出版公司1991年版，第9页。

② 钱光培选编：《中国十四行诗选》，中国文联出版公司1990年版。

易做得工整简练。"[①]中国古人学诗，从小须练对对子。历史上有不少才子神童才思敏捷、出口妙对的轶事佳话。英人学诗便无须练此等功夫。中国文学史上有许多千古流传的名诗，就是由于其中包含了对仗工整、音韵铿锵、寓意深刻的佳句。而且许多名句颇如西方的《圣经》、莎剧中的名句一样，成为历代相传、家喻户晓的成语。例如"烽火连三月，家书抵万金""野火烧不尽，春风吹又生""海内存知己，天涯若比邻""山重水复疑无路，柳暗花明又一村"等等，不计其数。

由律诗的对仗句(又称颔联、颈联)而生的对联(春联、喜联、楹联、挽联等)，是中国语言文化中独具特色的现象，同样反映出英汉语的差异。对联在中国社会生活各方面应用之广，是外国人难以想象的。辞旧迎新，家家户户贴春联。名人辞世，贤达雅士送挽联。(孙中山先生逝世时，国内外挽联达数千条。)山川名胜、古迹名刹、亭台楼阁，处处可见碑刻或楹联。这些音义、属对工整的对联、楹联构成了中国独特的文化景观。外国的大教堂、旅游胜地、文化古迹、名人故居等等，便绝无这类文字。原因亦在于汉文易工，英文难对。这里，我们不妨从中国古典名著《红楼梦》里撷取几个例子。《红楼梦》全书对联极多。仅前五回便有十二联之多，还不包括有关金陵十二钗等众多诗词中的对仗句。便如第二回题于智通寺山门的对联："身后有余忘缩手，眼前无路想回头。"文虽浅近，其意则深。译文显得冗长，实亦出于无奈："Though plenty was left after death, he forgot to hold his hand back. / Only at the end of the road does one think of turning on to the right track."第五回那副著名的对联"世事洞明皆学问，人情练达即文章"，译文尚工整："A grasp of mundane affairs is genuine knowledge. / Understanding of worldly wisdom is true learning."[②]应当说英译能正确释义便不错，其音、类、义对仗显然无法做到。对联及律诗中对仗的形、音、意诸美，在翻译中，显然只能成为弗罗斯特所说的丧失的东西。

最能体现汉语之妙的诗体，自然是回文诗。相传东晋前秦的苏蕙首创回文诗，做织锦璇玑图，凡 800 余言，竟可得诗 7956 首。回文诗不仅往返回复均能成诵，有的诗甚至任举一字为起点，向左右吟读均押韵成义。这对于不懂汉语的西方人来说，就无法想象了。英诗里只有叠句，最多只偶有"回句诗"，即可逐句倒读的短章。如 Mary Coleridge 的一首咏别离的小诗 *Slowly*，诗分两节，每节四行。第一节为："Heavy is my heart, / Dark are thine eyes. / Thou and I must part, / Ere the sun rises."第二节逐行倒置重

① 朱光潜：《诗论》，北京出版社 2005 年版，第 248 页。

② 杨宪益、戴乃迭译：《红楼梦》，外文出版社 2003 年版。

复，恰好表现一对恋人难分难舍依依惜别之情。[①] 倘若逐词回文甚至逐字回文，则绝对无法做到。拿破仑有句话"Able was I ere I saw Elba"，倒是可以逐字母倒读的，可惜这不是诗。因此，中国的回文诗是无法英译的。如果将一首回文诗的数十上百种读法逐一译成英文，那只能称之为诠释而不是翻译了。

以上所述汉语在译诗上的优势及其诗歌中某些不可译因素，皆源于其语言的特点。由此可见，汉语并非如某些人所说词汇贫乏、表现力差。恰恰相反，从诗歌语言比较中，我们可以看出汉语是集中体现了中华民族智慧的世界上最为优秀的语言之一。

三

英汉诗歌语言上的差异，也造成了英汉诗歌传统中的一些其他差别。

首先，由于英语语法结构严密，便于叙事，而轻重音相间、抑扬交错、韵律变化较多又富于节奏感，非常适宜吟唱，因此英语和其他印欧语系语言一样，有着史诗传统。英国史诗有10世纪的《贝奥武甫》，17世纪弥尔顿的三大史诗：《失乐园》《复乐园》和《力士参孙》。其间有乔叟的《坎特伯雷故事集》及斯宾塞《仙后》等长诗。拜伦、雪莱也都写有史诗规模的长诗。美国则有朗费罗的《海华沙之歌》。其余的叙事长诗还有不少。而中国几千年中一直是抒情诗一统天下，偶有叙事之作，篇幅也不长。《孔雀东南飞》仅五言357行，《木兰辞》62行，《长恨歌》120行。与此传统相一致的便是中国抒情诗都较短小。而英诗较多鸿篇巨制。这是因为英诗讲求轻重节奏，不押尾韵，变化较多，宜于长诗。汉字一字一音，以句尾押韵取得音乐效果，便不宜长篇。这都是语言特点造成的限制。当然，所以形成两种不同传统，除语言因素外，还有其他种种原因。

其次，中英诗歌风格上的不同，一定程度上与语言有关。朱光潜先生在《诗论》中归纳的西诗以直率、深刻、铺陈胜，中诗以委婉、微妙、简隽胜，[②]确是切中肯綮、一语中的。英诗的史诗长诗，足见铺陈；其爱情诗抒情诗，足见直率；其玄学派哲理诗或浪漫派表现的美学思想哲学思辨，亦足见深刻。而中诗的委婉微妙简隽也显而易见。这些风格特点，无不与前文所述诗歌语言的差异有关。

有趣的是，这种风格上的鲜明对比，不仅表现在诗歌作品中，甚至体现

① 刘海平：《英美名诗选》，江苏教育出版社1984年版，第163页。

② 朱光潜：《诗论》，北京出版社2005年版，第89页。

在诗学理论的表述上。西方文论富逻辑性、科学性，重体系论证而显得严谨绵密。而中国即兴式随感性的诗话词话，文字简练、模糊、含蓄，甚至空灵，正所谓“不著一字，尽得风流”。这些差别也源于语言差异。

此外，中英诗的形式、情趣、诗艺甚至部分内容，也都与语言的特点有一定关系。限于篇幅，本文不做赘述。

在一国文学中，诗歌最能体现民族的情绪、精神、文才和想象力，诗歌语言也最能反映出该民族语言的特点。正因为汉语的种种长处，才使中国诗歌几千年来源远流长，代有传人，盛传不衰，为中华文明做出了贡献，也为吸收外来文明提供了便利条件。今天，我们更应继承优秀文化传统，发扬民族语言的优势，以努力创造出更加灿烂的无愧于我们时代的新文化。

（原刊 1994 年《英汉语比较研究》）

哈代诗歌的情、理、艺

在英国文学史上，像托马斯·哈代这样在小说、诗歌两个领域均创作出大量优秀甚至一流作品的文学巨匠，实在并不多见。哈代的小说，如《德伯家的苔丝》《无名的裘德》等，早成为公认的不朽名著；而他的诗歌，经过近一个世纪岁月的考验，也获定评。长期以来，由于哈代小说的巨大影响，他的诗名总为文名所掩。而今，经过几代人的反复品读、研究和评论，人们终于普遍认识到：哈代诗歌的成就，并不亚于他的小说。哈代作为诗人，与作为小说家一样伟大。他的诗歌和小说，犹如璀璨晶莹的连环双璧，同是世界文学宝库中魅力永存的瑰宝。

哈代是在 1895 年，其文名如日中天，小说创作正处于巅峰状态之时，毅然转向诗歌创作的。无论从哪方面说，做出这一抉择，都不是件容易的事。毕竟，英国具有悠久的诗歌传统，几百年中名家辈出，流派纷呈，好诗几近写尽，创新谈何容易。再则，哈代此前几乎没发表什么诗作，且已年近花甲，要在人生的晚年成就诗名，更是前无古人。然而，哈代仍选择了这条“荒草蔓生”“人迹更少”的道路，并沿这条道路奋勇攀登，走向了自己事业的光辉顶点。

哈代做出这一选择，并不是偶然的。舆论界的不公正批评，促使他做出反应，这只是表面现象。根本原因在于，哈代决心重新致力于他自幼喜爱的诗歌，以实现成为一名诗人的夙愿。事实上，哈代长达 60 余年的文学生涯，始于诗也终于诗。诗歌是他的初恋，也是他“爱的归宿”。早在少年时代，哈代就曾一试诗笔。现存最早的少年习作，是他写于 1856 年（16 岁）的《住宅》。这是首 36 行的尢韵诗，模仿华兹华斯《序曲》的风格，描写家居附近的自然风光和清幽情趣。哈代正式开始诗歌创作是 1865 年。次年他曾将诗作投寄各大杂志，却均遭退稿。但哈代毫不气馁，继续系统强化地进行诗歌的“自我教育”。关于这段经历，他的第二位妻子弗罗伦斯·艾米莉·哈代在《哈代的早期生活》中这样记述：“整个 1866 年和 1867 年的大部分时间，他仍不断写诗……他形成了一种奇特的观点：诗歌里集中了一切富于想象和感情的文学作品的精华，对于一个很少闲暇的人来说，专门阅读诗歌是接近文学源泉的最短捷径。而且事实上,差不多整整两年,他没有读过诗以外的任何散文作品,除了阅读报刊之外。"哈代当时的诗后来保存下来的,约有三四十篇,其中不乏佳作。如《偶然》《灰暗的色调》《她对他说》等等,足以显露青年哈代非凡的诗才。可惜编辑缺乏慧眼,致使哈代不得不在其后的20余年里,将文学才华倾注在小说创作中。

1896年后,哈代专心致志从事诗歌创作。1898年第一部诗集《威塞克斯诗集》出版。此后30年里,又先后有7部诗集问世,即《今昔诗集》(1901)、《时光的光柄》(1909)、《命运的讽刺》(1914)、《瞬间一瞥》(1917)、《早年与晚期抒情诗》(1922)、《人世杂览》(1925)和《冬日之言》(1928)。这8部诗集曾分别于1919年、1923年、1928年和1932年4次汇集出版。其中1932年版的《托马斯·哈代诗集》收齐8种,共有诗918首,并在以后的近半个世纪中不断重印。1976年麦克米伦出版公司又推出了新版《托马斯·哈代诗全集》,收入了一些未发表过的作品,共947首。这部诗全集后又多次重印。此外,各种选本,如企鹅版、牛津版等也大量涌现。哈代诗集在世界范围内长期盛销不衰,足以说明哈代的诗魅力不减,影响日广,深受读者喜爱。此外,哈代还创作了一部规模宏大、气势磅礴的史诗剧《列王》(1904—1908)。这部以拿破仑战争为题材,描写"巨大的历史灾难或各民族之间的冲突"(《列王》序)的史诗剧,共3卷19幕130场,既是一部以英国和整个欧洲社会的重大变革为背景的历史诗剧,也是一部富有深刻哲理的关于人类命运的悲剧史诗。《列王》问世后震动了英国文坛,受到欧美评论界的一致称颂,认为《列王》是哈代最伟大的作品,充分显示了哈代的才华,堪与弥尔顿的史诗《失乐园》和俄国文豪列夫·托尔斯泰的《战争与和平》媲美。

哈代年轻时的最大愿望,是当个卓越的诗人,写出能入选帕尔格雷夫的《英诗金库》那种优秀选本的诗篇。事实上,哈代诗歌的成就,远远超过了他青年时代的愿望。他的诗中,足有数百首可入选任何选本而毫不逊色。可以说,哈代自己的诗,就堪称英语诗歌中的一座金库。

哈代重拾诗笔走向诗坛,正值维多利亚时代末期。其时的英国诗歌已呈颓势。一度盛行的唯美主义,过于注重音律谐和、辞藻华丽,致使诗风萎靡,缺乏大气。哈代的出现,为诗坛注入了新鲜空气,也使20世纪初的英诗别开生面、柳暗花明。哈代的诗题材广泛,思想深刻,内容充实,情真意切且朴实无华,充满强烈的个人抒情意味,又富有浓郁的乡土气息。他的诗歌形式看似传统,其实多有创新,不仅诗节和韵式变化无穷,诗歌语言也不落窠臼,极有特色。总之,哈代的诗处处表现出与他人迥然有别的境界与气象,显出了大家的风范。他上承浪漫主义名家及维多利亚时代的丁尼生、勃朗宁，又对20世纪诸多英美著名诗人以广泛影响，成为英国诗歌史上承前启后继往开来的伟大诗人。可以说，哈代晚年选择了诗歌，实在是英国诗坛的大幸。

哈代的诗既博得众多诗人、评论家的高度评价和赞赏，又能打动千千万万普通读者的心，其最根本原因在于诗中所饱含的真情。哈代一向认为：诗人的最终目的应该是用自己的心灵去触动人们的心灵。确实，从来没有哪位诗人曾像哈代这么多地展现自己的心灵，而正是由于展现这颗羞涩、苦恼、慷慨、慈悲的心，才使他的诗获得人们的喜爱。与他的小说相比，哈代在诗中表露了更多的个人经历和内心情感。而他极为丰富的情感世界又是全方位、完全真实、毫无矫饰地袒露给读者的。这里有爱情、恋情、亲情、友情、对弱者的同情，甚至对众多动物及花草树木的怜爱关切之情。难怪弗罗伦斯·艾米莉·哈代说："要知道哈代的一生，读他一百行诗胜过读他的全部小说。"在他的诗中，我们可以听到他慈爱的祖母在讲那过去的事情(《我们认识的一个人》)，见到小哈代在父亲小提琴伴奏下旋舞，而母亲则坐在炉旁椅子上微笑(《不见自己》)，以及他的妹妹玛丽在园子里种花，在烛光下唱歌(《莫莉去了》)。在他的诗中，响着已躺在教堂墓地中的唱诗班朋友们的话声，闪过一个个好友的身影，跳动着他那颗因好友相继去世而悲痛欲绝的心(《在阴郁中(一)》)。在他的诗中，饱含着对含辛茹苦、蒙冤受屈的女性的深切同情，仿佛也回响着小说《德伯家的苔丝》卷首那句引自莎士比亚的题词和对资产阶级伪善道德的抗议(《苔丝的哀歌》《洗礼》《冒充的妻子》《一个将被绞死的女人的肖像》)。在他的诗中，还有着知更鸟、云雀、苍鹰、夜鹭、飞蛾、黄蜂、麻雀、刺猬、鸫鸟、黇鹿、猫狗马牛等几十种动物，它们全都那么具有灵性、惹人爱怜。每一首都充满真情爱心，令人感动。

爱情诗在哈代的诗中占有相当的比重。哈代的爱情生活，与他的文学生涯一样丰富多彩、奇幻瑰丽。哈代是个性情中人，他对于自己曾经爱慕过的女子，总能毫不隐讳、直率坦诚地在诗中一吐情愫。如露易莎、利兹比·布朗、艾格妮丝、特里费娜、爱玛、亨尼卡夫人及弗罗伦斯·达格黛尔，都在他的诗中留下了动人形象。尤其是曾使哈代的感情生活不断泛起涟漪的特里费娜、亨尼卡夫人和弗罗伦斯，更仿佛是一个个向导，将我们带入诗人的内心，使我们看到了诗人丰富、细腻、复杂的情感世界，看到了一个有血有肉的活生生的哈代。这些诗篇不愧是哈代抒情诗交响乐中一曲曲迷人的乐章。

当然，“哈代全部诗作中最富个性色彩、最真挚动人、最朴质纯洁”[①]的，是悼念他第一位妻子爱玛的近百首诗作。哈代是在1870年去康沃尔的圣·朱里昂时，与爱玛邂逅相爱的。他们结婚二十余年后感情一度疏远。可1912年11月27日爱玛猝然去世，使哈代深感悲痛。1913年3月他拖着已逾古稀之年的孱弱之躯，独自重访康沃尔等旧地，完成了《1912—1913年组诗:旧日情火的余烬》，共21首。随后，在近两年时间里又写了数十首悼念爱玛的诗篇。这些诗历来受到评论界的极高评价，被认为不仅是哈代最好的作品，也是英语爱情诗中的精粹，“是一首完整统一地记录心灵历程的悲歌”，而且是“英语语言中最为感人的悲歌”。[②] 我们从中可以清楚地听到哈代的声音，深切感受哈代的心境。这些诗不仅感情真挚，写法也极朴实，毫无艳词浮字，且都是触景生情、睹物思人之作，将今日情与40余年之景交织，令一时与永恒融合(《在勃特雷尔城堡》《比尼悬崖》等)，遂使诗中情意，绵绵无绝期。因此，哈代的爱情诗，与历来的情诗及一般浪漫派诗人的作品不同。后者多为年轻人所作，其特点为“热”，热烈奔放，激情洋溢;而哈代年逾古稀，可谓“曾经沧海”，其情诗特点在于“深”，深沉真切，刻骨铭心。这些诗的境界，或许只有弥尔顿的《梦亡妻》、苏轼的《江城子》(“十年生死两茫茫”)和陆游的《钗头凤》及《沈园二首》差可比拟。更为可贵的是，哈代的爱玛组诗中常常含有深深的悔恨自责，爱的柔情、丧妻的悲痛与深切的忏悔自责交织在一起，使这些诗的情感更真实、真切、真挚，因而格外动人。

哈代的诗歌之所以魅力长存，不仅因其情真，还在于诗中蕴含的“理”，即深刻的思想内涵。哈代是在创作了大量优秀小说后走向诗坛的。他因小说中表露的思想而遭攻击，便转而采用诗的形式。正如他1896年10月所写:“也许在诗歌里我可以针对无罪的消极观念，更为充分地表达自己的思想和情感……如果伽利略是在诗里宣布地球自转的学说，宗教裁判所可能就不会纠缠他。”[③]因此，哈代的诗绝少无病呻吟、空泛肤浅之作。无论抒情、叙事、写景，大都寓有深意，蕴含哲理。而一些表达对宗教、上帝、社会、命运见解的诗中，更是通过不同形象直接说理，充满对宇宙、历史、人生的深入思考。如那些表现对宗教和上帝信仰幻灭的诗篇《健忘的上帝》《对上帝的教育》《上帝的葬礼》《造物主哀叹》和《神迹探索者》，仅从诗题便可看出诗人对宗教和上帝的质疑，对人类命运的思索。在《对人的悲叹》一诗中，哈代更提出人类不该对上帝抱有幻想，而应依靠自己的智慧、善良和互助来改变命

---

① 赫伯特·格利森等:《英国诗歌批评史》，英国人文出版社1983年版，第469页。

② 吴笛:《哈代研究》，浙江文艺出版社1994年版，第231页。

③ 转引自蓝仁哲:《托马斯·哈代诗选》(译序)，四川文艺出版社1987年版，第5—6页。

运。哈代另一类诗则写人生虐谑、世道混乱、命运悲惨、人性丑恶，哀叹人类知识日增而智慧日损，担心黑暗时代再度降临，表现了诗人对人类命运的终极关怀。如《部下》《在阴郁中》《未出生者》《致月亮》及《命运的讽刺组诗》等等。哈代因此也常被批评为悲观主义。对此，哈代特为1922年出版的《早年与晚期抒情诗》写了篇题为《辩解》的序，还在文中引用了20多年前写的《在阴郁中》的诗句："要使生活更美好，就得正视丑恶的现实。"他这样写道："其实，所谓悲观主义只是对现实的探索，只是为了改善人们身心的第一步。……要逐步认识现实，不加掩饰，同时着眼于争取最好的结果；简言之，即以进化向善论的思想做引导。"这正如徐志摩所说的，"哈代的所谓悲观，正是他思想上的真实和勇敢"，哈代的一生表现了"为人类寻求一条出路的决心"。[①]

由于思想认识的局限，哈代在摒弃对上帝的信仰后，接受了叔本华、哈特曼的哲学思想，认为宇宙中存在一种超自然的力量，哈代将其称为"内在意志力"。正是这种"冥冥中的主宰力量"决定了历史的进程、命运的变迁、人生的祸福等等。哈代在史诗剧《列王》中详尽阐发了这一哲学思想。在他的反映泰坦尼克号失事的《会合》及《偶然》《自然界的询问》《窘遇》等许多诗中，哈代也以此来解释人生命运的无常。但哈代自己也意识到"内在意志力论"的缺陷，认为人类最终能够战胜"内在意志力"，成为自己命运的主人。正如《列王》序幕中的怜悯精灵所预言的："我们将造就良善的一代新人，/富有同情和怜悯，/一代热爱真善美的人，/把他们每日的行为变成一曲美妙的歌。"而人类借以取胜的武器则是善良与博爱。

哈代诗中蕴含的"理"，可以归结为向善和博爱。这在他的战争诗中也表达得十分清楚。哈代的反战名诗如《他杀的那个人》《写在"万国破裂"时》《离别》《战时除夕夜》等，都寓有此意。这些诗语言极平易朴实，内涵却发人深省，甚至震撼人心。尤其是《写在"万国破裂"时》，只不过几个最古老、最普通的乡村生活的形象：老马耕地、茅根起火、青年恋爱。而王朝更迭、世事沧桑、战争灾难，尽在其中，几乎可概括人类历史。哈代的许多诗都有这样的特点：勾勒出形象而不点破主题，留给读者广大的遐想空间，因而回味无穷，十分耐读。

哈代能在名家林立的英国诗史上异峰突起，自成大家，另一重大原因在于他在诗艺上既继承传统，又不断创新。哈代是个不知疲倦的诗艺革新家。他从不追求时尚，也不故步自封。因此他的诗，无论结构、体裁、韵律、韵式、

---

① 徐志摩：《托马斯·哈代》，转引自《哈代精选集》，山东文艺出版社1998年版。

语言、表现形式等等，都形成了自己独树一帜的风格特色。

首先，哈代的诗大多具有叙事性，通过高度浓缩的戏剧场面来表现主题。正如评论家利顿·斯特雷奇所说："他的诗歌的独特之处在于诗里随处可见一个小说艺术大师的痕迹。……在他的诗里，回响着《无名的裘德》的作者的声音，但带着诗歌的更加集中、更加强烈、更加微妙的艺术魅力。"[①]这些特点在《命运的讽刺组诗》里表现得十分鲜明。即便是写爱玛的近百首悼亡诗，也不是纯粹抒情，而大多有场景、人物、动作，具有相当的叙事成分。而在一些歌谣体叙事诗或有关上帝的幻想诗中，甚至往往以对话构成诗的主体，表现人物的思想性格，或讥讽上帝的无能无情。显然，哈代借鉴了勃朗宁的戏剧独白手法，又糅进自己小说创作的技巧，使其诗中的人、事、情、景融为一体，从而既有可读性，更具感染力。

其次，哈代的诗，在诗体、韵律、韵式诸多方面，都自成特色，独具魅力。哈代写诗，似乎并不喜欢格律太严的诗体。他往往会根据诗歌内容的需要，随心所欲设计自己喜爱的诗体，而不拘泥于传统格局。在这一点上，简直没有哪一位诗人能像哈代这样自由洒脱、不拘一格。试读他那最负盛名的《1912—1913年组诗》，便可略见一斑。组诗共21首，每首的结构都不一样，真可谓诗无定格，随情赋形，犹如行云流水，行于当行，止于当止。然而，诗格虽极富变化，每首诗内却又变化有序，相当整齐。哈代早年曾学习从事建筑业，他以建筑师的眼光和技巧，安排诗的结构，因此他的大多数诗，都呈现一种错落有致、整齐匀称的建筑美。哈代又自小喜欢音乐，爱好新颖奇特的节奏和旋律。这种爱好运用于诗，使他的诗在韵律、音步、韵式上繁复多变，很有音乐美。而这种形美和音美又与诗的内容、情感十分吻合。如《未致命的疾病》，长短诗行形成鲜明对照，烘托出生死搏斗的紧张气氛。而《不用为我遗憾》《以往走的路》等诗，每节结构形同一座坟冢，造成与意义相关的视觉形象，从而给读者以语义联想和情感冲击。此外，如他的名篇《黑暗中的画眉》《身后》《呼唤》等，韵律既美又切合诗情。因此，可以说，哈代的诗不仅形式与内容高度一致，又表现出意美("情""理"两方面)、音美和形美。

最后，哈代的诗歌语言，新鲜生动、五彩缤纷。与他的"人物性格与环境"类小说侧重描写多塞特郡(即"威塞克斯"地区)的风土人情一样，他的许多诗也运用了该地区的不少方言词汇，有着浓重的地域特色，如《堕落的姑娘》《回家》《一个荡妇的悲剧》等等。此外，哈代常常会根据诗歌内容的需要，创造性地运用词汇。有时他会使用多音节词与单音节词搭配押尾韵，读

---

① 转引自《托马斯·哈代诗选》，四川文艺出版社1987年版，第5—6页。

来铿锵别致。有时在一首诗里,同时出现常用和生僻词语,看似粗糙,其实质朴。有时在诗中交替使用书面语和口语,甚至有意运用杜撰词、古旧词、复合词、生僻词等等,从而别寓深意,耐人寻味。总体上看,哈代的诗歌语言十分丰富,用词准确贴切,有的虽显得怪诞古奥,却不失美感新意,甚至使诗作不落俗套,具有现代感。可以说,无论小说还是诗歌中,哈代都显现出了语言大师的本色。

从情、理、艺三方面对哈代诗歌略做分析,我们不难看出,哈代的诗从根本上说来,体现了真善美的追求。"真善美就是我的全部的主题,真善美化作各个不同的翰采。"[①]哈代的诗受到世界各国广大读者的喜爱,根本原因便在于此。

哈代的小说在我国早已拥有广大的读者。一些著名的作品,甚至有了多种重译本。而哈代诗歌的翻译介绍,相对较少。这对于全面认识评价哈代的文学成就,借鉴学习其作品丰富而精湛的思想和艺术,十分不利。为此,笔者应人民文学出版社之约,选译了《哈代诗选》,收入该社 2004 年出版的《哈代文集》。译本主要依据英国麦克米伦公司 1985 年出版的《托马斯·哈代诗全集》,还参考了牛津大学出版社和企鹅出版社的两种《哈代诗选》及其注释,以及其他几种选本。在内容取舍上,兼顾各种题材,大凡有定评的名篇,尽量选入,而对"情"和"理"两类作品有所侧重,因此,将著名的《1912—1913 年组诗》和《命运的讽刺组诗》做了全译。全书共收诗 239 首。除对不少诗作的背景予以注释外,还将哈代八部诗集做了概要介绍。关于翻译标准,译者掌握的原则是:信达雅兼顾,意音形并重,以诗译诗,讲求神韵,尤重语言锤炼,遣词用字务求精当而不失诗味。此外,在韵律韵式上,除极个别地方为了不因韵害意,无法兼顾外,尽量依遵原诗。诗歌的顺序按《托马斯·哈代诗全集》中八部诗集的先后排列,有的诗写作时间与诗集的出版日期相距较远,则依照诗全集的资料,在诗后注明写作时间。《哈代诗选》出版后,受到了专家和读者的广泛好评。今已收入"副本译丛",并即将由四川文艺出版社再版。

20 世纪初,无论中国还是英美等西方国家,诗歌的风格流派表现手法都在发生剧烈变革。庞德译的中国古诗选本《华夏集》,成了意象派的经典之作,随即现代派在西方风靡一时。胡适则受意象派影响,倡导了新诗革命,尔后,新诗成了中国诗界的主流。在这种大背景下,哈代却既没有追逐

① 莎士比亚十四行诗第 105 首。

时髦新奇，也没有一味固守传统，而是继承传统，有所创新，博采众长，为我所用，走出了自己的诗歌之路。而且，据一些学者认为："现代主义诗歌只是一种旁支，哈代才代表了英国诗歌的主流。"[①]因此，不仅哈代的诗歌，如他的小说一样，很值得我们学习、借鉴、欣赏，即便是他的创作道路，对于我们也应有颇多启示。本文及拙译《哈代诗选》，倘能对读者认识哈代的成就、了解哈代的思想、欣赏哈代的作品有所帮助，笔者将感到莫大的欣慰。

（本文为人民文学出版社 2004 年版《哈代文集 8　诗选》之前言）

① 王佐良：《华兹华斯·济慈·哈代》，《读书》1987 年第 2 期，第 76 页。

艾米莉·勃朗特诗艺特色简论

艾米莉·勃朗特以一部小说《呼啸出庄》闻名于世，成为文学史上久享盛誉的经典作家。其实，平心而论，艾米莉诗歌的成就不在小说之下。无论从才情、气质、爱好、语言能力及文学活动各方面看，艾米莉都首先是一位诗人。她的诗和她的个性一样极具特色，其内容题旨和艺术手法都有不少创新。尤其是诗中那独特的意象结构和象征意蕴，丰富的主观想象和奇异的内心体验，更是同时代或前辈诗人的作品中鲜见的。本文拟简要介绍艾米莉诗歌的一些特点，并就其诗歌的艺术特色略做探讨。

艾米莉的诗，不少和一个名叫贡达尔的虚构的王国有关。这是她12岁起，便与妹妹安妮一起创造并终其一生都在构建且尚未完成的史诗。[①] 现存的诗篇据信仅是该史诗的韵文部分。而可以提供故事背景的散文部分却早已湮没(或为艾米莉和安妮生前销毁)。这些诗又不是按情节事件的发展顺序写的，而纯粹是场景、故事、情感的诗化表达，既互不连贯，又很难分辨究竟是诗人本人的直抒胸臆，还是史诗中人物的抒怀陈情。由于史诗结构复杂，事件纷繁，人物众多，场景角色频频转换，思想感情又极为丰富，因此，艾米莉的诗常常给人一种奇峭迷离、遥远神秘的感觉。

然而，在贡达尔故事背景造成的神秘朦胧中，却清楚地凸现出艾米莉诗歌的一些令人难忘的特点。首先，相当多的诗篇极其鲜明生动地描绘了大自然的风物景色。显然艾米莉有意将大自然作为自己的重要审美对象，并在其中寄寓了自己的种种感情。托名为贡达尔的一切奇丽风光，那些微风中摇曳生姿的风铃花，星空下善解人意的石楠丛，天鹅绒般沾满露珠的草地，那晨曦晚霞、春光秋月、风暴飞雪、蓝冰冷雨，无一不是诗人故乡约克郡荒原的生动写照。其次，艾米莉善于以不同的角色身份，抒发人生的喜怒哀乐爱恨惧，且无不真挚热切动人，特别是其中的一些爱情诗，更是写出了主人公的至情至爱，具有震撼人心的力量。艾米莉诗歌的又一特点是诗中充满了对自由的渴望和追求。那种崇尚自由，渴求独立，容不得半点羁绊约束

---

① 范尼·拉齐福德：《贡达尔女王》，得克萨斯大学出版社1955年版，序。

的精神，渗透在史诗众多人物的思想和行动中。奔放涌动在许多诗篇的字里行间。正如夏洛蒂所说："她胜过一切、最最热爱的是——自由。自由是艾米莉的鼻息；没有自由，她就毁灭。"①

在艾米莉·勃朗特生活和创作的年代，英国浪漫主义已趋衰落，但其影响依然存在。艾米莉诗歌的上述特点，便显示出浪漫主义诗歌的影响。在大自然中寻求灵感寄托情思，接近华兹华斯，而诗中澎湃的激情和对自由的热烈渴望，又更多有着拜伦、雪莱的声音。然而，作为一名天才诗人，艾米莉在继承浪漫主义及一切优秀传统的同时，又不为所囿，不落窠臼，无论诗歌的内容和艺术手法，都有所创新突破，从而表现出一些新的特色。这主要可概括为以下三个方面。

一、两极对立的意象体系

意象是渗透着诗人主观感受的客观物象。大千世界的无数景物被诗人融入自己的审美情趣和感情色彩后，就成为诗歌的意象。艾米莉诗中的意象丰美纷披，而且这些意象又往往呈现对立的两极，从而构成一种强劲的艺术张力。

风暴是艾米莉钟爱的意象之一，在许多诗中频繁出现。风暴是宇宙间不可知的神秘力量，常常带来厄运：

让风暴更疯狂猛烈地刮起，
把山间的积雪高高飞扬——
再见，不幸的没有朋友的孩子，
我受不了眼看着你夭亡！②

史诗女主人公奥古斯塔的一生充满了风暴——种种失意挫折痛苦和不幸。而她的孩提时代，生活则是一片宁静，如温暖舒适的"秋夜"，如"丽日晴空下的大海"。贡达尔史诗中不少人物的命运，常出现风暴和宁静的两极，给史诗故事笼罩了一层神秘的氛围。

土牢（包括镣铐、铁栅、枷锁等）是艾米莉诗中特有的意象，那是个阴暗

① 夏洛蒂：《〈艾米莉·勃朗特诗选〉序》(1850)，引自《勃朗特姐妹研究》，中国社会科学出版社1983年版，第31页。

② 《勃朗特两姐妹全集》第8卷《艾米莉·勃朗特诗全编》，刘新民译，河北教育出版社1996年版，第181—182页。

潮湿、寒冷绝望的世界。有近十首诗写到囚徒在土牢里受尽煎熬。与此相对立的是家园、蓝天、旷野、大海、太阳等让人感到无拘无束、温暖明亮的自由天地。土牢的阴森与阳光的灿烂也形成明暗强烈的对比：

若感到寒冷，阴沉的天上
便应当撒落灿烂的阳光
以瞬息即逝的辉煌，
镀亮阴湿黑暗的狱墙。①

土牢的意象又和坟墓意象紧密相关。它们都是死亡的代名词。黑暗、阴森、冰冷的坟墓意象一再出现，往往伴有鬼魂出没，并有可怕的梦魇。与此对立的则是仿佛具有知觉灵魂的石楠、风铃草、泉水、碧草和小鸟等等意象。诗中几乎无处不在的石楠则是生命力的象征：

它轻轻地说："邪恶的石壁压迫我，
但去年夏天的阳光中我仍花开缤纷。"②

以上两组意象体现了囚禁与自由、生与死的矛盾对立。然而，在艾米莉看来，死并非是生命的终止，灵魂也无法囚禁，因此诗中墓地常常与石楠为伴（在《呼啸山庄》的结尾，我们也看到三块墓碑坐落在石楠丛和风铃草的簇拥之中），土牢中会飘进雪花，透进阳光，囚徒的心永远在自由的天地里翱翔。除此以外，诗中对立的意象还有夜色与黎明、11 月的萧瑟阴郁与 5 月的鲜亮繁茂、黑发男孩与金发女孩等。

这种意象的张力结构的背景当然还是浪漫主义诗潮。正如英国文学理论家考德威尔评济慈诗歌时所云，诗人们鼓起看不见的诗翼，"离开日常生活的可怜、严酷、真实的世界，逃到一个浪漫、美好和给人以享受的世界中去，而这个浪漫世界比照了那个现实世界，并由于其本身的可爱，而对现实世界进行了无言的谴责"③。在浪漫主义诗歌的旗手们那里，暖色的世界是非常实在和明确的，如地中海明媚的阳光一样。但在艾米莉诗歌的张力结构中，情况有了些变化。诚然，她虚构了一个贡达尔王国来"逃离"清寒阴抑

---

① 《勃朗特两姐妹全集》第 8 卷《艾米莉·勃朗特诗全编》，刘新民译，河北教育出版社 1996 年版，第 151 页。

② 同上书，第 142 页。

③ 《考德威尔文学论文集》，百花洲文艺出版社 1995 年版，陆建德等译，第 95 页。

的牧师之家。不过，她采用的意象要自然、虚拟得多，石楠还是石楠，而不是一只让济慈心潮澎湃的希腊古瓮。当诗歌旗手们“逃”向煦暖的爱琴海岸和亚得里亚海岸去伤怀吊古或操戈抗争时，艾米莉只能在狭小的世界中怅望寒怆的荒原上郁郁的石楠。因而，在同一浪漫主义诗潮中，别人在暖色世界的对照下，对现实世界从无言的谴责转向愤怒的叫喊乃至激烈的反抗，艾米莉却在孤诣独往中默默地用更精细、伤感的笔触展现了一个极富艺术张力的意象世界，那里轻盈的雪花飘进了阴暗的土牢，荒凉的原野上微风不经意地抖落石楠上的露珠……

二、情境统一的象征结构

艾米莉创造的“冷暖”色调对比强烈的意象世界，有着深刻的象征意蕴。其中饱含着她对世界、对人生深邃的敏悟和洞察。尤其是作为贡达尔故事背景的大自然，在表现主题、传情达意方面，比起任何其他作家诗人的作品，起着更大的作用。诗人笔下的自然，很少风和日丽、明媚宜人，而大多严酷冷峻阴郁，充满风暴阴云、冻雾冷雨，并显得肃杀、孤寂、荒凉。一境一景，无不蒙上阴郁而又强烈的感情色彩，使情境合一，主观心境与客观物象浑然一体，并成为强有力的象征。我们在大多数诗篇中都可以感受到诗人着力营造的抑郁阴森的氛围：

我看见四周灰色的墓碑
延伸出的阴影望不到尾。①

她伫立着看铁一般的乌云
散开，阳光从云隙洒落
那么阴郁怪异惨白峭冷。②

有一首诗描写“窗子外面是教堂的墓地/那儿凄惨的白色将一切笼罩——/石碑、坟墓和枯萎的草皮”，夜半寒风刮进破碎的玻璃窗，送来断续而凄楚的呻吟，窗外幽灵般的蒙着白雪的树枝，碰擦着栏杆，凄厉的声音犹如垂死者生命的游移，于是

---

① 《勃朗特两姐妹全集》第8卷《艾米莉·勃朗特诗全编》，刘新民译，河北教育出版社1996年版，第273页。

② 同上书，第109页。

一个朦胧可怕的梦魇，
梦里依稀昔日的景象；
记忆那折磨人的光线，
一再掠过我的头上。①

这样鲜明的特写镜头，衬着破屋冬夜风暴的背景，一下子便深深印入读者的记忆，令人久久难忘。而且，这种情境合一的特色，不是孤立偶然的巧合，而是更广大背景的缩影，于是便赋予了普遍的象征意义。

艾米莉的诗具有一种抑郁的悲剧特质，仿佛世上万物莫不凄婉。以我观物，“物皆着我之色彩”。诗人看花，“一生都在悲愁中苦挨，/无可挽回地郁郁凋零，/我十分悲伤，因为我明白，/那凄凉的零落预示了我的命运”②。诗人听琴，琴声奏出的俱是悲音：“它们浸染了记忆的灰色，/如片片驶来的风帆，/将我的太阳完全遮没/使仲夏的天空一片昏暗”③。这份凄切和哀伤源于诗人充满悲苦记忆的身世，源于诗人对社会对人生的敏锐深刻的观察。她忧郁的心灵，正如波德莱尔和爱伦·坡一样，时时为社会的黑暗、人性的恶而深感痛苦不安，因而蕴蓄为悲剧的激情，发为沉郁的诗句。

环境背景的压抑阴森和情感思绪的悲郁激烈相撞击，形成艾米莉诗歌粗犷、忧郁、崇高、刚强的风格。诗中充满奇特沉郁的力量，不带丝毫闺阁诗通常有的柔媚轻婉。这又和诗人的身世性格气质有关。有一首小诗这样描述了诗人所处的客观环境：

周围的夜色越来越深沉，
狂风冰冷呼啸不已；
……
头顶是层层叠叠的乌云，
脚下是无边的荒地；

而诗人面对恶劣的环境，却斩钉截铁地宣告：

① 《勃朗特两姐妹全集》第8卷《艾米莉·勃朗特诗全编》，刘新民译，河北教育出版社1996年版，第50页。

② 同上书，第266—267页。

③ 同上书，第92—93页。

但一切阴郁无法撼动我半分；
我不能，也决不离去。[①]

“比男人还要刚强，比小孩还要单纯”——夏洛蒂的两句话，概括了艾米莉举世无俦的性格，也解释了她的诗歌风格的成因。

三、神秘奇异的内心体验

艾米莉极其狭小的生活空间，极为内向的性格和耽于幻想的气质，使她日渐沉湎于独自构造、深藏不露的文学想象世界中。这种想象由于赋有天才、充满激情而经常达到白热化的程度。因而她的诗中经常有一些十分玄秘独特的奇思，反映出诗人种种神秘的内心体验。当艾米莉在荒原上独来独往漫步时，当她在夏夜的山头上仰望星空沉思默想时，当她夜间独自在那间壁橱般的小卧室里潜心构思时，她一定精骛八极、心游万仞，全身心沉浸在一种精神创造的奇幻境界中。《哲学家》《白日梦》《致想象》等许多诗，就生动地反映了这种内心的奇妙体验。那种神秘体验的逼真描述，莫过于一首题为《朱利安和罗切尔》的长诗中的一些段落。那是一位身陷土牢的年轻女囚，追述她的内心体验：

他驾着西风缓缓来，像傍晚漫步徐行，
披了天上的夜色和满天繁密的星星，
轻风的调子忧郁，群星的光芒温柔，
稍纵即逝的幻象令我渴盼得无法忍受——

渴盼着在我的成年时代所未知的东西，
当计数未来的苦泪时，欢乐变得疯狂着迷；
当我心灵的天空充满了温和的闪光，
我不知它们哪儿来，来自风暴或太阳；

但首先一阵沉默，陷入无声的寂静，
结束了苦恼和热切渴望之间的斗争，
无声的音乐抚慰我的心——冥冥中的和谐，

① 《勃朗特两姐妹全集》第8卷《艾米莉·勃朗特诗全编》，刘新民译，河北教育出版社1996年版，第61页。

那是我至死都无法梦想到的音乐……[1]

大段栩栩如生的描述，将玄秘虚幻的心灵体验如此形象生动地表达出来，并始终散发着力量和信心，回响真实的声音，这在古今中外的诗歌中是十分罕见的。20世纪的不少现代主义诗歌刻画描写人的内心世界和种种潜意识，接近内心体验，但那已是大半个世纪后的事了。

艾米莉超常的想象和体验，在爱情题材上有着最充分的发挥。英国作家毛姆在谈到《呼啸山庄》时说过："我不知道还有哪一部小说，其中爱情的痛苦、迷恋、残酷、执着，曾经如此令人吃惊地描绘出来。"[2]而艾米莉诗歌中表现的爱情的痛苦迷恋、残酷执着，并不亚于小说。如贡达尔女主人公奥古斯塔回忆她的情人朱利斯的那首《忆》：

你在冰冷的地下，又盖了厚厚的积雪！
远离人世，独自在寒冷阴郁的墓里！
当你最终被销蚀一切的时间所隔绝，
唯一的爱人啊，我何曾忘了爱你？[3]

全诗表现出蔑视死亡、绵绵无绝的强烈思念，真正一唱三叹，回肠荡气，极哀婉动人，因而曾被誉为"英语中最伟大的个人抒情诗之一"[4]。贡达尔史诗的几位主要人物都迷恋奥古斯塔而至疯狂的程度，甚至殉情自杀。如那位因遭奥古斯塔抛弃而自杀的费尔南多，临终前如此咏叹：

即便她那般仇恨，我临终的每一瞥都表明，
这最后的告别里涌动燃烧着强烈的爱情。
灵魂虽未被征服，暴君仍将我强制束缚，
生命顺从我的意志，而爱，我却无计消除！[5]

如此强烈的爱与恨的交织，与《呼啸山庄》中希思克利夫和凯瑟琳间炽烈强

---

① 《勃朗特两姐妹全集》第8卷《艾米莉·勃朗特诗全编》，刘新民译，河北教育出版社1996年版，第385—386页。

② 杨苡译：《呼啸山庄》（译后记），译林出版社1990年版，第327页。

③ 同①，第363页。

④ 伊丽莎白·朱：《当代英美诗歌鉴赏指南》，李力、余石屹译，四川人民出版社1987年版，第165页。

⑤ 同①，第133页。

悍的爱可谓异曲同工，令人不能不叹服诗人主观感受、体验能力的出神入化。毕竟，艾米莉短短的一生，少女的心扉从不曾得到爱情的轻叩啊。

以上从意象结构、象征意蕴、体验型的创作特征三方面，大致勾勒了艾米莉诗歌的艺术创作特色。总的说来，艾米莉诗歌的抒情方式是倾向于内敛的，那种扩散式的宣泄不符合她的气质。她是个游离于时代文学主流之外的体验型的诗人，她的诗不仅内容新奇深刻，风格强劲有力，在艺术手法上也多有创新，并具有一定超前性。阿诺德在一首凭吊勃朗特三姐妹的诗中曾赞颂艾米莉："心灵的力量，激情，哀婉，剽悍，/殊世无双。"①弗吉尼亚·伍尔夫则说："或许她的诗会比她的小说寿命更长……她的才力，乃是一切才力中最罕见的才力。"②而《朗曼英国文学指南》在介绍艾米莉时开门见山地称她"被认为是英国文学中最伟大的女诗人"③。显然，艾米莉的诗歌，会和她的小说《呼啸山庄》一样，在文学史上永远闪射迷人的光芒。

（本文为河北教育出版社 1996 年版《勃朗特两姐妹全集》第 8 卷《艾米莉·勃朗特诗全编》前言）

① 杨静远编选：《勃朗特姐妹研究》，中国社会科学出版社 1983 年版，第 617 页。

② 同上书，第 296 页。

③ C. Gillie：*Longman Companion To English Litenatane*，1972 年，第 418 页。

意象派与中国新诗

中国的五四新文化运动，几乎可说是由新诗吹响号角的。自 1917 年 2 月《新青年》首次发表新诗，短短几年中，诗人们纷纷摒弃语言陈旧、格律谨严的旧体诗词，而"用现代中国语言来表现现代中国人的生活思想感情"[①]，白话自由体新诗迅速取代文言旧诗，并汇成波澜壮阔的新诗大潮。综观中国新诗潮的源起，不难看到美国意象派诗歌的影响，这在新诗主要倡导者胡适的诗歌理论、美学思想和创作实践中表现得最为清楚。胡适留学美国(1910 年 8 月—1917 年 7 月)正值意象派诗歌风行之时。大量材料，包括他的日记、书信、诗论和文章，都证明他深受意象主义影响。[②] 胡适 1917 年 1 月发表于《新青年》并在新文学运动中发挥重大作用的"八不主义"，便脱胎于意象派的"六条原理"和"三项原则"。[③] 而作为中国第一部白话新诗集的《尝试集》，更是明显烙有"美国意象派的痕迹"。[④] 五四时期的诗人中，受意象派影响的，还有刘半农、沈尹默、刘大白、康白情、王统照等人。

然而，20 世纪初崛起于英美诗坛的意象派，在其发展过程中，却又相当充分地学习借鉴了中国古典诗歌。意象派的主要代表人物庞德就曾说过，中国之于美国新诗运动，就像希腊之于文艺复兴。[⑤] 庞德及意象派的后期挂帅人物爱米·洛威尔曾先后翻译出版了在文学史上获极高评价的中国古诗译本《华夏集》和《松花笺》。风气一开，仿效蜂起。几年中出现的中国古诗译本不下十数种，以至文学史家惊叹，中国诗简直"淹没了英美诗坛"。[⑥] 与此同时，"按中国风格写诗，是被当时追求美的直觉所引导的自由诗运动命中注定要探索的方向"[⑦]。仿写中国诗或写中国题材一时形成时代性的热潮。据统计数字，新诗运动代表性刊物《诗刊》在 1912 年 11 月至 1922 年 10 月约 10 年中，所刊载的各国题材诗，中国诗居第一位。[⑧] 有意思的是，当年

---

① 胡适致徐志摩函，载《诗刊》1932 年第 4 期。

②③ 王锦园：《胡适与美国意象派诗歌》。

④ 袁可嘉：《现代派论·英美诗论》，中国社会科学出版社 1985 年版。

⑤ T. S. 艾略特编：《艾兹拉·庞德随笔集》，新方向出版社 1980 年版。

⑥⑦ 赵毅衡：《意象派与中国古典诗歌》。

⑧ 赵毅衡：《远游的诗神——中国古典诗歌对美国新诗运动的影响》，四川人民出版社 1985 年版。

意象派活跃人物的多数诗作,"至今已觉不新鲜";他们的传世之作,往往只是他们的"中国诗"。

于是,在中西文化交流史上,就出现了这样十分奇特有趣又耐人寻味的现象:在中国诗人摒弃旧诗之时,英美意象派却大大得益于中国古典诗歌,并对整个现代派诗歌做出了贡献;反过来它又对中国新诗的兴起产生相当大的影响。意象派犹如一道横跨大洋的双拱彩虹,分别连接了中国古诗和新诗。源远流长的中国诗歌传统,通过意象派的媒介"出口转内销",与中外新诗连接起来了。今天,我们研究分析意象派和中国新诗的源起、关系,比较其诗艺得失,总结些有益的启示,对更好地学习借鉴西方文化和古典诗歌传统,繁荣发展新诗,是会有所帮助的。

一、两位先驱

美国诗人、评论家艾兹拉·庞德在意象派运动中的地位和作用,和中国诗人、学者胡适在新诗开创时期相仿,两位先驱都堪称开一代诗风的改革者。他们都不满于当时旧诗坛的僵化沉闷,并鼓吹"诗体大解放",都提出了影响深远的纲领理论,并以自己的实践在文学史上留下了里程碑式的诗集,从而在各自国家的文学革命中成为开风气之先的人物。

先驱并非先知,而是顺应时代的需要产生的。意象派和中国新诗,在20世纪初约短短十年中先后兴起,绝不是偶然的,自有其深刻的社会历史文化的原因。事实上,庞德和胡适都是"从旧营垒中来"。庞德在去伦敦前就出版过几本诗集,内容大都取材于过去,完全是勃朗宁、罗塞蒂、斯温本的诗风;而胡适从小受旧学熏陶,也对旧诗词形式相当熟稔。可贵的是,他们都看到了旧诗与社会进步的矛盾,并立志于诗体改革。庞德曾有力地抨击了19世纪末20世纪初弥漫英美诗坛的感伤做作诗风:"从1890年起,美国的大路诗是可怕的大杂烩……一堆面团似的,第三流的济慈、华兹华斯的笔墨,老天爷也不知道是什么鬼东西,第四流的伊丽莎白式的、钝化了的、半融化了的、软绵绵的空洞音调。"[①]这种空洞音调自然无法反映资本主义进入垄断阶段后的"现代西方社会矛盾和人们的心理"[②]。而当时风行的各种哲学和社会思潮,尤其是柏格森的直觉主义哲学又给了革新探索中的诗人们以直接的启示。在这种背景下,破旧立新、由新诗发展而形成文学革命便成了历史的必然。这一点在五四运动前的中国表现得更加明显。新文化运动实

① 彼德·琼斯编:《意象派诗选》导论及附录,裘小龙译,漓江出版社1986年版。

② 袁可嘉:《现代派论·英美诗论》,中国社会科学出版社1985年版。

际上是一场反封建的思想解放运动，而文言和旧文学形式已成为严重束缚人们思想精神的桎梏。“若想有一种新内容和新精神，不能不先打破那些束缚精神的枷锁镣铐”[①]，“文言决不足为吾国将来文学之利器”[②]。因此，胡适的“以数年之力，实地练习之”，确乎是顺应了“新潮之来不可止，文学革命其时矣”[③]的需要，否则，也不会如雷鸣谷应、云流风行，得到广大进步文化界的热烈响应。由此可见，意象派和中国新诗在受外来文化影响之前，已经有了赖以萌生的土壤和条件，即社会历史文化的背景。庞德和胡适正是在顺乎潮流、推陈出新的努力中博采众长，广集精华，才在不同文化传统中采到了用以攻新诗之玉的他山之石。

庞德对意象主义运动的主要贡献，在于他提出了较系统的理论和创作原则。庞德曾给诗歌意象下过一个著名的定义：“在一刹那时间里呈现理智和情感的复合物的东西。”[④]这是他在发表于 1913 年 3 月的《诗刊》上的《意象主义的几“不”》一文中提出来的。同一期《诗刊》上还刊载了庞德和意象派诗人们共同拟订的同样著名的三条原则，它们是：(1)直接处理无论主观的或客观的事物。(2)绝对不用任何无益于表现的词。(3)至于节奏，用音乐性短句的反复演奏，而不是用节拍器反复演奏来进行创作。[⑤]意象派诗人们在 1915 年 4 月出版的诗集的序言中，又进一步提出了“六条原理”，其中有：使用通俗的语言，创造新的节奏韵律，采取自由诗体，确切表现细节，等等。[⑥]意象派的蓬勃兴起，给了留学美国，并正在鼓吹文学革命，寻求创造新诗体的胡适以深刻影响。胡适留美日记《藏晖室札记》卷 15 中，曾录有“六条原理”英文原文及其自注：“此派所主张，与我所主张多相似之处。”[⑦]1917 年初，胡适即在《新青年》的《文学改良刍议》中发表了“八不主义”，即：(1)须言之有物；(2)不模仿古人；(3)须讲求文法；(4)不做无病之呻吟；(5)务去滥调套语；(6)不用典；(7)不讲对仗；(8)不避俗字俗语。将胡适的“八不主义”和庞德的“意象主义的几‘不’”及“六条原理”相对照，胡适受到意象派影响是显而易见的。尽管如此，由于“八不”迎合了中国文化的发展潮流，因而产生了十分积极深远的影响，并成为新文化运动的重要组成部分，可以说，胡适的“八不”，是学习借鉴西方文化、洋为中用的极好范例。

胡适为了推进新诗革命，曾在不少文章中阐述自己的诗学见解，他竭力主张：“有什么材料，做什么诗；有什么话，说什么话；把从前一切束缚诗神的

---

① 胡适：《谈新诗》。

② 胡适：《尝试集》。

③④⑤⑥ 彼德·琼斯编：《意象派诗选》导论及附录，裘小龙译，漓江出版社 1986 年版。

⑦ 王锦园：《胡适与美国意象派诗歌》。

自由的枷锁镣铐，统统推翻。”[①]在谈到好诗标准时写道：“诗须要用具体的做法，不可用抽象的说法，凡是好诗，都是具体的；越偏向具体的，越有诗意诗味。凡是好诗，都能使我们脑子里发生一种——或许多种——明显逼人的影像。”[②]（这里的“影像”，在五四前后即是意象的通常译法。）胡适的这些及许多其他论述和庞德的许多诗论中的说法十分相近，而具体、明显、逼人、简练，正是意象派三原则的主要精神，因此胡适的美学思想，显然是汲取了意象派的养料而形成的。胡适的主张因此在当时被不少人误解并受到指责和批评。如梁实秋、梅光迪就曾批评他剽窃不值钱的欧美文学新潮，胡先骕甚至攻击其《尝试集》为“死文学”，“以其必死必朽也”。然而历史却肯定了胡适的努力和方向。以白话取代文言为标志的新文化运动如火如荼，极大地激活了全国人民的思想。1919年五四爱国运动爆发后，文学革命的烈火更是燃遍全国，胡适作为文学革命的先驱，学习借鉴“拿来”西方文化中积极进步有用的成分，以改革语言倡导新诗来改造旧文化，创造新文化，是有着一定的历史功绩的。

二、《华夏集》和《尝试集》

庞德和胡适在为各自的新诗运动创立原则的同时，也身体力行，进行了大量创作实践。《华夏集》和《尝试集》便是最能体现他们理论原则的重要作品。既然两位先驱在诗学理论上有许多共通之处，比较一下他们作为新诗运动重要成就的代表作，应当是很有意义的。

两部诗集最大的不同显然在于，《华夏集》是中国古诗——15首李白、王维诗的英译本，虽然其中最杰出的几首常被视为庞德的创作而被收入各类现代英诗选本，而《尝试集》则是胡适穷数年之力创作的结集（也包含几首译诗）。因而两部诗集内容上自然有很大不同。然而，奠定它们在文学史上地位的主要不是内容，而是诗的语言和形式，对诗艺的全新的大胆的追求，正是这一点使两者迥异于并超越了前人。

但胡适的《尝试集》还明显地留下了旧形式的影响，其第一编及附录《去国集》，虽多以白话入诗，却依然是旧诗之体，仿佛旧瓶新酒，显得不伦不类。第二、三编是1917年秋回国之后的诗作，取了白话自由诗体，便很有些新气象。其中译诗《关不住了！》，从语言、形式、意趣诸方面考察，都堪称上乘之

① 胡适：《答朱经农》。

② 胡适：《谈新诗》。

作，难怪胡适本人也说："《关不住了！》一首是我的'新诗'成立的纪元。"[①]也许，此时胡适认为对于自由体诗已操练较为自如，这句话含有终于挣脱旧体诗束缚的意味？不管怎样，《尝试集》反映了"文字进退及思想变迁之迹"[②]以及新诗挣脱旧诗桎梏的艰难甚至痛苦历程，胡适在《尝试集》四版自序中对此做过一个缠脚放大的比喻——"年年的鞋样上总还带着缠脚时代的血腥气"[③]，确是十分贴切的。

庞德的《华夏集》虽然译自格律严谨的中国古诗，却完全突破了古诗平仄、韵脚、对仗等重重限制（一个原因是庞德不通中文，其移译所依据的费诺洛萨的笔记又非常粗糙），而采取无固定节数、行数、音步数，不求押韵，但求自然的自由诗体。为了获得直接客观、简洁明了的效果，他干脆砍掉了原诗中不少隐喻和典故，大大简化了诗的内涵，因此《华夏集》与其说是翻译，不如说是庞德依据意象派原则和中国古诗的内容进行的再创作。其所以获得评论界如潮的好评，被认为"远不仅仅是一本重要的有影响的译集，它事实上是英美现代派诗歌的主要作品之一"[④]，这是和它较完美的自由诗的艺术形式分不开的。

《华夏集》的成功，还在于其诗歌语言的纯熟凝练、简朴自然。在庞德的所有译诗中，《华夏集》的语言是最简朴、最不受古语影响，最当代化、口语化的。因此读者很少感觉他们和这些中国古诗在时间和文化上的隔阂和差别。以集子中最著名的《河商之妻》（李白《长干行》）为例，我们读到这样的译文（节选）：

The paired butterflies are already yellow with August
Over the grass in the west garden;
They hurt me. I grew older.
If you are coming down through the narrows
of the river Kiang,
Please let me know beforehand,
And I will come out to meet you
As far as Cho-fu-Sa. [⑤]

显然，译文的语言是再晓畅明白不过了，除了个别地名暗暗透露些异国色彩

①②③　胡适：《尝试集》。

④　杰夫·特威切尔：《庞德的〈华夏集〉和意象派诗》，《外国文学评论》1992 年第 1 期。

⑤　Modern Poetry: *English Masterpieces Volume Ⅶ*, Edited by Maynard Mack.

和情调，谁会想到这竟是1200多年前中国唐朝的诗歌，但谁又不能理解那位河商之妻盼望丈夫归来的急切心情！

相比之下，《尝试集》的语言显然留有较浓重的文言痕迹。即使在第二、三编以白话写成的自由诗中，也夹杂不少文言词语，例如作为中国新诗史上发表的第一首自由诗《鸽子》："云淡天高，好一片晚秋天气！/有一群鸽子，在空中游戏，/看他们三三两两/回环来往，夷犹如意——/忽地里，翻身映日，白羽衬青天，十分鲜丽！"其中的"夷犹如意"，便明显地与全诗不那么协调，因此，《尝试集》的语言还不够成熟，它受到一些新诗人的诟病，不是没有道理的。

最后，值得一提的是两部诗集意象上的营造。《华夏集》不是庞德首次译中国诗。在此之前，庞德曾改写过翟理斯的《中国文学史》中引用的一些诗歌。有的诗如《落叶哀蝉曲》经庞德的改写，成了意象派的经典之作。从此，庞德被中国古诗中出色的意象吸引住了，他敏感地觉察到中国诗是意象派应该学习的典范。因此，在整理费诺洛萨的中国古诗笔记时，庞德便从笔记里的150首诗中挑选了19首进行翻译。对这些诗略加分析，可看出它们都具有丰富鲜明的意象，语言凝练含蓄，"陈述事物而不说教不评论"，颇符合意象派的原则。例如前文所引李白《长干行》中"青梅竹马"和蝴蝶秋草的意象，李白《送友人》中"此地一为别，孤蓬万里征。浮云游子意，落日故人情"的意象，这些诗以及《玉阶怨》《黄鹤楼送孟浩然之广陵》等诗中依靠客观表现不加评论的诗风，都可看出庞德在选择时确是独具慧眼。在这方面，《尝试集》显然底蕴不足，逊色得多。当然，其中有一些诗，如《蝴蝶》《鸽子》《老鸦》《一颗遭劫的星》《晨星篇》等，还是很有意象派的诗风，即用浓缩凝练的意象来刻画心理感受，但其余为数较多的诗作，却流于平淡无味，难以给读者留下深刻印象。

综上所述，可见《华夏集》和《尝试集》不同程度地实践了意象派的理论原则，而前者又显然比后者胜出许多。这就不难理解为什么在各自的文学史上两部诗集得到了不等的评价。《华夏集》被认为是庞德对英语诗歌"最持久的贡献"，是"英语诗歌经典作品"，庞德也被艾略特誉为"为当代发明了中国诗的人"。[①] 相形之下，《尝试集》在中国新文学史上，就远没有那么高的地位。究其原因，《尝试集》的诗艺尚未臻于完美该是重要的一点，但不管怎么说，作为中国第一部新诗集，其开拓者的意义和重要性，是不言自明的。

---

① 赵毅衡：《意象派与中国古典诗歌》。

三、意象派的启示

意象派作为一个文学流派，历史不长，创作成果不大，却造成巨大的影响，在其活跃的几年里，竟能在西方掀起至今不衰的学习中国古典诗歌的热潮，而又对中国新诗的崛起起了催生作用。从这个中国古诗—意象派—中国新诗的文化大反馈中，我们可获得哪些有益的启示呢？

首先，这段历史告诉我们，中外语言与文化的交流、相互借鉴学习，是多么重要。美国的 N. S. 默温说过，到如今不考虑中国诗的影响，美国诗无法想象。这种影响已成为美国诗传统的一部分。[①] 其实，中国的新诗又何尝不是如此，而美国意象派诗人在诗歌美学的追求创新上的急迫感、开拓性和自觉意识，他们学习借鉴外来文化的精神，更值得我们仿效。由于现代科技的发展，世界各国各种文化传统之间的交流融汇、借鉴吸收，正以前所未有的规模进行着，并使得世界各种文化突飞猛进、日新月异；处于改革开放的中国，理应在更大的深度广度上，开展与外国的语言文化交流。这对于中国自身的文化以及经济科技等各方面的发展，具有极重要的意义。

其次，事实告诉我们，我国古典诗歌的丰富宝藏，仍有待于进一步发掘，我们的新诗向古典诗歌学习至今难说已有很大成效。意象派诗人那么重视从中国古典诗歌中汲取营养，庞德和洛威尔对学习介绍中国古诗终生表现出极大的热情。而且，他们确实学到了不少宝贵的东西。例如他们深入解剖中国古诗的“意象元件”，在创作中运用发展中国诗的技巧，用自由诗形式表现中国古诗的意趣，甚至把中国诗中的大自然意象与现代城市风光糅合，还总结出一系列与中国古诗创作经验十分吻合的理论原则，等等。这些不是很可给我们以启发吗？外国诗人能学得中国古诗的长处，我们嫡系传人却未得祖宗真传，岂不可叹可惜！当然，学习借鉴古典诗歌，绝不是硬搬古诗词语、平仄韵律、句式和诗体，而是努力用现代语汇，用自由诗体写出古诗那种意境韵味，那种精练含蓄、空灵、隽永，那样耐人咀嚼回味。新诗写出古诗意境韵味，其实大有可为，新诗史上第一批发表的诗作中，沈尹默的小诗《月夜》，就是极具古诗意境韵味的。我国古典诗歌有 3000 多年悠久历史，有着十分灿烂辉煌的成就和传统，有多少名篇佳作，多少精湛诗艺，多少宝贵经验。如果我们能如意象派诗人那样善于学习，沙里淘金，锲而不舍，则我们的新诗，会比现在灿烂得多吧。

---

① 转引自张荣生：《中国古典诗歌与美国意象派诗人的审美追求》，《外国文学研究》1990 年第 7 期。

意象派给我们的又一启示是：新诗总当以自然凝练的自由诗为方向。将惠特曼开创的自由诗风发扬光大、推展开来，获得广大读者认可和喜爱，使自由诗得以风靡世界各国，是意象派的一大功绩。确实，格律严谨、束缚重重的传统诗体，已不适应日新月异的现代社会生活。诗歌的语言形式贴近当今时代，贴近现实生活，诗体自由，节奏自然，用当代语言并力求简洁凝练，这代表了新诗潮流的方向。意象派提倡写短诗，也是符合时代发展趋势的。鸿篇巨制的史诗的时代一去不返了。现代生活的快节奏，现代种种新的文化娱乐如电影电视录像，都挤占了传统文化的地盘，诗歌只能走短、精、新的路。此外，意象派的信条：直接客观表现，不加评论，对于中国新诗中大量存在的画蛇添足式的说教，也不啻是一剂良药。

最后，意象派的实践还给我们这样的启示：诗歌是语言的浓缩艺术，诗歌语言的锤炼创新应当精益求精而且永无止境。庞德正是凭他炉火纯青的语言造诣，才使他的《华夏集》“改变了人们对语言的感觉，为现代诗奠定了节奏模式”[①]。他那首最负盛名的《地铁站台》，从初稿的31行，两年后定稿为2行“人群中幻影般出现的这些脸庞：/潮湿黝黑的树枝上展露的花瓣”，其炼字炼句，颇有中国古代诗人“两句三年得，一吟双泪流”的功夫；而那2行诗，也很有些“鸡声茅店月，人迹板桥霜”的意象跳跃、语句凝练的味道。意象派追求语言凝练，“务去冗词赘语”，“绝对不用任何无益于表现的词”，可谓深得中国古诗三昧。而我们的许多新诗，在语言上未免过于挥霍，往往动辄数十行，读不到一句印象深刻、令人叫绝的佳句。意象派诗人对语言艺术的不懈追求，不也是很值得我们学习么？当然，古典诗歌因其严谨的格律要求和古汉语特殊的句法形态，往往可略去大部分连接词、系词及各种句法标记，几乎只剩光裸裸的表现具体事物的词，因而语言特别浓缩，意象格外稠密。白话诗词语句法功能减弱，不可能如古诗那样言简意赅、辞约义丰。白话诗不可避免会有些分析性的文字，难于达到古诗中意象呈现的蒙太奇效果。但是，将白话和英语相比，我们可以看到英语的句法比汉语更琐细，英语句子中分析性、描述性的词语（冠词、介词、连词、副词等）也更繁复。意象派诗人能通过学习中国古诗的技巧，尽可能删除分析性词语来达到蒙太奇效果，为什么新诗就不能如法炮制呢？从句法、词语的亲缘关系来说，白话毕竟比英语更接近古汉语吧。叶维廉先生曾论述过“用白话作为诗的语言时，怎样把文言的好处化入白话里”。他说：“白话，即使多了些分析性的元素，仍然保有不少文言的特性（例如没有时态的变化），如果能透过好诗来

---

① 杰夫·特威切尔：《庞德的〈华夏集〉和意象派诗》，《外国文学评论》1992年第1期。

加以提炼,是可以更进一步发挥旧诗的表达形态,而又可忠于现代激烈动荡的生活节奏的。把白话加以提炼的第一步便是从现象中抓紧自身具足的意象。”[1]诚哉斯言!看来研究借鉴意象派的经验,新诗是完全可以在语言上继承古诗的一些长处,有所突破,写出有时代特色又有浓郁诗味的好作品的。

意象派曾被称为“美国文学史上开拓出最大前景的文学运动”[2],许多文学史著作也都把它作为英美现代诗歌的发轫。其实,它的影响也及于中国的新诗,在意象派和中国新诗先后问世约 80 年后的今天,站在 20 世纪尽头回望世纪初的源头,我们可以看到当年意象派和中国新诗的潺潺细流,如今早已汇成波澜壮阔的大江。我们相信,只要不择细流,兼收并蓄,广泛吸取世界各国文化的精华,我国的新诗及一切文化艺术,一定会有更加光辉灿烂、气象万千的明天。

(原刊《国外文学》1994 年第 2 期)

---

① 叶维廉:《中国现代诗的语言问题》,《中国诗学》,生活·读书·新知三联书店 1992 年版,第 254 页。

② 赵毅衡:《意象派与中国古典诗歌》。

别意与之谁短长

——中英赠别诗比较

中英两国都是世界著名的诗歌大国，各有悠远的诗史传统。两相比较，中英诗歌除语言差异之外，在题材内容上亦多不同。其中相当突出的一点是：中国诗中咏别离的诗篇特别多，而英诗中却极少。英国著名汉学家阿瑟·韦利在他翻译的《170 首中国诗》(1929)的序言中就曾说过："倘使说中国诗的一半是关于别离的，这话并不讲得过分。"题材的选择绝不仅仅是诗人的个人爱好或创作倾向问题，而有着深刻的社会历史、思想理论、文化背景和文学传统等方面的原因。本文拟就中英赠别诗略做比较，以探讨形成这种差异的社会文化背景。

一

中英赠别诗数量极为悬殊是显而易见的。我们不妨以两种流传极广的诗歌选本——《唐诗三百首》和《英诗金库》做个比较。前者 313 首中，直接写送别(不包括泛写的寄赠之类)的便有 60 余首；后者 433 首中仅 6 首，且是虚写情人之别的，严格说来应属爱情诗。实际上中国诗中咏写别离之作的比例，远远高于《唐诗三百首》。翻看《万首唐人绝句》或《全唐诗》的目录，便可见赠别诗多得惊人。很多诗人的集子中，赠答唱别类往往占其大半。古人写的这类诗，犹如记录日常人际往来的日记。据其诗作，往往可勾勒出人生交游的脉络轮廓。而英国诗人赠送别人诗者极少。一些有名的英诗选，如 *The Oxford Book of English Verse*(1939)，*The New Book of English Verse*(1935)和 *The Penguin Book of English Verse*(1956)中，这类诗也寥寥无几。对比中英任何两位重要诗人的诗集，其赠别诗的多寡往往形成鲜明对比。可以说这是中英诗歌题材内容上的一大差异。

中英赠别诗的差异不仅见于数量，诗中所述送别的方式也很不一样。英国诗人间尽管亦重情谊，写诗人间送别的却少见。有一些情人相别的诗，亦仅是吻别而已："让我吻去你的泪滴；/我们分别，只是为了再见。"偶尔有饮酒告别的:"给我捎一品脱酒来,/注入那银色的酒杯;/好让我在出征之前,/和那好姑娘干一杯。"(《英诗金库》第130、132首)在中国,志同道合的诗人相别,可是件大事,送别场面既隆重,方式也甚多。首先是设宴饯别,常会聚同僚诗友,畅饮话别:"劝君更尽一杯酒,西出阳关无故人。""今日送君须尽醉,明朝相忆路漫漫。""醉别江楼橘柚香,江风引雨入船凉。"因此,别离辞中多醉意,似乎酒与离情别绪结下了不解之缘。慷慨豪放之士,饮到酣畅之际,还会引吭高歌:"酒酣夜别淮阴市,月照高楼一曲歌","一曲离歌两行泪,更知何地再逢君"。饯别宴席上也常伴有美人歌舞,乐伎奏乐助兴:"吴姬缓舞留君醉,随意青枫白露寒","长路关山何日尽,满堂丝竹为君愁","我亦且如日常醉,莫教弦管作离声"。当然,不论是金樽绮筵、觥筹交错的醉别,歌舞相伴、豪情逸兴的壮别,或"行行天未晓,携手踏明月"的惜别,诗是绝对不可少的。可以说有别必有诗,"我诗多是别君辞",几乎没有诗人不写赠别诗。有时诗人互赠,步韵奉和,有时众诗友饯行,还各拈韵字,当场吟咏,并推举"擅场"诗作(即压倒全场,胜过众人之作)。"送行数百首,各以铿奇工",从而在文学史上留下无数脍炙人口的赠别名作。

就诗的内容而言,中英赠别诗也多不同。英诗通常咏爱情的坚贞和离别的痛苦,虽然设喻精巧奇特,如多恩的《别离辞》以圆规的两脚喻情侣的离合,勒夫莱斯的《出征前致露卡斯妲》将战场上的仇敌比作要追逐的新情人;但其内容总嫌单一狭窄,远不若中国赠别诗天地广阔、内容丰富。大多数赠别诗当然主要倾诉离情,依依惜别的绵绵情意仿佛漫溢了天地之间:"惟有相思似春色,江南江北送君归。""不管烟波与风雨,载将离恨过江南。""请君试问东流水,别意与之谁短长。"也有的着力讴歌友谊:"海内存知己,天涯若比邻。""狂风吹我心,西挂咸阳树。"有的给离人以安慰勉励和祝愿:"莫愁前路无知己,天下谁人不识君。""莫怨他乡暂离别,知君到处有逢迎。"也有的表明心迹,或抒发壮志:"洛阳亲友如相问,一片冰心在玉壶。""长驱渡河洛,直捣向燕幽……归来报明主,恢复旧神州!"除淋漓酣畅地抒写离情友谊、祝愿心志,中国赠别诗另一重要内容和特色是借景寓情,情景交融,使主观情意与客观景物浑然一体,更渲染了离别的伤感,增强了诗歌的艺术力量。赠别诗的写景名句相当多,如,"夜雨滴空阶,晓灯暗离室","江暗雨欲来,浪白风初起","明月隐高树,长河没晓天","山随平野尽,江入大荒流","水国蒹葭夜有霜,月寒山色共苍苍","更把玉鞭云外指,断肠春色在江南",真是俯拾皆是,举不胜举。

二

"人有悲欢离合,月有阴晴圆缺,此事古难全。""多情自古伤离别。"人类在社会中,迎来送往难免,因亲朋好友离别而伤感也是人之常情。因此自古以来便有不少咏别离的诗歌。中国的《诗经》中就有《燕燕》《匪风》《东山》《采薇》《白驹》等咏别之作。英国盎格鲁·撒克逊时期的箴言诗、哀歌和谣曲中也有些写家人分别,离乡背井的诗作。然而,在中英各自的诗歌史上,赠别诗却逐渐形成一强一弱、一盛一衰的局面。是什么原因造成了这样截然不同的结果呢?

如果我们考察中英诗人的社会成分,可以发现一个有趣的现象,即中国历代诗人,绝大多数属士大夫,亦即是各个朝代的各级官员。在诗歌最为繁荣的唐代尤其如此。《全唐诗》所录2000多诗家,未曾仕进的寥寥无几。唐代不仅是以诗取士,诗歌的社会应用价值也空前提高。诗人们可以利用诗歌来博取帝王贵族的赏识,用诗向达官名流干谒求进,特别是在送人出使、上任、还乡,或慰人贬官、落第之时,更多用诗。自唐以降的历朝,莫不如此,于是逐渐形成赠诗送别的传统。而且,中国古代社会各阶层中,除商贾、将士外,流动性最大的莫过于仕宦。首先须赴京应试科举,力求仕进。一旦金榜题名,有了一官半职,便须奔波仕途,频频调任升迁或遭贬谪;近在京畿,远在边塞,处于频繁迁徙之中。不少著名诗人,一生屡遭贬抑,万里投荒,漂泊无定,送别诗便产生于贬谪、赴任、升迁、罢官或还乡之时。"与君离别意,同是宦游人"两句,便高度概括了中国赠别诗之所以繁荣的社会原因。英国历代诗人大多无意从政,担任公职的少得很。中国诗人那种"达则兼济天下","济苍生""安社稷"的强烈的功名意识,他们是没有的。弥尔顿虽长期担任英国资产阶级革命政府的拉丁文秘书,但他少年时的雄心壮志却是想成为大诗人,投身革命担任公职并非其初衷。其余大诗人如莎士比亚、布莱克、华兹华斯、拜伦、雪莱、济慈、丁尼生、勃朗宁等等,都不曾为官。他们的一生虽也多坎坷,经别离,却既无官场迎送应酬,亦无送别赠诗的习惯和传统,也就没留下多少赠别之作。

为什么中国的文人走上仕途后会写那么多赠别诗?古今中外的诗人,志同道合而结下深厚友谊的不少,为什么独独中国诗人留下那么多别离辞?这又有社会思想文化上的深层原因。西方社会重法治,以法治天下,不注重私人交谊。而中国却是伦理本位的社会,以忠孝仁义礼智信维系国家。儒家推崇的这些信条,均是伦理的体现。伦理其实即是人生的种种关系(或曰情谊关系），于君臣、父子、弟兄、夫妇、朋友，皆有相互间的义务。伦理关系使全社会的人互相联系依存，因此在中国自古以来即重情谊关系。对于宦游仕途的文人，朋友的交情事关处世立身、升沉进退，便至关重要。再者，“西方社会表面上虽以国家为基础，骨子里却侧重个人主义”，因而爱情诗盛行。“中国社会表面上虽以家庭为基础，骨子里却侧重兼善主义。文人往往费大半生的光阴于仕宦羁旅”，他们朝夕所接触的是同僚与文友。因此，一朝相别，离情难抑，赠别诗应运而生，便不足为奇了。

中国赠别诗的兴盛，还有个重要原因，便是几千年来占主导地位的儒家诗学的影响。作为儒家创始人的孔子，对于诗的功用曾提出著名的见解：“诗可以兴，可以观，可以群，可以怨。”“兴”即是“引譬连类”（孔安国），“感发志意”（朱熹），亦即排遣情感。“观”可以“观风俗之盛衰”（郑玄），“考见得失”（朱熹），学到许多道理。“群”可以“群居相切磋”（孔安国），志同道合者可用诗来互相借鉴提高，以诗会友。“怨”可以“怨刺上政”（孔安国），对不良风气或虐政进行讽刺批评，发泄内心的痛苦、牢骚。显然，在孔子看来，诗的作用不小，写诗不只是个人的事，而是“迩之事父，远之事君”的大事。由于儒家宗师孔子的极力倡导，中国的文人自古便极重视写诗，重视诗教，以至形成几千年诗国一脉相承、长盛不衰的传统，也开了文人雅士吟诗唱和应酬，以诗干谒赠别的风气。而且，孔子倡导的“兴观群怨”以及“兴于诗，立于礼，成于乐”等等，也提出了以诗修身养性、济世治国的功用。因之历代官员，多有诗人的修养。为官从政中遇到的种种失意烦恼，往往通过写诗来排解，使内心的痛苦、牢骚得以宣泄疏导。因此儒家的诗教，很有些西方的宗教的功用。西方人碰到人生的烦恼，可以从宗教中得到慰藉；中国的文人则常常以写诗排遣胸中郁闷。一遇诗友远别，或贬谪或离仕，便往往赠诗，以宽慰勉励，寄情致意，增进友谊。从不少赠别诗中，我们不难体味其中的感慨、牢骚、劝慰和同情。“诗可以兴，可以观，可以群，可以怨”之类的“夫子之言”、儒家诗论，确实也是形成赠别诗蔚为大观的重要因素。

最后，中国古代诗人所以重别离，多咏别之作，与当时交通不便、音讯难通也有密切关系。中国自古幅员辽阔，加之交通素不发达，道路艰险，出门远行，多有不测。因此与家人亲友离别，实是人生大事。古人往往将生离与死别相连，谁知道这一分手，何时再得重逢？“悠悠洛阳道，此会在何年”，“明日隔山岳，世事两茫茫”，“明发又为千里别，相思应尽一生期”。由此，临别依依，“相见时难别亦难”，郑重吟诗赠别，完全可以理解。而英国地域既小，交通亦便利，亲友离别就不那么伤情。而且，由于上述原因，诗人间也没有赠诗道别的传统。即便是诗友去国，亦无诗题赠。反是情人伤别，倒留下不少名篇佳作。

三

中英赠别诗在表现手法上也有很大不同。英人送别诗，往往直抒胸臆。中国赠别诗写作上则千姿百态，颇多特色，尤其值得一提的是诗中较多独特的意象，有些还是汉语言文化所特有的，以下试举数例。

入诗最多的意象，首推柳枝。杨柳入诗，最早可追溯到《诗经》中的"昔我往矣，杨柳依依"之句。古人送别于是有折柳为赠的习俗，因汉语中"柳"与"留"谐音，取惜别之意。古代长安灞桥边多柳，"汉人送客至此桥，折柳赠别"，因之古曲有《杨柳枝》《折柳》等，后又演变为《杨柳枝词》或《柳枝词》。古诗中提到这些曲名的便有："此夜曲中闻折柳，何人不起故园情"，"古歌旧曲君休听，听取新翻杨柳枝"。由于柳的意象深深植根于汉语言文化传统之中，因此赠别诗中咏柳的不计其数："杨柳青青着地垂，杨花漫漫搅天飞。柳条折尽花飞尽，借问行人归不归？""高拂危楼低拂尘，灞桥攀折一何频。思量却是无情树，不解迎人只送人。""长安陌上无穷树，唯有垂杨绾别离。""渭城朝雨浥轻尘，客舍青青柳色新。""扬子江头杨柳春，杨花愁杀渡江人。""留却一枝河畔柳，明朝犹有远行人。"不仅咏袅袅柳枝多挽人之意，绵绵杨花有惜别之心，便是行者的船和送者的马，都系于岸柳，仿佛被长长柳条系住了似的。不少诗中通篇不著"柳"字，却用一"系"字，暗示出柳来，如"亭亭画舸系春潭，直到行人酒半酣"，"应须唤作风流线，系得东西南北人"。这赠别诗中大量出现的柳的意象，倘译成英文，便无法转达那丰富的文化内涵和意义。

由于离别之后，行者、送者均羁旅漂泊，行踪难定，后会无期，因此诗中便常常多"浮云""飘蓬"之类意象。汉代诗歌中便有"仰视浮云驰，奄忽互相逾"，"朝云浮四海，日暮归故山"等句。又如"无论去与住，俱是一飘蓬"，"此地一为别，孤蓬万里征。浮云游子意，落日故人情"，"行子对飞蓬，金鞭指铁骢"，"落叶不更息，断蓬无复归"，"浮云一别后，流水十年间"，"水阅公三世，云浮我一身"，"吊影分为千里雁，辞根散作九秋蓬"，等等。此外，"孤雁""归雁"的意象也频频出现："轻鸿戏江潭，孤雁集洲沚"，"唯有河边雁，秋来南向飞"，"鸿雁不堪愁里听，云山况是客中过"，"去雁远冲云梦雪，离人独上洞庭船"，等等。这类意象言简意赅，形象生动，当年颇令意象派大师庞德叹赏不已，因为英诗中如此运用意象的极少。

就离人所用的交通工具而言，出现最多的该数"舟"与"帆"。我国古代造船业相当发达，南北朝后经济文化重心南移，而南方多江河，于是赠别诗中多见舟帆，名句不少，如："客悲不自已，江上望归舟"，"日暮孤帆何处泊，天涯一望断人肠"，"镜湖流水漾清波，狂客归舟逸兴多"，"长江一帆远，落日五湖春"，"劳歌一曲解行舟，红叶青山水急流"，"去帆看已远，临水立多时"，"孤帆远影碧空尽，惟见长江天际流"。舟必行于水，而流水的寓意源远流长："逝者如斯夫，不舍昼夜。"水去不返，人生短暂，从而使诗意更添了无穷的离愁别绪和悲苦惆怅。

赠别诗中的地点通常实写，但为渲染离愁别绪，也有虚写的。用得最多的当推"南浦"。屈原在《九歌·河伯》中有"子交手兮东行，送美人兮南浦"，经他用后，"南浦"便染上离愁别绪，更富有情韵。后人遂频频用之入诗。江淹《别赋》云："春草碧色，春水绿波，送君南浦，伤如之何！"柳恽《赠吴均》起句便是："寒云晦沧州，奔潮溢南浦。"以后唐诗宋词中出现得更多："南浦凄凄别，西风袅袅秋。""落叶枫林两岸秋，曾于南浦动离愁。""南浦春来绿一川，石桥朱塔两依然。年年送客横塘路，细雨垂杨系画船。""宝钗分，桃叶渡，烟柳暗南浦。""泛画鹢、翩翩过南浦。"等等。

上述杨柳、浮云、飞蓬、归雁、舟帆、南浦等意象，由于历代诗人的吟咏，已具有约定俗成的情韵和象征意义，因而格外含蓄蕴藉，常可引起读者丰富的联想。这是源远流长的古典诗歌传统造成的意境韵味。译成英文，脱离了汉语言文学的背景，它们所蕴含的深层含义便不易为英语读者所领会和欣赏。这便是诗歌翻译中难免会丧失的东西。

综上所述，可见中国古代赠别诗的繁荣，是一种文化现象。从诗中所描述的种种，我们不难想象千百年前中国大地上遍布路旁、江边、渡口、楼头、山下那一幕幕惜别赋诗的文化景观，这与英国人送别的情况恰成鲜明对照，从中折射出中英两国社会思想文化和文学传统的差异。了解这些，对我们认识和理解两国各自的诗史传统是大有裨益的。本文所述，仅是笔者读诗浅得而已。中英诗歌的种种异同异彩纷呈，有待今后进一步研究和探讨。

参考文献

[1] 唐诗三百首.
[2] 万首唐人绝句.
[3] 全唐诗.
[4] 余冠英，注释. 诗经选[M]. 北京：人民文学出版社，1982.
[5] 马大品，选注. 历代赠别诗选[M]. 北京：书目文献出版社，1991.
[6] 袁行霈. 中国诗歌艺术研究[M]. 北京：北京大学出版社，1987.

[7] 朱光潜. 诗论[M] . 北京:三联书店,1984.
[8] 狄兆俊. 中英比较诗学[M]. 上海:上海外语教育出版社,1992.
[9] 茅于美. 中西诗歌比较研究[M] . 中国人民大学出版社,1987.
[10] 丰华瞻. 中西诗歌比较[M]. 上海:三联书店,1987.
[11] 梁漱溟. 中国文化要义[M]. 上海:学林出版社,1987.
[12] 阴法鲁,许树安. 中国古代文化史[M]. 北京:北京大学出版社,1989.
[13] 王佐良. 英国诗选[M]. 上海:上海译文出版社,1988.
[14] 陈才宇. 英国古代诗歌[M]. 杭州:杭州大学出版社,1994.

(原刊《宁波师院学报》1997 年第 2 期)

A. B. 佩特森和他的《来自雪河的人》

在澳大利亚文学史上，最受人欢迎和喜爱的一首诗，要算是 A. B. 佩特森的《来自雪河的人》了。1890 年 4 月这首诗在当时著名的文学刊物《公报》上一发表，立即不胫而走，风靡全国。1895 年，以此诗为书名的佩特森的第一部诗集出版后，一周内即销售一空，半年内四次重印仍供不应求。第一年即售出一万余册，创下澳文学史上诗集最畅销的纪录，并保持至今。翌年，诗集在英国出版，受到热烈欢迎，佩特森甚至被英国的评论家誉为“除吉卜林外，在英语国家里拥有读者最多的诗人”。在当时的澳大利亚，不论在广袤的丛林，还是在城市村镇，这首诗广为流传。在那些牧场上、酒吧中、工棚里、篝火旁，甚至马背上，到处可听到有人在大声背诵这首诗。诗中描绘的故事，成了澳大利亚民间传奇文学中不可缺少的组成部分。1982 年，《来自雪河的人》被搬上银幕，也获得极大成功。

一首民谣体诗歌，得到全社会各阶层人民的喜爱，其艺术吸引力历百年之久而不衰，必有其深层的社会、思想和文化的原因。剖析这首诗，对于我们认识澳大利亚的社会文化传统、民族性格及其在文学中的反映，是会有所帮助的。

一

《来自雪河的人》所咏唱的故事并不复杂。某牧场一匹名贵的良种马驹闯坍栅栏，窜入丛林的野马群中去了。主人迅即召集了牧场内外许多有名的骑手赶去追捕。骑手中有一位雪河来的青年，因身体羸弱，坐骑瘦小，起初几乎被排除出追捕者行列。然而，当野马钻入深山峡谷，众人鞭长莫及、束手无策，只好望“马”兴叹，打算放弃追赶时，这位貌不惊人的小伙子却不畏艰险，单骑突出，勇敢地闯陡坡、越涧谷、穿密林，独自追赶狂奔的马群，并终于征服野马，把它们赶回牧场。由于这样的故事、人物及生活场景，是非常典型的丛林生活，又描写得如此有声有色、活灵活现，读者诵读之余，就很自然会刨根究底，想知道这位雪河来的骑手到底是谁。

据说，佩特森在写这首诗前，曾和一位朋友一起游历过雪山地区，住在科修斯科峰下某牧场一位名叫杰克·雷莱的牧人家里，杰克·雷莱又似乎对他讲过一匹小马逃入深山的故事。由于杰克是雪山地区颇富传奇色彩的著名骑手，因此，在佩特森的诗发表后，人们很自然地把杰克·雷莱看作“来自雪河的人”。甚至1914年杰克去世后，他的墓碑上也刻着他就是佩特森笔下的雪河骑手。而在其他许多地方，得到这种殊荣，即被群众公认为是佩特森诗中主人公的著名骑手，至少有十人。要不是佩特森去世前曾著文予以澄清，究竟谁是诗中英雄的模特儿，就很可能会成为文学史上无法考证而又饶有趣味的一段公案了。佩特森是这样写的：

> 《来自雪河的人》……记叙的是本地区捕捉野马的事。这就得刻画一位出类拔萃比别人高超的骑手。这样的人除了雪山还会从哪儿来？他的马不是山地种又能是什么？我感觉肯定会有一个“来自雪河的人”。……令人欣慰的是，这样的骑手果真有，而且不止一个。

因此，诚如诗人的朋友、画家埃里斯·葛莱纳所说的：“《来自雪河的人》是民谣，而不是新闻报道。”尽管如此，却并不妨碍人民把自己喜爱的骑手膜拜为诗中那位青年英雄而加以尊重敬仰甚至崇拜。由于澳大利亚地广人稀，一个牧场往往有数百公顷草地山坡，加上早期移民所从事的主要是畜牧业，因此，养马骑马就显得格外重要。澳大利亚人对马，对牧马人有种特殊的感情。优秀骑手往往名闻遐迩，享有极高声誉，就像当今世界上最孚众望的球星、影星、歌星们受崇拜一样。甚至连他们的服饰、嗜好、举止及坐骑的装束也会风行并成为时尚。有这样的社会经济文化背景及广泛群众基础，佩特森的这首诗会如此受欢迎，就不难理解了。在澳大利亚的民谣中，赛马、骑手似乎是最吸引人的主题之一。许多诗人，如林赛戈登、欧吉尔弗、莫莱都因其颂马的民谣名篇而在文学史上留下了他们的名字。

二

在众多的歌唱骏马和骑手的诗中，《来自雪河的人》能独占鳌头，备受赞赏并长传不衰，不仅在于它反映了早期移民的典型生活，更主要的是诗歌通过塑造那位雪河来的青年，歌颂了不畏艰险、勇往直前的勇敢冒险精神和那种克服困难的顽强意志，歌颂了团结互助、助人为乐的“伙伴情谊”，而这些正是澳大利亚人的民族精神和典型性格，是他们迄今仍奉行的生活信条。这首诗之所以会有持久的生命力，会吸引一代又一代读者，正因为它深刻体现了一个民族的优秀文化传统。

两百年前，澳大利亚还是一片原始荒芜的不毛之地。最先流放来的囚犯及后来的大量移民，就在这片土地上历尽千辛万苦开拓创业。这些早期的移民离开英国的家园，来到这蛮荒之地，他们无疑是一批勇敢的冒险家。艰难的生活环境使他们坚强勇敢。佩特森诗中那个勇者的形象，毫无疑问在他们心中引起了强烈的共鸣。

为了表现雪河青年非凡的勇猛，佩特森在诗中用了相当的篇幅渲染了丛林地带山地的险恶。

深而幽暗的峡谷里
蹄声急骤如滚动阵阵闷雷，
响鞭惊起回音，从头顶突兀的悬崖峭壁，
如声声炸雷猛烈反射回来。

这儿最勇敢的人也会吓得不敢出声，
陡坡上密密长满野草，底下尽是
袋熊的洞穴，只要不慎摔跤就肯定没命。

这险峻的山势，一定程度上象征了早期拓荒者所置身其中的严酷的生活环境。面对这样的困难艰险——

来自雪河的青年却纵马驰出，
得意地甩动皮鞭，发出一声欢叫
他策马驰下山去，犹如山洪倾注，
其余的人不敢动弹，观望着还心惊肉跳。

区区数笔，一个热情勇敢剽悍的青年骑手的形象便跃然纸上。这个形象无疑代表了在严酷的环境中与自然搏斗的拓荒者群体，代表了生活在丛林中富有冒险精神的人们。他的非凡勇气，正是他们共同的品性。两百年来，澳大利亚人正是凭着这样的力量、勇气和顽强精神，把一个贫瘠荒芜、原始干旱的大陆建成了富强发达的国家。而且，人们两百年来所面临的不仅仅是与自然的斗争，在社会生活的各方面，政治经济文化各领域，大至当今世界舞台上，都充满了激烈的竞争和斗争。要想立于不败之地就须具备这样英勇无畏、不怕困难的精神。因此，可说这首诗具有超越时空的鼓动力。一代又一代的读者都喜欢朗诵这首诗，表明他们正是从诗中汲取着力量和勇气。

诗歌还真实地反映和讴歌了丛林生活中人们之间互助合作的友善精神。诗中写道，在听说那匹价值千金的小马逃离牧场窜入丛林的消息后——

远近所有老练著名的骑手
也连夜赶来这儿等候出击。

那位创造奇迹的小个青年来自雪河，牧场主人甚至还不认识他，显然他不受雇于这牧场。可是他却冒着生命危险单枪匹马将疯狂的野马群截住并赶回。这种患难与共、助人为乐的精神，在当时的丛林地区是人所共有的道德信条，是人们生活在荒凉辽阔的澳洲环境中所自然产生的。这种“伙伴情谊”是在当时的时代精神长期熏陶下形成的，于是也就形成澳大利亚人所崇尚的特有的品格。因此，这个勇敢又乐于助人的青年骑手是一个朝气蓬勃、积极进取的民族的形象。他一出现，就立即成了人民心目中的英雄，并永远激励着他们前进。

三

《来自雪河的人》不仅以其反映的典型生活见长，以其鲜明的歌颂民族精神的主题取胜，其表现手法与技巧也相当独特且别具一格。这首诗能打动征服那么多读者，其艺术吸引力历久不衰，是与其独特的表现手法及诗人娴熟的诗艺分不开的。

佩特森继承了司各特、吉卜林、林赛·戈登等著名民谣诗人善于刻画人物的传统，用诗的细腻笔触，为我们塑造了几位栩栩如生的人物。一位是“满头白发如雪”的老牧人赫里森，他很可能就是牧场主，用他赛马夺魁赢得的钱创办起牧场。他是位受人尊敬的老人，因为：

当他雄风重振没人能与之并驾齐驱，
野马和牧人踪迹可到处他驱驰如履平地。

另一位则是大名鼎鼎的克朗西。这位传奇英雄是佩特森发表的第一首诗中的主人公。那首诗流传极广。因而在这首诗中，就只用寥寥数笔来介绍他：

名闻遐迩的克朗西也赶来相助，
从没有比他更善于持缰策马的骑手，
只要马鞍带不断，没一匹马能将他颠落，
大平原上赶牲口，使他练出这等好身手。

在这两位著名骑手面前，我们这位神秘陌生的“来自雪河的人”就显得太不起眼了，他的瘦小的坐骑似乎更相形见绌：

人群中有位青年，骑匹瘦弱的小马
似乎是匹赛马，可惜躯体略矮，
带有提摩马的特点——只及良种大半
但它毕竟瘦小，不由人怀疑它的耐力。

在两位赫赫有名的大骑手与名不见经传的小人物及其坐骑做了对比后，诗人又进一步写了戏剧性的一幕：伙伴们瞧不起这位小个青年，几乎不让他参加追逐野马的行动：

那匹马肯定不行，
这可是非同一般的骑行——小家伙，你最好别去，
那山峦对你来说实在太崎岖险峻。

只是在鼎鼎大名的克朗西为其说情后才勉强让他同行。

由于做了这样的铺垫，以后出现的一切就仿佛是奇迹了：野马逃入深山，面对陡峭的险坡，老牧人和克朗西无能为力，只有雪河来的这位小伙子独闯险坡，穷追不舍，终于征服狂暴不羁的野马群。而在小伙子以赛马般的速度直扑下坡去追赶野马时——

众人伫立山顶眺望，个个凝神屏息。

由于诗人成功地运用了“欲擒故纵”“欲扬先抑”再反衬对比的表现手法，就把一个具有非凡勇气和高超骑术的青年骑手写活并突出了，从而在读

者心中足以留下抹不去的印象。同时,诗人还用十分简练的语言刻画了这位勇敢青年的性格的其他层次。在听到有人不让他参与追逐时,他"有些沮丧,又渴盼着……",而当众人身临险坡"吓得不敢出声"时,他却"得意地甩动皮鞭,发出一声欢叫",纵马而出。小伙子腼腆,却又豪爽乐观的性格表现得多么鲜灵活现。这么一个可爱的青年,当然会受到人们的喜爱了。

这首诗的成功还在于诗的形式和语言与其表现内容的和谐一致。整首诗描绘了追捕野马时激烈的动作和惊险的场面,因而诗歌差不多全是十多音节一行的长句,朗诵起来有一种热烈奔放、大气磅礴、不可阻遏的气势。而诗人押的又多是强劲有力的男韵,读来更有力量感。

请看诗人如何写那追逐的场面:

他的马踢得碎石乱飞,依然狂奔不息,
只见它四蹄腾空,一步跃过倒地的巨木。
雪河的好小伙稳坐鞍上纹丝不移,
观看山地人纵马真正是赏心悦目。
横穿密密桉树林,飞越嶙峋乱石坡,
以赛马般的速度直扑下坡去。

他依然紧紧盯着马群,狂暴地挥动皮鞭,
如一阵风,掠过山坡上的空阔地。

四

读佩特森的诗,不得不叹服其对骏马的描绘惟妙逼真、备形传神:

小马瘦而强健,有万死不辞的气概,
快捷急躁的脚步显出勇猛,
炯炯的眼闪射横行无敌的意气,
头颅高昂,一副傲岸不驯的姿态。

这不禁令人想起诗圣杜甫咏马的名诗:

胡马大宛名,锋棱瘦骨成。

竹批双耳峻，风入四蹄轻。
所向无空阔，真堪托死生。
骁腾有如此，万里可横行。

试看两马的形态、神韵、气势，何等相似！写骏马如此出神入化的好诗，怎不令人喜爱，何况澳大利亚人又是爱马如命的民族！

佩特森善于写马，是与他的身世爱好分不开的。佩特森 1864 年出生在新南威尔士州那莱不拉的一个牧场，童年就在牧场度过，几乎可说是在马背上长大的。因此他非常熟悉丛林的放牧生活，并培养了对赛马的特殊爱好。青年时期他是全州最出色的骑手之一，是悉尼最著名的马球选手，还曾在一次有名的障碍赛马中夺魁。第一次世界大战时他甚至曾在埃及为澳大利亚的轻骑兵团驯管过战马。他在《公报》上发表第一首诗时用的笔名“班遒”，就是他最喜爱的一匹赛马的名字。他一生中写过许多颂马诗，其中著名的有《里奥·格兰德的最后一次比赛》《列里神父的马》《老泰默的障碍赛马》《密里根的马》《在游牧的日子里》等，而《来自雪河的人》当然更是脍炙人口的名篇。这首诗所以那么真实感人，正如有的评论家指出的：“佩特森写这首诗的时候，必定想象着自己就是那位神秘的骑手，并怀着青年骑手那种真诚的感情。”或许，这也是此诗成功的重要原因吧。

佩特森在悉尼读完大学后当了律师。可是诗集《来自雪河的人》的巨大成功改变了他的命运。他舍弃生活安定、收入丰厚的律师职业，而开始到处游历，做各种冒险的事，如上山猎野牛、下海采珍珠等，一面写他的民谣体诗歌。他曾去南非、中国做战地记者，在悉尼当报纸编辑，经营过牧场，开过救护车，晚年又重当记者。丰富的阅历开阔了眼界，使他诗中的丛林生活充满活力和生活气息。作为最负盛名的民谣体诗人，他的诗代表了澳大利亚民谣的成就，诗中所咏的丛林地带，也被许多评论家喻为澳大利亚的“阿卡狄亚”，而他也获得了“牧场歌手”的美誉，从而在澳大利亚文学史上留下他光彩的一页。

佩特森在这首诗的最后两句写道：

“来自雪河的人”已变得家喻户晓，
他英勇的故事在牧民中间到处传扬。

有趣的是，在诗歌问世差不多一百年的今天，这首诗连同诗人的名字在澳大利亚依然家喻户晓，无人不知。尽管如今在许多牧场，作为交通工具，小汽车和直升机已取代了马匹，夜间篝火旁咏唱民谣的传统已让位于听半导体和欣赏彩电。佩特森笔下昔日的丛林生活，几乎都已成为历史陈迹。然而，《来自雪河的人》却从未失去过它的魅力。这其中原因，如同许多文学名著一样，主要在于诗中洋溢着大胆冒险、勇往直前、敢于战胜一切困难的精神和助人为乐的精神。这种精神是永远不会过时的。

（原刊《外国文学》1990 年第 1 期）

天涯绿洲送碧来

——澳大利亚诗歌简介

随着我国的改革开放，澳大利亚对于中国人来说，已不再显得那么遥远和神秘莫测。许多澳大利亚文学作品已陆续得到翻译介绍。其中，浙江文艺出版社于1992年9月出版的《澳大利亚名诗一百首》是国内第一部系统介绍澳大利亚诗歌的集子，出版后在澳大利亚国际研讨会上受到专家学者好评，被认为“本书集澳洲诗歌之精华”，“一卷在手，澳洲名诗尽收眼底”。澳大利亚驻华文化参赞彼得·布朗先生也为该书题词：“祝贺此杰出的澳诗译本，传统诗和现代诗入选甚为精当。”

诗往往最能体现一个国家和民族的文化素养和精神风貌。打开《澳大利亚名诗一百首》，我们仿佛可以看到在遥远的天涯，有一片诗的绿洲，正呈现蓬蓬勃勃的无限生机。现在就让我们踏上这片天涯绿洲，做一番诗的巡礼吧。

澳大利亚的近代历史，主要起源于18世纪英国向海外遣送流放犯。第一批流放犯于1788年登上澳洲。而第一首澳大利亚诗歌就是一位名叫迈·罗宾逊的流放犯写的。由于流放犯和早期移民的文化素质较低，更由于殖民开拓的艰辛，早期澳大利亚诗歌几乎没什么传世之作。其诗歌形式完全模仿英国诗歌，内容多描绘澳洲自然风光，反映艰难的开拓生活，并充满了怀乡情绪。直至19世纪中叶，澳大利亚才出现了三位比较重要的诗人：哈珀、肯德尔和戈登。哈珀的诗以准确反映澳洲独特的风景见长。肯德尔的抒情诗写得凄婉动人。而戈登则以其诗集《丛林歌谣和跃马曲》博得人们喜爱，特别是那首《奄奄一息的骑马牧人》更是脍炙人口，影响深远。戈登出身英国贵族，生平极富传奇色彩，诗作又有浓郁澳洲特色，因而成为在英国威斯敏斯特教堂诗人角里占一席位置的唯一澳大利亚诗人。

19世纪90年代起，澳大利亚诗歌进入民族主义时期。这一时期的诗歌，主要采用民谣体形式，反映粗犷艰难又多姿多彩的丛林生活，刻画富有澳洲特色的丛林汉形象。民族主义诗歌的代表人物为劳森和佩特森。劳森出身贫苦，他的诗作倾注了对劳动人民的同情，被誉为“人民诗人”。但作为澳大利亚民族文学的奠基人，劳森的短篇小说成就更大，具有很高的艺术价值。佩特森的诗粗犷活泼，富有生活气息，多写农牧场生活，因而他有“牧场歌手”的美称。其代表作《来自雪河的人》仿佛具有永久的魅力，问世一百年来始终受人喜爱，被称为澳大利亚的“国诗”。与劳森和佩特森同时代的象征主义诗人布伦南，受法国诗人马拉梅影响，是写“高雅的文学诗”的代表，也是澳大利亚最早的现代派诗人和都市诗人。他的诗多用象征，因而朦胧晦涩，当时几乎没有什么影响力。但 20 世纪五六十年代以来颇受重视，被认为是澳大利亚屈指可数的重要诗人。

民族主义时期登上诗坛的重要诗人，还有吉尔摩和尼尔逊。吉尔摩享年 98 岁，曾因文学上的杰出贡献得到英国女王封赐爵位，在澳大利亚是位极受敬重的家喻户晓的人物。她的诗题材广泛，充溢强烈的爱国热情和人道主义精神，风格质朴率直，用词凝练，立意深刻，设喻奇巧。如她晚年的代表作《民族主义》：

我已超脱一切怨恨
对世界一视同仁，
尽管不再嫌恶他人，
儿子毕竟至亲。

大家围坐上帝的圆桌
每个人都该吃饱，
但我手中这份
是我儿子的面包。

这首短短 8 行仅 50 个英文词的小诗，表达了深刻的思想，即视世界为一个整体，但更热爱自己的国家和民族，诗的语言极其精练，比喻精当又富哲理，表现了诗人晚年高深的功力和纯熟的技巧。

尼尔逊被称为“澳大利亚诗人中最令人惊奇”的诗人。因他只上过两年学，未成年就几乎双眼失明，大半生在乡间从事各种繁重的体力劳动。一生颠沛流离备尝艰辛，却写出了意境韵律内容极优美的抒情诗。一些权威的文学史著作称他的抒情诗“属于英语语言中最美的”，“堪与任何名家的佳作媲美”。如短诗《爱之来》就是最受评论家们推崇的尼尔逊抒情小诗之一：

悄悄若含苞的玫瑰
对微风絮语轻轻，
爱之来如此悄然
我不知它已降临。

悄悄如热恋的情人
在月下徘徊徐行，
轻柔如琴师微颤
奏如泣如诉之音。

悄悄如百合低吟
她们细腻的坚贞
羞怯的朝圣者已来：
我不知它已降临。

悄悄如泪珠滴落
因其无边罪孽，
轻细如忧伤哀痛，
在提琴上悲切。

未经历狂风暴雨，
也没有监剑大火，
爱之来如此悄然
我不知它已来过。

试想这位一生从未恋爱结婚的苦命诗人，却写出如此动人的爱情诗，算不算得上是一位最令人惊奇的诗人？

到20世纪30年代，澳大利亚诗歌的发展有了长足的进步。诗人们拓宽视野，在题材、主题、风格等方面有了更多的变化，并开始触及人类共同关心的主题。这时期最杰出的诗人有斯莱塞和菲茨杰拉德。斯莱塞是第一位吸取西方现代派诗歌之所长，以描写讴歌现代大都市的澳洲诗人。他的代表作《五阵钟声》被评论界视为他的最高成就，甚至是澳大利亚诗歌史上的登峰造极之作。这首长诗语言生动形象，一系列暗喻奇特鲜明，对亡友的哀悼深情动人，就“生与死”这个永恒主题的思考和开掘又不落窠臼，确实是斯莱塞诗艺的顶峰。以致创作极为严谨的斯莱塞从此封笔，基本不再写诗，令人惋惜地过早结束了其创作生涯。与斯莱塞齐名的菲茨杰拉德，是位哲理诗人。他的诗标新立异，独树一帜，喜欢探讨人生哲理，探讨历史与现实关系等具有普遍意义和永恒价值的重大主题，但有时也流于抽象和晦涩。

介绍澳大利亚诗歌，不能不提到澳洲诗歌的两大源流或者说两种传统，即通俗型和高雅型。通俗型诗人多半用民歌民谣体写诗，语言多方言俚语，着重表现澳大利亚的景物和生活，具有鲜明的本地特色。民族主义时期的诗歌为其发展的巅峰期。而高雅型的诗人沿袭欧洲诗歌传统，擅长运用各类典故，语言往往字斟句酌，刻意求工，追求一种高层次的文化效果。第二次世界大战以后，澳大利亚诗歌发展进入当代时期。在其后二三十年的时间里，传统的高雅的文学诗占了绝对优势，统治了诗坛。这个时期成了澳大利亚诗歌史上最辉煌的时代，并产生了迄今为止最优秀的一批诗人，如霍普、赖特、坎贝尔、麦考利和斯图尔特等。其中霍普和赖特具有相当的国际影响。他们像一对璀璨的双子星座，辉映在南半星空，其光芒至今仍照耀着澳洲诗坛。

霍普是澳大利亚当代最重要的诗人，堪称诗坛泰斗。他曾四次获国内外文学奖，在欧美广泛享有盛誉。他的早期诗作充满锋利机智的讽刺，但在其成熟的作品中，这种尖锐讽刺常带有对人生、对艺术的深沉思考，富哲理思辨，甚至不乏浪漫主义的想象和激情。和其他诗人不同，霍普很少以澳大利亚做题材，而是常常从《圣经》、希腊神话等欧洲文化传统中汲取灵感诗情，并赋予当今时代意义，以表现现代人的孤独和凄清。在艺术上他反对现代派诗风，而恪守传统诗的形式和韵律。他的代表作《飞鸟之死》，集中体现了霍普诗歌的特色。这首诗通过描写一只离群独飞的候鸟的命运，揭示了现代人深刻的孤独感和不可摆脱的绝望处境，因其简洁明晰的语言和丰富的内涵，历来被推崇为诗人的最佳作品之一：

每只候鸟都得经历这最后的迁徙，
渐凉的时日再次煽起它的激情，
沿温暖路途飞往夏日的栖息之地，
爱的火花闪闪照亮前进路程。

年复一年，虽然远隔半球重洋，
大地上那片家园时时把它召唤，
季又一季，凭借确定安全的导航，

它离别家园同时又正往家园回还。

一旦归来，故土之恋便成痴情，
满怀此情它哺育小鸟构筑新屋。
老感到像有鬼魂扰乱心境，
放逐的爱在心中隐隐悲苦。

向往中沙漠幻成绿色山谷，
虚幻的棕榈树影梦般幽静。
似有凉风自沼地石崖阵阵吹拂
掠过庙宇和宫殿的长长雕梁。

爱的细语一天天倍加热切
似箭归心受着绝望频频催促，
习惯恐惧再无法束缚闷憋，
最终驱它重上那荒凉路途。

茫茫大地上渐渐消失细微一点，
它不知身处哪里，孤单又虚弱，
一大群快乐的伙伴中间，
唯独它迷失在蓝天冷漠。

似乎感到最后时刻正在来临，
那无形的生命之线已经断裂。
突然间没有警告没有原因
导航的本能之光一闪而灭。

它拼死挣扎，可苍茫大地浑然一片
不见路途，云光茫茫更无标志，
广阔无垠纵横起伏的江河山峦，
自恃宏大而讥笑它的渺小才智。

东方峡谷中弥漫着无边黑暗，
饥饿的风向它呼啸、扑打、冲撞，

辽阔大地既无恶意也不伤感，
漠然接纳了它坠落的微小重量。

与霍普不一样，赖特是一位面对澳洲本土和现实而写作的诗人，同时她也善于吸收现代派的诗歌技巧。作为一名感情细腻敏锐又富有才华的女诗人，赖特的爱情诗感情真挚又内涵丰富，被认为是她最出色的作品。在表现澳大利亚的历史和现实等一类题材时，赖特更是善于以现代派手法，赋予主题更广泛、更普遍的意义。此外，赖特还较多地在诗中反映越南战争、土著人权益、环境污染等社会问题，并对动物保护、生态平衡等表现出相当的热忱。她曾写了一本题名为《鸟》的诗集，收有几十首描写各种鸟类的诗。《夜鹭》便是其中一首。这首诗以白描手法写出了生活中十分动人的一幕情景，深刻反映了人和动物相依共存的主题。诗的最后一句看似平淡，却是十分精彩的神来之笔，言已尽而意无穷，给读者留下了遐想的余地。

有一天，下过整天的雨，
某条朝西的街道，
昏黄的路灯渐渐亮了，
黑色路面泛起光。

一个孩子最先看到，
告诉了另一个，
一张张脸出现了，窗口
闪动许多眼睛。

像点燃长长导火索，
消息传得飞快，
谁也不大声叫唤，
大家嘘着："小声点！"

灯光更亮。湿润的路面，
一片水仙花似的金黄，
在那街心
两只夜鹭在走动。

比别的野鸟奇异，
人人脸上显出惊喜。
忽然悟到什么，
大家都咧开嘴笑了。

孩子们想到喷泉
马戏团，饲养天鹅
女人想起年轻时
种种甜蜜的情话。

大家嘘着："小声点！"
谁也不大声说话。
但，夜鹭忽然振翅
飞去。路灯随即暗淡了。

坎贝尔的诗融汇了澳洲诗歌通俗和高雅两大传统，既有民歌民谣特色，又撷取了英国诗歌的精华，熔本土传统与新的艺术技巧于一炉，因而语言洗练，意境清新，耐人寻味。许多诗写澳洲田园生活，充满乡土气息，看似朴实无华，其实都寓有深意。如下面这首著名的颇受人称道的《夜播》。其实，夜播又岂止是指夜间在田野播种？

温暖湿润的土地哟，
嫩绿的麦穗会抽起，
眼下你四沿镶着银光：
月色在田间泛涟漪，
沟垄夜一般悠长。

正是播种的好时节：
情人们已眠于绣床，
我独在田间播种，
种子撒出如火星闪亮
黑夜中闪耀悦目。

湿润的土地哟，我播下

生机勃勃的谷粒。
星星在上牵动犁耙，
露珠送来融融雨滴：
我如情人般走向你。

麦考利在诗歌艺术上趋于保守。他极力反对现代派和自由诗。1944年他曾伙同另一位诗人化名“厄恩·迈利”，拼凑了几十首现代派诗歌去作弄提倡现代派诗的诗刊《愤怒的企鹅》。此事曾引起轩然大波，闹得满城风雨，至今仍是澳洲文坛上一桩著名公案。但麦考利坚持传统诗歌的音律韵脚和形式的文雅完美，确实写出了相当多的好诗，尤其是他的抒情短章，写得凝练隽永、清新典雅，达到较高的艺术境界。斯图尔特不仅是位著名诗人，还是小说家、评论家和文学编辑。他的诗题材多样，主题明晰，善于运用象征手法，曾产生广泛的影响。除以上重要诗人之外，这一时期还有几位杰出的女诗人十分活跃。她们是多布森、哈伍德、雷德尔和土著女诗人沃克。她们各自以自己出色的作品，丰富了当代澳洲诗坛，从而构成了这时期男女各顶半爿天的诗坛风景线。

20世纪60年代末至今，可以说是澳大利亚诗歌的现代主义时期。20世纪在欧美风行的现代派诗风，在基本被排斥了半个世纪之后，终于在一大批富有朝气和创新精神的青年诗人的拥戴下，强劲地吹进了澳洲诗坛。这些青年诗人勇于否定传统，反对老一辈诗人奉行的古典主义，想方设法出版了自己的刊物《新诗刊》，掀起了颇具声势和规模的新诗运动。这时期比较杰出的诗人是默里，因为他既能继承传统，又能为新潮诗人所接受。他比较著名的代表作有《绝对普通的虹》。新诗运动的代表人物则有夏普科特、霍尔·道、比弗、德朗西菲尔德等。下面的《恋人的双人舞》，是德朗西菲尔德的一首小诗，我们从中可以看出这位才活了24年就英年早逝的年轻人的非凡诗才。

早晨
不该复杂。
太阳是颗种子
黎明时播入
历史长长的沟畦。

醒来

去
如此容易

然而
第一缕晨光
如何
将她的秀发染成金色
泻在我胳臂。
然后，我又

如何离别，
到哪儿去？白天
有这么多内容，已足够深奥。

当代澳大利亚诗坛流派纷呈，现代主义盛行一时，但诗作良莠不齐，有影响的诗人为数还不多，处于诗歌创作的低潮期。这和欧美诗坛的现状正相仿佛。但低潮往往是高潮的前奏，酝酿着新的突破，孕育着新的繁荣。回顾澳大利亚诗歌的发展，从流放犯吟唱粗浅简朴的民谣，到当今诗人辈出、风采纷呈的整个历史，从当初茫茫旷野上一派荒芜，到如今奇花异卉美不胜收的大片绿洲，我们没有理由不对这片天涯绿洲万紫千红的未来充满希望和信心。

（本文曾在浙江人民广播电台文学选播节目中播出）

附录一

《尼尔逊诗选》序（译文）

朱迪思·赖特

很少有人，在他们的一生中，能像约翰·肖·尼尔逊那样思想单纯。然而有一件事尼尔逊知道得很多——那就是写诗。拿他弟弟弗莱克的话说——这记载在詹姆斯·德凡尼写的传记《肖·尼尔逊》中——“诗歌创作似乎始终不懈地支配着他”。

比起多数诗人来，尼尔逊这种对诗的热爱出于一种更纯净的动机。这和我们现时所说的“自我表现”完全不同。尼尔逊从来不把写诗作为表现自己、炫耀技巧的手段，作为向读者灌输自己的主张或观点的手段。他对诗的爱是真诚的，这里不包含自我之爱。

正是这种单纯，这种不尚雕饰，使得尼尔逊诗歌的妙处，容易被那些习惯了诗艺俗套的读者所忽略或误解。尼尔逊不相信那种我们今天往往很崇拜的推理能力，或曰智能。他的诗是直觉的、感情的。现代读者则往往怀疑感情的悟察力，其程度不亚于尼尔逊对理性的怀疑。结果常常或以赐恩施惠的态度评价他的诗是“了不起的成绩”，或对他的诗不屑一顾。

持这两种态度的人无缘理解并欣赏尼尔逊的诗。但赐恩比否定更荒谬。因为这使得赐恩者处于相当可笑的地位，犹如侫臣恭贺夜莺唱得和玩具鸟差不多一样。

当然，要欣赏尼尔逊的诗，就得谅解他异乎寻常的局限和内容深度的不足。初读之下，我们或许会觉得他的诗太单纯，太沉静，甚至没什么意义。我们会把他的象征手法误解为矫揉造作，把他的雅致误解为缺陷，而不理解这是一种独特风格的雅致。有位评论家曾说尼尔逊阴柔有余。尼尔逊对此的反应平静中肯，“这么多年的艰辛创作得到如此批评，我觉得很是好笑”——很少有知觉的人能忍受那样的艰辛，然而尼尔逊的诗中却充满幻想，不露艰辛痕迹。

如果我们对他的生平——他的诗的背景——有所了解，那么这种富于幻想的特色就更令人惊奇。这不仅仅指终生苦心孤诣，献身诗艺，任何诗人都是如此。还因为尼尔逊一生干着各种繁重的体力劳动，而且他的视力近于失明。他只受过一两年教育，这意味着他对诗涉猎甚少，只在年轻时读过彭斯、司各特、胡德的一些诗。在谈到他的诗作的所谓“朦胧”时，尼尔逊写道：“我的语言知识是如此有限，我无法运用那些冷僻词，那些词的含义我常常不甚了了。”“我几乎难以读任何东西。没有人读给我听。我是闭塞在自己的世界里。”

由于他毫无余暇，他的诗常常先在脑中构思，之后再写下来。因此他倾向于运用简单易记的段式和韵格。他说：“短的诗节对我最适合，因韵脚比较容易记住。我不求助于写下来。”

他生活其中的“自己的世界”奇异地充满了想象和感觉。那是个色彩斑斓的世界。在那儿，少女是绿色的（对他说来绿色是青春和春天），风是蓝的（象征天寒）或红的（象征盛夏酷暑），那儿黑色紫色（象征死亡、严冬）时常出没，却又充满禽鸟、孩童和神奇地不断重现的春天。更重要的，那是个融汇了爱、怜悯和同情的世界。他的胞弟弗莱克也认为尼尔逊似乎生活在另一个世界，“虽然他一生活在各种人之中，我要说他诗中最值得注意的特点之一是，他对在社会上挣扎的穷人的同情”。弗莱克又说：“他从来没有赚钱或从商的欲望。他对做买卖成功差不多怀着恐惧感。他几乎不固守某一工作，但又时常感到就业的必要……他有着完全无私的天性。”

在漫长一生对诗的追求中，尼尔逊曾酝酿了千百首诗篇，留给我们的仅是其中一小部分。许多诗未及完成，或只留下片段。甚至在他还能自己写的时候也是如此。有些片段，在他去世后由詹姆斯·德凡尼收集，这样写道：

诗闪过脑际却很快遁去，
它们是幽灵之影，如人们畏惧……

又如：

一切的恨去无影，默然无声
甜美充溢我心，长期不和
而致的羞愧不会再生
那夜，传来不朽的音乐……

他在城市中感受到的喧嚣、仇视、严酷，都是他诗歌的大敌。然而无论怎样不如意，他忍耐而平静地继续工作。他用省下的钱买水果、糖送给街坊的孩子们。据他妹夫说，那些孩子“都认识并敬爱他……他知道街上每个儿童的年龄和名字。他们的生日到来时，总会收到他的礼物。在他去世后，邻居们才非常惊讶地得知，在文学界他是如此著名的一位诗人”。

他性情孤独缄默，甚至羞怯。他不愿让那些推崇者认出他，也不加入任何争论。他对那些为“无情无义的劳苦和贪婪”所迫的年轻女工怀有深深的同情；但他不是直接地，而是用诗歌来为她们呼吁。除了诗，确实他似乎是个默默无闻的人。或许，这是他保持他的诗才的方法，他知道，诗才需保护以免泯没于赞扬恩赐或忽视无知。

也许他的诗主要特点是文雅，不用有力的陈述和明确的断言，以及和谐的韵律。就像他诗中的情人，他吟道：

……高高的天堂般的明净，
光的使者带鼓舞欢欣
给褐色的地球和上面的一切。

他的诗中充满简单的日常可见的人和物，老妇、儿童、少女、朋友、邻居、鸟、树，但它们背后总是两大现实——死和生，夜与昼，冬与春，宇宙基本威力的两方面。他的诗始终唱着它们之间永不休止的更替。

不幸的时代过去，
犹如古老寓言中某人失踪，
太阳再次升起。

死与生在他的诗中似乎是寓言中的人物，犹如叶子是寓言中的词语。这寓言讲着在黑暗、死亡永恒的背景上光明和生命奇迹般的再现，讲着爱的胜利，讲着这样的时刻，当

每棵树上开出花一枝
每个少男少女都有机会——
欢舞一天，一月，一小时——
金色的世界在阵雨中战栗。

最重要的，尼尔逊是位爱的诗人。他所歌颂的爱不是大多数诗人所咏唱的那种性爱。在早晨的爱中有过某个时刻，春季的某一两天，早上的某个时辰，此时平凡的世界被一道美妙销魂的圣光所改观——这道光落在尼尔逊的诗中，尤其是“橘子树”上。这是一个富于幻想的时刻。尼尔逊选择了这时刻的幻想表现在他最美的诗篇中。没有哪一位诗人曾做到这一点。

这个经常出现在尼尔逊诗中的时刻，是感觉的而不是行动的，是幻想的而不是创造的。因此尼尔逊的诗是被动的而不是主动的。他的诗在稍后的诗节中常包含一个多变的精辟的主题句，并在末尾加以重复，诗的形式实际上更似圆周而不似直线，是精心构思而成的而不是任其自然的。就像一些早期的波斯诗歌，它们可比为一串“珍珠项链”，它们如诗人织就以捕捉幻想的一张张细薄的网——网上闪烁的露珠。一个铿锵有力的动词，一句过于精确的断言，都会使网破裂。

归根结底，尼尔逊的诗，看似雅致完美，或许可说是最不能撼动的确定的东西。如果说，像他诗中的蜥蜴所说，“我们靠春的繁茂旺盛生活”，那么，尼尔逊的诗就是其中部分的繁茂旺盛。那些不理解或不喜欢他的诗的人都会因这份损失而显得可怜。

（原刊《外国文学》1989 年第 2 期）

附录二

缪斯的一对痴情弟子

——狄金森与尼尔逊的比较

在世界英语诗歌的宝库里，有两颗璀璨的明珠，闪烁着绚丽的光芒。一位是被誉为“美国诗歌之母”，西方自萨福以来最杰出女诗人的艾米莉·狄金森；另一位是澳大利亚著名抒情诗人肖·尼尔逊。他们的生平、性格，诗的主题风格等有着许多极其相似之处。从这对缪斯的痴情弟子身上，我们可以悟出点诗的真谛。

两位诗人虽然生活在不同国度不同时代，有着不同的家庭背景和生活经历，但他们的相同处更多：受教育很少，对前人诗作涉猎不多；性格内向孤僻，极富幻想；似都遭受情感挫折、终生独身；人生的大半时日几乎全身心徜徉在诗的王国里，似乎对诗神的钟情，不允许他们再有精力和热情去享受人生的爱……

他们都咏唱生与死——这永恒的主题，且是那么默契；他们都歌唱爱情，且是那么热烈深沉；他们都歌唱自然，写日月风雨、花草虫鸟，且是那么细致入微、准确生动；他们的诗中都充满爱，充满幻想。他们的诗中都迷蒙一派神秘气氛，狄金森被看作20世纪意象派的鼻祖，尼尔逊则无师自通掌握了象征主义表现手法……当然，狄金森的诗歌不事雕饰，显得更凝练灵动、质朴清新、意象奇特、语言简洁，其艺术成就更高，是尼尔逊难以比拟的。

他们的创作习惯也十分有趣。狄金森白天操持家务，晚上构思；灵感来时，便随手写在信封、纸袋、旧报纸上；尼尔逊为谋生备尝艰辛，只能在马背上、上工途中、睡觉前酝酿，觅得佳句妙构只能记在脑中，有空时才匆匆抄在小学生作业簿上。因此，他们的诗全是抒情短章；有些诗仅是片段，不知有多少闪光的诗思，因无暇记下，或记之不详，而从此湮没……

两位诗人的生活圈子极其狭小，过着“闭塞在自己的世界里”，甚至几乎

“与世隔绝”的生活，却创作千百首在文学史上光辉永存的不朽诗章。这奇特的文学现象启示我们：诗与其他文学形式不同，有其特殊的创作规律。对于诗人来说，生活是重要的，但更重要的是对缪斯的痴心追求，以及诗人所必须具备的天赋才情——敏锐的感受、丰富的想象和非凡的创造才能。

（原刊 1990 年 12 月浙江省外文学会成立十周年《论文报告会论文提要》）

译　　艺

一切的文艺也都是如此。
放荡不羁的人将不可能
把纯洁的崇高完成。

要创造伟大，必须精神凝集。
在限制中才显示出能手，
只有规律能给我们自由。

——歌德《自然和艺术》

文入佳境　语出诗情

——读黄源深译《简·爱》

在英国文学史上，夏洛蒂·勃朗特的《简·爱》始终具有独特的魅力。小说的主要人物独具思想和个性光彩，爱情故事又离奇曲折、缠绵动人，加之文笔简练、生动、传神，语言高雅、优美、流畅，因而作品一问世，便受到广泛欢迎，成为世界各国读者喜爱的经典名著。

读黄源深先生的中译本《简·爱》(译林出版社1993年版)，我们读的仿佛是原作者的中文作品，既无生硬牵强的痕迹，又完全保存原有的风味，可以充分领略与原著同等的艺术魅力。译者呕心沥血，精益求精，在前人的基础上，集几十年研读的心得，为我们奉献出臻于完美的译本。可以说，在迄今为止出现的众多《简·爱》中译本中，这是比较出色的一部。笔者出于对这部传世名著的喜爱和学习翻译技巧的愿望，不揣浅陋，试从三方面概括该译本的特色。

一、语言切合原著风格

文学翻译是极为艰辛的艺术创造。译者须用与原著相当的文学语言，传达其内容，再现其艺术意境、风格神韵，使译作铢两悉称地具有文学价值和文学感染力。这里的关键便在于译者必须具有熟练驾驭文学语言，进行艺术创造性翻译的笔力。

读原著，可以明显感到小说语言的简洁明快、高雅脱俗。这种语言风格，和简·爱的思想个性，和简、罗两人的精神气质，以及他们之间的爱情完全吻合。黄源深先生的译本所以后来居上，超越前人，便在于语言的整体风格切合原著，显然译者在这方面下了相当的锤炼功夫。从全书看，译本的语言有三大长处。

(一) 行文流利明快，文气贯通顺畅

全书读来毫无滞涩之感，不像译本，而仿佛读优秀的中文小说。不妨从

译本前数章随举两例：

All John Reed's violent tyrannies, all his sisters' proud indifference, all his mother's aversion, all the servant's partiality, turned up in my disturbed mind like a dark deposit in a turbid well. … I dared commit no fault; I strove to fulfil every duty; and I was termed naughty and tiresome, sullen and sneaking, from morning to noon, and from noon to night.

约翰·里德的专横霸道、他姐妹的高傲冷漠、他母亲的厌恶、仆人们的偏心，像一口混沌的水井中黑色的沉淀物，一股脑儿泛起在我烦恼不安的心头。……我不敢有丝毫闪失，干什么都全力以赴，人家还是骂我淘气鬼、讨厌坯，骂我阴丝丝、贼溜溜，从早上骂到下午，从下午骂到晚上。

这是小说开头，简·爱无辜挨打，又遭虐待，被投入“红房子”后，她心中升腾起的满腔愤懑之情。原文一整段（引文中间删节）句句紧扣，连贯激越，一吐为快；译文大段倾诉，文势畅通，一气呵成。尤其是 naughty, tiresome, sullen, sneaking，译成“淘气鬼、讨厌坯、阴丝丝、贼溜溜”，非常生动传神，又与上下文衔接得十分自然。

A child cannot quarrel with its elders, as I had done—cannot give its furious feelings uncontrolled play, as I had given mine—without experiencing afterwards the pang of remorse and the chill of reaction. A ridge of lighted heath, alive, glancing, devouring, would have been a great emblem of my mind when I accused and menaced Mrs. Reed; the same ridge, black and blasted after the flames are dead, would have represented as meetly my subsequent condition, when half an hour's silence and reflection had shown me the madness of my conduct, and the dreariness of my hated and hating position.

一个孩子像我这样跟长辈斗嘴，像我这样毫无顾忌地发泄自己的怒气，事后必定要感到悔恨和寒心。我在控诉和恐吓里德太太时，内心恰如一片点燃了的荒野，火光闪烁，来势凶猛，但经过半小时的沉默和反思，深感自己行为的疯狂和自己恨人又被人嫉恨的处境的悲凉时，我内心的这片荒地，便已灰飞烟灭，留下的只有黑色的焦土了。

这一段文字体现出英汉语句法的差别。如果译文死搬原文句序，必然句意离散、文气不畅。译者融汇原意，统筹重构，按照汉语特点，译成明畅显豁的文句。译文不仅内容忠实，而且文从字顺，自然流畅，显示出译者的功力。

（二）语言生动传神，高雅脱俗，保持了原著的特色

例如：

When I saw my charmer thus come in accompanied by a cavalier, I seem to hear a hiss, and the green snake of jealousy, rising on undulating coils from the moonlit balcony, glided within my waistcoat, and ate its way in two minutes to my heart's core.

当我看见那个把我弄得神魂颠倒的女人，由一个好献殷勤的男人陪着进来时，我似乎听到了一阵嘶嘶声，绿色的妒忌之蛇，从月光照耀下的阳台上呼地窜了出来，盘成了高低起伏的圈圈，钻进了我的背心，两分钟后一直咬啮到了我的内心深处。

这段对"妒忌之蛇"的描写，绘声绘色，原文、译文均极精彩生动。特别是译者根据语境，添加了"呼地窜了出来"，使读者仿佛亲临其境、感同身受，其形象生动，堪称真正的文学笔法。再看下面一段：

Though rank and wealth sever us widely, I have something in my brain and heart, in my blood and nerves, that assimilates me mentally to him. Did I say, a few days since, that I had nothing to do with him but to receive my salary at his hands? Did I forbid myself to think of him in any other light than as a pay master? Blasphemy against nature! Every good, true, vigorous feeling I have gathers impulsively round him.

虽然地位和财富把我们截然分开，但我的头脑里和心里，我的血液里和神经中，有着某种使我与他彼此心灵沟通的东西。难道几天前我不是说过，除了从他手里领取薪金，我同他没有关系吗？

难道我除了把他看作雇主外，不是不允许自己对他有别的想法吗？这真是亵渎天性！我的每种善良、真实、生气勃勃的情感，都冲动地朝他涌去了。

在桑菲尔德的名流聚会中，独处客厅一隅的简·爱，眼看着罗切斯特在满屋佳人中周旋，心中不由涌起对罗的爱恋。勇敢大胆直率的内心独白，表露出简·爱的真情。这段译文中最令人叫绝的是，译者将“gathers impulsively round him”译为“都冲动地朝他涌去了”，极生动传神，也十分切合当时的情景。

《简·爱》的语言，无论写景、叙事、对话，均高雅而富有文采：

While such honeydew fell, such silence reigned, such gloaming gathered, I felt as if I could haunt such shade for ever;

在这种玉露徐降、悄无声息、夜色渐浓的时刻，我觉得仿佛会永远在这样的阴影里踯躅；

Presently the chambers gave up their fair tenants one after another: each came out gaily and airily, with dresses that gleamed lustrous through the dusk. For a moment they stood grouped together at the other extremity of the gallery, conversing in a key of sweet subdued vivacity: they then descended the staircase almost as noiselessly as a bright mist rolls down a hill.

一会儿工夫，房间里的女房客们一个接一个出来了，个个心情欢快，步履轻盈，身上的衣装在昏黄的暮色中闪闪发光。她们聚集在走廊的另一头，站了片刻，用压低了的轻快动听的语调交谈着。随后走下楼梯，几乎没有声响，仿佛一团明亮的雾从山上降落下来。

Again Mr. Rochester propounded his query—

“Is the wandering and sinful, but now rest-seeking and repentant, man justified in daring the world's opinion, in order to attach to him for ever this gentle, gracious, genial stranger, thereby securing his own peace of mind and regeneration of life?”

罗切斯特先生再次提出了他的问题：

"这个一度浪迹天涯罪孽深重，现在思安悔过的人，是不是有理由无视世俗的偏见，使这位和蔼可亲、通情达理的陌生人，与他永远相依，以获得内心的宁静和生命的复苏？"

读这样的译文，我们不难感受到语言的魅力。原文语言优美典雅，译文也毫不逊色。无论写景、状物、叙事、抒情，无论描写、形容、比喻、象征，原著与译本的语言同样高雅脱俗、文采斐然，给人以赏心悦目的阅读美感。可以说这是相当难能可贵的。

（三）遣词造句精当简洁

译者炼词多独到之处，构句也干净利落。全书没有什么生硬的词语和别扭的句子，读来如入佳境。请看以下句子（画线为笔者所加）。

I like you more than I can say; but I'll not sink into a <u>bathos of sentiment</u>.

尽管我对你的喜欢，非言语所能表达，但我不愿落入<u>多情善感的流俗</u>。

That evening calm <u>betrayed</u> alike the tinkle of the nearest streams, the sough of the most remote.

黄昏的宁静，也同样<u>反衬出</u>近处溪流的叮咚声和最遥远处的飒飒风声。

If any one you know has suffered and erred, let him look higher than his equals for strength to amend and solace to heal.

But the <u>instrument—the instrument</u>! God, who does the work, ordains <u>the instrument</u>.

要是你认识的人曾经吃过苦头，犯过错误，就让他从高于他的同类那儿，企求改过自新的力量，获得治疗创伤的抚慰。

可是<u>途径呢——途径</u>！实施者上帝指定<u>途径</u>。

以上句中画出的各词，都无法从词典中查到贴切的译义。译者根据语境，悉心揣摩，大胆另创新词，从而妥帖传神地转达了原文的意境。全书这样的佳例相当多。不妨再读以下一段：

The words in these introductory pages connected themselves with the succeeding vignettes, and gave significance to the rock standing up alone in a sea of billow and spray; to the broken boat stranded on a desolate coast; to the cold and ghastly moon glancing through bars of cloud at a wreck just sinking.

I cannot tell what sentiment haunted the quite solitary churchyard, with its inscribed headstone, its gate, its two trees, its low horizon, girdled by a broken wall, and its newly risen crescent, attesting the hour of eventide.

导言中的这几页文字，与后面的插图相配，使兀立于大海波涛中的孤岩，搁浅在荒凉海岸上的破船，以及透过云带俯视着沉船的幽幽月光，更加含义隽永了。

我说不清一种什么样的情调弥漫在孤寂的墓地：刻有铭文的墓碑、一扇大门、两棵树、低低的地平线、破败的围墙。一弯初升的新月，表现时候正是黄昏。

这段文字很能体现译者的语言风格：简练、生动、典雅、流畅。将“gave significance”译为“含义隽永”，以及“兀立”“孤岩”“云带”“幽幽”“弥漫”等，都可见译者高超的炼词功夫。同样的内容，译者用字明显少于其他各种译本，而文句流利明快得多，体现出语言简洁流畅的特点，而这正是原著的主要风格之一。

二、语言优美，诗意浓郁

《简·爱》是一部充满诗意的小说。简、罗的爱情，从首次邂逅萌发，直至最后荒野上两人心灵的呼应，无不带有诗的韵味、诗的浪漫。勃朗特对此颇有自己独特的见解：“一个伟大的作家能没有诗意吗？”似乎她把文学生涯之初多年写诗蓄积的诗意笔法，倾注在了小说的创作中。于是小说中便有了与情节发展丝丝入扣又充满诗情画意的景物描写，有了饱含诗的意蕴的袒露心迹的对话和直抒胸臆的心理刻画，有了不少新鲜生动的比喻，以及梦境、幻觉、象征、隐喻等扑朔朦胧的诗的笔法。甚至不少章节段落的文字也不乏诗的节奏韵律。这种浓郁的诗意，译文传达得相当充分。

The flame flickers in the eyes; the eye shines like dew; it

looks soft and full of feeling; it smiles at my jargon; it is susceptible; impression follows impression through its clear sphere; where it ceases to smile, it is sad, an unconscious lassitude weighs on the lid: that signifies melancholy resulting from loneliness.

火焰在眼睛里闪烁，眼睛像露水一样闪光；看上去温柔而充满感情，笑对着我的闲聊，显得非常敏感，清澈的眼球上掠过一个又一个印象，笑容一旦消失，神色便转为忧伤。倦意不知不觉落在眼睑上，露出孤独带来的忧郁。

这是罗切斯特化装为吉卜赛老妪借为简·爱算命而说的话。原文极富诗意，颇有节奏，译文抑扬顿挫，优美如诗。又如以下一段：

Jane Eyre, who had been an ardent expectant woman—almost a bride—was a cold, solitary girl again: her life was pale; her prospects were desolate. A Christmas frost had come at midsummer; a white December storm had whirled over June; ice glazed the ripe apples, drifts crushed the blowing roses; on hayfield and cornfield lay a frozen shroud: lanes which last night blushed full of flowers, today were pathless with untrodden snow; and the woods, which twelve hours since waved leafy and fragrant as groves between the tropics, now spread, waste, wild, and white as pine-forests in wintry Norway.

简·爱，她曾是一个热情洋溢、充满期待的女人——差一点做了新娘——再度成了冷漠、孤独的姑娘。她的生命很苍白，她的前程很凄凉。圣诞的霜冻在仲夏就降临；十二月的白色风暴六月里便刮得天旋地转；冰凌替成熟的苹果上了釉彩；积雪摧毁了怒放的玫瑰；干草田和玉米地里覆盖着一层冰冻的寿衣；昨夜还姹紫嫣红的小巷，今日无人踩踏的积雪已封住了道路；十二小时之前还树叶婆娑香气扑鼻犹如热带树丛的森林，现在已经白茫茫一片荒芜，犹如冬日的挪威的松林。

这是得知罗切斯特婚姻真相后，简·爱内心翻腾起的种种体验：一连串形象的比喻，一句比一句长而有力的排比，将简·爱缠绵悱恻、凄凉哀怨的心境表露得明明白白。原文和译文均具足诗的意象，两相媲美，多么淋漓尽致、流利酣畅！像这样诗意浓郁、语言优美的段落，全书随处可见，给了读者相当丰富充分的美感体验。

三、对话抒怀激情迸涌

《简·爱》的又一显著特色，是全书所饱含的激情。读过小说的人对此都会有深刻印象。这是小说以及简·爱其人物形象的主要魅力所在。尤其是简·爱的内心独白和简、罗之间大量的坦诚对话：情感一交流撞击，激情便如火山喷发，闪现出主人公精神思想的可敬可爱、气质个性的多姿多彩。为夏洛蒂·勃朗特作传的盖斯凯尔夫人曾赞叹："她有着什么样的热情、什么样的烈火啊！"显然勃朗特在创作《简·爱》时全力倾注了她大胆炽烈的感情，才有了小说字里行间充沛的激情。由于篇幅有限，我们仅引简·爱和罗切斯特各一段话。在简、罗第一次互诉衷情时，简·爱有一段感情强烈的诉说，几乎可看作她精神灵魂的"独立宣言"：

> Do you think I can stay to become nothing to you? Do you think I am an automation? —a machine without feelings? and can bear to have my morsel of bread snatched from my lips, and my drop of living water dashed from my cup? Do you think, because I am poor, obscure plain, and little, I am soulless and heartless? You think wrong! —I have as much soul as you—and full as much heart!
>
> 你难道认为，我会留下来甘愿做一个对你来说无足轻重的人？你以为我是一架机器？——一架没有感情的机器？能够容忍别人把一口面包从我嘴里抢走，把一滴生命之水从我杯子里泼掉？难道就因为我一贫如洗、默默无闻、长相平庸、个子瘦小，就没有灵魂没有心肠了？——你想错了！——我的心灵跟你一样丰富，我的心胸跟你一样充实！

这段斩钉截铁般铿锵有力的话，呼喊出了简·爱自强自尊、要求平等的最强音，充分显示了女主人公的精神和个性。正是这样坦诚的倾诉、迸涌的激情，促使罗切斯特情不自禁，猛然第一次拥抱并亲吻了简·爱，使两人感情的交融上升到新的高度。

在简、罗许多次心灵契合的交谈中，罗切斯特感情最为激动的，是向

简·爱诉说第一次婚姻的痛苦。那种压抑和无奈,几乎使他精神濒临崩溃。请听他的倾诉:

The sea, which I could hear from thence, rumbled dull like an earthquake—black clouds were casting up over it; the moon was setting in the waves, broad and red, like a hot cannon-ball—she threw her last bloody glance over a world quivering with the ferment of tempest. I was physically influenced by the atmosphere and scene, any my ears were filled with the curses the maniac still shrieked out, wherein she momentarily mingled my name with such a tone of demon-hate, with such language! —no professed harlot ever had a fouler vocabulary than she: though two rooms off, I heard every word—the thin partitions of the West Indian house opposing but slight obstruction to her wolfish cries.

在那儿我能听到大海之声,像地震一般沉闷地隆隆响着:黑云在大海上空集结,月亮沉落在宽阔的红色波浪上,像一个滚烫的炮弹——向颤抖着正酝酿风暴的海洋,投去血色的目光。我确实受这种气氛和景色的感染,而我的耳朵却充斥着疯子尖叫着的咒骂声,咒骂中夹杂着我的名字,语调里那么充满仇恨,语言又那么肮脏!——没有一个以卖淫为业的妓女,会使用比她更污秽的字眼,尽管隔了两个房间,我每个字都听得清清楚楚——西印度群岛薄薄的隔板丝毫挡不住她狼一般的嚎叫。

令人目眩神摇的奇景,令人惊心动魄的激情,在译文中得到了充分的表达,情景交融如此,谁能不受感染,不对罗切斯特的不幸遭遇寄予深切同情?!然而,简·爱在听了罗的倾诉后,尽管内心充满对罗的同情爱恋,仍毅然从桑菲尔德出走,从而使自强自尊、追求独立人格平等地位的简·爱的形象,完成了最后的升华。

阅读 *Jane Eyre*,我们不难体会到,语言的高雅流畅和诗意激情,是水乳交融般融合在一起的,并形成了原著的整体风格。黄源深先生的译本,比之其他译本,更富诗意,更多激情,就因为其语言如行云流水,洒脱流畅,如碧荷清莲,高雅优美;其语言的文学性明显优于其他译本。有些译本不乏传神之处,不少地方也比较准确,但往往由于全书语言繁芜粗疏,文句冗长拖沓,而将诗意激情淡化甚至淹没了,也就难以从整体上给读者以读原著所获的美感愉悦，失却了原作的风格神韵。诗意激情的传达离不开语言整体风格的准确把握和传神转达。本文所引各段译文，都兼有简洁、高雅、流畅并充满诗意激情的特点，从中也不难看出该译本达到的水平。由此可见，当前的名著重译，只要译者有较高的文学修养，又有强烈的事业心、责任感，在翻译中有所创新，有所提高，应当是有益于读者、有功于译业的功德无量的好事。我们相信，随着对外国文学名著研究的深入和翻译水平的提高，一定会有更多优秀的名著译本不断涌现。

（原刊《中国翻译》1995 年第 4 期）

《简·爱》三译本对读札记

在我面前摆着三种《简·爱》中译本——译林出版社的黄源深译本(1993年版,简称“译林”)、人民文学出版社的吴钧燮译本(1991年版,简称“人文”)和上海译文出版社的祝庆英译本(1980年版,简称“译文”),仿佛三位简·爱亭亭玉立站在面前。究竟哪一本更能体现原著的风格,哪一位更像夏洛蒂·勃朗特笔下的“这一个”?笔者出于对这部文学名著的喜爱和学习翻译技巧的愿望,特意对照原著(Bantam Book, Mar. 1981,简称BB),细细拜读比较了三种译本,就各本得失整理了两百余条译例,并在此基础上写成此文。为了叙述方便,归纳成五个方面,就译文如何体现原著风格等,做些简略的探讨。

一、炼　词

文学翻译是十分艰辛的艺术创造,绝不是凭一本词典逐词对号入座即可奏功。文学翻译的炼词功夫,有时甚至并不亚于作诗填词。有经验的译者都深知炼词的重要,因为作者的遣词特色往往是其风格的组成部分。《简·爱》三译本就用词妥帖精当而论,有着较明显差别。试看以下数例:

1. I like you more than I can say; but I'll not sink into a bathos of sentiment. (BB. P260)

尽管我对你的喜欢,非言语所能表达,但我不愿落入多情善感的流俗。 (“译林”,第308页)

我说不尽我是多么地喜爱你,但我却不愿陷入卿卿我我的俗套。 (“人文”,第367页)

我喜欢你喜欢得言语都没法表达了,可是我却不愿陷入感情堕落的境地。 (“译文”,第358页)

这是在罗切斯特热烈求婚的一个月里,简·爱出于如此考虑,而采取种种办法以保持两人的距离。前两种译法都比较妥帖,"感情堕落"未免言之过重。

2. If I could do that, simpleton, where would the danger be? Annihilated in a moment. (BB. P204)

要是我能那样做,傻瓜,那还有什么危险可言?顷刻之间就可排除。 ("译林",第 244 页)

要是我能那样做,傻瓜,那还会有什么危险?一下子就消除了。 ("人文",第 288 页)

傻瓜,要是我能这么做,哪儿还有危险呢?一下子就消灭了。 ("译文",第 282 页)

从动宾搭配看,前两种译法均可,而"消灭危险"似乎不够妥当。显然译者照搬了词典释义而未加斟酌。

炼词,往往需要译者不囿于词典释义,而根据语境,细心揣摩,大胆另创新词,以传神地曲达原作的意境风貌。这方面"译林"版比较突出。试比较以下两例:

3. That evening calm betrayed alike the tinkle of the nearest streams, the sough of the most remote. (BB. P103)

黄昏的宁静,也同样反衬出近处溪流的叮咚声和最遥远处的飒飒风声。 ("译林",第 122 页)

"betray"一词,"人文"和"译文"版均译为"泄露"。细细品味,不若"反衬"更为贴切。又如以下一句:

4. I had learnt to love Mr. Rochester. (BB. P173)

我意识到自己爱上了罗切斯特先生。 ("译林",第 209 页)

而"人文""译文"版均译为:我已经学会了爱罗切斯特先生(第 244,171 页)。这说法既别扭,不符合上下文语境,也根本不符合简·爱的个性、精神和思想。

《简·爱》三译本类似的用词差别相当多。总体说来,"译林""人文"版遣词用词比较妥帖自然,读来感觉相当顺畅,而"译文"版因过于"对号入座"式直译,用词生硬不当之处较多。本文限于篇幅,不再列举。

二、构　句

在句子层次的表达上，英汉语有很大差异。为了使读者得到与读原文尽可能接近的感受，译文应当力求符合汉语习惯，有时可突破原文句式的限制，以避免拗口或费解的长句。译者应当把优美规范的英文句子译为同样优美规范的汉语句子。如果逐词对应硬译，拘泥于原文句子形式的表层结构，就难免会出现不达不顺的带翻译腔的别扭句子。不妨试看数例：

5. What good it would have done me at that time to have been tossed in the storms of an uncertain, struggling life, and to have been taught by rough and bitter experience to long for the calm amidst which I now repined! (BB. P108)

那时候要是我被抛掷到朝不虑夕苦苦挣扎的生活风暴中去，要是艰难痛苦的经历，能启发我去向往我现在所深感不满的宁静生活，对我会有多大的教益呀！ （“译林”，第 127 页）

要是我在不稳定的斗争生活的暴风雨中颠簸，在粗暴痛苦的经历中学会渴望我现在身在其中而满腹牢骚的平静，这时候会对我有多大好处啊！ （“译文”，第 149 页）

相比之下，“译林”表达比较显豁，而“译文”则不顺且费解。

6. That a greater fool than Jane Eyre had never breathed the breath of life; that a more fantastic idiot had never surfeited herself on sweet lies, and swallowed poison as if it were nectar. (BB. P149)

“译文”版的翻译颇有“把原文硬搬过来”的味道：

没有一个比简·爱更大的傻瓜曾经呼吸过生命的气息；没有一个更会幻想的白痴曾经过量地贪食过甜蜜的谎言，把毒药当琼浆般吞咽。 （“译文”，第 208 页）

“译林”的句子就比较简洁明快：

世上还不曾有过比简·爱更大的傻瓜,还没有一个更异想天开的白痴,那么轻信甜蜜的谎言,把毒药当作美酒吞下。

（"译林",第181页）

鲁迅先生在谈到翻译时曾批评过那种"大抵连语句的前后次序也不甚颠倒"的硬译。这种"必须费牙来嚼一嚼"的硬译,"译文"版里似乎还不少。例如:

不过,在我看完这件事以前,我不会被完全赶走。

（第144页）

我的衣服又受到他的仔细察看。（第146页）

象(像)你这样五官和神情不一致的人,这是很难判断的。

（第159页）

那就不该冒称具有只能安全地委托给神和完人的那种权力。

（第179页）

把我的感情从我自己的权力下夺走,去受他的控制。

（第227页）

在这样的土地上是不会自动开出花朵的,没有经过强迫的天然果实是不会喜欢这种新鲜土地的。（第242页）

以上各句,"译林""人文"版都处理得比较通达自然。这差别显然源于对翻译标准的不同理解和把握。"译文"版译者过分注重了逐词对应的直译,而忽略了译入语读者的接受习惯,以致造成了对译句阅读理解的障碍。看来,在文学翻译中,还是应当强调"自然对等"的原则,使译文合乎译入语的规范和习惯,使读译文与读原文的感受趋于一致,才是比较理想的翻译。

三、连　贯

翻译与创作一样,在炼词构句之外,还须谋篇,亦即从语篇角度考虑句与句之间的连贯,做到文气贯通、顺畅自然。读《简·爱》各译本,"译林"版语言文气的流畅一如原著,"人文"稍逊,而"译文"则常常不尽如人意。试读两条较短译例。

7. The ground was hard, the air was still, my road was

lonely. (BB. P102)

地面坚硬,空气沉静,路途寂寞。（“译林”,第 121 页）

路面坚硬,空气凝滞,我的旅途是寂寞的。

（“人文”,第 142 页）

路很坚硬,空气平静,我的旅途是孤寂的。

（“译文”,第 141 页）

8. The charm of the hour lay in its approaching dimness, in the low-gliding and palebeaming sun. (BB. P102)

这一时刻的魅力,在于天色渐暗,落日低垂,阳光惨淡。

（“译林”,第 121 页）

这个时刻的魅力就在于它的渐近薄暮,在于日已西沉,阳光暗淡。（“人文”,第 142 页）

这一时刻的美,就在于正在临近的曚昽,在于徐徐沉落、光彩渐淡的太阳。（“译文”,第 141 页）

三种译文,读来感觉不一样。第一种将原文相同语法结构的短句短语译成并列的四字结构,一气呵成;而后两种节奏稍嫌拖沓,失去了原文的整齐紧凑。

语篇之内,文气不宜松弛。试读以下一段译例。这是罗切斯特向简·爱表白将摒弃过去,追求新的生活。原文语气连贯,整句话一吐而出,充分表现了罗切斯特的激情。

9. Is the wandering and sinful, but now rest—seeking and repentant, man justified in daring the world's opinion, in order to attach to him for ever this gentle, gracious, genial stranger, there by securing his own peace of mind and regeneration of life?

(BB. P206)

这个一度浪迹天涯罪孽深重,现在思安悔过的人,是不是有理由无视世俗的偏见,使这位和蔼可亲、通情达理的陌生人,与他永远相依,以获得内心的平静和生命的复苏?

（“译林”,第 246 页,68 字）

这个曾经浪荡而误入歧途,但如今正力求安定下来,改邪归正的人,是不是有权向世人的看法挑战,以求使那个温柔、文雅、和蔼

可亲的陌生人永远跟他在一起，因而取得他自己心灵的宁静和生活的复苏呢？（“人文”，第290页，83字）

这个流浪过、犯过大错，而如今寻求安宁和忏悔的人，敢于向世人的舆论挑战，为了让这个温柔、文雅、和蔼的陌生人永远依附他，借此取得他自己心灵的宁静和生活的更新，‖这样做是不是正当呢？（“译文”，第285页，78字）

比较三种译文，第一种明快直接，语气急切，最能传达原文神韵；第二种连词多，转折多，显得迟缓松弛，失去了原文那种如骨鲠在喉一吐为快的急切；第三种除转折多外，还在‖处有明显语义和语气的停顿，更难传达原文的气势和激情。（以上画线和‖符号为笔者所加。）

古人论文十分讲究“气”“气势”“文气”。“文以气为主”，不仅指的是文人的气质、个性、才情，也包含作品的风格和行文的酣畅流利。文学翻译不仅译意，也须悉心体察原著的“文气”，并刻意转达。为夏洛蒂·勃朗特作传的盖斯凯尔夫人曾赞叹：“她有着怎样的热情，怎样的烈火啊！”可见夏洛蒂·勃朗特的气质才情和作品的风格。综观三译本，无论写景、状物、叙事、抒情，“译林”版均文句流畅，气势贯通，读来有酣畅之感，深得原著精神。“人文”和“译文”都不免逊色。

四、简　洁

语言简洁凝练是《简·爱》一大特色。“译林”版在这点上与原著风格最为切近。“人文”版不失为一个好译本，其特点是通顺准确，但语言不够精练。“译文”版的文字则比较粗疏繁芜。随举一例。

10. I had not, it seems, the originality to chalk out a new road to shame and destruction, but trod the old track with stupid exactness not to deviate an inch from the beaten centre.

(BB. P131)

我似乎缺乏独创，不会踏出一条通向耻辱和毁灭的新路，而是傻乎乎地严格循着旧道，不离别人的足迹半步。

（“译林”，第157页，44字）

看来，我还缺少独创性去另辟蹊径走向身败名裂，而只是愚蠢地亦步亦趋沿着那条老路走，一寸也不敢偏离别人的足迹。

（“人文”，第186页，49字）

看来，我并没什么独创性来开辟出一条通向耻辱和毁灭的新路，而是带着愚蠢的准确沿着别人走过的老路的中心线走去，一英寸也不偏离。（“译文”，第183—184页，57字）

以上引文，基本上可反映三个译本的语言风格。在忠实于原文内容的前提下，“译林”版用字最少，文字生动流畅；“人文”版行文不够简练；而“译文”版过于直译，某些词用得不当。笔者比较过不少重要段落，“译林”版字数明显少于后两译本。全书字数“译林”版41万字，“人文”“译文”版均在44万字以上。仅凭字数不足以论高下，但若简洁是原著重要语言风格，翻译时便不能不字斟句酌，力求文字精练。在这点上，显然“译林”版以少取胜。

五、诗意与激情

《简·爱》是一部充满诗意和激情的小说。读过原著的人对此都会有深刻印象。简、罗的爱情，从邂逅萌发，到最后荒野上两人心灵的呼应，无不带有诗的意蕴、诗的浪漫。勃朗特对此颇有自己独特的见解：“一个伟大的作家能没有诗意吗？”似乎她把文学生涯之初多年写诗蕴织的诗意笔法以及个人生活中郁积的大胆炽烈感情，一齐倾注在小说的创作中。这种渗透或饱含于大量景物描写、心理刻画和灵与灵的坦诚对话中的浓郁诗意、奔放激情，要铢两悉称地在翻译中重现，是相当不容易的。三位译者各尽所能，在他们的译本中做了不同程度的转达。相比之下，“译林”版的语言生动流畅、简洁典雅，更多诗的意蕴，感情也更充沛热烈。前引例9是一典型例子。又如以下一段，这是罗切斯特化装成吉卜赛老妪为简·爱算命时所说的：

11. The flame flickers in the eye, the eye shines like dew; it looks soft and full of feeling; it smiles at my jargon; it is susceptible; impression follows impression through its clear sphere; where it ceases to smile, it is sad, an unconscious lassitude weighs on the lid: that signifies melancholy resulting from loneliness. (BB. P189)

火焰在眼睛里闪烁，眼睛像露水一样闪光；看上去温柔而充满感情，笑对着我的闲聊，显得非常敏感。清澈的眼球上掠过一个又一个印象，笑容一旦消失，神色便转为忧伤。倦意不知不觉落在眼睑上，露出孤独带来的忧郁。（“译林”，第225页）

这一段原文很有诗的节奏，充满诗的意象，译文也抑扬顿挫，优美如诗。三相比较，“人文”版（第265—266页）句子有长有短，缺乏内在节奏；而“译文”版（第185页）语气不甚连贯，原文该节9个“it”，全部照搬译为9个“它”，读来便兴味索然，意趣顿失，诗意减却大半了。

要充分转达原著的激情，关键在语言。试读下例：

12. What a consternation of soul was mine that dreary afternoon! How all my brain was in tumult, and all my heart in insurrenction! Yet in what darkness, what dense ignorance, was the mental battle fought! (BB. P9)

接连三句感叹，激情如火山爆发喷涌而出，语句铿锵有力，极有气势。试读如下译文：

那个阴沉的下午，我心里多么惶恐不安！我的整个脑袋如一团乱麻，我的整颗心在反抗！然而那场内心斗争又显得多么茫然，多么无知啊！（“译林”，第13页，55字）

在那一个悲惨的下午，我的灵魂是多么惶恐不安啊！我整个脑海是多么混乱啊，我整个心又是多么想反抗啊！然而，这一场精神上的搏斗，是在怎么样的黑暗、怎么样的愚昧中进行的啊！

（“译文”，第12页，75字）

短短三句，“译文”版多用20字，句末连用四个“啊”字，反而使激愤语气弛缓了，远不如“译林”版传达的情感激越有力。

读原著，我们不难体会到，诗意激情和语言的高雅、简洁、流畅，是水乳般融合在一起的，并形成了原著的整体风格。“译林”版虽然也有的地方翻译得不尽恰当，但总的优于另两种译本。“译林”版读起来之所以更富诗意、更多激情，就因为在语言的提炼上下了功夫，富有文学性。“译文”版全书不乏传神之处，不少地方也译得相当精彩生动准确，但由于语言比较粗疏繁芜，文句拖沓冗长，而将诗意激情冲淡甚至淹没了，难以从整体上给读者以读原著所获的美感愉悦，因而相当程度上失却了原著的风格和神韵。

以上分五个方面对《简·爱》的三种译本做了简略比较。比较的结果不做赘述，笔者只想就此谈三点感想。

第一，当前的名著重译现象，不宜笼统地予以否定。只要译者有较高的中外语言文学修养，又有强烈的事业心、责任感，重译名著有所创新提高，后来居上，无论对于广大读者，还是对文学翻译事业，都是功德无量的好事，实在应予支持和鼓励。中国读者之众，名著市场之大，如《简·爱》这样的文学名著决不会过剩或过时。译界应当提高竞争意识，允许出现不同译本，在竞争中优胜劣汰，以推动翻译事业的发展。

第二，稍有鉴赏能力的读者，一读译本便不难品味评判各译本的长短、得失、高下。然而令人百思不解的是，上述"译文"版《简·爱》印量高达100多万册，"人文"版15万册，而"译林"版仅1.5万册！尽管印数与出版迟早有一定关系，但相差实在太大了。令人费解的还有，对于"译文"版，有评论文章赞其"译笔相当流畅易懂，亲切感人，译出了人物的神采和原著的独特风格，不失为一部值得一读的佳译本"（《翻译通讯》1982年第6期）。笔者绝不是抹杀和否认"译文"版的贡献和长处，但上述评价未免与事实大相径庭。由此可见，我们的翻译评论是多么薄弱，开展这项工作是多么刻不容缓，译界又多么需要全面、客观、公正的评论。无论如何，《简·爱》译本所反映的译品质量与印数不成比例的现象不能再继续存在了。

第三，从事文学翻译，译者的语言功力至关重要。翻译家应当和优秀作家一样，具有过硬的驾驭文学语言的能力。译作应当成为和原著相当的文学作品，具有相等的文学价值和文学感染力，而千万莫让文学成为在翻译中失去的东西。翻译评论也应重视评析译文语言的文学性，以期促使提高翻译文学的质量。此外，译界仍应大力提倡"十年磨一剑"的精品意识，提倡译品质量的精益求精。"译文"版《简·爱》初版于1980年，至今已是11次印刷，为何不再三做些修订？难道译本就完美无缺了吗？如果名著翻译停留在如此水平还能受到赞誉好评，我们的文学翻译水准和前景就未免太令人失望和担心了。

（原刊于1994年12月《中外语言文化比较研究》第一集；后刊于《文学与翻译》1996年第1期，但所举译例有所不同）

诗歌翻译的语言美

美国著名诗人弗罗斯特说过，诗歌就是在翻译中失去的东西！(Poetry is what is lost in translation.)这话听似偏颇，却很有些道理。因为，构成诗美的诸要素，有些确实是无法翻译的。然而，诚如歌德所言，诗歌虽无法翻译，却不能不译。(试想倘没有各语种优秀诗篇的交流借鉴，世界诗坛将会冷落多少！)既然如此，对于诗译者来说，就很有必要深入研究在诗歌翻译中会失去什么，并努力追求将“所失”减小到最低限度。

诗是一切文学形式中最高的语言艺术。诗的语言最形象、生动、凝练，最丰富多彩、深情动人、和谐优美。“吟安一个字，捻断数茎须”，反映了诗歌对语言要求之严。译诗难，就难在用诗的语言，忠实准确地再现原作的形式、词语、韵律、意境和风格，使之在不同语言背景的读者中产生原作所曾有的效果。可以说，翻译中最易失去的，便是诗歌的这种语言美。

语言美绝不是指辞藻华丽，其首义应当是保持原作的语言风格。因为只有忠实体现原作风格的语言，才是美的。苏格兰诗人彭斯歌唱爱情的名篇《一朵红红的玫瑰》中有这样一节：

O my luve is like a red, red rose,
That's newly sprung in June;
O my luve is like the melodie,
That's Sweetly play'd in tune.

其语言是那么质朴坦率、活泼自然，可在诗僧苏曼殊笔下，却译成了

颎颎赤墙靡，首夏初发苞。
恻恻清商曲，眇音何远姚？

中国读者从这华美古雅的译文，绝对想象不出苏格兰青年追求爱情时的诚挚率直和热烈。这就和原作相去太远了。相反，如果原作庄严、持重、典雅，

却以粗俗的口语出之，亦不免成浮躁庸俗的败笔。如在美国脍炙人口的朗费罗的《人生颂》中有这样几句：

Trust no Future, however pleasant!
  Let the dead past' bury its dead!
Act—act in the living present!
  Heart within, and God o'erhead!

有一种汉译却是如此：

别指望未来，不管它多欢乐，
让已逝的岁月也去它的蛋吧！
上帝在头上，丹心在胸窝，
干吧，抓住活活泼泼的现在干吧！

这就仿佛在庄严、崇高、雄伟的交响乐章中夹进几句庸俗滑稽的小调一样，完全破坏了原作的风格，当然，也失去了原作的语言美。

古今中外，一切优秀诗人总是有自己独特的风格。有的平易朴素，清新自然，明快奇丽；有的深沉凝重，庄严典雅，委婉含蓄；或雄浑豪放，或飘逸清奇，或幽默诙谐：可谓千姿百态。唐末司空图在其《诗品》中就曾把中国古典诗歌的风格分为雄浑、冲淡、纤秾、沉着、高古等 24 种。外国诗论中也有粗线条地分为崇高（sublime）、宏伟（grand）、秀美（grace）、优美（beautiful）、纤巧（pretty）五种的。热烈奔放的惠特曼自然有别于清奇精巧的狄金森；清新优雅的丁尼生也不同于含蓄深沉的布朗宁。莎士比亚的十四行诗更显得典雅，布朗宁夫人则长于缠绵。即便是同一诗人，也往往具有多种风格。这就要求译者深入体会感受原作的风格，斟酌选用最切近的语言翻译，而切莫让执铁板的关西大汉吟“杨柳岸，晓风残月”，十七八岁女孩儿却唱“大江东去”。这正如茅盾先生所说：“原作的文字是朴素的，译文却成了浓艳，原作的文字是生硬的，译文却成了流利；要是有了这种情形，即使译得意思上没有错误，可是实际上也是歪曲了原作。”

译诗体现原作风格，就常常面临取何种诗体形式的选择。外国格律诗译入中文，取形式相近的现代格律诗（押韵，讲求顿或音组的节奏，用现代语汇）为妥，还是用古诗体见长？两大类诗体的翻译，各有精品传世，孰优孰劣，实不可一概而论。绝大多数译作和译者，取现代格律诗形式，这当然是顺应了时代和语言的发展趋势,笔者也一向认定当以此为主。但古诗体译法亦不可偏废。中国古典诗词有两千多年的传统,其语言千锤百炼,至今仍富有表现力,并深受广大读者喜爱。有些外国诗译成古诗体,其诗味往往更浓、更耐咀嚼。例如陈锡麟先生所译拜伦的 *When We Two Parted*(见《英美名诗一百首》):

When we two parted	昔日依依别,
In silence and tears	泪流默无言;
Half broken-hearted	离恨肝肠断,
To sever for years,	此别又几年。
Pale grew thy cheek and cold	冷颊何惨然,
Colder thy kiss,	一吻寒更添,
Truly that hour foretold	日后伤心事,
Sorrow to this!	此刻已预言。

其中三、四两句,有些古典诗歌修养的读者,不难联想起古诗词中无数伤别的名句,便平添了无限惆怅悲戚的离愁别绪。对比卞之琳、查良铮、杨德豫先生的译文,尽管都译得十分妥帖传神:

要分开好几个年头/想起来心就碎	(卞译)
预感到多年的隔离/我们忍不住心碎	(查译)
心儿几乎要碎裂/得分隔多少年岁	(杨译)

但显然陈译的古体诗,语言更有诗味、更感人。

以古体诗译外国诗,要收到原诗的艺术效果,除译者须有相当深厚的文学修养外,还应当考虑另外的制约因素或条件。首先,原诗的题材和主题在中国古诗词中应多有吟咏,其思想感情适宜用古诗形式表现。英国诗人赫里克的诗 *To the Virgins, to Make Much of Time*(见《英美名诗一百首》),慨叹红颜难驻、青春易逝,而劝青年女子早早择人而嫁。吴汉文先生的译文,读来颇有《诗经》之风:

Gather ye rose-buds while ye may,	采采蔷薇,及其未萎;
Old Time is still a-flying:	日月其迈,韶华如飞;
And this same flower that smiles today,	今夕此花,灼灼其姿;

Tomorrow will be dying.　　　　翌日何如，将作枯枝。

全然文言古语，读来不觉牵强，而颇有韵味，原因便在如此题材内容，《诗经》中着实不少，读起来极易得共鸣。其次，以古体诗译西诗，更要注意适合现代读者的口味，当以古诗中清新自然、朴实平易的诗风出之，而不可堕入玉台、花间等歧途末流的浓艳、绮靡、浮华之中。语言随时代变迁而更新，一切已陈腐过时的旧辞藻应该摒弃。如上文所引苏曼殊所译彭斯诗，接着有“予美谅夭绍，幽情申自持”“掺祛别予美，离隔在须臾”等等。这些犹如马王堆金缕衣般的古词语，对于今日的读者，可以说很难引起什么美感了。

不顾思想内容、感情色彩和语言特点，滥用古诗体译外诗，往往会失去原诗神韵，而译得不伦不类。不用说一般译者，即使如郭沫若这样的语言大师，也难以奏功。如郭老译的华兹华斯的《黄水仙花》，就不怎么高明，与原作风格既不协调，也未能达意传神。仅以最后一节为例（见《英诗译稿》）：

For oft，when on my couch I lie，　　　　晚来枕上意悠然，
In vacant or in pensive mood，　　　　无虑无忧殊恍惚，
They flash upon that inward eye，　　　　情景闪烁心眼中，
Which is the bliss of soliude；　　　　黄水仙花赋禅悦，
And then my heart with pleasure fills，　　　　我心乃得溢欢愉，
And dances with the daffodils.　　　　同花共舞天上曲。

这儿，作为双行押韵的三字词组——殊恍惚、赋禅悦、天上曲，与原诗意都不切合，而更重要的，由于形式和语言的限制，原诗以朴素自然的语言所传达的轻松欢愉和宁静的心境，在译诗中却变得很勉强生硬。

要保持译诗的语言美，就得精心地选择最能表现原作精神意境和风格的词语。译诗者的炼字，丝毫不比诗人的推敲来得轻松，甚至更难。个中况味，有时真如古人形容美人时所说，“增之一分则太长，减之一分则太短”。高明的译家，常常揣摩融会原作诗意，另创新词，以求神似。如孙梁先生所译斯宾塞的 *Whilst It Is Prime*，其最后一行为：

For none can call againe the passed time.

孙先生译为“春去也，无计唤住”（见《英美名诗一百首》），既合乎全诗风格，又与诗中内容呼应。虽然原诗中没有 spring 一词，但这“春去也”，是译得何

等富于神韵和情致！

译诗语言，应该全篇风格一致。现代格律诗，当尽量用现代词汇，避免半文半白或冷僻古奥的文言词。否则，译文就难免缺乏美感。请看：

春光因游子暌隔这许久，
狂风不断地摧击偃蹇的幼树，
常向着那边起伏的山林凝睇，
踊身跳下去淹逝，
并告人良辰易逸，
肌肉尽盘踞阳光的稿荐。

另一方面，用现代词汇，不等于用口语中的俚语俗言。倘原作整篇风格如此，自当例外。否则，在优美典雅的诗句中冒出市井平民的大粗话，岂不煞风景？英国诗人霍思曼，曾在大学任教四十余年，堪称语言大师。他的诗风格独特，语言简朴平易，优美典雅，富有抒情色彩。可是，在中国译者笔下，却变得面目全非。译文中粗芜的俗语比比皆是：

我们总要吵，一直到最后/打一架，我被他吃瘪。
装装就装装，装装没害处/不懂有多大乐趣。
两口子看上去好日子快到/时间就安排请他们睡觉。
杀兄，奴妹，故土作阳台/那撒克逊人搞我出来。

中国读者看了不禁会纳闷，这样的诗，怎会在英国文学史上占一席之地呢？殊不知原诗种种的美，在翻译过程中失却了不少。

诗的语言，除了选字用词精当，还应讲究韵律美，这是诗与散文的主要区别。无论自由诗还是格律诗，只要真正是诗，其句子总不同于散文的句子。诗句紧凑、凝练、跳跃、自然，有其内在的节奏和音律，散文句式则比较拖沓松散，缺乏节奏感。如：

“如今衰朽/只听得涛音凄恻/退潮时奄奄一息/夜风呜咽，荒滩漫无际/浪去也，席卷平沙顽石。”自是洗练深沉的好诗。

“陌生人哟，假使你偶然走过我身边并愿意和我说话，你为什么不和我说话呢？”

“我又为什么不和你说话呢？”（惠特曼《给你》）亦是流畅自然真切的好诗；而

西鲁堡为塞汶河水环绕。
你我心头想的些什么/哪里能立下说了。
田中的兽跳，栏中的兽蹦。

就很难说是诗的句子了。

在诗的翻译中，曾有译界前辈提倡以汉语的“顿”或音组来代替西诗的音步，从而建立新诗的格律。虽然这在新诗创作中并没获得多持久的响应，在译界却有不少人努力实践，并取得很大成绩。显然，这是翻译外国格律诗的一条可供借鉴的成功经验。但笔者以为，由于中外语言的差别，以音组代音步的译法不可拘泥于一律。倘过分强调其对应，必然导致句式单调、语言粗芜，造成或“削足适履”或“画蛇添足”的毛病，从而降低译文质量。这样的例子似乎相当多：

姑娘，你能够治愈他病患/纵使他倒在死神的门前。
举目瞥见它黄嘴。
它静静随着我耕马。
于是乎接着那鸟儿/唱起我体内的灵魂。
汉子，我们从没有碰过/天同天是那样远。
多少个脸儿标(疑为“标致”)，多少人心肠忠厚。
他拾上高在叠嶂间/牧羊人寂寞的方场。

因此，这种以音组节奏对应西诗音步的格律，只能大致相合即可，关键的倒是诗句的流畅、通顺、自然，以及更重要的诗味。否则，即使对应得再缜密周全，也只能是顺口溜而已。

押韵，是诗歌语言美的重要方面。英诗押韵方式与汉诗很不同。单是四行诗脚韵就有交韵、随韵、抱韵等。在翻译中该如何安排韵式，是照搬原诗，还是按汉诗习惯，双行押韵，甚至少换韵，一韵到底？这就需要体会感受原作韵式与诗的意境感情的关系。如英国诗人罗塞蒂的诗《我的妹妹睡了》(见《英国维多利亚时代诗选》)，写久病的妹妹似乎睡着了；而诗中环境及作者心态的描写都带着几分沉重苍凉：

窗外，一轮冷月初上/淡淡洒落冬夜的清辉，
我已有几夜没合眼休息/疲乏的心神虚弱而茫然，

使人对妹妹的入睡，有一种不安的预感。全诗所用的抱韵 abba，首行孤零零的用韵，犹如造成悬念，最能表现这种情绪。又如丁尼生的《悼念集》，全诗数千行，全用抱韵写成，翻译时就应尽量沿用抱韵，保持这一诗艺特色。而有些诗，改用汉诗押韵习惯，似乎更有诗味。如孙梁先生所译斯宾塞的 *Sweet Is the Rose*，就将原诗前 12 行的三遍交韵全押一韵，而将点明主题的末两行另换韵脚。这样既突出了末两行，又使全诗一气呵成，读来更有音乐感。

英诗的脚韵，按所押音节的不同，又有阴阳之分。阳韵（男韵）强劲有力，而阴韵（女韵）轻快柔和、幽婉诙谐，另有半谐韵，则恍惚迷离晦涩。汉诗的韵与所表现的诗情亦有一定关系。往往韵声较洪亮的，长于抒明朗激昂雄壮之情，而韵声低沉短促的，宜表现沉郁悲壮哀怨。译诗时宜细心体味原作的用韵及其诗情，从而选取适当的汉语韵脚，才能充分运用诗韵手段来求得并增加语言美。

从风格、形式、词语韵律诸方面追求语言美的目的，是要传达出原诗的诗意和韵味。不管诗的风格语言如何千姿百态，形式韵律多么纷繁杂呈，凡优秀诗作，总是具有共同的东西——可以称之为诗的那种魅力，那种韵味。保留了这魅力韵味，译出的仍然是诗，才能算得是成功的翻译。否则，如仅仅将原诗逐字逐句"翻"字典直"译"，再按上脚韵，调整节奏，折腾一番，得到的只能算是"如此诗章，趁韵而已"。因此，只有深刻地领会感受原作的诗意和韵味，有"感"而译，并调动一切语言手段，力求神似，才能在翻译中依然保留而不致失去我们所追求的——诗。

（原刊《杭州商学院学报》1990 年增刊）

质疑“兼顾顿数和字数”

——读黄杲炘的《从柔巴依到坎特伯雷》

新时期涌现的译诗者中，黄杲炘先生是极为勤奋执着的一位。十多本译诗集，足以证明他的成绩。尤其令人钦佩的是，黄杲炘先生不仅一手译诗，还一手撰文，且大多发表在重要刊物上。这些文章几乎全援引自己的译作，来论证他的译诗主张：“兼顾顿数和字数”的合理性、可取性、可行性、必要性。而且，据黄先生说：“兼顾顿数和字数”，“其优点也是比较明显的。然而迄今为止，就我所见到的英诗汉译而言，尽量按这种译诗要求译诗的似乎仅我本人而已”。[1]

译诗主张，原本是见仁见智的事，不妨百家争鸣；译诗实践，也尽可百花齐放。既然黄先生出了30万字的专著，翻来覆去论证“兼顾顿数和字数”；又有人刊发长文，不仅逐篇做详尽介绍，还说放在“这一百多年来的历史进程中观察”，“他的译诗可说是中国译诗者在这一高难领域不断探索的又一里程碑”，甚至称这本书“给整个译诗事业的发展指出了必经的途径”。[2]这就让我等热爱诗歌、关心译诗的读者感到，有必要对此做番讨论了。

本文分三部分：(1)简析黄氏专著中的译例；(2)质疑“兼顾顿数和字数”；(3)就该书中三个标题略抒己见。

一

黄杲炘先生在其专著中，引用自己的译作，来证明“诗，未必不可译”，“诗，要看怎么译”。显然，黄先生是把所引的诗当作优点明显的佳译，有人也确实将其誉为“精彩的译文”。可惜的是，这些译诗似乎并不怎么“精彩”。让我们先看书中第一部分的两节译诗：

晚钟敲起，为逝去的白昼送终；
　　牛羊哞哞，在牧场上逶迤慢走；

耕夫回家，疲惫的脚步缓又重；
　　这个世界，就留给了我和昏幽。(P28)

这是英国诗人托马斯·格雷的名篇《墓园挽歌》的第一节。读过此诗的人(更不用说译过)都会注意到：这首全长116行的诗，很少行内断句。杨周翰先生在评析这首诗时，在题解和注释中都提到："读者还可注意，本诗作者很少在一行的中间断句。"[3]译诗重格律，就应当保持原作的这一特点。黄先生的译文，却偏偏每句皆断，岂不破坏了诗行的节奏？而且，"送终""迤逦""昏幽"等词也不恰当。

当四月带来它那甘美的骤雨，
让三月里的干旱湿到根子里，
让浆汁滋润每棵草木的茎脉，
凭其催生的力量使花开出来；(P66)

这是《坎特伯雷故事》一开头，"总引"部分的头四行。黄先生认为他的译文，"在格律上完全可反映原作"(P66)。坦率地说，笔者感觉黄译赘字太多，如"当""它那""让""里""凭其""使""出来"等。第二句两个"里"字，使诗句十分别扭，而二、三句都以"让"开头，更是诗家之忌。

为了凑字数，加上不少赘字，使诗味减失，这样的增字减味，在该书第70页所引8行诗体的译文中更明显。短短8行中，"以""为""从""把""对""让""那就""这样的"等赘字多达30多个。黄译的这一主要缺陷，B女士的评论可谓一语中的："黄杲炘喜用每句十二字译诗，有时为了凑足字数只好多用赘字，如第二行之'你呀……来得''那''又''也'等等，不够精练。"(P296)

以下且将黄译的不足，归纳成四点，略加评析。

(一) 凑字、赘字太多

《柔巴依集》第12首，是该诗集中最著名、流传最广的，似乎也是黄先生译得最为满意的，因为专著中不仅举了读者背此诗的例子，还详述了改译过程，又与郭沫若、黄克荪的译文做了比较。黄先生的译文如下：

开花结果的树枝下，一卷诗抄，
一大杯葡萄美酒，再加个面包——

你也在我身旁，在荒野中歌唱——
啊，荒野中，这天堂已经够美好。

为了说清问题，有必要对比原文：

A Book of Verses underneath the Bough,
A Jug of wine, A Loaf of Bread—and Thou
Beside me singing in the Wilderness—
Oh, Wilderness were Paradise enow! (P246)

两相比较，不难看出译文有这么几个问题：

(1)第四句是全诗的诗眼，突出"荒野即天堂"。原文明明白白："Wilderness were Paradise"，译文却成了"荒野中，这天堂已经够美好"。须知，按照中文句法，句中的"荒野"不等同"天堂"，天堂只是荒野中的一部分，只是"开花结果的树枝下"这一小块区域。为什么郭译"荒原呀，啊，便是天堂!"和黄克荪译"茫茫瀚海即天堂"在前，黄先生仍如此译？只有一种解释：要达到每句12字的既定目标。(2)第一句中的"the Bough"，在初译本中为"枝干粗壮的树"，后又改成"开花结果的树枝"，之所以要凭空加上5个字的定语，完全是为凑字数。(3)第二、三句中都有赘字。第二句的"大""葡萄美"和"再加"都有凑字数的嫌疑。

黄译不够精练，凡按其"兼顾顿数和字数"原则译的诗，大都有此病。值得注意又颇有趣的是，在《谈诗的改译》一文中，作者所引的两首不遵循"兼顾顿数和字数"的译诗，即丁尼生的《过沙洲》和雪莱的《歌》，反倒是诗味颇浓的佳译(P252—254)。难道和原作格律对应，就非得增词减味，往诗句中"掺水"？究竟译诗是为了传神求美，还是为了徒具形式的顿数、字数一致？

(二) 凑韵、词义不切

译格律诗，自当依原诗韵式，尽量押韵。由于汉语韵宽，同韵字多，这一点不难做到。实在无法兼顾时，亦不必强凑，因韵害义。黄译中勉强凑韵的句子不少。比较密集的如纳什(1507—1601)的 *Spring* 的第一节：

Spring, the sweet spring, is the year's pleasant king;
Then blooms each thing, then maids dance in a ring,
Cold doth not sting, the pretty birds do sing,

春光啊好春光！宜人的一年之王；
万物显容光，围圈跳舞的是姑娘；
没有了寒霜，漂亮的鸟儿在歌唱。(P81)

为了押韵，spring，bloom，cold 分别译成了春光、容光和寒霜，都不够准确，经不起推敲。其他比较明显的还有："单想想那芬芳，心儿就会醉掉！"(P87)这一句的语体色彩和语言风格，与雪莱《西风颂》的基调明显不合，"醉掉"的说法也相当怪异。"把一天中的部分/从懊丧里救下。"(P266)这是弗罗斯特的名诗《雪尘》的最后两句。刘祖慰教授曾撰文《从一首小诗的翻译谈文学语言风格的再现》[4]，重点剖析这首诗的"弦外之音"。黄杲炘先生不以为然，便写了《是理解还是误解》的辩驳文章，以为此诗仅是诗人生活中的小事，别无他意，之所以吸引人，只是"其干净朴素的文字"[5]。笔者倒以为刘祖慰教授言之有理。别寓深意，正是弗罗斯特许多小诗的一大特色。何况，弗罗斯特论诗的定义，除了那句"诗是翻译中失去的东西"外，还有同样著名的一句："诗是一种隐喻——说的是一件事，指的是另一件事。"

(三) 风格不协调

诗是语言艺术的最高形式。一切优秀诗人，也总有自己的语言风格。译诗者虽不必具有诗人的灵感，却必须具有对语言的敏感。他应当善于体会每位诗人，甚至每首诗的语言风格和特色，并在遣词、用韵、构句、组节的译诗过程中加以表现。黄译在词、句、篇各层次上，都有不少违背原诗风格的情况。例如丁尼生的《悼念集》中第二首第一节：

苍老紫杉树，你笼住的碑
　　把下面死者的姓名道出，(这一句译成了非诗)
你细枝网住无梦的头颅，
　　你根儿裹在遗骨的周围。(P146)

译《悼念集》这样的名诗，应当十分慎重。原诗语言古雅、感情凝重、思想深沉，音调却又和谐。译文只做到每行 10 个字，是远远不够的。尤其是末行原诗中 roots 一词，译为"根儿"，是不是不够庄重？

《柔巴依集》第 20 首，原文有 River-Lip 和 lovely Lip 两词，译者用了"江湄""绛唇"，为之甚感得意。其实，这么陈旧的词汇，与此诗，与《柔巴依集》全书的语言风格完全不协调。(P47)

美国诗人伊莉诺·怀利的诗《山鹰和鼹鼠》，原文的语言十分庄重，正和其主题吻合。译文中却用了“臭烘烘”“脏乎乎”“暖乎乎”“去把洞打在地下面”“已没有肉的”等词句(P316)。无论语言、句式和节奏,都成了打油诗。

(四)文气不畅

译诗时如果只重韵式和字数,而不顾诗句中意义、气势、形象的连贯,谓之文气不畅,也就是读起来不顺。如:

你呀,乱云是雨和闪电的使者,
它们在你震荡长空的激流上
被冲得就像树上的枯叶飘落,
…… ……
你呀,在巴亚湾的浮石小岛旁
地中海躺着听它碧波的喧哗,
渐渐被催入它夏日里的梦乡。(P86)

以上两节分别是雪莱《西风颂》第二、三部分的第一节。诗中的“你”指西风。“你呀”与下文明显语气不顺,破坏了《西风颂》那浩荡奔放、一泻千里的气势。有些诗句不通顺以至于匪夷所思,也有的词语搭配不当,句子非诗。如:

看,像枯叶翻腾在狂风中,
看,已经被烘烤得盲又聋,
我从我忠贞的心飘半空。(P136)

任凭我的床粗硬,/我不在心上;(P175)

异教徒的武力虽没有遭砍杀,(P106)

对财富我并不尊重崇敬,(P248)

餐具不备齐,倒霉事就轮到他,(P192)

没对我眼光回一眼。(P243)

以上只是黄先生专著中所引译例的一部分，是用来作为诗应当这样译的典范。范例如此，未免令人遗憾。

二

黄先生译诗的不足，与其坚持的译诗标准不无关系。因此，有必要探讨一下，“兼顾顿数和字数”是否真的合理可行、可取和必要。下面就从不同的角度，对此做些分析。

（一）英汉诗的格律不可能“接轨”

首先，英汉两种语言的差异，决定了它们各自的诗歌格律是不同的。英诗格律的基础是音的轻重长短，轻重长短音节在音步中的有规律配置，形成抑扬、扬抑、抑抑扬、扬抑抑等多种格律。英诗虽也有尾韵、行内韵和头韵等，但其押韵远没有节奏重要。而汉诗格律（主要指南朝后的近体诗和词）的基础是字的声调，即以字的四声分平仄。白话诗不再讲究平仄，可无论字或词都几乎没有轻重之分。因此，构成英汉诗格律的基本要素，轻重音和平仄声，必然成为翻译中失去的东西。从这点上说，诗确是不可译的。所谓“让译诗在格律上同原作接轨，从而全面地反映原作”，“不看原文的读者判断一首译诗的原作是否有格律，有什么样的格律”，等等（P147），只能是译者的一厢情愿。试想，有哪位译者能让读者通过他的译诗看出原诗是抑扬格、扬抑格或别的格律？译诗的顿数虽可与原文音步数对应，汉诗的顿，却不能反映原诗的音步属于哪种格律。诗行的字数也是如此。而且，若要顿数、字数与原文对应，为何英诗五音步 10 音节，要译成汉诗五顿 12 字呢？多出的两字，安排在哪一顿里？译诗每顿字数不定，毫无规则，又怎么与原诗对应，反映原诗每音步两音节的格律呢？再说，英语的格律诗，绝大多数都不是也不可能严格保持一种格律，很多诗都混合运用两种或两种以上格律，这在译诗中又如何体现？因此，译诗的顿数、字数并不能再现原诗的格律，只不过聊胜于无，大致反映原诗句子的长度和部分节奏而已。

从英汉句法和词语的不同来说，兼顾顿数、字数的主张也是不妥的。英语句法严谨，有人称、数、时态、语态变化，多分析性描述性词语（冠、介、连、副词及引导从句的关系词），在汉译时大多不必译出。如例 1 第一句的原文为 The Curfew tolls the knell of parting day，句中有两个 the、一个 of。例 2 的第一句 A Book of verses underneath the Bough，有 a，of，the，因音节数不足，便用了复数 verses 和三个音节的 underneath，可以说原文便颇有凑音节的嫌疑。原句信息含量不足，译诗要达到12字，只得“掺水”。若是原诗中用了多音节词，翻译时“掺水”现象更严重。如例3第四句Oh，Wilderness were Paradise enow，仅荒野、天堂两英文词便占去6个音节，汉译要凑足12字，还真得煞费苦心，甚至画蛇添足。黄译《柔巴依集》中，这类“掺水”和“添足”并不少见。

（二）英汉诗的传统和顿数、字数的作用

西方诗歌，从荷马史诗（每行六音步）和古希腊古罗马（其诗多为每行六音步）时代起，直至文艺复兴时的意大利、法国、英国乃至其后的德国，其格律多为每行五至六音步。[6]英诗最规范的格律为抑扬格五音步。从《贝奥武甫》到《坎特伯雷故事》，伊丽莎白时代的戏剧和诗歌，十四行诗，弥尔顿的三大史诗，均是抑扬格五音步。此后无论怎么流派纷呈、名家迭出，这一格律始终占主导地位。显然抑扬格五音步的格律和长度，十分符合英语的特点。而汉语诗歌从最初的四言两顿，逐渐发展到五言三顿和七言四顿，一般每行都在三至四顿。白话诗兴起后，虽然有些诗人不断尝试诗行较长的诗体，但新诗格律诗大多每行四顿，五至六顿的不多，固定字数的更少。对创建新诗格律用力最勤、贡献最著的新月派诗人，他们大多数诗行顿数比较整齐，但字数并不固定。每行字数固定的所谓“方块诗”或“豆腐干诗”，多为四顿，9、10或11字。如闻一多先生的《死水》四顿9字、《发现》四顿11字，朱湘的《热情》四顿10字，邵洵美的《五月》四顿10字，刘梦苇的《雪夜》四顿11字。而每行五顿12字的，如孙大雨的《爱》《回答》等，可以说相当少。[7]笔者有数十种编选严肃又精当的新诗选，包括名篇鉴赏、百年精选，各类按时期、地区、流派或诗体编的选本和新诗史上有定评的名家的专集，等等，根据多年阅读印象和撰写本文前的着意浏览，得出以上结论。可见较长的五顿12字以及更长的诗行，不大符合汉语的特点和中国读者的阅读审美习惯。

早期从事外国诗歌翻译的，不少是诗人。他们努力借鉴移植外国诗歌的格律，目的之一便是创建中国的新诗格律。其中先后提出“音尺”“音组”“拍”和“顿”（名称不同，内容基本一致）等主张，又在译诗中努力实践并做出不小贡献的，有闻一多、孙大雨、朱湘、卞之琳、屠岸、江枫、杨德豫等。他们大多主张以顿代步，即每行译诗的顿数与原诗的音步数一致，以尽可能地再现原诗的节奏。[8]也就是说，以顿数而不是字数作为建行的节奏单位。顿数与音步数对应，已使原诗节奏感有所体现。每行五顿，字数可能是10至13字。句子一长，字数对再现节奏感影响不大。长句而强求字数固定往往导致硬凑赘字。以上诸位译诗家的实践以及他们上乘的译品和突出的成就

(获翻译彩虹奖),证明了以顿代步译法的成功。而从前述对黄杲炘先生译诗的评析,则可见强求字数固定译法并不可取。梁宗岱先生译的莎士比亚十四行诗,基本上每行 12 字,但也有不少是 13 字。而许多 12 字句完全可删成 11 字,如连用两个“的”字等情况。即以梁译第一首为例,第六行“把自己当燃料喂养眼中的火焰”,便是 13 字;而第九、十行“你现在是大地的清新的点缀,/又是锦绣阳春的唯一的前锋”,都各可删去一个“的”字。[9] 而朱湘的译文,节奏不甚整齐,语言也生涩拗口,多削足适履之弊。

行文及此,不妨略陈己见。笔者认为,抑扬格五音步的诗行,汉译五顿节奏过长,字数过多。诗歌语言,毕竟以精练为上。而且,从再现原诗的节奏感来说,诵读英诗五音步比汉诗五顿耗时较少。其实英诗朗读或阅读时,并不是按音步,而是依意群停顿的。例如莎士比亚十四行诗第 18 首的前两句,依意群停顿为:

Shall I/compare thee/to a/summer's day?
Thou art/more lovely/and more/temperate.

而不可能依音步读成五顿。前述《柔巴依集》第 12 首第一行 A Book of/Verses,/Underneath/the Bough,绝不可能读成 A Book/of Ver-/ses,Un-/derneath/the Bough。再说,英诗一行中不仅其抑(轻音节)念得轻而快,即便某些扬(重音节),念得也略快,并非五个重音强度长度均衡。而汉诗每个字基本无轻重长短之分,因而英诗五音步与汉诗五顿,无论朗读或阅读,节奏感其实不甚对应。英诗五音步,常只有四个或更少的意群。因此,笔者以为,英诗抑扬格五音步,不妨译成汉诗四顿 9 至 11 字为宜。这不仅读起来语感接近,文字更精练,也符合汉诗四顿的传统。毕竟,中国新诗中四顿 9 至 11 字的格律远比五顿 12 字多。

(三)固定字数不符合诗歌发展趋势

毋庸讳言,世界诗歌发展的总趋势,是从格律诗走向自由诗。20 世纪的世界诗坛几乎已是自由诗的天下。即便是诗歌翻译,将格律诗译成自由诗也早成为一种潮流。试看中国古典诗歌的格律多么严谨,语言多么精致,国内外的大多数译者,却仍将其译成无韵的自由体或半格律体。而且一般公认比较成功的译作多为自由体或半格律体。[10] 当然,笔者赞成以格律诗形式译英语格律诗,但不必每行字数一致。因这没有必要,也不符合诗歌发展的潮流。中国新诗绝大多数是自由诗,即便是新月派中热衷于方块诗的诗人，他们的大多数作品也是每行字数不固定的，而且，他们的创作趋势是从方块诗走向押韵、大致整齐的半格律体，正如何其芳先生 20 世纪 50 年代初倡导的。有的后来甚至写起了自由诗，如陈梦家、林徽因。20 世纪 40 年代之后，诗行较长又字数一致的白话格律诗，已经相当罕见。因为这种诗体束缚太大，不利于酣畅自由地表达思想或驰骋诗思。毕竟，戴着脚镣跳舞，感觉不会很痛快，尤其是当感情激越奔放，想让舞步更潇洒、更舒展、更快捷的时候。

（四）好诗的标准

究竟怎样的诗算得好诗，怎样的译诗方属上品？黄先生的观念似乎有些落伍。因为他几乎将字数看得高于一切，过分强调了字数一致，甚至视觉图形的整齐。在他的笔下，译诗全成了三顿 8 字、四顿 10 字、五顿 12 字的“豆腐方块”，而诗的魅力则有所减损。须知，并不是押韵、整齐便是诗，有的“豆腐方块”甚至根本不是诗，而仅仅是徒具诗形。做到押韵、整齐并不很难，难的是译出来的仍是诗。对诗歌来说，至关重要的不是整齐的形式。中国诗歌从四言到五七言到词曲，尤其是 20 世纪的新诗，诗的形式总是在与时俱进，随着时代而改变。诗的格律也不必奉若神明。黄鹤楼头李白搁笔，《红楼梦》里香菱学诗[11]，都说明作诗不必过于拘泥格律。黄译之不足，便在于过分强求字数，而未着力于诗歌语言的提炼锤炼，诗歌神韵（包括韵味风格气势意象种种）的把握传达。这就犹如买椟还珠，未免有些舍本求末，甚至如叶芝的小诗《一件外衣》所讥刺的，重外表而轻本质。

三

论罢顿数、字数，意犹未尽，且借该书三个标题略反其意，谈些粗浅的看法。

（一）诗，未必可译

说过诗不可译的，远不止弗罗斯特和莫根斯泰恩，有些还是比弗罗斯特更著名的大诗人，如但丁、雪莱、歌德、海涅、雨果等等。他们这么说，绝不是“为写诗而殚精竭虑，对自己的作品有极深的感情”（P6），容不得别人去翻译，而是出于对诗歌语言特点的深切体会。确实，诗之所以为诗的东西，很大程度上已有机地融化在诗人写诗使用的语言中，这是无法通过另一种语言表达的。中国古诗词译成英语或其他外语，甚至译成现代汉语，无论多么出色的译文，读起来韵味多少有所丧失，因为中国诗词的韵味是和古汉语不可分的，这种阅读美感无法用外语和现代汉语表现。同样，英诗的神韵或诗味，很多只能蕴含在英语这一载体中，译成汉语必然走味。作为资深的译诗者，对此应当深有体会，实在不必忌讳，更不必对诗不可译的说法耿耿于怀。况且，说诗不可译并没有否定译诗之必要。比如雪莱说过“译诗是徒劳无功的”，并将译诗比喻为将紫罗兰投入坩埚，想发现它的色和香的构造原理。[12]但雪莱又是位最热情勤奋的译诗者。在他短暂的一生中竟从希腊文、意大利文、西班牙文和德文译过大量诗作，包括荷马、维吉尔、但丁、歌德的名诗。他的《西风颂》便是翻译学习但丁的连锁三行体的产物。但丁、歌德、海涅和雨果也都阅读过大量的诗歌翻译作品。雨果和歌德甚至还写诗热情赞颂过荷马、阿那克里翁、维吉尔、但丁、彼特拉克、哈菲兹、塔索等外国诗人。[13]

弗罗斯特的话与上述雪莱的话一样，可谓经验之谈。说什么“译诗毕竟非他所长，因此，他对译诗的看法未必是什么真知灼见”(P26)，就未免可笑。而以小小译例论证诗不曾在翻译中失去，更是不足为训。用以佐证的弗氏小诗《人生》(*The Span of Life*)，看来是黄的得意之译，窃以为此译并未将弗氏驳倒，相反诗在翻译中真的失去了不少！好在诗不长，我们不妨一读：

> The old dog barks backward without getting up,
> I can remember when he was a pup.
> 这老犬只转头叫了叫，没起身。
> 它小时那模样，我印象还很深。(P24)

黄先生用2000—3000字的篇幅，论证无论内容、形式、音韵和意义，译文都与原作保持了一致。笔者以为黄译之“丧失”，至少有这么几点：

(1)原文是完整的两句，译文却断成四句，成了分行排列的散文。(2)译文既然十分口语化，“犬”字便显得不协调。谁会在通俗的语体中说“老犬”？(3)译文的顿数和字数与原文并不对应，因原文每行第一音步各短缺一和两个音节。(4)第二句原、译文信息含量不对称。因原文can remember的，可指小狗的模样、神态、动作、习惯，甚至逸事等种种，而译文只剩下了“模样”。(5)原文第一句多爆破音与译文多第三声的朗读语感不一样，这种音义相协的妙处无法翻译。以上分析也许有些吹毛求疵，但弗罗斯特若健在，他肯定会如此反驳。

(二)诗，不拘一格译

文学翻译是艺术的再创造。诗歌翻译是语言艺术的极致，应当百花齐放，不拘一格。各种译法，不必定于一尊。大而言之，译诗，也可算得“经国之大业，不朽之盛事”。因为诗歌既是一国语言之精华，民族精神的体现，译诗之重要便不言自明。单从语言方面说，在国际政治经济文化交流及竞争日趋频繁激烈的背景下，提高现代汉语的容量、能量、质量和融合力、创造力、表现力，使之与时俱进，日趋完美，在世界上扩大影响，提升地位，是不容忽视的大课题。语言是民族文化的命脉。文字是神圣的。每个以文字为职业的人，尤其是诗人和译诗者，都应当使自己笔下的语言文字精当优美，充满活力和魅力，以不辜负自己担当的使命。再说，译诗应当既具有认识价值（有兴趣的读者可从中约略感知原作的格律），更重要的是具有审美价值和社会效用价值，使读者不仅知之好之乐之，还能通过阅读提高语言能力，通过学习借鉴促进创作，以繁荣我国的文学事业。综上所述，笔者认为诗的译法，不应厚此薄彼，唯我独尊，而应不拘一格，八仙过海，各显神通。

黄先生专著第二部分的标题——“诗，要看怎么译”，再明白不过地透露了潜台词：只有“兼顾顿数和字数”，诗才是可译的，才能毫无丧失地传达原文的所有信息。果然，其中所有的文章都在论述证明这一主张的优点，贬低“以顿代步”和其他的译法。笔者拜读过黄先生的大部分译作，也读过别的翻译家的许多译本，笔者深感黄先生的译笔，当然不乏妙译，但比起吴兴华、查良铮、梁宗岱、屠岸、杨德豫、飞白、江枫、杨熙龄、顾子欣等许多先生来，似稍逊色。他强求字数一致而译出的“豆腐方块”，往往杂有较多赘字。诗的语言，犹如美人，增之一分则太长，减之一分则太短，每个字都有每个字的作用，都关系到诗的风格韵味，怎能让不少介词、助词混杂其中呢？窃以为如不强求字数整齐，赘字务去，黄先生的译品，必然会百尺竿头，更上一层。

（三）译评缺位与译品质量下降

缺乏严肃认真的翻译评论，是造成目前译品质量下降的重要原因。翻译评论尤其是译诗评论确实不易。如果说译诗吃力不讨好，那么译诗评论就是出大力最不讨好。当然，市场推销或王婆卖瓜式的评论不在此例。我们需要的是快人快语、尖锐直率的批评，需要的是挑刺，而不是吹捧。当然这种挑刺，应当是充分说理、与人为善的，而不是蛮横霸道、不容分说。笔者很赞同黄先生提出的评论需要不亢不卑的观点。学界译界不必为尊者讳，而应当奉行“真理面前人人平等”。目前的状况除译难，译评更难外，还存在批评普通译者难，批评名家更难的现象。当然这与整个社会的大背景、大气候有关。但如果我们明知其不合理，为什么不从自己从点滴做起，以蔚成风气逐步改变它呢？但愿本文能成为这样的一分“点滴”。此外，黄先生对于批评看来很有些虚怀若谷的君子之风，笔者因此才不揣冒昧坦率直言。其实，对于黄先生热爱并献身于译诗事业的精神，笔者多年来一直心怀敬佩。笔者也译诗，也患严重不治的眼疾，本该同病相怜才是。可既然事关译诗事业的必经途径，就不能不为之一辩。本文的观点或措辞若有不当，诚望黄先生海涵或批评，也欢迎广大读者指正。

参考文献

[1] 黄杲炘. 从柔巴依到坎特伯雷——英语诗汉译研究[M]. 武汉：湖北教育出版社，1999：144.（文中标明页码的引文均出自该书，下文不再一一注明）

[2] 周向勤. 读黄杲炘的《从柔巴依到坎特伯雷》[J]. 中国翻译，2004(2)：59—62.

[3] 杨周翰. 墓园挽歌题解与注释[M]//王佐良，等. 英国文学名篇选注. 北京：商务印书馆，1991：538—540.

[4] 刘祖慰. 从一首小诗的翻译谈文学语言风格的再现[J]. 中国翻译，1986(4)：25—30.

[5] 张俪. 理解还是误解？[J]. 中国翻译，1988(2)：44—46.

[6] 飞白. 诗海——世界诗歌史纲[M]. 桂林：漓江出版社，1989：1604.

[7] 蓝棣之. 新月派诗选[G]. 北京：人民文学出版社，1989.

[8] 杨德豫. 用什么形式翻译英语格律诗[M]//杨自俭，刘学云. 翻译新论. 武汉：湖北教育出版社，2003：93—107.

[9] 莎士比亚. 莎士比亚全集：11[M]. 朱生豪，译. 北京：人民文学出版社，1978：159.

[10] 吕叔湘. 中诗英译比录[M]. 上海：上海外语教育出版社，1980：9.

[11] 曹雪芹. 红楼梦[M]. 北京：人民文学出版社，1982：658—670.

[12] 雪莱. 为诗辩护[M]//刘若端. 十九世纪英国诗人论诗. 北京：人民文学出版社，1984：124.

[13] 刘新民. 诗篇中的诗人[M]. 北京：人民文学出版社，2004.

（原刊《四川外语学院学报》2007 年第 1 期）

形神兼备说译诗

一

形神兼备，即钱锺书先生所说文学翻译的“化境”[①]，是译诗的最高境界，也是每位译诗者孜孜以求的目标。译诗当力求形神皆似，入于“化境”，几乎已是译界的共识。因为在一切文学作品中，诗最讲究形和神的统一，要求形式完美，语言凝练，意象生动，韵律和谐，内涵深刻，富于神韵。因此在翻译时，必须兼顾形神，缺一不可。舍原作之形以求传神，势必形失神亡；而拘泥于原作的表层结构失却神韵，更不可取。笔者在编译《澳大利亚名诗一百首》（已由浙江文艺出版社出版）时，殚思竭虑，力求形神皆似，既传达原诗神韵，又忠实原作的形式风格，并注重语言的锤炼，努力用诗的语言再现原诗之美。译诗甘苦，寸心自知。本文结合译诗实践，援引实例，谈谈在译诗中追求形似神似的体会，或有不当，恳请方家赐教。

闻一多先生在《诗的格律》中说：“诗的实力不独包括音乐的美（音节），绘画的美（辞藻），并且还有建筑的美（节的匀称和句的均齐）。”这三美，指的就是诗的形式美。翻译诗歌，应当力求不走形，尽可能保持原诗的诗体、格律、句法、音步和韵式，以保存原诗的三美。由于《澳大利亚名诗一百首》所选，均为文学史上有定评的名篇，包括不同流派、不同风格、不同时代的作品，因而各类诗体都有，从民谣体，十四行诗，不同形式的格律诗到五花八门的自由诗，可谓形态各别，风格迥异。我在翻译时，尽可能保存原作之形，使译诗能再现原诗的本来面貌。例如早期民谣诗人林赛·戈登那首在澳洲脍炙人口几乎家喻户晓的《奄奄一息的骑马牧人》，全诗 80 行，均是七音步（单句）、五音步（双句）的长句。（据评论家 L. J. Blake 考证，这种长句最适宜牧人夜牧时对牛群吟诵。[②]）原文属民谣体诗，因频繁运用头韵、对仗等修辞手段，加之基本整齐的抑扬格，严整的音步和押韵，因而节奏自然流畅，朗朗上

① 钱锺书：《林纾的翻译》，《翻译论集》，商务印书馆 1984 年版，第 696 页。

② L. J. Blake: *Australian Writers*, Rigby Limited, 1968, P186.

口，适宜吟诵：

Twas merry in the glowing morn, among the gleaming grass,
To wander as we've wandered many a mile,
And blow the cool tabacco cloud, and watch the white wreaths pass,
Sitting loosely in the saddle all the while.

译文努力保持原诗在语言和韵律上的特色，并力求在形式上与原诗一致：

多痛快啊，阳光灿烂的早晨，在闪光的草地，
像过去远游溜达时一样闲逛，
吹吐着清凉的烟雾，看白色烟圈飘然而逝，
一边悠闲随便地坐在马鞍上。[①]

而对于崇尚古典、恪守传统诗歌形式的霍普和麦考利，翻译时也严格依据原作的格律和句式，使译文形式和语言风格尽可能贴近原作。如著名诗人霍普的代表作《飞鸟之死》（录两节）：

She feels it close now, the appointed season
The invisible thread is broken as she flies;
suddenly, without warning, without reason
The guiding spark of instinct winks and dies.

Try as she will, the trackless world delivers
No way, the wilderness of light no sign,
The immense and complex map of hills and rivers
Mocks her small wisdom with its vast design.

似乎感到最后时刻正在来临，
那无形的生命之线已经断裂。

---

① 译文均引自《澳大利亚名诗一百首》，浙江文艺出版社 1992 年版，引文个别地方略有改动。

突然间没有警告没有原因
导航的本能之光一闪而灭。

它拼死挣扎，可大地浑然一片
不见路途，云光茫茫更无标志，
广阔无垠纵横起伏的江河山峦
自恃宏大而讥笑它的渺小才智。

有的诗人同时有自由诗和格律诗入选。如20世纪60年代以处女诗集《我们要走了》一举成名的土著女诗人凯思·沃克，入选的两首诗体截然不同。《我们要走了》是自由诗，诗句长短参差不齐，正宜于倾诉土著人心中的愤懑之情。而《不再用飞镖》一诗共13节，每节四行，全是四至六音节的短句，语言又通俗简练，译文便大多用五言句式。且举两节为例：

No more sharing	不再可分享
What the hunter brings	猎人捕获物，
Now we work for money	干活可挣钱
Then pay it back for things.	购物再支付。
Now we track bosses	现在找老板
To catch a few bob,	去挣几个钱，
Now we go walkabout	再短的路程
On bus to the job.	也坐车上班。

要做到形似，除诗体保持一致外，还应在节奏、韵律、韵式、句法、移行等诗的表现形式上尽量接近原作。英语诗歌的某些技巧不同于中国诗歌，例如诗句移行和抱韵、随韵、交韵等韵式。保留这些特点，不仅是为了“异国情调”，更主要的，这些手段往往与全诗的意境韵味和精神有密切关系。倘若完全按中国诗风格译出，就易失去原诗风貌和神采。例如著名女诗人哈伍德的《尘埃与尘埃》一诗，回忆自己初恋的情景，全诗写得若幻若现、空灵朦胧，意境十分优美。其诗句大多移行，有两句甚至跨节：

…as I wake	……我醒来
to absence, with your name	已离散，你的名字

shaping my lips. I lie	还凝在唇边。我躺着
losing the dream that hangs	失去了梦，它悬在空中
fading in air. I shake	渐渐消退。我挥去
the last of night away.	最后的夜色
……	
moving dust-motes shine,	游动的尘埃闪着光，
remote from any dream,	远离梦境，
cannot restore, renew	无法唤回，无法重现
our laughter that hot night.	我们那个炎热的夜晚的笑声。

细细咀嚼一番，不难体味这样移行甚至跨节自有其奇妙的效应：这些技巧多么有助于真切反映诗人对初恋魂牵梦绕、藕断丝连的情感！其形式和内容真正达到了高度的统一。

肖·尼尔逊是澳大利亚著名的抒情诗人。他的《鹤是我邻居》，写出了诗人对蓝鹤的喜爱之情。在诗人笔下，鹤是那么卓立不凡（录两节）：

The bird is my neighbour, a whimsical fellow and dim;
There is in the lake a nobility falling on him.

The bird is a noble, he turns to the sky for a theme,
And the ripples are thoughts coming out to the edge of a dream.

鹤是我的邻居，一个古怪神秘的伙计，
湖泊赋予它一种高贵的气质。

鹤是高贵者，它转向蓝天寻求主题
层层涟漪是它的思绪，扩散到梦的边际。

全诗所用的随韵就恰到好处地表现了诗人与蓝鹤心灵契合，引为知音的深情。

二

译诗力求形似的目的，是传达原作的诗味、诗美、意境和精神，即保持原诗的神韵。茅盾先生在《译诗的一些意见》中就曾力主译诗“要有原诗的神韵”。他说：“神韵是超乎修辞技术之上的一些‘奥妙的精神’，是某首诗的个性，最重要最难传达，可不是一定不能传达的。”[①]保留神韵，也就是传达原诗的魅力和感染力。那么，究竟如何才能尽可能地做到这一点呢？我在译诗时，主要注意了以下三个方面：

第一，对于原诗中新鲜独特的意象和隐喻，尽量直译，以便直接呈现情景交融、形神结合的意境。精彩的意象和隐喻，几乎是诗的生命，是构成诗美的最基本要素之一。译者对此应心领神会，悉识其妙，从而恰到好处地移译。如被评论界视为澳大利亚诗歌史上登峰造极之作的斯莱塞的《五阵钟声》，就是妙喻连珠、意象奇绝的名篇。这些隐喻和意象翻译时全部保留，从而使译文增色不少：

> 从泊于岁月的思绪之锚上窃取/这些无谓的记忆；
> 感受暴雨利爪的袭击；
> 夏日淫雨柔软的箭矢/湿气海绵般的脚爪；
> 如梦一般虔诚的石碑……/这些美丽的雕石做成的祭饼；
> 你遇难之夜，我感到海水的黑色手指/楔入，感到你的耳膜震裂……

又如20世纪六七十年代新诗运动的代表人物德朗西菲尔德的《恋人的双人舞》，其第一节写得多么瑰丽雄奇、气势不凡，译诗直译其中隐喻，再现了原作恢宏的境界：

Morning ought not	早晨
to be complex.	不该复杂。
The sun is a seed	太阳是颗种子
cast at dawn into the long	黎明时播入
furrow of history.	历史长长的沟畦。

① 茅盾：《译诗的一些意见》，《翻译论集》，商务印书馆1984年版，第348页。

第二，悉心体味原作的风格和情趣，努力使译诗与之契合。诗的风格情趣，是诗的神韵的重要内容，应当是可以意会、可以言传的，并非“妙处难与君说”。通过仔细研读原作，掌握诗人的感情脉络，译者完全可与诗人默契共鸣，并传神地转达。这一则因为中英文都是表现力极强、极丰富的语言，也由于中英诗歌源远流长，奇彩纷呈，各种风格情趣的诗差不多应有尽有，足资借鉴。只要译者有较高的语言造诣和文学修养，是可以传神达意相媲美的。《澳大利亚名诗一百首》所选的诗风格情趣各不相同。有的悲怆郁悒感情凝重，如布鲁斯·道反映越南战争的名篇《回家》；有的气势雄浑，荡气回肠，如克雷布的《混乱》；有的幽默诙谐，活泼轻快，如莱曼的《赋中国泪罐》；有的平易朴素，清新自然，如坎贝尔的《夜播》。笔者翻译时曾反复吟读揣摩原诗，仔细体味每首诗的特点、风格、情趣，先了然于心，然后再通过选择恰当韵脚、安排节奏、锤炼语言等等手段，努力加以再现。如《赋中国泪罐》一首，极富情趣，原作和译文读起来都有一种轻松活泼的幽默感，犹如一出轻喜剧，几乎可让人忍俊不禁。

第三，诗的风格是和语言的运用分不开的。因此必须重视语言，选择最接近原作风格的词语，使译文语言与原诗风格协调一致。在翻译佩特森的《来自雪河的人》时，有一小句原文是 and any slip was death，笔者译成“不慎摔跤就肯定没命”。但最初翻译时，却译成“必死无疑”。一番斟酌后改为“肯定没命”。因为《来自雪河的人》是民谣体诗歌，丛林地带的牧人差不多都能背诵，通俗性口语化是其特色。显然，“性命难保”或“肯定没命”更符合原诗的风格。又如澳大利亚当代最著名女诗人朱迪思·赖特的两首诗《牛车夫》和《夜鹭》，旨趣不同，语言风格也有很大差异。译文语言把握得较为妥帖：《牛车夫》深沉凝重，庄严典雅；而《夜鹭》则纯朴自然，不假雕琢，几近口语。我觉得只有使译文风格与原作风格一致，才能算是“神似”，才能保留原作的神韵。

三

诗歌翻译的形似和神似，都离不开语言的精益求精。无论古今中外，诗总是一切文学形式中最高的语言艺术。大诗人必然是语言大师，其遣词用字，常出神入化，无不精妙妥帖，臻于炉火纯青之境。译诗的过程，就是修炼语言功夫的过程，就是努力用诗的语言再现原作的意美、形美、音美的过程。译出来的也应当是诗，具有和原作同等的魅力。因此，译者几乎是和作者在进行一场语言能力的角逐。倘若功力不敌，译诗往往就难以与原作媲美。

有时原文的意义虽不难理解，却很难用贴切的诗句表达，令人极费踌躇。如笔者在译大卫·坎贝尔的《祈雨》时遇到的一行诗句，用来形容译诗时冥思苦索以寻觅传神妥帖的词语，真是再恰当不过：

Sown deep, the oaten grain
Awaits, as words wait in the brain,
Your release that out of dew
It may make the world anew.
播得深深的麦种儿盼雨
如思想苦苦寻觅词语，
你的到来，露珠般纯净
会让世界变得焕然一新。

其中的第二句确实相当难译，简直令人绞尽脑汁、煞费苦心。笔者推敲修改了不知多少遍，最后才译成现在的样子，似乎意境和语言两方面都还差强人意。

另一个例子是肖·尼尔逊的《娴雅的水鸟》。其中第二节原文是：

In the dim days I trembled, for I knew
God was above me, always frowning through,
And God was terrible and thunder-blue.

最后一句在全诗中出现三次（后两次用否定句）。那么，"thunder-blue"究竟如何理解？笔者揣摩是指上帝的脸色犹如风暴即临雷电交加时天空的阴沉灰暗恐怖。怎样才能译得传神，词语极简练又押韵？笔者斟酌数月，颇有山穷水尽无可奈何之感。后来终于译成：

晦暗的日子里我颤抖，因我明白
上帝就在我头顶，总是双眉拧紧，
上帝之可怕，犹如雷暴前天色铁青。

在中文里，"铁青"指狰狞盛怒的脸色，而青与 blue 也较相近。实在黔驴技穷，只能如此自圆其说，但这一句总是心存忐忑，尚待高明指教。

诗歌语言，贵在精练传神。可有可无的赘词应尽量删去。只要能保留原作的神韵风格和形式，读来抑扬顿挫，有节奏感，我便力求用最少的文字，以使诗句凝练简洁、干净利落。如土著诗人吉尔伯特的《我是树》一诗。在反复酌改后，译文几乎只保留实词，因而语言浓缩、意象稠密：

I am the tree	我是树
the lean hard hungry land	贫瘠坚硬饥饿的大地
the crow and eagle	鸦和鹰
sun and moon and sea	太阳月亮和海
I am the sacred clay	我是神圣的土
which forms the base	构成基础……

造成了和原作相仿的意象跳跃的蒙太奇效果。这方面的例子较多，限于篇幅，不一一赘述。

笔者在编译《澳大利亚名诗一百首》时，就译诗的形似、神似，做了些探索和努力。拙译在第三届澳大利亚研究国际研讨会上，也受到中外学者的好评。[①] 然而，山外有青山，译艺无止境。文学翻译的"化境"，是极高的境界。笔者学识功力有限，拙译必然存在不少缺点，诚望读者和译界方家指正。古人云，诗无达诂。其实就译诗的艺术完美来说，也是无法穷尽的。笔者愿以形神兼备为鹄的，取法乎上，力求完美，在今后的翻译实践中，争取更上一层楼。

（原刊《中外诗歌研究》1994 年第 4 期）

---

① 研讨会期间，澳大利亚驻华使馆文化参赞 Peter Brown 先生曾为该书题词：Congratulations for a splendid collection of Australian Poems. Old and modern are well represented。（祝贺此杰出的澳诗译本。传统诗和现代诗入选甚为精当。）

译诗何妨雅达信

一

自严复提出“译事三难，信达雅”以来，论者多表赞同，少数质疑，也只是针对达雅而发，对于三字次序，则鲜有持异议者。其实因原作文体有别，信达雅三者自当各有侧重，怎可一概而论？严复所译为社会科学理论专著，目的在阐明事理，开启民智，因而求信为首务，“达旨”至上理所当然。大凡学术专著、书评文论、法律文件、契约合同、科研论文、实验报告之类，莫不如此。而文学作品虽亦关乎国运世风，主旨毕竟在于怡情，倘达雅不足，焉能令读者知之、好之、乐之，因此翻译时宜三者并重，不可偏废。至于诗歌，乃语言艺术之极致，诗人创作的目的，主要并非为传达信息，议事论理，而是为艺术创造；不仅为怡情，更在乎求美，因此翻译时力求雅达信，应当是顺理成章的事。当然这里的雅，不是严复所指的“尔雅”，“用汉以前字法句法”，主要也并非指词语雅驯、典雅、文雅、优雅，讲究文笔，注重修辞，再现风格，而是指诗的神韵、精神、气韵、境界、意境、韵味、诗味等等，也就是诗之所以为诗的东西。

弗罗斯特说：“诗歌就是在翻译中失去的东西。”译诗所失究为何也？意义可转达，形式可移植，风格可模仿，技艺特色亦可弥补。译诗所失，便是诗之所以为诗的东西——韵味，或曰神韵、精神、气韵、境界、意境、诗味等等，不一而足。这些都是五四以来名家谈译诗时所用之词。词虽不同，其义则一，意见可谓相当一致：译诗应保留原作神韵；重要的不仅仅是译意，更要译味；译意易而译味难；译出的也应当是诗。保留神韵译成诗第一，未可兼得时忠于原作内容可为第二。此即译诗何妨雅达信。不妨择要举名家之论如下：

> **茅盾**：“我赞成意译……主要在保留原作神韵的译法。”“与其失‘神韵’而留‘形貌’，还不如‘形貌’上有些差异而保留了‘神

韵’。” (罗新璋,1984:346)

郭沫若:“我们相信理想的翻译对于原文的字句,对于原文的意义,自然不许走转,而对于原文的气韵尤其不许走转。”“三条件不仅缺一不可,而且是在信达之外,愈雅愈好。所谓‘雅’,不是高深或讲修饰,而是文学价值或艺术价值比较高。” (罗新璋,1984:331,498)

林语堂:“忠实的第二义,就是译者不但须求达意,并且须以传神为目的。”“达意而不传神之作品,不能名为翻译原文,只可说是暗杀原文。” (罗新璋,1984:425)

成仿吾:“译诗应当也是诗,这是我们所最不可忘记的。其次,译诗应当忠于原作。”“总而言之,译诗第一要‘是诗’。假如它是诗,便不问它与原诗有无出入,它是值得欣赏的。” (罗新璋,1984:383,389)

叶君健:“没有‘雅’,译文也就没有个性。一部文学作品在被移植到另一种文字中时,最低的要求当然是‘信’和‘达’,但是能否把原作的精神表达出来则是另一个问题,而且是一个最重要的问题。” (沈苏儒,1998:78)

朱生豪:“余译此书之宗旨,第一在求于最大可能之范围内,保持原作之神韵,必不得已而求其次,亦必以明白晓畅之字句,忠实传达原文之意趣。” (罗新璋,1984:457)

传神重于达意,众说并未纷纭。外国名家论译诗,见解颇多相通,亦引若干如下:

萨瓦里:“困难在于不仅要把语言译过来,而且还要把诗意译过来,而诗意又是那么微妙的东西,在从一种语言向另一种语言倾注的时候,诗意会全部挥发。” (廖七一,2001:63)

庞德:“译诗应重现原诗总体的效果。不追求意义的对等,而追求与原作者‘思想感情的对等’。‘创造性的翻译’,翻译一首诗,就是创作一首新诗。” (郭建中,2000:57)

奈达:“一首抒情诗要译得完全贴切,通常要求几乎是就同一主题创作一首‘新诗’。原语和译语的文化有着明显区别时更是这样。事实上,把一首诗译成不是诗的东西,就不是功能对等的翻译。” (Eugene A. Nida, 2001:94)

拉尔夫:“译诗首先应该是一首新诗,是一首好诗,而不是死气沉沉的学术上的正确性。”　　　　(郭建中,2000:222)。

可见中外译家论者所见略同,即:“译诗与写诗无异。译诗首先应该是一首诗,又能表现原诗的神韵和意义;在神韵和意义之间,神韵又是第一位的。”(郭建中,2000:223—226)因此,译诗求雅达信,并非笔者创见,而是国内外众多译诗者译论家的共识。雅达信,亦可分指神似、形似、意似。译诗自当力求形神兼备,不失本义,不可兼得时不妨舍形似而求神似;而万不得已“意”“神”两难全时不妨求雅美而略失真,因神似高于达意。或许,在唯“信”论者或视“忠实为译者天职”的人看来,此见未免荒谬,不足为训。可这是求本之法,与其信而失诗,不如保住诗的本色而略失真,使得诗在翻译中不至于失去!

二

沈苏儒先生在《论信达雅》中,曾分类撮要介绍过百余家(多为名人)对严复“三字经”的评论。其中大多赞同,部分持中,少数否定。后两类人物中,又大半认为一“信”足矣:“做到一个‘信’就都有了”,“文学翻译的质量标准只有一个字——‘信’”,“三字之中,仅剩‘信’字……忠实应是译文的唯一标准”(沈苏儒,1998:90,105,109)。囿于当时的认识水平,唯“信”论颇有市场,原不足怪。今日看来,悬一“信”以绳天下译事,就未免偏颇,局限多多了。不妨试举数端:(1)唯“信”至上,必视原作为神圣,则必置译者为奴为叛,千错万错皆在译者。(2)唯“信”往往导致偏重语言转换和意义传达,而忽视艺术分析及美学追求,造成译品语义正确,艺术上却苍白无力,缺乏个性。(3)唯“信”则往往只重原著原文,而很少顾及译语文化系统种种因素(意识形态、诗学传统等等)。(4)唯“信”往往妨碍甚至抹杀译者的主动创造和读者的积极接受,不利于原作在另一文化语境中的传播和重生。

唯“信”论亦即“原著中心论”(王宏志,2007:15),当属译论中的语言学派。现代文论译论的发展,早已超越了语言学的疆界和“原著中心论”的樊篱,而深入文化及种种相关学科的领域。翻译已不再视为仅仅是两种语言间的转换,也不仅仅是译者与作者间的交流。接受美学影响所及,早将对文学作品的解读审美话语权授予广大读者;解构学派将原文看成未定的开放的系统,是翻译的“改写”使其重生,从而大大提升了译者译作的地位;翻译研究派、多元体系派及操控学派等所促成的“文化转向”,更是将翻译的视角扩展至无限广阔的文化层面及意识形态、赞助人、诗学等政治、社会和艺术范畴。在种种译论纷起迭出交相融汇的大背景下，文学尤其诗歌翻译的创造性本质也逐渐凸显，并获得愈加广泛的确认。态度最为鲜明的如法国学者让·帕里斯便这样宣称："译者用他自己的语言做着诗人同样的工作……翻译不是雕虫小技，它确确实实是一种创造。"另一位学者罗伯特·埃斯卡皮则直接提出了"翻译总是一种创造性叛逆"的命题。纵观国内外译论家对诗歌翻译的见解，也大都赞同"创造性叛逆"之说(谢天振，1999：95，137)。

诗歌翻译之所以多创造性叛逆，与诗的本质分不开。诗最重要的特征在于创新。英语中诗歌(Poem)一词来自希腊文，原意是"创造出来的东西"(things created)。因此，诗歌就是能以其深邃洞察打动读者，能创造性地使用语言获得特殊效果的东西。诗歌有节奏、韵律、形象、声音和体式等外部艺术形式，但更重要的是内容，即其独到的感悟和深邃的洞察。这便是前述的神韵、精神、气韵、意境、韵味等等。诗之所以为诗，便在于其意其象之新，其语言及表达之独特完美。而在翻译过程中，这些构成诗的灵魂的要素很难完全保存。这不仅由于两种语言的巨大差异，更在于两种文学文化体系在审美情趣、诗学规范乃至大文化背景的种种不同。为保存"诗"，译者势必要依据译语文化，对原诗做相应"改写"或"创造"，使之在新的语言文化环境中不失其"新"其"独特"。王佐良先生在谈到译彭斯诗《一朵红红的玫瑰》时，曾举一例。原文中"the seas gang dry"与"the rocks melt"与汉语成语"海枯石烂"完全对等，可这海与岩石的比喻在原诗文化语境中很新鲜，而在汉语中早成陈词滥调。为此王避免用它，而换了别的译法(王佐良，1989：73)。或许王译仍未改变原比喻形象，可其思考和选择正反映了译诗时对诗意形象的斟酌及译入语诗学准则对翻译的操控。诗歌翻译史上译者出于同样考虑而做出创造性叛逆"改写"的例子，可谓比比皆是，而且这种改写也大多获得了评论家们的肯定和赞许。其中缘由，罗新璋先生的一段话，说得最为透彻："作家运思命笔，自应充分发挥主体的创造力量，译者在翻译时难道就不需要扬起创造的风帆？须知译本的优劣，关键在于译者，在于译者的译才，在于译者的译才是否得到充分施展。重在传神，则要求译者能入乎其内，出乎其外，神明英发，达意尽蕴。……大凡一部成功的译作，往往是翻译家翻译才能得到辉煌发挥的结果。泯灭译者的创造生机，只能导致译作艺术生命的枯竭。"(谢天振，1999：126)

综上所述，诗歌翻译中唯求一"信"，是远远不够的。译诗不仅当求信，更当求雅求达。因为雅与诗自古一家(这点容后再议)；因为译诗是最精致的语言艺术活动，自当求雅求美；因为译诗过程中译者须"充分施展"其创造之才，方能出“成功的译作”。译诗求雅达信，便是译者充分发挥其创造性才能，努力将原诗中的神韵、精神、意境、韵味等，移入译诗中，将在原语文化传统中的“诗”，移植到译语文化体系中，使“诗”毫不逊色减味，成为雅作，甚至经典。雅既指翻译过程中的艺术创造，也指翻译的终极目的和成果：成就完美之作，大雅之作，经典之作。

三

译诗求雅，即神韵重于形貌，传神高于达意，应当是可感可求的。优秀译作中不乏其例。如孙梁先生所译 Edmund Spenser 的《爱情小唱》第 70 首最后两句：Make hast, therefore, sweet love, whilest it is prime; For none can call againe the passed time。钟爱的情人，行乐当及时；/春去也，无计唤住。宗白先生所译 Edward Thomas 的 *The Pond*，最后三句为：Naught's to be done/By birds or men/Still the may falls。春易老/无可奈何人与鸟/五月悄悄去了。原诗行中均无“春”字，译句“春去也”，“春易老”，令读者顿时唤起古诗词中多少伤春惜春的名句，可谓境界顿出，多少韵味情致俱在其中（孙梁，1987：33，367）。又如朱生豪译《罗密欧和朱丽叶》全剧最后两行：For never a story of more woe/Than this of Juliet and her Romeo。古往今来多少离合悲欢/谁曾见这样的哀怨辛酸！汉译相当自由，未求字比句次的对应，而求神似形美，谁能否认这是上乘佳译？

或许这些仅是微观的只字片语。那么，不妨以名家名诗做较宏观的审视，且以浪漫派华兹华斯、雪莱、济慈三大家为例。他们的诗均已有多种译本，均出自著名译家之手，因限于篇幅，不再引诗行细析，只就笔者阅读整体印象，略做评论。华兹华斯诗之汉译，国内主要有杨德豫的《湖畔诗魂》（人文版）和黄杲炘的《华兹华斯抒情诗选》（上海译文版）。杨译“不仅将原诗的内容译出来了，而且译出了原诗的风貌、神采和韵味”。“既译出神韵，又译出格律”，“所用的语言却是非常自然流畅质朴，保留了原诗清新自然的风格”（屠岸、章燕：《湖畔诗魂》序）。黄译则似乎偏重“达意”，唯求内容忠实，而华氏诗歌的语言风格及其神采韵味，则多有丧失。读者不妨对读《廷腾寺》一诗（王佐良先生评论：“这是华兹华斯最完美的作品之一，也是英国诗史上最辉煌的成就之一。”——王佐良，1988：257），便可略见译品的高下。黄译语言似显粗芜，如首句“我又再一次”“在这远离海的内地”等。在开头短短十余诗行中，竟出现了十多个“这”“这些”，几乎超出了原文中 this、these 的一倍。黄译的语言，无从再现华氏此诗“清新、动听、形象美、韵律美”又有想象力和激情贯穿其中的特点，从而失却神韵。杨译语言的形象美、韵律美，则直逼原诗，算得上是译诗中的精品，杨译获彩虹翻译奖可谓实至名归。雪莱诗作汉译主要有查良铮的《雪莱抒情诗选》(人文版)和江枫的《雪莱全集》。江枫先生倾毕生之力译雪莱，曾获全国诗歌翻译终身成就奖。然而，依笔者之见，江译无论传神达意出味或语言精奇优美，似乎均不及查译。查译用词准确，语言形象，诗句流畅可诵。江译则似逊色。如《给华兹华斯》一诗前四行，查译每行 11—12 字，节奏极自然，江译 14 字，读来便觉滞涩。而“你曾哭泣着领会”“爱情最初的光辉”等语，亦累赘乏味。又如《西风颂》一诗首节，查译“秋之生命的呼吸！”江译“秋之实体的气息！”“生命的呼吸”远比“实体的气息”准确、形象、有力。第二、三行查译：“你无形，但枯死的落叶被你横扫/有如鬼魅碰上了巫师，纷纷逃避。”江译：“由于你无形无影的出现，万木萧疏/似鬼魅逃避驱魔巫师，蔫黄，魆黑。”后者均远逊前者。原诗鲜明具体的“the leaves dead are driven”被抽象一般化成“万木萧疏”，“由于”分明是赘词，第三行的节奏感和气势，江译也远不如查译。可以说查良铮的译文，保留了原诗的形象气势和神韵，而江译则所失良多。济慈诗汉译，传世的主要有查良铮和屠岸的《济慈诗选》(均为人文版，前者 1958 年，后者 1997 年)。屠岸先生是笔者极敬重的著名译诗家，其《济慈诗选》又曾获彩虹翻译奖；然而笔者却更喜爱查译。因为查译音律和谐，措辞典雅，诗句流畅，毫无迟滞之感，诗味更是清丽感人。屠译严格遵循原诗形式，语言也相当典雅，但每行五顿导致诗行略长，似显拖沓，语言也不够凝练。如果对读济慈的《致查特顿》，查译诗律灵动，语言精准之美，恰如济慈，当在屠译之上。对读著名的六颂，两译几乎难分伯仲，但查译语言与节奏似更清丽流畅。以上诸译中，笔者以为黄译、江译属唯“信”之译，且所忠实的，多在语义，而于诗意诗美，多有所失。屠译、杨译可谓信达雅之译，不愧为译诗上品。查译诗味浓郁，神韵依旧，堪称雅达信之译，译品又略在屠杨之上。可惜译诗中，查、屠、杨译这样的上品精品尚不多见。

译诗求雅，即力求使原作中的“诗”在译作中转世重生，并在译语文化语境中成为上品、精品和经典。这样的先例在译诗史上并不鲜见。久为国内唯“信”论者诟病的菲兹杰拉德英译《鲁拜集》和庞德《华夏集》就是如此。波斯诗人俄默几乎已湮没无闻，菲译却成为英诗精品，列为世界文学名著。庞德之译不仅成为英诗经典，还大大提高了中国古典诗歌在美国的影响，甚至促成了美国意象派的诞生。因此，请不要以一“信”字，轻易否定菲译、庞译。他们的创造性叛逆，使“诗”转世投胎，在新的文化语境中重生，为文学宝库增添了新的经典，成为译诗史文化交流史上的佳话。试看我们的翻译，有多少如菲氏、庞氏的传世之译？倘若我们出些类菲译、庞译之译，为我们的文学宝库增添些波斯湾、大西洋、太平洋的璀璨明珠，何乐而不为呢？

四

译诗当求雅达信，因为雅与诗的渊源久远，几乎可说诗雅本为一家。中国诗歌最早的源头《诗经》分为“风”“雅”“颂”，有《大雅》《小雅》111 篇，多为史官、太师、公卿列士等士大夫的诗，是当时最流行的乐章。因此，风雅又成为诗之别名。大诗人李白就极为推崇“风”“雅”。他的著名组诗《古风》59首，第一首开篇便是“大雅久不作，吾衰竟谁陈？王风委蔓草，战国多荆榛……正声何微茫，哀怨起骚人”。2000 多年来，诗人便被称为雅人、雅士、风雅之士，作诗称为雅事，诗兴称为雅兴，诗人相聚吟诗为雅集，爱好诗歌称为雅趣，或贬称附庸风雅。连《圣经》中的所罗门之歌也译为《雅歌》。“雅”字本义，据《辞海》为“正的”“高雅不俗”，这些也与诗的特征相合，因此便有上述种种与诗相关的雅语，又有雅乐、雅驯、雅正、雅言、雅致、雅游、雅人深致之说。

中国新诗诞生后，尤其 20 世纪后半叶以来，诗似乎与雅已分道扬镳，且愈行愈远。雅因被视为资产阶级、封建士大夫的审美情趣而被久久打入冷宫。流风所及，甚至累及严复的“信达雅”。百年汉译西诗，卓有成就，却亦有流弊，不良译诗对新诗的俚俗之风，颇多影响。当今诗坛，有些诗作贫乏鄙俗到令人难以置信的程度。连一级诗人，也会写出诸如“我坚决不能容忍/那些/在公共场所/的卫生间/大便后/不冲刷/便池/的人”之类所谓的诗来。这正是诗坛长期贬雅的恶果。雅荡然无存，为世人耻笑诟病，实为我泱泱诗国的不幸。如今是到了该大声疾呼为雅正名的时候了！为了力挽诗之颓势，重铸诗之辉煌，我们今天太需要雅作、雅译了！与其仅剩忠信、诗味俱失的信译，不如略输忠信、诗味盎然的雅译！诗坛寂寞译诗冷落，盖因太缺“雅”的元素。译诗何妨雅达信，雅字当头，既为匡正时弊而矫枉过正，亦为求严复原意之“期以行远”，更为重振我诗国之辉煌。愿译诗能出些大雅之译、经典之译，则吾诗国幸甚，吾诗坛译业幸甚，吾缪斯之众粉丝幸甚！

参考文献

[1] 郭建中. 当代美国翻译理论[M]. 武汉：湖北教育出版社，2000.

[2] 罗新璋. 翻译论集[M]. 北京：商务印书馆，1984.

[3] 廖七一. 当代英国翻译理论[M]. 武汉：湖北教育出版社，2004.

[4] 沈苏儒. 论信达雅——严复翻译理论研究[M]. 北京:商务印书馆,1998.
[5] 孙梁. 英美名诗一百首[M]. 北京:中国对外翻译出版公司,1987.
[6] 王宏志. 重释"信达雅":二十世纪中国翻译研究[M]. 北京:清华大学出版社,2007.
[7] 王佐良. 英国诗选[M]. 上海:上海译文出版社,1988.
[8] 王佐良. 翻译:思考与试笔[M]. 北京:外语教学与研究出版社,1989.
[9] 谢天振. 译介学[M]. 上海:上海外语教育出版社,1999.
[10] 华兹华斯. 湖畔诗魂[M]. 杨德豫,译. 北京人民文学出版社,1990.
[11] 华兹华斯. 华兹华斯抒情诗选[M]. 黄杲炘,译. 上海:上海译文出版社,1986.
[12] 雪莱. 雪莱诗选[M]. 江枫,译. 长沙:湖南文艺出版社,1991.
[13] 雪莱. 雪莱抒情诗选[M]. 查良铮,译. 北京:人民文学出版社,1958.
[14] 济慈. 济慈诗选[M]. 查良铮,译. 北京:人民文学出版社,1958.
[15] 济慈. 济慈诗选[M]. 屠岸,译. 北京:人民文学出版社,1997.
[16] NIDA E A. 语言与文化——翻译中的语境[M]. 上海:上海外语教育出版社,2001.

(2008年,在西南师大第六届中外诗歌翻译研讨会上提交并发言)

翻译千古事　得失共探知

——应当重视文学翻译评论

1991年的文学翻译评论，很有些新的气象。《中国翻译》和《读书》杂志先后发表了几篇翻译评论文章，其共同特点在于直言不讳，没有通常可见的客套和浮文矫饰，而所批评的，可说都是译界名家。这种对名家名译直言争鸣、坦诚批评的风气，可以说是久违了，而长期来被文学翻译界多少有些忽视的文学翻译评论，似乎开始引起了重视。这实在是件很好的事。

翻译对于一国文学的繁荣和文化的发达，影响极大，而评论对于提高文学翻译作品的质量，又极为必要。我国五四新文化运动的兴起和发展，就是和大量翻译介绍外国文学作品分不开的。试看短短几年，一时多少佳译，而当时评论界又是多么活跃。单一代文学大师鲁迅、茅盾、郭沫若，就写了不少有关文学翻译的评论文章；评论的切实直率，也足以令人耳目一新。如闻一多对郭沫若所译的《鲁拜集》[①]、郁达夫对王统照所译的玛生诗歌的批评[②]，都引据原文，深入剖析，直陈己见，而绝不做空泛虚誉。又如梁宗岱先生曾写了洋洋数万言的《论崇高》一文，以论证朱光潜先生将sublime译为“雄伟”不妥，可谓“一名之立”，万言佐证，不啻为译界美谈。[③] 这种翻译评论相互促进的佳例，国外就更多了。比较著名的，如英国维多利亚时代的著名诗人、评论家阿诺德，就曾著有《评荷马史诗的译本》[④]，该书深入阐述了荷马史诗朴实崇高的风格，对考珀、蒲柏、查普曼、纽曼等四位荷马译家的译本做了见解独到而深入严格的批评，这对于正确理解和欣赏荷马史诗，提高艺术鉴赏力和翻译水平，起了极大的作用。

翻译对于一国文化影响之大，显而易见，然而译事之难，常非局内人不易察觉。其实，许多作家兼译家的，都有翻译难的切身体会。脍炙人口、永

---

① 闻一多：《莪默伽亚谟之绝句》，《诗词翻译的艺术》，中国对外翻译公司1987年，第22页。

② 郁达夫：《读了玛生的译诗而论及于翻译》，《诗词翻译的艺术》，中国对外翻译公司1987年版，第13页。

③ 梁宗岱：《论崇高》，《诗与真·诗与真二集》，外国文学出版社1984年版，第116页。

④ M.阿诺德：《评荷马史诗的译本》，《中国大百科全书·外国文学卷》，中国大百科全书出版社1982年版，第32页。

葆魅力的文学名著，要用另一种截然不同的文字“信、达、雅”地译出，谈何容易？况且文学是以整个社会、整个人类为对象，自然会牵涉到政治、经济、哲学、科学、历史、宗教、文化，以至天文地理、医卜星相、风土人情、民俗俚语，真正无所不包，要忠实地译出原著内容，就着实不容易，何况要传达出原著的风格、文采、神韵。连一些学贯中西、语言功底极深的文学大师的译著，也常常会有些误译败笔，更不用说大量的一般译者。从这个意义上说，加强文学翻译的评论，也是极其必要的。

遗憾的是，较长时期以来，对于文学翻译的评论，似乎并未得到足够的重视。尤其对名家名译，往往多溢美之词，商榷切磋不多，坦率批评就更少了。鲁迅先生说：“翻译的不行，大半的责任固然该在翻译家，但读书界和出版界，尤其是批评家，也应该分负若干的责任。”[①]而现在，翻译界就明显缺乏一支稳定的有影响的评论队伍。小说、诗歌等等的创作，稍有影响或争议的，几乎常有连篇累牍的评论文字，评论文集也出得不少，可何曾见过一部专评翻译作品的论著？人民文学出版社的“外国文学名著丛书”已出到一百二三十种，湖南的“诗苑译林”也有四五十种，然而相应的评论——不是评介原著，而是对译本质量进行分析——几乎寥寥无几。即使是名著名译，问世以来没有具体深入讨论过的也不少。比如莎士比亚的剧本、但丁的《神曲》、歌德的《浮士德》，这类世界名著，在我国已不止一种全译本，但这些译本的质量如何，其优劣得失，就是在专家范围内，迄今也未见有较谨严坚实的评论，又遑论专著？特别是新时期以来，全国翻译出版了多少外国文学作品，可有关的书评，究竟有几篇？出版社只管出书，只要书问世，便大功告成，仿佛只要是名著或畅销书，译本便自然熠熠生辉一般。评论的不力，使译作质量每况愈下，难怪环顾今日译界，行家们要慨叹“佳译少见、名家难觅”[②]了。

文学翻译评论，有别于一般意义的文学评论。它的目的主要不是分析探讨作品的主题、结构、人物、表现手法等等，而是侧重于对比原著和译本，评论在意义、语言、风格等方面的等值与否及长短得失。这就要求评论者具有相当深厚的中外文语言修养，又有严谨踏实的学风。倘要进行几种译本的对比评价，更须探讨细究各译本的优劣得失，因此，做这类评论确实相当不易。由于国内译界还没有形成比较有系统、有影响的翻译理论，对于翻译标准、方法等一系列重大问题仍见仁见智，未达共识，因此翻译评论也无所依凭，未能有较深入开拓。大多数文章只是些词句意误译的罗列归纳，毕竟

---

① 鲁迅：《为翻译辩护》，《准风月谈》。

② 黄源深：《为何佳译少见，名家难觅——谈谈对译界现状的一点看法》，《世界文学》1991年第3期。

缺乏高屋建瓴的理论评析，评论方法也未免单调而有失偏颇，加之长期以来学术界对翻译存在偏见，其评论就更被视为不登大雅之堂，而且学界缺乏一种自由争鸣的空气，甚至文化圈内不少人也习惯于把批评视为攻击，于是乎批评之风就更难形成。凡此种种，都影响到翻译评论的开展，也严重阻碍着翻译水平的提高和翻译事业的进一步繁荣。

翻译千古事，得失共探知。文学翻译评论的正常开展，有待于广大翻译界人士的共同努力。首先，译界、评论界应高度重视这项工作，对各类名著名译及未有定评的译本，应组织力量进行深入评介讨论；其次，应当建立翻译质量管理制度，大力鼓励加强译著的评论工作，也可开展优秀译著读者评奖活动；等等。总之，经过共同努力，我们一定可以开创“得失共探知”的译评新风气，大大提高翻译水平和质量，并为繁荣我们整个社会主义文艺事业做出更大贡献。

（原刊《中国翻译》1992 年第 3 期，《新华文摘》1992 年第 7 期全文转载）

译诗百年（提纲）

一、译诗之必要

诗为民族之魂，一国精神文化之结晶。中国虽号称泱泱诗国，其实无论古诗、新诗，都呈颓势，有赖振兴。且中国诗于题材、志趣、意蕴、流派、风格，形式种种，与各国虽互有长短，有些方面却先天不足，尤显形绌。他山之石，足资借鉴。宜博采众长，以繁荣我国诗歌，丰富文明成果积累。

二、百年译诗盘点

国人译诗，自马君武、苏曼殊起，已历百年（见马祖毅《中国翻译简史》），几代人不懈努力，成果可观，尤以五四时期、20 世纪 30 年代、新时期为著。试举其荧荧显者：

1. 世界公认的八大诗人（荷马、但丁、莎士比亚、歌德、普希金、雨果、惠特曼、泰戈尔）之作，已近译全。莎翁全集已有四种译本，其十四行诗译本多达十余种，成为复译最多之诗作。其余各家或有全集或有多种近乎全译的文集选集，使之在中国诗人和读者中颇具影响。

2. 各国民族史诗已基本出齐，这对于深入了解各国文化多有裨益。

3. 各国一些重要诗人及重要作品，已有所译介，如英国乔叟的《坎特伯雷故事》，弥尔顿的三大史诗及浪漫派各大家的诗作，其中雪莱已出全集。

4. 已有一批质量高、覆盖广、选目精当的国别诗选，其中突出的有《英国诗选》（王佐良）、《法国诗选》（程曾厚）。

5. 文学史上各种诗歌流派及其代表作均已译介。

6. 已有较多大型系列丛书，各为展现世界诗歌全貌做了贡献。其中值得一提的有：人文社的“外国文学名著丛书”，河北教育社的“世界文豪书系”，上海译文社的“外国诗歌丛书”，湖南人民社的“诗苑译林”和译林社的“民族史诗系列”。此外，花城的《世界诗库》，则是对世界诗歌的一次全方位扫描，填补了不少空白，堪称新时期译诗一大成果。

百年译诗之不足，笔者以为有三：

1. 世界诗歌名家名作，远未译全。如美国弗兰克·N.麦吉尔主编的《世界名著鉴赏大辞典》(诗歌卷)所收的318种，已译介的仅占一半，且多为选本，而非全貌。再以英国伊丽莎白时代为例，那是个“诗才勃兴，大家辈出的黄金时代”(王佐良《英国诗史》)，而我们现在仅有莎士比亚全集。其实，当时除莎翁外，光剧作家就有近百人，名家尚有马洛、琼森、鲍蒙特、弗莱彻等，名诗人更有斯宾塞、雪尼、劳莱、琼森、旦尼尔、查普曼、纳什、堪必安等。但除近年一本《斯宾塞诗选》外，余者皆无缘一睹其风采。一些重要名著如斯宾塞的《仙后》、丁尼生的《悼念集》和布朗宁的《环与书》均尚无译本。可见该译未译的名作，还相当多。

2. 选题重复较多，甚至有些滥、乱、偏。尤其是一些选本，选目雷同的多，出色的新译太少。

3. 不少译本质量不高，语言粗芜，韵律不整，失却原作丰姿。翻译批评本不多，而对于译诗的批评尤少见。这对于提高译诗质量十分不利。

三、几点建议

1. 有关方面应从创建先进文化、提高全民素质高度出发，重视外国文学翻译出版工作。目前各出版社自主选题，力量分散，难办大事。建议如当年“三套丛书”的编译出版那样(见《中国翻译》2001年第1期叶水夫先生文)组织专家，确定选题计划，在已有成果基础上，扩大范围，确定世界各国著名诗人100或200家，组织力量各出专集，译介具有代表性、有定评、有借鉴意义的作品。译协应有已出、将出、已定选题作品的电脑资料库，供各出版社参考。我国译诗人才本就不多，应合理利用，尽量避免选题不当和重译重版现象。

2. 译诗难，译诗出版更难，皆为人所共知。因此，对于译诗，尤其是难度大又非译不可的名作，政策应当有所倾斜，予以扶助(当然还有比译诗更难的学术专著的出版)。国家经济发展，实力增强，理应在文化建设上多多投资。希望增加出版基金，多出些虽无利可图，却对国家民族文化积累有益的好书。

3. 应重视翻译人才培养和翻译队伍建设。多年来翻译人才流失严重，青黄不接。应采取措施，稳定队伍，提供机会，提高水平。

4. 应加强译者与诗人的交流。五四时期的新诗人，大多也是译诗者。

如今译者和诗人却成了泾渭分明、不常往来的两个群体，很少借鉴交流，这不利于双方提高水平，尤不利于现代汉语的丰富、完善、成熟，提高其对主客观世界的表现力。

四、结　语

中国新诗，产生于五四新文化运动，与学习借鉴外国诗歌密切相关。综观中国诗史和近百年新诗史，诗之兴盛繁荣，与学习借鉴外来文化关系极大。在诗歌渐趋衰落的今天，振兴诗歌，实文坛译界人士之责。20 世纪中国未产生举世公认的大诗人，原因固多，缺乏世界眼光，当为其一。试看世界八大诗人或获诺贝尔文学奖者，无不广泛吸取各国之长，而成大家。因此，学习借鉴外国诗歌实属必要。愿译界同仁与诗人们共同努力，在新的世纪出更丰硕成果，以重铸诗国的辉煌。

（2002 年，在郑州翻译与出版研讨会上提交并发言）

《小杜丽》的主题及创作特色

《小杜丽》是狄更斯后期创作中的重要作品，也是他最优秀的长篇小说之一。小说从 1855 年 12 月起逐月连载，一直到 1857 年 6 月载完，并于 1857 年 6 月出了单行本。狄更斯为这个最初的版本写了序。从序言看来，狄更斯对这部作品的"构思"相当满意，并为"拥有这么多的读者"感到高兴（狄更斯著，刘新民译，2004）。应当说，狄更斯自我感觉良好，是不无道理的。《小杜丽》无论在主题的深刻、反映社会生活的广阔、故事情节结构的严密和人物描写的精细等方面，都有新的开拓。尤其引人注目的是，小说揭露抨击了英国政治制度的弊端和政府的腐败无能，其批评的大胆尖锐激烈，更是空前甚至绝无仅有。因此，小说出版后受到广大读者的热烈欢迎，也一直得到评论界的广泛关注。

《小杜丽》的故事线索繁多，情节十分复杂，全书涉及的重要人物便有 50 余人。形形色色的人物之间，构成了极其错综繁复的关系。要想三言两语说清故事的梗概，几乎是不可能的。但是可以说，故事的主要线索是围绕杜丽父女、克莱南母子及克莱南和小杜丽的关系而展开的。女主人公小杜丽的父亲威廉·杜丽因投资不当，莫名其妙地被关入马夏尔西狱，一关便是 20 多年。小杜丽就是在狱中出生长大的。她 14 岁便做缝纫工，挑起全家生活的重担。故事开始时克莱南从遥远的中国回到阔别 20 年的英国，在家里见到了凄婉纤弱的小杜丽。他怀疑父母在经商中是否曾损害过别人且从未做过补偿，并把这份怀疑与小杜丽一家的遭遇联系在一起。出于对小杜丽的爱怜同情，他入马夏尔西狱，进伤心园，上拖拖拉拉部，多方了解，四处调查。作者由此向读者全方位地展现了英国社会政治经济各方面的状况，以及上至政府权贵泰特·巴纳克尔，下至泥水工普罗尼希一家等各种人物。其中有狡诈凶狠的无赖流氓里高·布兰德瓦，看似金融界巨头而实为骗子的莫多尔，外貌慈善而实则盘剥压榨、贪得无厌的房产主卡斯贝，善良正直却对贵族豪门毕恭毕敬的弥格尔斯，玩世不恭又自私冷漠的高恩，等等。小说下卷写杜丽先生得到大笔遗产而成了富翁。他们全家旅居欧洲，出入上流社会。由于金融骗子莫多尔罪行败露畏罪自杀，杜丽先生的财富化为乌有,克莱南也破产被关入马夏尔西狱。最后,克莱南的怀疑及身世之谜水落石出。在小杜丽及众多朋友的帮助下,克莱南得以出狱,并与小杜丽结为夫妇,开始了新的生活。

有情人终成眷属,并不是小说的主题。男女主人公的身世,不过是为故事的展开编织的主干线索而已。狄更斯创作此书的本意,在于揭露当时的政治和社会问题。因此,拖拖拉拉部、巴纳克尔家族和莫多尔等,才是小说的中心和意义所在。小说创作之初,原名《无人之过》(*Nobody's Fault*)(薛鸿时,1996:190)。可是按照最初的构思,狄更斯写得很不顺手。只有当他根据现实生活中的种种事件,设计出金融骗子莫多尔、统治集团巴纳克尔家族、官僚机构拖拖拉拉部等极度夸张荒诞的艺术形象后,全书主题得以明确,他的创作才顺畅起来。正如他自己所说,“一个拙劣的构思”变成了“绝妙的分明十分严谨的构思”。更巧的是,就在小说连载并渐趋高潮之时,英国金融界又连连发生丑闻,这又为小说虚构的人物做了绝妙的注脚,使小说原本显得“过于夸张的虚构”有了现实的充分根据。

确实,狄更斯对英国政治社会状况的揭露批评,完全源于现实生活。狄更斯在序中提到了1853年至1856年的克里米亚战争。这场战争英国虽然是战胜国,然而,政府的腐败,军界的无能,在战争中暴露无遗。官僚机构遇事推诿,造成了大量兵员的无谓伤亡,受到了舆论的谴责(Morton,1979:411)。1855年1月,国会议员罗巴克就战事向政府提出质询,并于5月提出质询委员会报告,最后导致亚伯丁政府的垮台。狄更斯的朋友、国会议员莱亚德在进行战地考察后,对政治腐败现象极为愤慨,便发起了一场行政改革运动(薛鸿时,1996:190)。狄更斯不仅坚决支持这一运动,加入了“行政改革协会”,还于1855年6月27日在该协会做了措辞激烈的抨击政府的发言。同年11月,就在他写作本书第十章的“包含了行政管理的全部科学”的时候,他在给摩根船长的信中这样写道:“我们都陷在了贵族政府的文牍主义罗网中了,这给我们造成了难以形容的困惑、损害和痛苦……时至今日,一提起这些事我就感到恶心和愤慨……我已开始写一本新书,在书中我要反复提到这一点。”(Holloway,1985:19)果然,狄更斯在小说中,多次以无比辛辣的讽刺笔调提到了拖拖拉拉部祸国殃民的官僚主义作风,其犀利的讽刺矛头,不仅刺向盘踞政府要职的巴纳克尔家族,刺向议长、首相,甚至直接点到了英王陛下。至于小说中的金融骗子莫多尔,是狄更斯融合了多个冒险家的原型而创造的人物,其中就包括暴发户“铁路大王”乔治·哈德森,此人最后因8000万英镑股票的破灭而遭流放,还有因透支20万英镑无力偿还而自杀身亡的银行董事、议员萨德莱尔。小说就这样直接反映了现实生活，从而大大丰富了小说的思想内涵，使之更具有深刻的社会意义。

说起小说的主题和思想内涵，不能不提到贯穿全书的中心意象——监狱。狄更斯在序中专门提到，他在小说完成之际，曾专程去实地察看了马夏尔西狱的旧址。在最初酝酿构思这部小说时，狄更斯必然糅进了自己童年时代的亲身生活体验。1824 年 2 月 20 日，狄更斯的父亲，因为负债，进了马夏尔西狱。后来，母亲也带了弟弟妹妹们搬入狱中居住，直至 5 月 28 日全家方出狱。当时 12 岁的狄更斯正在鞋油作坊做童工。他每天两次去马夏尔西狱，并将每周所挣的工钱交给父母。这段生活经历给他留下了极为深刻的印象，成了他创作小说的依据。但监狱的意象不仅仅指马夏尔西狱，而是渗透在整部作品中，并成为全书的基调。监狱的真正含义在于社会的腐败和堕落，虚伪与欺骗，因此，几乎所有的人物都生活在监狱的阴影之中。马赛港的"隔离检疫区"，克莱尔太太的卧室，芬妮跳舞的剧院，高恩太太居住的汉普顿宫，拖拖拉拉部（那是囚禁英国的创造精神的牢笼），大圣伯纳德修道院，杜丽一家在威尼斯的住处，高恩夫妇旅居的寓所……可以说到处都如监狱一般死气沉沉，阴郁压抑，令人窒息。狱内狱外没有区别，穷人富人都如囚犯（连富可敌国的莫多尔，也不过是"逃脱了绞刑的天字第一号骗子和盗贼"），国内国外到处一样。杜丽先生成了富翁后在国外游历，可他出入的上流社会，"极像一个高等的马夏尔西狱"。马夏尔西狱的阴影笼罩一切，无所不在。整个社会便是一座大监狱。狄更斯的这一立意，堪称全书画龙点睛的神来之笔。它把狄更斯对黑暗社会现实的揭露和批评，推到了前所未有的高度。

小说分上、下两卷的整体结构，表明了作者的创作意图：无论贫困还是富有，都生活在监狱之中。而我们若进一步观察贫困之狱和富有之狱两个不同世界里的人物以及人际关系，便可看出狄更斯思想的进步倾向和民主精神。在穷人的马夏尔西狱里，人与人之间不乏同情、忠诚、无私、勇敢和友善。这儿有善良的颇具侠义心肠的小约翰，淳朴厚道的普罗尼希，高尚正直的克莱南，还有许多因负债入狱的人，尽管穷困潦倒，却仍努力省下几个钱来接济杜丽先生。而在那个上流社会的富有之狱中，我们看到的只是绝情寡义、奸诈、怨恨、忌妒、贪婪、卑劣，冷酷地追逐私利。莫多尔与杜丽先生成为亲家后，仍骗取了他的全部财产；克莱南太太不仅侵吞了小杜丽应得的财富，还逼克莱南的生母含恨死去；卡斯贝将"几座不起眼的院落，几条陋巷租出去，从石头缝里榨出了不少的血来"。试看贫富两个世界里人性的善恶形成了多么强烈的对比。狄更斯的作品，总是充满了扬善惩恶的巨大道德力量。在《大卫·科波菲尔》中，大卫的姨婆曾嘱咐大卫："永远不要在任何事上卑劣，永远不要作假，永远不要残忍。免除这三种罪恶，我可以永远对你怀抱希望。”卑劣、作假、残忍的反面是高尚、诚实、仁爱，这三点是狄更斯道德体系的核心层次（赵炎秋，1996：65）。根据这样的标准，我们可以清楚地看到，在《小杜丽》中，卑劣、作假、残忍等恶行大量存在于作者加以对比的富有阶层中，而与之相对的“高尚、诚实、仁爱”的美德则充分表现在“贫困”一类人身上。由此可见：狄更斯的爱憎是何等分明。可以说，这正是狄更斯作品中的“民主性的精华”，这也是狄更斯获得马克思、恩格斯高度评价的原因之一。

在作者塑造的上述两类人物中，善的代表当然是小杜丽（作者几乎赋予她一切美德，使之成了崇高的道德理想的化身）和克莱南，而恶的典型有莫多尔、巴纳克尔家族和克莱南太太。正是由于巴纳克尔家族和莫多尔的倒行逆施，小杜丽一家才身陷囹圄 20 多年，克莱南才遭遇厄运差点在狱中死去。虽然故事的结局让人感到几分宽慰，那座象征恶的精神迫害的老宅倒塌了，克莱南也与小杜丽幸福地结合，但从整部小说看来，却是恶占尽上风，善并未完全战胜恶，恶的最主要代表拖拖拉拉部和巴纳克尔家族丝毫未受触动。而且，具有美德的人物总是以不同形式在不同程度上受着恶行人物的损害、欺压、蒙骗和压榨，前一类人物遭受的苦难，也比后一类人物深重得多。因此，全书始终有着一种浓重的悲凉压抑的气氛。尽管最后一章略显明朗欢快，但那短暂的“光明的尾巴”并不能冲淡沉郁悲怆的基调。这就难怪萧伯纳要说，《小杜丽》是比《资本论》更富于煽动性的一本书了。据说，他就是年轻时读了这本书，思想才倾向于社会主义的。[①]

《小杜丽》不仅主题深刻，切中时弊，内容丰富，构思独到，思想倾向鲜明，其创作手法也颇可称道。作为一代文学巨匠，狄更斯的创作特色无论如何概括，亦难以尽述。限于篇幅，这里权且粗粗提出三点，略加阐述。

（一）典型化的人物性格描写

全书 50 多个人物，大多各有鲜明而又复杂的性格特点，人物形象丰满而栩栩如生。其中堪称典型人物的，当推杜丽先生。这是位心灵已严重扭曲，“浑身是监狱的腐败气息，灵魂也沾染了狱中的污秽”（狄更斯著，刘新民译，2004：288）的可怜又可悲的人物。他明知小杜丽在外做雇工挣钱养家，却佯装不知，一面接受狱中人施舍，甚至向人乞讨，在儿女面前却夸口自己如何尽心尽力，要保住家族的体面和与众不同的地位（这不禁令人想起《孟

① 中国大百科全书编辑委员会：《中国大百科全书·外国文学（一）》，中国大百科全书出版社 1982 年版，第 254 页。

子》中那位“有一妻一妾”的“齐人”)。在对待老南迪、小约翰、普罗尼希、克莱南和莫多尔等不同人物的态度上,更活灵活现显出他的势利、虚荣和做作。这个人物,如同鲁迅先生笔下的阿Q一样,也是个“哀其不幸,怒其不争”的复杂而丰满的文学形象,称得上是狄更斯的伟大创造。当然,对有些人物,狄更斯往往只抓住其某方面的特点,以幽默夸张的手法加以漫画化,如斯巴克勒的傻,克莱南太太的顽固,弗洛拉的饶舌和自作多情,等等。但由于这种漫画化抓住了他们各自性格的本质特征,使他们成了与众不同的“这一个”,因而仍给读者留下了深刻的印象。

(二) 严密的故事情节结构

狄更斯在初版本的序中,开门见山便提到了他“对这个故事各种线索的把握”和“编织”,显然他极其重视故事结构的严密连贯和完整。确实,在这方面,《小杜丽》在狄更斯的全部作品中可以说是首屈一指的。例如,克莱南家的女仆艾弗莉明明看见她丈夫弗林特温奇深更半夜将一只小铁箱交给另一个与他长相一模一样的人,她丈夫拒不承认,反诬她在做梦(上卷第四章),这个谜直到下卷第三十章才揭开,原来是心怀鬼胎的弗林特温奇将装有那份遗嘱的铁箱交给他的孪生兄弟去保管,以便日后可敲诈克莱南太太。又如全书第二章写克莱南、弥格尔斯一家(包括侍女泰蒂柯伦)和韦德小姐在国外旅游初识,直至全书倒数第二章泰蒂柯伦从韦德小姐处偷出并带回那只小铁箱,交回到弥格尔斯和克莱南手中,使故事的这一线索完满收拢。全书像这样“草蛇灰线,伏脉千里”的绵密结构还有不少。尽管如有的评论家所说,《小杜丽》“像是一座交织着无数情节的浓密的森林”[①],可作者的精心构思和编织,使得全书情节有条不紊、繁而不乱,每条线索、每种关系都安排交代得清清楚楚。狄更斯在《大卫·科波菲尔》一书中曾把写小说比作织网,每一根线头都要收好。可以说,《小杜丽》是收得最好的一部。

(三) 幽默生动的文学语言

狄更斯是位卓越的语言大师。他词汇的丰富仅次于莎士比亚,而语言运用的生动形象、多姿多彩、幽默活泼,则完全可与莎翁媲美。《小杜丽》虽全书笔调有些沉重悲凉,却仍时时闪出语言幽默夸张的火花。例如对拖拖拉拉部的描写,内容看似荒诞不经,细细回味便觉入木三分,直揭本质,而字里行间的冷嘲热讽,笔触锐利又不乏幽默。全书在刻画人物时,如那位无能

---

① 中国大百科全书编辑委员会:《中国大百科全书·外国文学(一)》,中国大百科全书出版社1982年版,第254页。

又傲慢的小巴纳克尔在弥格尔斯家就餐时的狼狈相，那位呆不堪言的斯巴克勒，装腔作势的杰纳勒尔太太，等等，描写多令人忍俊不禁。小说中遣词用字之妙，许多地方令人叫绝。如下卷第五章杰纳勒尔太太恭维杜丽先生"是惯于对别人的思想施加影响的"，杜丽先生便大言不惭地回答："嗯——太太，我曾经是一个相当规模的社团的——哈——首长。"说起两个女儿的过去时，他说，"她们一直跟着我"，"过着一种——哈嗯——默默无闻的隐居生活！"（狄更斯著，刘新民译，2012：604—605）为了体面，请看他将20多年的监狱生活说得多雅！又如一些名字：巴纳克尔（Barnacle）原词义为"附在船底的甲壳动物；难以摆脱的人；积重难返的陈规陋习"；斯巴克勒（Sparkler），原词义为"闪闪发光之物，才气横溢的人"；杰纳勒尔（General），原词义为"普遍常规"等。我们不难体会到这些人物与原词义之间形成的讽刺意味。至于那个原义为"累赘的话，迂回的说法，遁词"的Circumlocation，自狄更斯在《小杜丽》中用以作为那个著名机关的名称Circumlocation Office之后，便从此成为"办事拖拉的官僚机关"的专有名词，而进入了英语词典。由此可见狄更斯在创造文学形象时，运用语言是多么奇妙。

像任何伟大作家的传世名著一样，《小杜丽》也像个丰富的宝矿，是研究不尽，非常值得深入探讨的。以上所述仅仅是笔者阅读这部名著的粗浅体会和初步研究。文中倘有不当之处，诚望读者批评指正。

参考文献

[1] 狄更斯. 小杜丽[M]. 刘新民，译. 杭州：浙江工商大学出版社，2012：作者原序.

[2] 薛鸿时. 浪漫的现实主义——狄更斯评传[M]. 北京：社会科学文献出版社，1996：190，8—10.

[3] A. L. Morton：A people's History of England. Lawrence & Wishart London，1979，P411.

[4] ohn Holloway. Introduction to Penguin Classics Little Dorrit. Penguin Books Ltd. 1985，P19.

[5] 赵炎秋. 狄更斯长篇小说研究[M]. 北京：社会科学文献出版社，1996：65.

（原刊《语言文学研究》2004年第4期）

耕耘在英国文学的源头

——记古英语文学翻译家陈才宇

对绍兴文理学院外国文学教授陈才宇来说，2007年可谓多喜临门，且均是平生难得一遇的大喜。他经营多年的71万字的译著《英国早期文学经典文本》在浙江大学出版社出版。该社又出版了他20余万字的双语教材：《英美诗名篇选读》。诺贝尔文学奖授予英国女作家多丽丝·莱辛，而他恰是莱辛代表作、56万字的《金色笔记》[1]的主要译介者。27万字的学术专著——国家社科课题成果《古英语与中古英语文学通论》，获基金后期资助在商务印书馆出版。此时，他为译林出版社完成的67万字的《亚瑟王之死》正在印刷中，而另一部重要译著——70万字的《失乐园》也已杀青交稿。300余万的数字，足以证明这位中年翻译家的勤奋、坚忍和才华。多年“衣带渐宽终不悔”，独在“灯火阑珊处”默默耕耘后，陈才宇终于获得了幸运女神“蓦然回首”的眷顾。

一、别具慧眼，意外收获

2007年10月11日，是个特别的日子。英国87岁高龄的文学祖母多丽丝·莱辛在伦敦贡特花园的寓所里接受着世界各地的祝贺时，陈才宇也在他杭州嘉绿苑的家中同步接受国内多家媒体的电话采访。这之前，尽管他已出版（发表）了30余篇论文，10余部专著、译著，可在译界、读书界仍鲜为人知。此夜过后，他的名字曝光率持续上升。《金色笔记》将他推入了读者和评论家的视野。然而，如果说莱辛的获奖，乍闻似在意料之外，稍忖却属情理之中；那么，陈才宇在外国文学翻译研究界因《金色笔记》而引起关注，也同样应是实至名归，受之无愧，不属意外。

译林出版社的编辑们确实别具慧眼。他们从恒河沙数般的外国现当代名著里挑中《金色笔记》，又从国内众多译者中选定陈才宇，这位为人朴实、做事踏实，看似普普通通的大学英语教师。他们赞赏的，不仅是他那支生花妙笔，更在于他的鉴赏眼光、学术根底和研究能力。那是1997年6月，早在莱辛获奖10年之前。

陈才宇暂且搁下手头的古英语文学翻译研究，打开了《金色笔记》。凭着多年的文学修养和敏锐直觉，他很快掂出了作品的分量：这部小说看似散乱，却视野广阔，题材繁富，结构奇特，新颖而细腻，大气且深刻，当属文学史上的旷世名著。于是他静下心，争分夺秒，字斟句酌地赶译起来。说是赶译，因当时他已获得国家教委批准，将赴剑桥大学进修古英语文学。行程日近，手续烦琐，但凭着深厚的语言文字功底，他很快译出了小说的大半，奠定了作品整体风格的基础。

留英期间，陈才宇百忙中不仅撰写了《译序》，还前去拜访了多丽丝·莱辛本人。他为人朴实、办事踏实的特点，于此再次展现。《金色笔记》的形式和内容，皆如迷宫，很难读懂。陈的《译序》(《形式也是内容》，《外国文学评论》1999年第4期)及根据莱辛回信所写的《一封信：解码〈金色笔记〉的一把钥匙》(刊于《外国文学评论》2004年第4期)，十分精辟地剖析了小说的主题、结构和语言，为中国读者读懂这部世界名著指点了迷津。其中某些论断(如称《金色笔记》是20世纪英国文学的"重头戏"，一部"真正意义上的世界文学"等)，不乏先见之明。他的解读，比起不少外国评论家，显然更贴近和符合莱辛的创作意图，这只要读一读陈的《译序》和莱辛本人所写的《前言》(见2008年5月《金色笔记》典藏本)便不难看出。陈写的莱辛访问记(刊于《新民周刊》2007年第4期)，以一位中国学者的角度，生动描述了多丽丝·莱辛的生活、思想和性情，为中国读者认识这位"文学老祖母"，提供了近距离的观察。9年来陈一直与莱辛保持联系，莱辛先后赠寄陈10余本著作。莱辛获奖后，国内众多媒体纷纷采访陈，向陈了解莱辛其人，陈几乎成了莱辛在中国的代言人。2012年初，应出版社之请，陈才宇从头至尾认真校订了译文，纠正了初版本中在理解、表达、遗漏和印刷方面的错误，使再版的译本更趋完善。

陈才宇原本无意译介外国现当代文学，《金色笔记》是他所译的唯一一部现当代作品，偏偏成了获诺贝尔文学奖的代表作，这确实是一份意外的收获。然而，对于任何真正负责的译者，成功和收获就绝非意外和偶然了。陈才宇20余年在古英语文学方面默默耕耘的经历，就充分证明了这一点。

二、名师知遇，从头译起

在向多丽丝·莱辛做自我介绍时，陈才宇说自己是"从大山里走出来的农家子弟"，莱辛急忙说："我也是个农民的女儿啊。"这个饶有趣味的细节，显示了莱辛这位大作家的平易近人，却也透露出两人在各自成才的道路上所经历的艰辛。

陈才宇 1952 年出生于浙江磐安山区一贫寒农家。1970 年他有幸进杭州大学外语系学习，毕业后留在校图书馆。因他自小爱好文学，供职于图书馆，恰如鱼得水，正得其所哉。那些年他几乎手不释卷，徜徉于古今中外的文学名著中。孩提时的“作家梦”，催促他不时拿起笔，试着模仿涂鸦，几年中竟写下了 100 多万文字。虽因种种原因，作家梦难圆未圆，却练出了过硬的文笔功夫。20 世纪 80 年代初，他走上讲坛，成了英语教师。出于共同爱好，他与一位外籍教师成了好友，两人甚至结伴外出旅游。这位名叫 Robert Jeske 的美国文学教师，将陈视为知己，归国前送了他一本《诺顿诗选》(*Norton Anthology of Poetry*)，还在扉页上题词：White dragon to Yellow dragon with admiration and friendship.（此人恰年长 12 岁，陈生肖属龙。）正是这本文友临别相赠的厚厚诗集，将陈才宇引进了文学和诗歌翻译的殿堂。

在研读《诺顿诗选》时，陈才宇注意到 15 世纪的英国民间谣曲，发现那是块处女地，国内学界仅有零星译介，却从未有人做系统研究。于是，他便着手翻译这些生动有趣的民间诗歌，并开始撰写相关评论文字。其时，国内出版业不景气，诗歌译本尤难面世。莎士比亚以降英国多少大诗人的译本尚难出版，何况似乎难登大雅之堂的早期民谣，何况译者是无高学历和其他背景的普通英语教师。就在这看来前景渺茫令人彷徨的时刻，陈才宇有幸遇上了真正的“伯乐”，一位他终生感恩难忘的前辈，我国外语教育界大名鼎鼎的专家学者——许国璋先生。

1987 年，陈才宇翻译的 30 余首英国民间叙事谣曲，辗转送到了许老手中。许先生读后十分兴奋，欣然命笔，当即写下推荐信：“译文韵节合度，读起来很有歌谣味道，我以为是值得出版的。素知贵社组稿很有胆识，出版速度为全国之最，如荷接受，则感同身受矣。”就这样，许老为一位素不相识的青年译者，叩开了出版之门。而陈才宇的第一篇论文《Ballad 译名辨正》，也是由许老慧眼识珠，亲笔题批“此稿可用”，而得以在《外语教学与研究》上发表。许老从此对陈才宇另眼相看。他多次对赴京开会的杭大人说“你们杭大很有人才”，援引的个例便包括陈才宇。1991 年 10 月，许老赴杭讲学，陈才宇首次，也是唯一一次见到许老。许先生非常热情，连连夸赞陈是个人才。当得知陈才宇撰写有关英国古代诗歌的论著时，许老表示可以引荐相关专家，设法资助出版，甚至建议陈才宇调去北京。许老的知遇和支持，令陈才宇感动万分，更坚定了他从事古英语文学研究和翻译的决心。从此，陈才宇义无反顾地在该领域中开拓耕耘，并源源不断地有新的成果问世。

略知外国文学的人都知道，英国文学的辉煌始自伊丽莎白时代，至今400余年。这期间可谓大家辈出，群星璀璨。如莎士比亚、弥尔顿、菲尔丁、华兹华斯、雪莱、狄更斯、劳伦斯等人的名字，如雷贯耳，人所稔知。而16世纪之前的文学星空，则相对暗淡也陌生得多。除了史诗《贝奥武甫》和乔叟的《坎特伯雷故事》，那千余年里还有些什么，即便是文学专业的大学生，也不甚了了。然而，一个国家的语言文学，虽少不了横的借鉴，但主流毕竟依赖纵的传承。没有前一千年的积累，何来后四百年的辉煌。只见流而不知源，虽非管窥，终嫌不全。因此，总得有人去探索那人迹罕至的大河源头，在那片处女地上拓荒，以便中国人对英国文学的全貌能有所认识。而陈才宇便是这样一位志愿拓荒者。自从当年打开那本《诺顿诗选》，自从获得许老的知遇赏识和无私支持，他便坚定地将古英语和中古英语文学作为自己毕生的研究方向。20多年来他在这片园地里筚路蓝缕、孜孜矻矻，终于拓出了一片天地。迄今为止，他已在《外国文学评论》《外语教学与研究》《外国文学研究》《中国翻译》等刊物上发表古英语与中古英语文学的专题论文20余篇，出版专著2部，译著4部，共300余万字。这在国内学界，可以说是绝无仅有。他在古英语和中古英语文学领域的翻译，从史诗《贝奥武甫》到散文《亚瑟王之死》，一千年间大凡重要的代表作，除已有佳译的《农夫皮尔斯》(沈弘译)和《坎特伯雷故事》(黄杲炘译)，他都做了系统的翻译介绍。70余万字的《英国早期文学经典文本》，涉及盎格鲁-撒克逊时期和盎格鲁-诺曼时期16种诗歌种类，4种宗教戏剧和一些散文，其中许多作品都是首译，如诀术歌、谜语诗、莱歌、辩论诗、法布罗、动物故事诗、韵文罗曼史的代表作《高文爵士与绿衣骑士》等等。因此，可以毫不夸张地说，他是将英国文学从头译起的第一人。

三、作家功夫，学者本色

古英语与中古英语文学，指从公元5世纪至15世纪，也就是莎士比亚之前一千年间的文学创作。从事这类翻译和研究，难度可想而知。语言文字的古奥变异自不必说，要读懂内容，还少不了得了解其民族历史、文化、信仰、风俗、传说等等，甚至对各种文学样式的来龙去脉，所依据的文本渊源做必要的考证，对所用的术语做严密的规范界定。可以说故纸堆中，步步陷阱；字里行间，处处学问。但唯其难，才更凸显陈的著和译的不同凡响。

与许多文学翻译者不同，陈才宇的古英语文学翻译是和他在该领域的学术研究紧密结合的。先译作品，后做评述，译与著双管齐下，并驾齐驱，译作正是研究的副产品。这样的工作流程，既是他为人做学问朴实踏实的体现，也恰反映出他的双重身份：既是学者型的译家，亦是译艺高超的学者。

陈才宇治学伊始，便显露出学者缜思和论辩的才华。他的第一篇论文《Ballad 译名辨正》，从分析 Ballad 的词源入手，深入探讨了这种文学样式的源起、演变、版本、题材、特征及影响等等，并据此分析几种汉译名与 Ballad 之实的差异，从而提出应将 Ballad 译为“民间谣曲”的主张。这篇文章立论明确，思路开阔，材料翔实，论证严密，显现出相当缜密的逻辑思维和思辨论证之才。难怪这样一篇处女之作，能让许国璋先生过目不忘，并从此对陈刮目相看。当然，作为学者，陈才宇的主要成果，是他那本《古英语与中古英语文学通论》（以下简称《通论》）[2]。这是他 20 年研究的结晶，是他奉献给学界的扛鼎之作。

《通论》，用陈才宇自己的话说，是《文本》的“题解”，其实是一部描述英国早期一千年文学发展概况的专著。全书体例结构得当，内容完备，文学史实脉络清楚，文学样式译名多有创见；描述和评论准确客观，尤其对文学现象、作家和作品的交代十分清楚；视角独特，采用多学科的研究手段，如从比较文学和民俗学的视角考察文献资料，论断多有新意。尤其可贵的是研究的视野，作者能时时将一千年的文学现象放在三千余年世界文学史的大背景中考察，因此，提出的论点往往具有宏观性，如用“宣扬勇武精神、传播基督思想和感叹人生短暂”来概括古英语诗歌的基本主题，用“从殖民文学到民族文学，从民间文学到文人文学”来描述中古英语文学发展的基本轨迹，都是从宏观的把握中得出的独到见解。

《通论》出版前年余，已有一部《英国中古时期文学史》问世（李赋宁、何其莘主编），那是已故著名学者王佐良、周珏良先生主持的国家重点项目——五卷本的《英国文学史》的第一卷。陈在《通论》交稿之后，方读到这本众名家合撰的大著。两书所论为同时期的文学史，篇幅不相上下，而体例、结构和论述风格全然不同。可以说各具特色，正可互为印证。仿佛一为庙堂翰林联手协力之佳构，一为民间高手呕心沥血之力作。倘以当年王佐良先生所定的五条编写原则衡量，则民间高手未必输于翰林。有心的读者不妨取来对比，自可判断。

陈才宇的著述和译作，终得资助出版，并获好评，很大程度上得益于他的文笔。青少年时代的作家梦，留下的不是气馁，反倒是梦笔生花，使他修炼出了真功夫。读他的文字，你不用担心什么学究气、翻译腔，而只会神清气爽，怡然视为享受。一般说来，论著的文字比之翻译，总是更难出彩。因此不妨从陈的《通论》中，随选两段，以领略他的文字功夫。如下卷第七章论及《高文爵士与绿衣骑士》第四首诗的作者：

> 然而，遗憾的是，这四首诗的作者是谁，始终是个历史的悬案。人们只能从语言风格上判断，它们很可能出自一人之手。但此人的真名实姓，一直隐在云中雾里。文学史家们经过考证，虽也举出过几人，而且还被描摹得煞有介事，但终究有些牵强，难成历史定论。

又如同卷第十一章，在探讨民间谣曲的著作权时的行文：

> 谣曲是全社会的产品，是集体智慧的果实。在判定谣曲这份光辉的文化遗产的著作权时，应让那些普通民众，那些社会上最"粗野"的人，如农民、家庭妇女、渔夫、商贩、游民等来共同承领这顶创造的桂冠。

用这样的文字和笔调写成的论文、论著，读来饶有兴味，不会令人生厌。而这正是陈才宇的文笔风格：娓娓道来，言之有物，简洁而生动，准确且流畅。看似平易，其实是相当高的境界。

四、不图虚名，但干实事

在旁人看来，陈才宇已然名声大振，功成名就。然而，一向不喜张扬的他，即使在接受媒体采访时，也依然十分低调。他依然不问名利，不赶时髦，奉行着"不图虚名，但干实事"的人生信条。而这，也正是他的学者本色。

在越来越世俗的氛围里，从事古英语文学的研究和翻译，是需要相当的勇气和献身精神的。纯从商业利润角度考虑，任何出版社都不会接受这类古英语选题，不管译本是如何的精品。因此，全身心投入该领域，岂止如苦行僧，简直是殉道者。陈才宇却相伴青灯黄卷、寒窗冷凳，清贫坚持20余年。以他的研究和翻译能力，如果选择热门，专译畅销书，名利双收，绝非难事。在10多年的名著重译风中，他完全有机会一本接一本翻译那些经典名著。他完全可以只译小说，而抛开诗歌，只译当今，而放弃古代。然而，他坚守着，明知无处出书，仍一首又一首译着那些早期诗歌，做着他的分析、综述、考证、比较、评论。这份艰辛，其中的辛酸苦辣，不是过来人确实无从理解和体会。

而最令人难以理解的，是陈才宇为了有更多的时间从事古英语文学的研究和翻译，竟选择离开工作20多年的浙江大学，而调往绍兴文理学院。一所是全国排序第三、海内外知名的高等学府，一所是由师专升格为学院才几年的地方院校。不少人惊异，称之为"掉价"，陈才宇自己却心态平和，十分坦然。他的说法是："人和商品一样，不求'中看'，但求'中用'。在新的环境里，我能安下心来做点力所能及的事，这就值了。"正是在文理学院的新环境里，陈才宇从科研与教学脱节的公共外语教学转向了教学与科研结合的外国文学教学，他的才能有了更自由发展的空间。他从此有更多的时间做自己喜欢做的事，并很快获得了国家社科项目资助，完成了一本又一本重要的译著，迎来了他治学生涯的丰收之年。教学上，他也成了大受学生欢迎的优秀教师。学生们在为他设的"陈才宇吧"上，亲切地称他为"才宇哥"，推崇他"是个才子"，"很佩服他持之以恒的精神"，"是个很有灵性的人"。甚至有学生天天盼上他的课，并题赠了诗作："智慧的山泉里飘满玫瑰的影子/你这个朴实的农夫/在最接近自然的位置/歇下劳作的耕锄/独自享用这份宁谧/就像亲吻你的情人。"在绍兴文理学院工作的短短几年中，他已数次被评为人文学院的"十佳教师"。事实证明，改换门庭对他来说是明智的。

多丽丝·莱辛在荣获诺贝尔文学奖后的感言是"惊喜和不可思议"（当然这是谦辞）。陈才宇在喜事联翩而至的丰收之年，相信也有这样的感触。但我们更相信，这位一向"不图虚名，但干实事"的中年学者和翻译家，不会将丰收之年看成是终点或拐点，而只能是新的起点。他一定会继续在他的园地里耕耘，继续收获着成果，继续给我们带来惊喜和不可思议。

参考文献

[1] 多丽丝·莱辛. 金色笔记[M]. 陈才宇，刘新民，译. 南京：译林出版社，2000.

[2] 陈才宇. 古英语与中古英语文学通论[M]. 北京：商务印书馆，2007.

（原刊《四川外语学院学报》2012年第1期）

后　　记

2014年自秋入冬，我尚剩视力的左眼日趋模糊，终至一片迷茫。当时萦绕心头的最大遗憾便是：历年发表的文章尚未结集，平生所写的诗词也有待整理，难道毕生心血任其散失？幸好2015年4月23日就医时，做了激光手术。术后，顿觉眼前一亮，视力恢复不少。莫非莎翁有灵，天遂人愿？惊喜之余，赶忙抓紧时间，完成心中夙愿。于是，便有了这本《朝圣的足迹》。

2015年的冬天，几乎始终阴雨连绵，而我心头却是暖意融融。多谢浙江工商大学出版社总编辑钟仲南和他的团队，以最快速度赶排了书稿。捧着这厚厚的校样，那一页页散发油墨馨香的书页，在我面前仿佛幻成了以往走过的朝圣之路，路上无数令人感动的情景，众多热情指点，无私相助的师友，又一次次一个个浮现眼前……

我是在不惑之年后，才摸索着走上这条朝圣之路的。记得是1988年秋，杭州大学朱炯强教授力邀我参加他主持的在金华举行的浙江省外国文学年会。我是第一次参与这类学术会议，便匆匆赶写了平生第一篇外国文学类的文字：《A. B. 佩特森和他的〈来自雪河的人〉》。会后，我将此文投寄北京的《外国文学》，没想到不久便全文刊登了。在1989年秋浙江衢州召开的全国外国文学研讨会上，素昧平生的《外国文学》的李德恩先生，还把我介绍给北京来的同行们——"这是我们刊物的撰稿人"，一时让我受宠若惊。1990年我去华东师范大学出差，特意前去拜访黄源深教授，请他为拙编《澳大利亚名诗一百首》写序。他非常热情，一口承诺。我在译诗时遇上难题，去信请教，他总是不厌其烦，一一解答。如译韦伯的《出生五天的婴儿》，有两行为"请说我什么东西在抱——/没药？乳香？黄金？"，我百思不解，便向他求助。黄源深教授一接到信，立即来电话，点明这是《圣经》中耶稣出生时的典故，我顿时豁然开朗。飞白教授在他编纂《世界诗库》最忙碌紧张的日子里，还为拙编《诗篇中的诗人》写序。宋兆霖先生不仅邀我参译《勃朗特两姐妹全集》和《狄更斯全集》，还向出版社推荐我参与朱译莎剧的校订重译，这推动我加入莎学研究的行列。四川的文楚安教授，是我在衢州会议上结识的莫逆之交。此后短短数年，我们竟有近百信札往来。翻译或撰文中的疑难，总能从他那儿得到解答。四川还有李伟民教授，是我参加 1994 年上海莎剧节结识的莎粉挚友。他自强不息的治学精神，始终给我鼓舞和鞭策。而嘉兴的朱尚刚先生，则性情相投一见如故。我患眼疾后，不再动笔，唯独朱生豪故居的活动，每次都携文参与。央视《见证》栏目摄制《文化伉俪》之“朱生豪宋清如篇”时，经朱先生竭力推荐，摄制组特地来杭光临寒舍精心拍摄。播出后朱先生又将光盘寄我留念。我的同事好友周泉华考上北京大学，成了许渊冲先生的爱徒。许先生每有大著，总是认真签名盖章，寄赠给我，令我深为感动。著名诗歌翻译家杨德豫先生和何功杰教授，几次将刚出版的译著赠我，为我提供了学习译诗的范本。陈才宇教授，是我长期合作的笔友。本书的大半校样，就是请他帮助审校的。才宇兄不仅一丝不苟地校订，还对拙文提出了极为宝贵的意见。此外，多年来给我不少教益和帮助的还有北京的吴继珍、李尧，河南的姚乃强、孙致礼、王宝童，上海的张经浩、汪义群，南京的程爱民、施梓云，浙江的郭建中、沈念驹、吴笛、冯颖钦等教授。我的不少同事以及研究生杨晓波、陈逢丹等，也曾给予我不少帮助。由于十年浩劫，我的学力严重不足，从 20 岁到 35 岁，最宝贵的青春岁月几乎荒废。人生治学能有些收获，是和众多良师益友的指点相助分不开的。在此我向以上提及和更多未提及的师友们，表示深深的谢意！

我的大多数文章（另有教学、文化及书评之类未收入本书）和译著、编著（另有教辅类多种）都完成于 20 世纪 90 年代。1999 年后，我终于被迫放下书，收起笔，日渐休闲起来。这 16 年只译了一部半诗集（《哈代诗选》和与学生合作的《豪斯曼诗全集》），围绕朱生豪和莎士比亚翻译写了几篇文字。每每望着四壁书橱塞满的平生淘得又极喜爱的好书，想读而不能，心头总不免有些悲怆。虽然我再不能从事外国文学的著译了，但莎士比亚等文学大师和无数名诗，仍如圣殿圣物珍藏在我心间，虽不能及但心向往之。而且，我的朝圣之旅并未终结。与《朝圣的足迹》同时，我将出版自己平生所写的旧体诗词《不已集》。不已者，永不止步也。这条路上，有三闾大夫、五柳先生，有诗仙、诗圣，有坡公、放翁等无数巨匠圣手，一路同行的，有更多诗兄弟、诗姐妹，沿途风光无限，同样其乐融融。人生之路成为诗路。“路漫漫其修远兮，吾将上下而求索。”生命不止，求索不已。正是：迢迢朝圣路，求索乐何如？创造添新美，人生幸不虚。

2016 年 1 月 19 日